TEA
BOOKS

Naslov originala
Imogen Kealy
Liberation

Za izdavača
Tea Jovanović
Nenad Mladenović

Glavni i odgovorni urednik
Tea Jovanović

Lektura
Agencija Tekstogradnja

Korektura
Agencija TEA BOOKS

Prelom
Studio LAYOUT

Izdavač
TEA BOOKS d.o.o.
Por. Spasića i Mašere 94
11134 Beograd
Tel. 069 4001965
info@teabooks.rs
www.teabooks.rs

ISBN 978-86-6142-035-1

IMODŽEN KILI

OSLOBOĐENJE

Sa engleskog preveo
Igor Solunac

TEA BOOKS

Prvi deo

MARSELJ, JANUAR 1943.

1.

Bila je to rđava zamisao. Veoma rđava zamisao. Dođavola.

Nensi je na trenutak sklopila oči čučnuvši iza ostataka raznesenog zida i duboko udahnula. Zadah zgradâ u plamenu liznuo joj je niz grlo, dim joj je štipao oči i potiskivao je u uzano skrovište dok su je hvatali grčevi. Sada je već jasno čula glasove nemačke patrole koja se približavala.

Auf der linken Seite. S leve strane.

Zidić iza kojeg se do juče skrivala bio je deo kuće, nečijeg doma. Tek jedno od hiljadu prebivališta u ovom kraju Marselja, gde su se manje uglađeni stanovnici grada godinama tukli, varali i cenjkali kroz život iz dana u dan.

Sada se krila u ostacima prljave sobice, u svom drugom najboljem kaputu i trećim najboljim cipelama s potpeticama. Prokletnice su je žuljale. Zimsko nebo bez oblačka videlo se kroz ostatke gornjeg sprata, ali prostorija je imala samo jedna vrata. Napravila je glupu grešku kad se ovde sakrila od nemačke patrole. Švrljali su kroz ruševine, dok su njihove kolege nastavljale da postavljaju eksploziv dalje uz brdo, isterujući bivše stanare Stare četvrti iz rupa. Išli su od kuće do kuće, a ova je bila sledeća. Tupi udarci i zvuk obrušavanja zidova uz povremenu paljbu suvo su odzvanjali s brda.

– Pronašli su još pacova, momci – rekao je stariji glas, koji je verovatno pripadao oficiru.

– Ali ja želim miša – odgovorio je neko od njegovih ljudi, i svi se nasmejaše.

Većina Nensinih imućnih prijatelja ne bi ni pomislila da kroči u ovaj deo grada, čak ni pre rata. Suviše opasno. Preterano čudno. Međutim, prvog dana u Marselju, pet godina ranije, Nensi je pronašla put do strmih, uzanih uličica Stare četvrti i zaljubila se u nju, kao i u grešnike, pijance i kockare koje je tamo otkrila. Obožavala je njene ljutite, hirovite boje i suprotnosti, i uronila u njih bez ustezanja. Naravno, imala je dara da odlazi kuda ne bi smela, zbog čega je i mogla da zarađuje kao izveštač u Francuskoj. Uz to je znala da, kao Australijanka, može da se prepusti onome na šta većina Francuskinja, tako zabrinutih za svoj ugled, nije smela ni da pomisli. U godinama koje su usledile Nensi se neustrašivo kretala vijugavim uličicama i sokacima, pušila cigarete s momcima na uglu i razmenjivala psovke s njihovim gazdama. Čak ni kada se verila s jednim od najbogatijih preduzimača u gradu nije prestala da ide kuda god poželi. I sve je bilo u redu. Na početku rata, pošto su se zalihe čak i u Višijevim oblastima istanjile, Nensi je odavno bila bliska s gradskim trgovcima na crno.

– Prazno, kapetane!

– U redu, idemo na sledeću, momci.

Onda su došli nacisti u svoj svojoj ružnoći i doneli usputno nasilje, a vera da postoje delovi Francuske koji još nisu zauzeti je isparila. Odlučili su kako je najbolji način obračunavanja sa izazivačima, krijumčarima i lopovima u Staroj četvrti spaljivati im kuće i streljati svakoga ko nije na vreme utekao.

I tako je, skrivena iza zidića, dok se patrola neumoljivo približavala, Nensi nevoljno priznala sebi: dolazak ovamo na poslednji zadatak, dok esesovske trupe preturaju po ruševinama u potrazi za preživelima i beguncima, bio je veoma loša zamisao. Naročito što su sadisti čizmaši zapravo tragali za kurirom Pokreta otpora i krijumčarem poznatim kao Beli Miš, a ti si, gospođice Nensi Vejk, bivša novinarko i potonja razmažena princezo viših slojeva Marselja, zapravo *bila* taj Beli Miš – što je tu zamisao i činilo tako nimalo dobrom i nimalo pametnom, i uopšte vrlo lošom.

Doduše, nije imala izbora. Svaki zadatak na koji je upućivana bio je važan, ali ovaj je bio od presudnog značaja i morao se obaviti danas, sve i ako su Nemci svet oko nje cepkali u froncle. Izašla je odlučno iz raskošne vile gde je živela sa Anrijem, provukla se između patrola, pronašla određenu osobu, primorala unezverenog smutljivca da ispuni pogodbu i dobila ono po šta je došla. Paketić je bezbedno skrivala pod pazuhom, umotan u gomilu nacističkog smeća Višijeve štampe. Koštao ju je dve hiljade franaka i vredeo svakog santima – *ako* se bude vratila živa.

Morala je odmah da izađe odatle. Nije bilo nade da će stići na sledeći sastanak ako je uhvate i preslišaju, makar pali i na priču nalik: *Ja, gospodine oficiru? Oh, skrenula sam u pogrešnu ulicu na povratku iz parnog kupatila. Tako otmeno izgledate u toj uniformi. Mora da vam je majka zaista ponosna.* Sâm bog zna koliko puta se u poslednje dve godine izvukla zavođenjem, s tračkom ruža na usnama, tajnim porukama i delovima radio-aparata ušivenim u tašnu ili čvrsto pričvršćenim za butinu. Zaista mora, *mora* da stigne na taj sastanak.

Dva muškarca su već bila u predsoblju. Dođavola, dođavola. Ako bi uspela da ih nekako istera na ulicu, mogla bi da pobegne kroz zadnji izlaz. Ili to, ili da zapuca.

Posegla je za tašnom, izvukla revolver i ovlažila usne. Nema svrhe preispitivati se, ovo se jednostavno mora učiniti. Podigla je glavu i preko ivice raznesenog prozorskog okvira bacila pogled levo i desno niz ulicu. Kuća preko puta i dalje je imala deo drugog sprata, kao i ona do nje, na istočnoj strani. Neko je škrtario na eksplozivu. Nensi je ugledala stočić i nasred njega vazu u sobi bez zidova i tavanice. Jedna jedina ruža u njoj njihala se na povetarcu kako je vukao cug od plamena. Odlično.

Nensi je otvorila burence revolvera, ispraznila zrna u dlan, a zatim ih zafrljačila preko uske uličice. Vojnik na ulici se okrenuo, namrgođen, naslutivši kretanje. Nensi se ponovo pribila uza zidić, zadržavajući dah. Jedan. Dva. Začuo se prasak, kada je vatra konačno stigla do prvog metka, a zatim još jedan.

– Uzvrati paljbu!

Dvojica vojnika u predsoblju izleteše na ulicu i osuše paljbu prema zgradi u plamenu. Nensi je osetila miris kordita kad se iskrala iz sobe i potrčala ka zadnjim vratima. Patrola je i dalje pucala na duhove. Odgurnula je zadnja vrata, protrčala kroz usko, ruševinama zasuto dvorište, i poletela ka lavirintu bezimenih uličica sve dok se nije našla u prilično mirnoj Ulici Bon Paster. Pustoj. Potrčala je niz brdo uz pobedonosni usklik, s paketićem pod jednom rukom, dok je drugom u rukavici pridržavala otmeni slamnati šeširić, iz sve snage se upinjući da se ne smeje i leteći ka trgu poput deteta koje juri na biciklu.

Pravo na još jednu patrolu. Zamalo. Stajali su joj okrenuti leđima. Pribila se uz najbliži zid i polako uspinjala uz brdo. S prozora na spratu kuće preko puta posmatrala ju je mačka i trepnula ka njoj.

Nensi ju je posmatrala odozdo, pritisnuvši kažiprst na usne, u nadi da živuljka ne može s tolike udaljenosti da zaključi kako je u pitanju osoba koja više voli pse. Pola metra istočno ugledala je početak tihe i prazne ulice. Sokače, jedva dovoljno široko da se prođe i zatrpano svakojakim đubretom.

Stigla je do njega i ušunjala se postrance, trudeći se da kaputom ne dotiče zidove koji su se činili sumnjivo masnim. Isto je bilo i s kaldrmom. Gospode, kakav smrad. Čak ni odvodi na ribljoj pijaci usred leta ne zaudaraju tako. Disala je na usta, zaglušena snažnim damarima srca. Nadala se da će joj služavka spasti cipele, iako su je nažuljale. Uto ponovo začu glasove patrole. Uhvatili su nekog jadnika i slušala ih je kako se izdiru na njega, kao i njegove blage odgovore. Zvučao je očajno, prestravljeno.

– Ne pokazuj im da se bojiš, druže – prošaptala je kroz stegnute zube. – To ih samo dodatno uzbuđuje.

– Na kolena!

To ne valja. Nensi je podigla pogled ka tananoj traci blistavoplavog neba iznad sebe i prošaptala molitvu. U boga nije verovala, ali možda Francuz ili Nemac s pištoljem jesu. Koliko li se ljudi skriva po kućama oko njih, osluškuje, prestravljeni da se mrdnu. Možda se i oni mole. Možda će i to nešto promeniti. A možda i neće.

Začula je škljocanje oroza, zatim krik i bat nogu ka njenom skrovištu. Budala je pokušavala da pobegne. Pucanj je odjeknuo o visoke zidove. Začula je krkljanje, veoma blizu nje, u trenutku kada je odjeknuo pucanj i pogledala u stranu taman da ga vidi kako pada, ispruženih ruku, uporedo s njenim skrovištem nasred strme kaldrmisane ulice. Lice mu je bilo okrenuo ka njoj. Gospode, on je samo dete. Imao je najviše osamnaest godina. Zurila je u njega i učinilo joj se da ju je video. Imao je maslinastu kožu dečaka rođenog pod marseljskim suncem, tamnosmeđe oči i visoke jagodice. Nosio je lanenu košulju radnika iz te oblasti, istanjenu pranjem, ali koju je posvećena majka očuvala zaslepljujuće belom. Bože dragi, njegova majka. Gde li je ona? Krv mu je tekla iz grudi i slivala se niz padinu između izdignutog, zakrivljenog kamenja. Usne su mu se micale, kao da želi da joj saopšti neku tajnu. A onda mu je lice zaklonila čizma nemačkog vojnika. Pogledao je unazad ka trgu i doviknuo nešto što Nensi nije razumela. Kratak odgovor.

Vojnik je skinuo pušku s ramena, otkočio je i podigao. Napravio je pola koraka unazad, pa je Nensi ponovo ugledala mladićevo lice. Svet se suzio na ovo parčence kaldrme, žuti, malterisani zid naspram nje obasjan suncem i pokret umirućih dečakovih usana. BUM! Krv i mozak potekoše ulicom. Telo mu se trznulo i ostalo nepomično, a svetlost u očima iznenada je potpuno nestala.

Nensi oseti navalu besa. Raspojasana, krvožedna kopilad. Zavukla je ruku u tašnu i stegla dršku revolvera, ali se s gorčinom priseti da je prazan.

– E, serem ti se – reče vojnik tiho, brišući krv s poruba šinjela. Stajao je preblizu. Sledeći put će biti pametniji. Podigao je pogled ka prozoru na kojem je ranije sedela mačka, a zatim levo i desno duž ulice. Nensi nije imala kud. Još koji časak i primetiće je, tu nije mogla ništa da učini, a ako ne može da ga ubije, moraće da ga prevesla. Pripremala je izgovore i laskanja. Treba li da glumi preplašenu devojku? Ili možda razjarenu francusku domaćicu, koja bi čak i esesovce prepala pričom o muževljevom bogatstvu i prijateljima na vrhu društvene lestvice? Napad može biti najbolja odbrana. Čak i da mu se samo prodere u lice bi joj donelo zadovoljstvo, makar je na kraju ustrelio.

Još jedan povik s trga i vojnik se okrenuo. Spustio se nizbrdo, zabacivši pušku na rame, i ostavljajući Belog Miša u skrovištu, da se trese od besa.

Morala je da pričeka, pa je brojala do pedeset, zagledana u lice mrtvog mladića. Jedan. Hitler drži govor u Berlinu, Nensi je u uskom krugu novinara, ne razume reči, ali oseća raspomamljen, ružan polet gomile. Osvrće se ka prijateljima, stranim izveštačima koji poput nje žive u Parizu, i svi su došli u Nemačku da vide šta to smera ovaj smešni čovečuljak. Svi do jednog behu stariji i daleko iskusniji od nje, ali izgledali su podjednako uplašeno i zgađeno. Dva. Beč, siledžije u braon košuljama iz Šturmabtajlunga razbijaju prozore jevrejskih prodavnica, izvlače vlasnike na ulicu vukući ih za kosu, a zatim ih bičuju pred susedima, dok ovi okreću glave ili se smeju i tapšu. Tri. Poljska je napadnuta, a zatim slede objava rata i meseci čekanja. Četiri, tiskanje izbeglica u njenoj ambulanti kad je pala Francuska. Pet. Nemački avioni zasipaju vatrom iz mitraljeza kolone ženâ i dece koji beže. Šest. Anri se teška srca vraća kući s fronta, ponižen brzinom poraza Francuske. Sedam. Dan kada je pao Pariz.

Slike naviru postojanim redosledom. Nensi steže pesnice. Tog dana u Beču se zaklela da će iskoristi svaku priliku koja joj se ukaže da naudi nacistima, a sve što je od tada prošla samo ju je učvrstilo u tom uverenju. Hranila je tu mržnju prema njima. Radovala se svakoj sićušnoj pobedi. Verovala je da je Hitler ludak koji će tresnuti o ogromnu stenu Rusije i tu skončati. Učinila bi bilo šta da propast njegovog zlokobnog, mržnjom ispunjenog režima učini makar za tren bližim. Znala je kako bi trebalo da se boji, primiri se, kloni se nevolje i čeka dok Hitler i njegova mrska banda ne puknu, ali bila je suviše ljuta da bi se bojala, a nije umela da ćuti.

Pedeset. Ovaj čovek. Ovaj dečak, koga su zatekli okupacija i uništenje Stare četvrti u Marselju, a nehajno ga ubio uljez s puškom. Svetlost koja mu napušta oči. Nensi je ponovo zakoračila na ulicu i spustila se do pijačnog trga, ne gledajući u leš. Nikada ga neće zaboraviti. Otključala je bicikl privezan uz ogradu pored fontane i, stavivši paketić u pletenu korpu, izvezla se iz četvrti.

Pošta je stigla do obale gde je Mediteran svetlucao poput dragulja pod hladnim zimskim nebom, skinula je rukavicu, nagnula se unapred i savršeno oblikovanim noktom prešla preko ivice novina koje su poslužile kao uvijač, presekavši ih resko kao nožem. U paketiću se nalazila boca *kruga 1928*, šampanjca stare berbe, koji je Anri naručio one večeri kada su se upoznali u Kanu. Nensi je okrenula paketić tako da se poderotina ne vidi i odvezla se do otmenog dela grada u kojem je živela sa Anrijem otkako je rat počeo. Užas posmatranja dečakove smrti polako je bledeo. Podigla je lice ka suncu i pustila da joj povetarac rashladi kožu. Prokleti Nemci. Ucenili su glavu Belog Miša, dakle njenu, na sto hiljada franaka, znači sigurno radi nešto dobro. Stotinu boca izvrsnog šampanjca s crnog tržišta. Nazdravila bi tome, ali morala je da stigne kući i presvuče se za svoje venčanje.

2.

S prozora spavaće sobe, Anri Fjoka je pratio pogledom Nensi dok se uspinjala stazicom. Srce mu je zaigralo od poznate mešavine zadivljenosti, straha i ljutnje. I na dan svog venčanja morala je da odjuri na neki zadatak. Verovatno pisma za Pokret otpora, lažna dokumenta za još nekog izbeglicu koji očajnički želi da napusti Francusku, radio-delovi za ćelije otpora u Marselju, Kanu i Tuluzu. Nensi je, čini se, uvek bila u vozu, rizikujući život kako bi odnela novac i poruke nekom sumnjivom prijatelju prijatelja. Mrzeo je to. Labavost i skrpljenost mreže Pokreta otpora prisilila ju je da veruje neznancima, a ovih dana se ne može verovati ni sopstvenoj porodici. Anri je bio rodoljub – mrzeo je Nemce žarkim besom kao i Nensi, pa je bogatstvo i trpezu delio sa svakim ko je mogao naneti štetu neprijatelju. Ipak, i dalje je svim srcem želeo da ne mora s njima da deli i buduću suprugu. Nensi se izgleda rodila neustrašiva, ali Anri je i te kako znao šta je strah. Ljubav prema njoj naučila ga je tome.

Prislonio je ruku na prozorsko staklo kada je ušla u kuću i šapatom joj izgovorio ime. Ah ta cura, uletela mu je u život poput meteora, i sa sobom u jednakoj meri donela svetlost, čaroliju i metež. Zaljubio se u nju odmah, nepovratno, te prve noći kada su se upoznali. Učinilo mu se kao da se bacio s ruba litice u zapanjujući zagrljaj okeana, ali nije bio siguran šta uopšte želi od njega. Bio je dosta stariji od nje, a njegov je život, uprkos raskoši, bio jako dosadan u poređenju s njenim. Nakon godinu dana je shvatio kako ne mari za njegov novac. Oh, uživala je u trošenju, baš kao i u svakom novom uživanju koje bi otkrila, ali činila je to s detinjim oduševljenjem. S vremenom je saznao za Nensine rane godine bede i bekstvo iz Australije u Ameriku i London kad joj je bilo šesnaest godina. Beznađe da između sebe i tog nesrećnog detinjstva stavi okean, pola sveta, pretvorio se u životinjski apetit za uživanjem i žestoko samopouzdanje. Nakon još godinu dana, Anri je shvatio da je čak i Nensi s vremena na vreme potreban neko na koga bi mogla da se osloni, a ona je odabrala njega.

Odabrala je njega.

U grudima mu je planuo ponos.

Večeras će moći da je nazove svojom ženom. Znao je da samim tim što će se udati za njega neće prestati da crpi njegovo bogatstvo i izlaže se suludim rizicima kako bi pomogla Pokretu otpora – nije se nimalo zanosio da će biti tako – ali danas, ili barem večeras, znaće gde je i da mu pripada.

– Možda bi trebalo *ja* da porazgovaram s Nensi – začuo se glas iza njega, tanak i nazalan. – Ako ne može da stigne na vreme kod frizera na dan venčanja, možda i ne želi da se uda.

Anri baci pogled preko ramena. Njegova sestra je sedela na ivici postelje poput ostarelog ždrala. Kao mlada, bila je lepa devojka, čak i s tim duguljastim licem i tankim usnama, ali nekako je uza sve bogatstvo postala ogorčena, i to ju je, verovao je, učinilo ružnom. Zahtevala je da ga otprati na sprat kad je rekao da će se obući, očajnički želeći da učini i poslednji pokušaj i navede ga da odustane od venčanja.

– Možeš pokušati ako želiš, Gabrijel. Ali ona će ti samo reći da odeš i ostaviš je na miru. Seti se, nju ne sputava bratska ljubav. Ja te možda neću izbaciti iz sobe, ali ona hoće.

Gabrijel je zanemarila nagoveštaj, ma koliko značajan bio. Nastavila je visokim, zujavim glasom poput komarca. – Reći ću još ovo za nju – na francuskom ume da psuje poput mornara pred isplovljavanje. Gde je, zaboga, naučila takav jezik, Anri? Odvratno je.

Anri se nasmešio. Slušati Nensi kako bogara na usvojenom jeziku bilo mu je jedno od najvećih uživanja u životu.

– Prirodno je nadarena za jezike, Gabrijel.

– Pobogu. Uz to je bez miraza! Odbija da postane katolikinja! Veruje li uopšte u Boga?

– Sumnjam.

Zujanje se nastavilo višim tonom. – Kako si mogao, Anri? Kako si mogao da ukaljaš našu porodicu tom prljavom, malom australijskom kurvom?

Time je preterala. Čak je i bratska ljubav imala granice. Anri je uhvatio sestru za ramena, podigao je s kreveta i odlučno je odgurnuo prema vratima.

– Gabrijel, još jednom progovori o mojoj ženi na taj način i više nećeš kročiti u ovu kuću. Kad bih morao da zamenim novac, posao i dragu porodicu za sat vremena u Nensinom društvu u najofucanijem baru na Monmartru, učinio bih to bez imalo oklevanja. A sad, napolje.

Gabrijel je shvatila da je preterala i zavapila je, preklinjući. – Samo se brinem za tebe, Anri – uspela je da izusti kad joj je zalupio vrata pred nosom.

Hvala bogu što ne zna za Nensin rad u Pokretu otpora, pomisli Anri. Ni časila ne bi da odskakuće do Gestapoa, što zbog mržnje prema Nensi, što zbog pohlepe za nagradom zbog koje bi rado okrvavila kandže.

Vratio se do ogledala i pogladio kosu. Otkako je počeo rat, prijatelji su mu govorili da izgleda mlađe. Nije želeo da im kaže kako oni zapravo brže stare. Ne bi želeo da ih uvredi, jer bili su verni suprugama, time što bi istakao kako mu je Nensi, tinejdžerka izbegla s drugog kraja sveta, pružila svrhu i nadu dok su se oni teturali, zapanjeni porazom Francuske, begom britanskih vojnika iz Denkerka, a onda i užasnim bombardovanjem francuske flote kod Mers el-Kebira na obali francuskog Alžira, koje je naredio niko drugi nego Čerčil. Više od hiljadu Francuza stradalo je od britanskih bombi. To je potreslo njegove sunarodnike i oni su se povukli u svoje kuće suočeni s činjenicom da su Nemci sada smatrali kako poseduju celu zemlju. Nije bilo tako. Francuska će se na kraju podići. Nensi ga je naterala da poveruje u to. Kakav bi mu bio život bez nje? Zadrhtao je. Paklen, siv.

Uz to se, naravno, činilo da je Nensi najbolja prijateljica sa svim mešetarima crnog tržišta na Rivijeri. Njihov sto je uvek bio krcat svežim mesom, pa su delili hranu s prijateljima koji nisu imali ni veze ni novca. Anri nije mogao da se seti da su Nensi i on kod kuće sami obedovali bar godinu dana unazad.

Začuo je kucanje na vratima.

– Šta je? – brecnuo se otresito, pomislivši da je njegova sestra možda skupila hrabrost za poslednji napad.

Nensi se ušunjala poput mačke. Jedva da je bila u kući deset minuta, ali eto je, ukovrdžane kose podignute da joj uokviruje srcoliko lice, punih usana tamnocrvenih poput trešnje na beloj napuderisanoj koži, dok joj se plava haljina talasala i prelazila preko punih oblina grudi i bokova.

– Hoćeš li me odsad tako pozdravljati svaki put kad ti pokucam na vrata garderobe, Anri?

Krenuo je ka njoj sa sjajem u očima, ali ona podiže ruku.

– Nemoj da me izgužvaš, čudovište jedno! Samo sam htela da znaš kako sam spremna da me učiniš poštenom ženom, ako te Gabrijel nije ubedila u suprotno – namignula je. – Iako sam je upravo spazila kako šmrče u maramicu dole u hodniku, pa pretpostavljam da joj nije uspelo.

Stavio joj je ruke na bokove, osećajući kako joj plava svila haljine klizi po koži, ali nije pokušao da je poljubi.

– Kako si mogla da izađeš danas, Nensi? Usred ovog pakla. I to na dan našeg venčanja?

Stavila mu je ruku na obraz. – Oprosti, ali nemoj da brundaš na mene, matori medo. Bilo je važno, barem meni. A sad sam kod kuće.

– Jesi li videla nove plakate koji nude sto hiljada za Belog Miša? Čini se da vaš štos sa izvlačenjem zarobljenika iz Pjužea nije prošao nezapaženo.

– Vredelo je – odvrati, nežno skidajući njegove ruke s bokova pre nego što bi stisak oštetio nežnu i izuzetno skupu svilu. – Ti ljudi sad mogu nešto i da učine. Iako je taj britanski vazduhoplovac pravi seronja. Žalio se na hranu i na to kako je sigurna kuća tesna kao da se nismo svi doveli u opasnost da završimo pred streljačkim vodom ne bi li spasli njegovu jadnu guzicu.

Anri se odmakao od nje. Gabrijel je uvek govorila o drugim ženama koje je mogao izabrati za supruge, lepim, otmenim i poslušnim Francuskinjama. Pomno bi vodile troškovnik i ostajale kod kuće u miru. Međutim, svaka druga žena na svetu nestala bi čim pomisli na Nensi. Njena vatrenost i oštar jezik. Odbijanje da se boji. Išla je protiv sveta licem u lice, kao u ringu. Preklapanje te dve slike u njegovoj glavi, izubijane bokserske gromade i ove prelepe mlade žene u plavoj svili i s tamnocrvenim ružem, natera ga u smeh i ona ga upitno pogleda.

– Beli Miš je loše ime za tebe, Nensi. Ti si lavica. Pa dobro, hoćemo li se venčati?

Navukao je sako, a ona mu se ponovo približi kako bi mu popravila kravatu. Osetio je miris *šanela* na njenoj toploj koži.

– Da, mesje Fjoka. Hoćemo.

Zabava u *Hotelu Luvr e Pe* bila je pun pogodak. Čak ni kiseli pogledi Anrijevih članova porodice nisu mogli da pokvare savršeno radosnu pobedu. Ako su se neki i pitali kako je nova gospođa Fjoka uspela da pribavi takvo obilje i raskoš za veliki dan, zadržali su sumnje za sebe i mahnito navalili na ozbiljan posao uživanja.

Nensi je bila van sebe od sreće. Znala je da će se o zabavi pričati u gradu i da je Anrija učinila ponosnim. Svaki sat proveden u raspravama i prepirkama s kuvarima, cvećarima i krojačima vredeo je truda. Eto ti na, Marselju. Zavukla je ruku u njegovu ispod stola u čelu pozlatom ukrašene plesne dvorane. Bio je okrenut na drugu stranu i razmenjivao šale s jednim od njegovih poslovođa u brodogradilištu, ali stisnuo joj je blago vrhove prstiju i palcem joj protrljao unutrašnju stranu dlana tako da je zadrhtala.

– Madam Fjoka – obratio joj se glas s druge strane. Bio je to Bernard, upravnik hotela i jedan od Nensinih omiljenih prijatelja. Odmaknuo se kako bi dopustio podređenom da na sto stavi srebrnu kiblu s ledom i čiste čaše ispred Nensi i Anrija, a zatim je podigao ohlađenu bocu iz leda, pokazao joj je i, pošto je klimnula glavom, otvorio je. Držao je bocu uvežbanom rukom, a piće je poteklo šumeći i napunilo im čaše.

Anri se okrenuo od prijatelja, ugledao etiketu i da se radi o staroj berbi, i glasno se nasmejao. – Kako ti je to uspelo, Nensi?

– Rekla sam ti da sam išla na vrlo važan zadatak danas, matori medo.

Odmahnuo je glavom, ali prihvatio je čašu od Bernarda s nevoljnim osmehom na usnama.

Nensi je ustala i viljuškom kucnula po punoj čaši. Krajičkom oka je spazila kako se Gabrijel, koja je sedela kraj svog jednako neprijatnog oca Kloda, ukočila. Mlada da nazdravlja na venčanju? Nedopustivo! O da, Nensi je htela da nazdravi.

Mahnula je rukama. – Molim za tišinu, nevaljalci!

Vođa muzičke grupe prekinuo je svirače u punom zamahu, a Nensini prijatelji su ućutkivali jedni druge uz kikot. Nensi je podigla čašu.

– Hvala! Nažalost, moj otac danas nije mogao da bude ovde, ali šalje pozdrave iz Sidneja – nagađala je Nensi. Nije ga videla od pete godine. – A moja majka nije ni bila pozvana, a da je poznajete, shvatili biste koliki sam vam učinila – nastavila je. Ta zlobna žena skučenog uma u zlobnoj skučenoj kući, s *Biblijom* u jednoj i štapom u drugoj ruci. Neka trune. – Zbog toga ću pokušati da nazdravim u svoje ime. Večeras nazdravljam svom mužu – zastala je zbog klicanja i zvižduka – čašom *kruga* iz 1928, jer je tu berbu naručio u noći kad smo se upoznali, dok je Francuska još bila slobodna. Ipak, bio rat ili ne, s nacistima na našim ulicama ili bez njih, kažem vam večeras: dok smo u srcima slobodni, Francuska je još slobodna. Anri, znam da sam teška, skupa i nezgodna žena, ali ti si moja stena i zajedno ćemo izgraditi život dostojan ove berbe. Zaklinjem ti se.

Anri je ustao, prislonio čašu uz njenu i na trenutak, kad su im se pogledi sreli, bili su jedini ljudi na svetu.

– Madam Fjoka – rekao je Anri i otpio gutljaj šampanjca.

Neko je glasno uzdahnuo u gomili, a čak je i Nensi osetila peckanje suza u očima. Ne. Večeras je proslava.

– Dovraga s pristojnošću – rekla je i iskapila čašu, a zatim se okrenula i podarila prisutnima svoj najbolji, najširi osmeh, kojem je bilo nemoguće odoleti.

Klicali su iz sveg glasa, oduševljeni i prkosni. Vođa muzičara je shvatio da je pravi trenutak i započeo brzu verziju „Kada sveci marširaju“. Konobari su krenuli da čiste stolove i sklanjaju ih s puta kako bi započeo ples, pogurani teturavim poletom Nensinih najozloglašenijih prijatelja.

Anri je stavio čašu na sto i poljubio suprugu.

Nensi je krajičkom oka primetila kako Gabrijel trlja oči lanenom maramicom, pa mu je strastveno uzvratila poljubac i bacila mu se u zagrljaj poput zanesvešćene holivudske zvezde. Pljesak i povici bili su dovoljno glasni da se čuju niz obalu.

3.

Prošao je još sat vremena pre nego šta je Nensi imala priliku da porazgovara s Filipom i Antoanom o onome što je videla tokom uništenja Stare četvrti.

Antoan, tamnokos i mršav, ali žilav i snažan s tim svojim uskim ramenima, bio je jedan od najuspešnijih krijumčara ljudi na jugu. Radio je s Nensi, Škotlanđaninom po imenu Garou, kojeg nikad nije upoznala, i belgijskim pripadnikom Pokreta otpora zvanim O'Liri, a svi zajedno su vodili begunce u usamljene sigurne kuće i pronalazili vodiče koji će ih preko Pirineja prebaciti u nešto sigurniju Španiju. Učinili su to desetak puta. Filip, nižeg rasta i četvrtastog, preplanulog lica, izgleda kao da je upravo došao s njive čak i kada je nosio večernji sako, bio je izvrstan falsifikator. Gotovo besprekorne propusnice, boravišne i putne dozvole izranjale su iz njegove podrumske radionice dan za danom i nosile one retke sretnike s prijateljima u Pokretu otpora duž vijugavih železničkih šina i u seoskim autobusima u tajnovitost skrovitih mesta, ili od jedne do druge sigurne kuće širom Francuske sve dok ne bi našli put do broda za Englesku.

– Jednostavno su ga ubili – rekla je Nensi. – Nasred proklete ulice. Više se čak i ne pretvaraju da se drže zakona – dodala je. Slika smrtonosnog pucnja, mlaz moždane tvari i krvi zatreperili su joj pred očima i ona sruči ostatak pića. Odmah iza njih bučno je iskočio čep od šampanjca i Antoan se načas ukočio, a zatim slegnuo ramenima.

Preumorni su čak i da bi se ljutili, pomisli Nensi i ispruži čašu. *Moram da obuzdam bes.*

Ugledao ju je konobar u prolazu, i ona začu šum dolivanja šampanjca u čaše. Zazvučalo je poput šuštanja njene krvi u ušima kad god bi pomislila na tog mrtvog dečaka. Sivo. Crveno. Žuto. Plavetnilo neba. Osetila bi svaki trenutak toga.

– Zabrinut sam – rekao je Antoan. – Moji vodiči su triput morali da se vrate zbog pojačanih patrola prošlog meseca, baš kad smo imali ljude za prebacivanje. Možda bi trebalo da se pritajimo, obustavimo delovanje ili bar usporimo na neko vreme. Neko je progovorio. Ili je neko neoprezan.

Nensi je osetila njegov pogled. – Ne gledaj u mene. Ne govorim vam ni odakle su ti odresci koje jedete za mojim stolom. Ja sam vam sušta tajnovitost – namignula mu je preko ruba čaše.

– Antoan je ipak u pravu – reče Filip oštro, a držeći krupnim šakama čašu za šampanjac kao da bi mu svakog trena mogla eksplodirati među prstima. – Nensi, u Marselju je novi Gestapoov lovac na špijune. Radi se o čoveku po imenu Bem. Za svega nekoliko nedelja uništio je našu najbolju mrežu u Parizu. Skoro niko se nije izvukao. Služio je i na istoku, a sad je ovde. Dolazi po Belog Miša. Po tebe. Moramo biti na oprezu.

Na oprezu. Svi su želeli da Nensi bude oprezna, učtiva, da sedi na ivici stolice skupljenih kolena s rukama u krilu i nikad nikoga ne gleda u oči. Ma, jebeš to.

– Oh, opustite se, momci. Neće me pronaći. Svi znaju da sam samo devojka sa skupim navikama i bogatim mužem. Ko će prepoznati Belog Miša u madam Fjoki koja ide u kupovinu?

– Nensi, shvati nas ozbiljno – usprotivio se Antoan. – Ovo nije igra. Čak i ako Gestapo ne sumnja u tebe, šta je s muškarcima u tvom životu? Misliš da Anri može nastaviti da usmerava polovinu svog bogatstva za naš cilj, a da ne privuče pažnju?

To ju je žacnulo. Mada, Anri je odrastao čovek i donosi sopstvene odluke, rekla je sebi. Da, i on je stalno upozorava kako treba da bude oprezna, a ona nastavlja po svome, ali...

– Jedini način da pobediš nasilnika je da ga tresneš pesnicom u nos – rekla je. – To zna svako ko je ikada bio u školskom dvorištu – dodala je turobno, sa opasnim bleskom u očima. Osetila je dodir na ramenu i okrenula se. Bio je to njen muž. Kako je uspevao da izgleda tako opušteno, tako smireno nakon čitave reke šampanjca koju su popili? Svaki drugi muškarac u prostoriji izgledao je zajapureno i nelagodno stojeći pored njega. Iznenadni nalet ponosa isterao je bes iz nje.

– Nensi! Obećala si! Danas nema priče o poslu – pogledao je Filipa i Antoana. Domunđavali su se kao školarci.

– Samo smo tražili od Nensi da bude oprezna, mesje Fjoka – rekao je Antoan.

Anri im se osmehnuo. – Srećno, nadam se da ćete imati više uspeha od mene. Draga, hoćemo li da zaplešemo?

Nensi je prihvatila ispruženu ruku, a zatim preko ramena mahnula Antoanu i Filipu. Proklet bio oprez. Anri je junak i ume da se brine za sebe, a ona se neće smiriti ako ima priliku da makar još samo jednom raskrvavi nos nacistima.

Gosti su se odmaknuli kako bi mladencima dali prostora da odigraju valcer. Anri je bio izuzetan plesač. Nensi je mogla jednostavno da se prepusti, dopuštajući sebi da je on vodi preko lakiranog drvenog poda. Naslonila se na njegovu ruku i osećala se kao da leti. Kada je otvorila oči, on ju je prodorno posmatrao, ali na način koji je u njoj probudio oprez.

– Hoćeš li da me grdiš?

Rukom ju je lagano stisnuo oko struka. – Mislim da moram. Provodiš svadbeno veče sa članovima Pokreta otpora. Stavljaš život na kocku za bocu *kruga*.

Razrogačila je oči. Još su bili na ivici igre, da im je sve to bilo užasno zabavno: rat, opasnost, on kao mudrac i mudar muž koji odmahuje glavom nad preterivanjima mlade supruge. – To su mi prijatelji, a *krug* sam nabavila za *tebe*, dušo moja.

– Nije mi potreban šampanjac, Nensi – nije se više igrao. – Potrebna si mi ti.

Privukao ju je sebi. Napolju se začulo hučanje, kao prvi nagoveštaj letnjeg severca, a zatim i potmula, grčevita eksplozija. Lusteri su se zatresli, a tanani sloj gipsane prašine zašaputao je s tavanice.

Anri joj je pustio struk, uhvatio je za ruku i visoko je podigao. – Bernarde, *mes amies*, još šampanjca i *Vive la France!*

Prisutni se ponovo ohrabriše i stadoše da kliču. Muzičari su zasvirali brzu, raskalašnu melodiju, a plesači su rasterali prašinu vrteći se po podijumu. Nensi se glasno nasmejala, zabacivši glavu, i dopustila da je ponesu svetla, piće, dodir Anrijevih ruku.

Čak ni nakon četiri sata plesanja, Anri nije želeo da se svađa. Večeras će svoju ženu preneti barem preko jednog praga. Podigao je Nensi u naručje i odneo je u spavaću sobu, a zatim ju je nežno spustio dole na debeli tepih.

– Anri – rekla je, položivši mu ruku na grudi. – Moram da te pitam nešto vrlo važno. Potrebna mi je tvoja pomoć.

Namrštio se. To je ličilo na Nensi, da priček pogodan trenutak, a zatim zatraži nešto nečuveno i opasno. Više novca. Da koriste dom u

Alpima kao utočište za zatvorenike. Da upotrebi njegov posao kako bi krijumčarila oružje i ljude. Obveznicu za kupovinu sigurnosti još jedne jevrejske porodice u Engleskoj. Gledala ga je kako se priprema za napad i široko se nasmešila pre nego što se okrenula.

– Ne mogu da dohvatim rajsferšlus...

Tiho se nasmejao i veoma polagano posegnuo za nežnom kvačicom i otkačio je, a zatim povukao rajsferšlus naniže, prateći njenu izloženu kožu zglavcima prstiju. Približio joj se i poljubio je u vrat.

– Anri, neću se izvinjavati zbog toga ko sam. Znao si kime ćeš se oženiti – rekla je, naslonivši se na njega.

– Ne bih to ni tražio od tebe, Nensi – reče prigušenim glasom, koji je izgarao od želje. Prešao joj je šakama oko struka, pritiskajući dlanovima njen stomak.

Nensi je osetila potrebu za njim, bol pod njegovim prstima.

– Oprosti. Žao mi je što ne mogu da budem kao one druge žene. Pomisao da ću te povrediti je užasna, ali isto tako i pomisao da dopustimo tim gadovima da pobede. Ne smeju pobediti. Zato te neću lagati i obećavati kako ću prestati. Ne mogu.

Uzdahnuo je i okrenuo ju je ka sebi. – Obećaj mi samo da ćeš pokušati da budeš pažljiva. Možeš li to da mi učiniš? – upita je opet toplim, popustljivim glasom.

Klimnula je glavom.

Odveo ju je do malog dvoseda i stočića u uglu sobe pored prozora i posadio je pored sebe.

Nensi se okrenula na dvosedu i zadigla suknju kako bi mogla da sedne na njega. Podigla je ruke i oslobodila kosu dijamantne kopče, i pustila da joj svila sklizne niz telo i skupi se oko struka.

– Anri Fjoka, jebote, kako te volim.

Provukao joj je ruke kroz kosu, privukao je k sebi i strasno je poljubio.

4.

Major Markus Fredrik Bem vratio je telefonsku slušalicu u ležište. Svrha poziva bila je da mu saopšte kako će ga konačni izveštaj o čišćenju Stare četvrti ujutru čekati u njegovoj kancelariji u Ulici Paradi, ali bilo je jasno da je operacija uspela.

Pre Bemovog dolaska u Marselj, izgledalo je da nemačke okupacione snage svakodnevno gube ljude u tom pacovskom gnezdu. Ako biste unutra pratili osumnjičenog, završili biste, ako biste uopšte uspeli da izađete odande, praznih ruku ili prekriveni izmetom prosutim s gornjeg prozora na oduševljenje dokonih radnika na ulici. Bem je saslušao izveštaje i pritužbe muškaraca, kao i izgovore francuskih vlasti, a zatim je izdao naređenja.

Možda je polovina stanovnika Stare četvrti pokupila ćebad i posuđe i otišla kad su službena obaveštenja o iseljenju izlepljena po zidovima. Većina ostalih završila je uhapšena i ukrcana u vozove put logora. Veliki broj stranih ili francuskih Jevreja za koje je otkriveno da i dalje žive u Staroj četvrti pružio je konačan dokaz, kao da je bio potreban, kako su se hitro i bezobzirno novi zakoni sprovodili u delo prethodnih meseci. Oni koji su se borili, bežali ili se skrivali streljani su. Bem je postao Herkul koji je za tri dana počistio izmet u gradu.

Bacio je pogled u ogledalo sa okvirom od mahagonija iznad stočića za telefon i zagladio kosu. Iza sebe je ugledao odškrinuta vrata kćerkine sobe. Tiho im je prišao i pogledao unutra.

Telefon je nije probudio. Sonja je ležala sklupčana pod ćebetom, s plišanim zecem u naručju, i još sanjala. Njene meke, blede crte lica odavale su laku usredsređenost, isti izraz koji je imala sedeći za stolom u tihom času pre večere dok je crtala ili pisala pisma prijateljima u Berlinu svojim ogromnim krivudavim rukopisom. Krhka nevinost deteta. Svestan da bi je mogao probuditi, zakoračio je u sobu, pogladio joj kosu meku kao šapat iza uha i poljubio je u čelo. Da ona bude sigurna, da može živeti zaštićena i u miru.

Zatvorio je vrata što je tiše mogao i vratio se u salon. Po dolasku u Marselj, on, njegova supruga i kćer smešteni su u ovaj uredan stan u blizini sedišta Gestapoa u Ulici Paradi, koji je bio prava raskoš nakon uslova u kojima je izdržao u Poljskoj. Mala porodica je delila pet udobno nameštenih soba, kao počast njegovim uspesima u razbijanju stranih špijunskih lanaca u Parizu i uvođenju određenog poretka u Ajnzacgrupe na istoku kao i, nije se bojao da prizna, zahvaljujući supruginim izvrsnim vezama u stranci.

Pri slabom svetlu, sedeći kraj vatre, usredsređena na složeni goblen, njegova supruga je i sama ličila na dete. Odložila je vez čim je on ušao i otišla do komode da mu natoči piće. Seo je u naslonjač s druge strane kamina, uživajući u njenoj vitkosti i zgodnim nogama.

– Kapetan Heler me je zamolio da se izvinim što je zvao tako kasno, Eva. Nada se da nas nije uznemirio.

Donela mu je viski i sagnula se da ga poljubi dok ga je uzimao. – To je veoma lepo od njega, ali meni uopšte ne smeta. Znaš to.

Njen glas je bio prvo u šta se zaljubio – tih i zvonak, samouveren, ali ne i osoran. Uhvatio ju je za ruku i usnama lako okrznuo njene vitke prste.

– Zašto se smešiš? – upitala je pošto se vratila na mesto i podigla goblen.

– Zahvalan sam što mi je proviđenje poslalo takvu uzdanicu – rekao je, okusivši viski. Bila je to navika koju je stekao na doktorskim studijama u Engleskoj. Taj ukus ga je vraćao u studentske sobe i podsećao na kasnonoćne razgovore s vršnjacima.

– Mene ili Helera? – podigla je pogled ka njemu ispod trepavica.

Uzdigao je čašu prema njoj. – U ovom slučaju tebe, draga moja.

Klimnula je, zadovoljna laskanjem, a onda je iznenada utonula u razmišljanje. – Mislim da je Heler ipak dobar zamenik.

Bem je uz piće razmišljao o zameniku. Heler je nosio sitne okrugle naočare, ali je inače bio mladić zdravog izgleda. Čiste puti i mišićav, nimalo sklon gojenju. Bem je s njim radio od dolaska u Marselj i dosad se pokazao izuzetno sposobnim. Heler je izvrsno naučio francuski studirajući pravo u Grenoblu i, naravno, bio je nepokolebljiv pobornik nacističkih načela. Male okrugle naočare davale su mu učen izgled, ali bio je žestok i vrstan islednik. Bem mu se zbog toga divio – muškarcu koji je delovao tako blago, ali u sebi je krio izvorište nasilja. Iznenađujuće otkriće da taj blagi mladić nalik knjiškom moljcu može da nanese tako zastrašujući bol zaprepastilo bi neke zarobljenike možda čak i više od samog bola, pa bi propevali.

– Jeste. Veoma dobar.

Eva je presekla konac i otresla goblen na kojem je radila. Ugledao je sliku seoske kućice s kokoškama u dvorištu i pozadinom od stabala i brežuljaka u nizu. Podsetio ga je na krajolik oko Vircburga. Ako se nakon rata ne vrati u Kembridž, tamo će završiti istraživanje i pronaći baš takav skroman dom za Evu i Sonju.

– Trebalo bi da nešto učinimo za njega, zar ne? Pisaću stricu Gotfridu i spomenuti ga – rekla je, shvativši kako joj muž zagleda rad. – To je Sonjino najnovije remek-delo, samo ga dorađujem. Namerava da ga urami i pokloni ti ga, pa ne zaboravi da deluješ iznenađeno.

– Hoću.

Dala se u pospremanje, a glas joj je poprimio pomalo neodlučan prizvuk. – Kad smo već kod toga, danas sam primila pismo od Gotfrida. Kaže da za Šestu armiju kod Staljingrada nema nade. Trebalo bi da vidiš šta piše o njihovoj žrtvi. Užasno je dirljivo.

Bem je ispio piće. Kakva je to užasna žrtva bila. Spustio je praznu čašu na uglačani stočić. Međutim, nije sumnjao da će na kraju dobiti rat. Britanci će na kraju shvatiti kako je jedina nada da poraze komunizam da se udruže s Nemačkom protiv Rusije. Svaki vojni neuspeh u toj golemoj zemlji divljaka mogao je biti samo privremen. Za Slovene nije bilo pomoći i u prilog im je išla jedino sposobnost za patnju.

– Misliš li da nije u redu s moje strane što sam jako zahvalna jer smo zajedno u Francuskoj, a ne tamo? – upitala je Eva, i dalje ga ne gledajući.

Osetio je nalet sveže naklonosti prema njoj. – Ne, ljubavi moja. Možemo uvažavati njihovu žrtvu, a da u njoj ne saučestvujemo.

– Želiš li još jedno piće?

Zvučalo je primamljivo. – Ne hvala. Moram biti bistre glave, ima još toliko toga da se uradi.

Rekao je to sa osmehom u glasu, ali to je zaista bila istina. Raščišćavanje Stare četvrti bilo je izvrstan početak, ali znao je da koreni Pokreta otpora sežu i duboko i široko u ovom gradu. Za Francuze možda još ima nade, ali su se bez sumnje izopačili i pokvarili. Nemci su usvojili mudrost Dalekog istoka i upotrebili je da u potpunosti sagledaju svoju sudbinu, dok su se Francuzi predali raskošnim viđenjima Orijenta – osećajnim, grozničavim snovima zbog kojih su istrulili iznutra.

– Večera je uskoro gotova. Misliš li da si uspeo da uhvatiš svog miša?

Taj legendarni miš, koji je prebacio toliko begunaca i izbeglica u Španiju, izgrickao je toliko rupa u mrežama koje su Nemci bacili po južnoj Francuskoj.

– Možda. Vreme će pokazati.

5.

Mesec je posrebrio more. Nensi nije imala bogzna kakav izbor oko toga kada će se ova operacija izvesti, ali imali su sreće. Noć je bila dovoljno obasjana mesečinom i pratili su stazu do plaže bez mahanja bakljama.

Antoan im je doneo poruku od kontakta u Tuluzu. Britanska podmornica će se prikrasti uz obalu, spremna da preuzme odbegle zarobljenike. Podmornica je mogla da primi do petnaest ljudi, a mornari će odveslati do plaže da ih pokupe tog i tog datuma, u to i to vreme, dajte taj i taj znak, pričekajte taj i taj odgovor.

Sve je bilo pitanje poverenja. Da je poruka istinita, a ne izvitoperena, da su primili pravo mesto, vreme i šifre, da niko s kim je Nensi razgovarala dok je stupala u vezu s muškarcima koje je trebalo spasti i davala im uputstva gde i kada da je sretnu nije progovorio.

Oh, i da su Britanci, mada su rekli da mogu da prime do petnaest ljudi, ipak ostavili malo dodatnog prostora. U mraku, na ivici plaže, s Nensi je čekalo dvadeset muškaraca koji su morali da se izgube iz Francuske. Uglavnom se radilo o Britancima i nekoliko američkih vazduhoplovaca, momaka s farme u Ajovi sa zaraznim smislom za humor zbog kojeg ih je Nensi zavolela. Tri Britanca su nedelju dana bila zarobljena u sigurnoj kući izvan Monpeljea, razgovarali šapatom i trudili se da se ne miču mnogo po stanu kako ih komšija, zasigurno ubeđeni višista, ne bi čuo. Većina ostalih je pobegla iz tranzitnog logora na severozapadu zemlje. Nensi, Filipu i Antoanu je preko radija najavljeno šest muškaraca, ali vesti su se proširile logorom, pa su i ostali zahtevali da im se pruži prilika. Poslednjeg muškarca pokupili su iz sigurne kuće u samom Marselju, iako se nijedna kuća nije više činila tako sigurnom otkako je taj Bem stigao u grad. Zatvorenik se zvao Gregori. Bio je Britanac s majkom Francuskinjom, a Englezi su ga poslali da se padobranom spusti iza leđa neprijatelja, kako bi pomogli odanim Francuzima ili tako nešto. No Gestapo ga je već u drugoj nedelji pokupio na ulici. Ispostavilo se da se njegova veza u gradu dogovorila s vlastima.

Mesec dana je bio gost Gestapoa, sve dok tokom ispitivanja nije rizikovao život, bacivši se s prozora na prvom spratu pred zapanjenim stražarima. Nekako je uspeo da se izgubi u gužvi na pijaci i oni su ga spasli. Jedan čovek mu je dao kapu, drugi dugi plavi kaput kakav je nosila većina seljaka, treći klompe s nogu. Službenici Gestapoa koji su izleteli iz sedišta i dali se u poteru zatekli su se pred zagušenom ulicom, navodno slučajno. Zbunjeni prodavci s tezgi su se raspravljali oko teško natovarenih kolica. Vest o njegovom begu stigla je do pripadnika Pokreta otpora koji su u gradu još bili na slobodi, pa su ga pokupili i prebacili na Nensina pleća.

Gregori joj je na jedvite jade ispričao tu priču kroz slomljene zube. Inače bi ga poslali na put preko Pirineja, ali bez nade da će peške uspeti da stigne tamo. Nedostajali su mu svi nokti na desnoj ruci, imao je napukla rebra i slomljen zglob. Svaki deo tela bio mu je modar i izubijan. Nensi nije imala pojma šta da učini s njim osim da ga hrani i skriva dok nije stigla poruka da će ga preuzeti Kraljevska mornarica. Hvala Gospodu! Lično ga je preuzela i šetali su ulicama Marselja, ruku-podruku, izlomljeno lice su mu zamotali Anrijevim šalom, prikrili sitnu građu Anrijevim širokim kaputom, a on je virio u svet ispod oboda Anrijevog šešira. Autobusom su krenuli prema obali kako bi se pridružili ostalima i on joj se zahvalio. Tiho. Srdačno. Posle toga skoro da nije progovarao.

Nensi je proverila sat na mesečini. Prokleta kraljevska mornarica je kasnila. Nije bilo strašno, ne kasne bogzna koliko, ali ipak kasne. Koliko dugo bi mogli da čekaju ovde? Ako Britanci ne stignu, kako bi mogla te muškarce da smesti u sigurne kuće pre zore? Obala je ovde, istočno od Marselja, stenovita i strma, uglavnom od krečnjaka i u mraku je delovala sablasno. Ova plažica, obrubljena divljim grmljem žalfije i borovima, bila je jedno od retkih mesta na koje je čamac mogao da uđe. Nadala se da ništa nije pošlo po zlu. Ako je sve krenulo po planu, podmornica je sada u moru, na kilometar od obale, mračna i tiha, čeka da ove ljude provede kroz Gibraltarski moreuz i natrag u Britaniju kako bi se presabrali, ponovo naoružali i opet pridružili borbi.

– Kasne – prošaptao je Antoan tik uz njeno rame. – Doći će – rekla je odlučno Nensi.

U tami se začulo šuštanje i Filip im se pridružio. – Ima li traga? Kasne.

Isuse.

– Jesi li sigurna u vezi sa znakom, Nensi? – upitao je Antoan. – Možda bi trebalo mi njima da pošaljemo znak?

– Pobogu, momci, obuzdajte se – šapnula je. – Nećemo stajati na plaži i bleskati bakljama nemačkim patrolama u prolazu. Oni će *nama* prvi poslati.

– Možda je poruka bila lažna – uzdahnuo je Antoan. – Šta ako je potekla od Nemaca? Onda će nas lako pokupiti – zarobljenike, nas dvojicu i čuvenog Belog Miša. Sedimo ovde na obali kao da pravimo piknik na mesečini. Bog zna da je poruka stigla baš kad nam je najviše odgovaralo! Možda je ovo predobro da bi bilo istinito?

I njoj je to palo na pamet, naravno da jeste. Čuli su glasine: Nemci ukradu radio-uređaje i pošalju lažne poruke do Londona i nazad, a zatim pokupe otporaše, zarobljenike, očiste skladišta, opušteno, kao klinci koji kradu jabuke iz voćnjaka.

– Da su u pitanju Nemci, već bi dosad stigli, pobogu – rekla je otresito i ljutito.

Filip je progunđao, ali je gotovo naslutila njegov hitar, nevoljan osmejak.

– Dobro, Nensi. Ali ne možeš reći kako nije sve teže. Kapetan Bem je uhapsio desetak ljudi za koje znam. Koliko vremena će proći dok ne pokupi nekoga ko zna za nas? Previše je ljudi uključeno. Taj čovek s kojim mi je Anri rekao da razgovaram u fabrici, Mišel – uopšte mi se ne dopada. Suviše je prek.

– Sad se žališ što su se Francuzi konačno sabrali i uzvraćaju? – iznervirao ju je. – Ako ti je Anri rekao da razgovaraš s njim, sigurno je u redu.

– Anri je dobar čovek, ali je romantičan – bio je uporan Filip. – Misli kako je svaki Francuz otporaš u srcu. Ne želi da veruje kako i mi imamo fašiste. Jedan od onih žandara koje smo podmićivali novcem tvog muža na kraju će da progovori. Nije trebalo da im platimo da nam večeras čuvaju put. Bilo bi bolje da smo stavili na kocku mogućnost pojavljivanja policijskih patrola.

Antoan je coktao, ali Filip jeste bio u pravu. Što nije pomoglo. Antoan je doneo odluku i potplatio žandare, a da im nije ni rekao. Zaklinjao se kako veruje čoveku kojeg je platio, pravom francuskom rodoljubu, ali ako je toliki rodoljub, zbog čega ga je uopšte trebalo podmititi?

– Nensi!

Zagledala se u tamu i ugledala blesak baklje stotinjak metara od obale. Tri kratka bleska, pa jedan duži. Uključila je baterijsku lampu i uperila je u mrak. Dva duža bleska. Ponovo ju je isključila i čekala.

Činilo joj se kako je prošla večnost pre nego što je začula tiho pljuskanje vode, a zatim i nežno micanje šljunka na plaži dok su obazrivo izvlačili drveni čamac na obalu. Otišla je napred sâma. Posadu su činila dva veslača i muškarac za kojeg je pretpostavila da je oficir, a nosili su vunene pantalone i platnene kombinezone mesnih ribara.

– Spremni za proslavu? – upitala je.

– Majka je poslala balone – odgovorio je. – Gospode, ti si Engleskinja?

– Australijanka. Duga priča.

Klimnuo je glavom. Nije bilo najbolje vreme za razgovor. – Koliko paketa?

– Dvadeset. Jedna posebna isporuka iz Gestapoa, a tetka je poslala dodatne iz logora. Možeš li ih sve uzeti?

Oklevao je, a zatim odlučno rekao. – Snaći ćemo se. I izvinjavam se što kasnim, patrole su pojačane duž čitave obale. Ova putanja neće biti moguća u budućnosti. Mornarica ne sme ovde da ugrozi podmornicu kako bi pokupila begunce.

Okrenula se i mahnula muškarcima da izađu iz skrovišta oko ivice plaže. – Kopilad su i rutu preko Pirineja učinili gotovo neprohodnom. Požurite i pobedite u prokletom ratu, važi?

– Daćemo sve od sebe.

Klimnuo je sa uvažavanjem dok su muškarci uredno izlazili iz skrovišta među niskim rastinjem pored znaka za visinu nivoa mora i uz pomoć ulazili u čamac.

– Dobra predstava, draga moja.

Činilo se da će potrajati čitavu večnost, jer su muškarci ulazili u parovima. Oficir je svakih pet sekundi gledao na sat. Njegovi ljudi su raspoređivali mladiće u čamcu kako bi napravili mesta za poslednja tri begunca. Gregori je ušao poslednji, zgrabio Nensi za ruku i stisnuo je u prolazu. Momci iz posade uvukli su ga preko boka kada ih je s puta uz obalu obasjala svetlost reflektora. U punom sjaju. Začuli su se uzbuđeni povici na nemačkom.

– Vreme je da krenemo – zaključi oficir oštroumno.

Jedan od momaka iz posade lagano je uskočio u more i njih dvojica odgurnuše preopterećeni čamac nazad u vodu i mrak koristeći snagu ramena, a noge su im se ukopavale u mokrom pesku i šljunku.

Meci su zviždali i prštali po vodi pored njih kad su se bacili u čamac, a oficir im naredi da snažno zaveslaju.

Nensi se ustremila ka šumi kad ju je obasjao krajičak snopa svetlosti, moleći se da je ne prati. Hvala bogu, nije. Jurili su čamac. U senci je ugledala Antoana kako leži na leđima i puca prema reflektoru.

Dovraga, jel' to lavež? Samo da nemaju pse.

Čučnula je među divlje grmlje žalfije i okrenula se da vidi kako ide mornarici. I dalje su bili obasjani, a barem jedna prilika u čamcu je neprirodno ležala na krmi. Bili su poput golubova za odstrel.

– Hajde, Antoane – procedila je kroz zube, posmatrajući ga, ne usuđujući se da se mrdne. Da li bi mogla da se vrati na put? Da priđe patroli iza leđa i hicem iz revolvera ugasi reflektor?

Antoan je polako udahnuo i stisnuo okidač. Staklo je prslo iznad njih i svetlosti nestade.

– Lepoto! – rekla je naglas. – A sada ajmo odavde, šta misliš?

Ni trenutak prerano, jer je čula povike vojnika dok su se spuštali niz padinu prema njima. Teško će se snaći ako ne pronađu put koji je krivudao i spuštao se do vode u cikcak. Oštre kosine i trnje. Nadala se da će slomiti vratove.

Filip je uhvati za ruku. Jedna staza im je bila otvorena ka istoku, uz obalu i njih troje potrčaše napred, pognutih glava, pogrbljeni. Nensi je osetila silovito, uzbuđeno dobovanje u krvi. Ovo je bilo bolje nego prolazak kroz kontrolne tačke uz pomoć očijukanja. Činilo se da joj stopala pronalaze put uz usku stazu i bez razmišljanja. Meci su zviždali kraj nje u mraku uz neku vrstu mjaukanja, poput malenih mačića. Od te pomisli se zakikotala.

Patrola – jer to je mogla biti jedino vojna patrola koja je slučajno naišla, a ne zamka inače bi već svi bili mrtvi – još je bila usredsređena na čamac koji se povlačio, iako ga nisu videli, budale. Pretpostavljala je da se samo dva vojnika probijaju kroz žilavi gustiš, kleku i lovor. U tom času ih je odozgo obasjala svetlost baterijske lampe. Začuo se povik i pucanj. Nensi je čula Antoanov vapaj, okrenula se i videla ga kako se sruči na usku stazicu, a jedino što ga je sprečilo da se otkotrlja s niske litice u vodu bilo je šiblje za koje se uhvatio.

– Filipe, pomozi mi! – prosiktala je u tamu i videla kako se njegova senka vraća.

– Ovamo! Pobeći će nam!

Čoveku na stazi odgovorili su saborci. Filip je naciljao glas i svetlo, i povukao okidač. Baterija se ugasila, zgodno škljocnuvši kako bi sprečila Filipa da pronađe metu, a muškarac je ponovo pozvao prijatelje. Zvučao je ushićeno.

Antoan ju je odgurnuo. – Beži, Nensi!

– Ma, sutra malo!

Sagnula se kako bi mu obuhvatila ramena dok je Filip ponovo naslepo pucao prema glasu.

– Pomozi mi da ga podignem – zavapi Nensi, ali Antoan je bio prebrz za nju. Izvukao je revolver iz jakne, onaj koji je Anri platio, revolver koji mu je Nensi lično dala, stavio cev u usta i opalio.

Dogodilo se toliko brzo da Nensi nije mogla ni da shvati o čemu je reč. Bila je mirna, previše iznenađena da bi vrisnula. Filip je jauknuo i ponovo zapucao u tamu. Nekoliko baterijskih lampi približavalo se duž staze iznad njih. Filip je ponovo uhvati za ruku, podiže na noge i gurnu ispred sebe, ispalivši još nekoliko hitaca u mrak iza sebe. Posrnula je. Stopala joj odjednom nisu znala šta bi. Šta je to Antoan učinio? Taj pištolj nije trebalo da se upotrebi protiv njega. Dala mu ga je da ubije naciste, a ne sebe, glupi klinac. Tako bi ga rado izgrdila.

– Miči se, Nensi!

Nastavila je dalje, ophrvana raspršenim, mutnim mislima. Kako je čudno biti ovde u ovo doba noći. Kako je uopšte dospela ovamo? Koliko je taj oficir bio prijatan i s tako prepoznatljivim britanskim manirima. Zar ne bi trebalo da pričekaju Antoana? Filip ju je gurao napred sve dok misli konačno nisu počele da se povezuju, dobijaju smisao. Potrčala je i trčala sve dalje dok zvuci potere nisu utihnuli, a čulo se jedino njeno zadihano disanje i cvrkutava pesma cvrčaka.

Nisu se zaustavili sve dok se noć oko njih nije zgusnula i zanemela.

6.

Nensi je sledećeg dana ostala u krevetu, ustavši da se umije i obuče samo kad je Anri uveče došao kući. Ako je Klodet, Nensina sluškinja, i primetila krv na njenoj odeći, ništa nije spomenula. Nensi je na putu prema salonu, gde će se sresti sa Anrijem, otvorila orman u hodniku i ugledala kaput od kamilje dlake kako uredno visi na postavljenoj vešalici. Bio je besprekoran, ali mrlja sa strane, za koju je bila sigurna da je potekla od Antoanove krvi, bila je vlažna na dodir i mirisala na sirće.

Anri je s njom razgovarao o uobičajenim stvarima: kako mu je proteko dan, o svojim radnicima i, nakon šta su se pogrbili nad radiom slušajući večernje vesti na *BBC*-ju, o napretku rata. Hitler je izgubio vojsku kod Staljingrada, saveznici su pobeđivali u Severnoj Africi. Tek kad su počeli s jelom, Nensi mu je ispričala šta se dogodilo prethodne noći.

– Mogli smo da ga izvučemo – završila je, zureći u tanjir.

Anri joj je napunio čašu. – Pojedi nešto, ljubavi moja.

I dalje su jeli u trpezariji kad god su bili kod kuće, a šta god da su imali za večeru jeli su iz najboljeg porcelana. Od dolaska Bema i uništenja Stare četvrti sve češće su večerali sami. Prijatelji van Pokreta otpora postavljali su previše pitanja, a oni u mreži su se držali podalje jedni od drugih što su više mogli.

Klodet je uspela da napravi nekakvu pastirsku pitu od mesa sa crnog tržišta do kojeg je Nensi došla. *Ne mogu dopustiti da propadne*, pomislila je Nensi zureći u hranu, a onda je u mislima videla Antoana kako gura pištolj u usta u trenutku dok je stavljala viljušku krompira i mlevenog mesa u svoja. Da je Anri nije posmatrao, ispljunula bi zalogaj na tanjir. Ovako, uspela je da proguta.

– Da nije video Gregorija, čoveka kojeg je Gestapo držao... Bila je to samo zla sreća – rekla je.

Anri je podigao čašu s vinom. Trudio se, dragi matori meda, da ne bulji u nju kao da proverava da li je ljuta, ali ona se i dalje osećala kao da je pod lupom.

– Postaraću se da mu porodica bude zbrinuta, znaš to – rekao je.

– Hvala ti, Anri.

Spustila je viljušku i prekrila oči šakom. – Mogli smo da ga izvučemo.

Anri ju je nežno uhvatio za drugu ruku. – Draga moja Nensi, zar nije vreme da poslušaš Filipa? Da budete oprezniji?

Izvukla je ruku. – Ne, rekla sam ti! Bio je to nesrećan slučaj! Niko nas nije izdao, nije to bila nemačka zamka! Izvukli smo te ljude, i onda je neki oštrooki Švaba sigurno ugledao čamac na mesečini. – Prikovala ga je pogledom. – *Ovde* su, Anri. Uništili su Staru četvrt. Jebote, poslali su ljude u radne logore. Hapse Jevreje! Nema više pretvaranja da je Francuska nezavisna. Pod tuđom čizmom smo. Ne možeš tražiti od mene da prestanem da se borim. Ni ti ne možeš da prestaneš – ustremila se na hranu. – S tim se treba suočiti. Treba se boriti. I neću da sedim i dopustim drugima da se bore umesto mene.

Položio je lakat na sto i naslonio obraz na dlan. Uvek se brijao pre večere kao i ujutro, čak i sada kad je nabavka pristojnog sapuna bila teška. Kako je završila u braku s muškarcem koji je toliko učtiv i pristojan? Čista sreća. Sreća koju nije zaslužila.

– A Nemci više ne mogu ni da pobede! Zašto jednostavno ne odjebu?

Anri se slatko nasmejao, a ona se nevoljno nasmešila.

Utonuo je u misli. – Divlja zver je najopasnija kad je ranjena – odgovorio je.

Skupila je nož i viljušku i ponovo ga uhvatila za ruku. – Jesmo li večeras oboje kod kuće?

Klimnuo je glavom, prineo njenu ruku do usana i poljubio joj dlan. Kako je čudno što i dalje bolno žudi za muškarcem s kojim se budi svako jutro i pored kojeg leže svake noći.

– Smisli mi koktel. Nameravam od tebe da izvučem čitavo bogatstvo na kartama i uz previše pića.

– Možeš da probaš, ženo moja. Možeš da probaš.

Nensi je završila veče u srećnom zaboravu, dugujući mu više nego ikada.

7.

Kancelarija majora Bema bila je puna knjiga. Kada su kutije s ličnim stvarima stigle u Ulicu Paradi, tri dana pre njega, kaplar koji ih je otvorio isprva je pomislio kako je sigurno došlo do neke greške. Da, viši činovi Gestapoa obično su bili načitani ljudi – fakultetski obrazovani, bilo je dosta pravnika – ali nisu imali ovoliko knjiga. Taman je hteo da prijavi isporuku kao grešku kada je na trećem sanduku pronašao zalepljen niz otkucanih uputstava o tome kako knjige treba rasporediti u majorovoj kancelariji. Uputstva su bila krajnje jasna. To je već više ličilo na gestapovca, pa ih je kaplar vrlo pažljivo sledio.

Bem je imao i drugih razloga da bude zadovoljan jer je tog jutra seo za sto i proveo prvih sat-dva prolazeći kroz hrpu dokumenata, naloga za hapšenje i zahteva za prikupljanje podataka. Iz Rusije su stigle bolje vesti, u Harkovu je došlo do pomaka, a donesena je i odluka o uništenju Krakovskog geta. Bio je to neophodan posao, ali surov i nimalo otmen. Osećao je kako mu je čak i um ogrubeo tokom službe u Poljskoj. Neki od nižih činova pokazali su da im nedostaje potrebno moralno jezgro jer su uspevali da obavljaju svakodnevni posao jedino pijani ili nadahnuti *vitaminskim* pilulama, koje su oficiri delili poput slatkiša. Bem je sa zanimanjem slušao glasine o delotvornijim metodama za uklanjanje nepoželjnih naroda i verovao je kako bi njihova upotreba olakšala ljudstvu tešku ulogu čišćenja Rajha.

Sloveni su, poput Jevreja, bili nepopravljivi. Jedini human način delovanja bio je zbrisati ih što je brže i delotvornije moguće. Istočna Evropa bila je mesto gde se moralo delati kao čekić – ovde u Francuskoj rad je više odgovarao skalpelu, a to je Bem upravo i bio. Tanka, vrlo precizna, dobro uvežbana oštrica.

Podigao je pogled kada je kapetan Heler pokucao na vrata i zatim ih otvorio.

– Da?

– Gospodine, hteo bih ovo da vam pokažem.

Heler je položio list jeftine hartije za pisanje na Bemov sto i spustio pogled. Tekst je bio ispisan velikim slovima, u nespretnom pokušaju da prikrije ko ga je napisao: „ANRI FJOKA ZARADU POTROŠI NA PIŠTOLJE, A NE NA RADNIKE. SVI TO ZNAJU."

Bem nije dodirnuo hartiju. – Ko je ovo napisao?

– Čovek po imenu Pjer Gaston, gospodine. Otpušten iz Fjokine fabrike prošlog meseca zbog stalnog pijanstva.

Bem uzdahnu. Bilo je bedno koliko je francuskih građana pokušalo da iskoristi Gestapo kako bi ućarili neku sitnu osvetu. Ipak, ta poslednja rečenica: *Svi to znaju.* Bio je to značajan izbor reči.

– Jeste li ispitali mesjea Gastona?

Heler klimnu glavom. Trzaj u obrazu ukazao je na to da je ispitivanje bilo neprijatno, ne zato što je nasilje smatrao neukusnim, već zato što je prezirao čoveka na kojem ga je upotrebio.

– Pijana budala, ali držao se priče – rekao je Heler. – Rekao mi je da se u fabrici mnogo priča o pobuni. Nekoliko puta je zatekao saradnike kako se tiho hvale da šef sarađuje s Pokretom otpora.

Bem je proučavao Helera. Očito je imao da doda još nešto, na šta je bio ponosan.

– I? Pričaj.

– Gospodine, kao što ste naložili da bi u ovim okolnostima moglo biti preporučljivo, uporedio sam imena koja mi je dao s našim zapisima i pronašao čoveka sa optužbama za rad na crnom tržištu među onima koje je Gaston označio kao sumnjive tipove u fabrici. Priveli smo ga u najvećoj tajnosti, a on je pristao da pomogne kad sam mu jasno izneo mogućnosti. Fjoka zasigurno potpomaže Pokret otpora na tom području, a Mišel, moj izvor, dao nam je nekoliko imena iz šire mreže. Ti ljudi su sad pod prismotrom. Mišel tvrdi da su oni deo grupe *Beli Miš.* Takođe je istakao kako je Fjoka prošle nedelje novčano potpomogao bekstvo dvadeset zatvorenika s plaže istočno od Marselja.

Bem je bio zadivljen. Uz dalje usavršavanje, Heler bi mogao daleko da dogura. Izvrstan primer čoveka na čijim će plećima biti izgrađen Hiljadugodišnji Rajh.

– Zapis vašeg ispitivanja Mišela?

Heler je uredno stavio smeđu fasciklu preko nepotpisanog pisma, poput mačke koja stavlja miša pred noge gospodara. Bem ju je ovog puta podigao i krenuo da čita, povremeno klimajući glavom.

– I niko ne zna da razgovaramo s tim Mišelom?

– Ne, gospodine. Osim ako nije progovorio.

– Sjajno obavljen posao, Helere.

Kapetan je zablistao. – Kakvo je vaše naređenje?

Bem je odložio fasciklu i nasmešio se poput dobroćudnog učitelja. – Šta bi bio *vaš* sledeći potez, kapetane?

Heler je brzo treptao iza sitnih naočara. – Pa, gospodine. Ne bih želeo da otkrijem naše karte tako što bismo odmah uhapsili muškarce koje pratimo, ali mogli bismo privesti Fjoku na ispitivanje, da se zna kako je to zbog pijančeve dojave, pa da vidimo šta bismo mogli da izvučemo iz njega.

– Vrlo dobro. Rado bih protegao noge, Helere. Pozovite automobil i zajedno ćemo otići po mesjea Fjoku. Oh, i neka pošalju izveštaj o tom begu u moju kancelariju pre nego što se vratimo. Želeo bih ponovo da ga pogledam.

Bem je ispružio ruku, a Heler mu predade obrazac kojim se odobrava hapšenje Fjoke i zaplena njegovih dosijea. Potpisao ih je s neskrivenim zadovoljstvom.

8.

Anri je tiho radio u kancelariji od sedam ujutru. Otkako je pre desetak godina prvi put preuzeo upravljanje porodičnim poslom, imao je običaj da petak ujutro provodi raščišćavajući papirologiju koja bi se poput taloga nakupila na njegovom stolu tokom nedelje. Popriličan deo toga pretočio bi u beleške za sekretaricu, madmoazel Boaje, dokumenta za arhivu, pitanja za pravnike i računovođe, čak i pre nego što bi zaposleni krenuli da pune radionice iza kancelariju, a tišinu prvih sati polako bi smenili zvonjava telefona, koraci i zveckanje kolica u hodnicima kancelarije. To ga je tešilo, taj bruj zaposlenih kao u košnici.

Veliki deo njegovog posla uključivao je putovanja duž obale, sastanke s drugim poslovnim ljudima u hotelima, fabrikama i advokatskim kancelarijama, pa se on čvrsto držao tog jednog mirnog jutra u toku nedelje kada se o sitnim poteškoćama moglo razmisliti i izgladiti ih, kako bi točkovi industrije radili bez prekida. Nije video razloga da u ratno vreme postupa drugačije mada, ruku na srce, njegova supruga nije bila slobodna za ručak nakon njegovog jutarnjeg posla onoliko često koliko je bila pre pada Francuske.

Zbog toga je bilo krajnje neobično čuti sekretaricu kako kuca na vrata dok mu je kafa još bila topla, a posao nedovršen. Pozvao ju je da uđe.

– Mesje Fjoka – rekla je. Njeno mršavo telo, obično uštogljenog držanja, jedva primetno je drhtalo. Držala se za kvaku kao za oslonac.

Anri skinu naočare za čitanje i umirujuće se osmehnu. – Izvolite, madmoazel Boaje?

– Došli su... neki muškarci.

Hitro je ustao i prišao prozoru, uz oštar udah. Tri velika crna automobila stajala su ispred zgrade. Jedan od vozača stajao je na trotoaru, ne opuštajući se, niti pušeći cigaretu kao običan vojnik, već sa šakama lako sklopljenim na leđima, gledajući pravo ispred sebe. Gestapo.

Madmoazel Boaje se još držala za vrata. – Mesje Kalan je upravo došao i upozorio me. Već ispituju muškarce u radionici. Drugi pregledaju spise u sobi sa ugovorima. Šta da radim?

Anri je podigao pogled s automobila i zagledao se u luku Žolijet, s parobrodima i dokovima, i beskrajnim maglovitim plavetnilom Mediterana iza njega.

– Vratite se na posao, madmoazel. Siguran sam da će na kraju doći i do nas.

Vratio se za sto, a mlada žena se povukla, zatvorivši vrata za sobom. Anri je završio čitanje ugovora koji je pregledao i potpisao oba primerka, a zatim je osmotrio potpis. Niko ne bi posumnjao da mu se ruka tresla. Odložio je oba primerka na hrpu spisa za madmoazel Boaje.

Zatim je krenuo da čita zahtev za neznatne promene u porudžbini jednog od dobavljača kako bi se prilagodio „nezgodnim nestašicama u današnje vreme". Osećao je promenu u ritmu zgrade. Telefon je zvrndao a da se niko nije javio, koraci su bili užurbani. Uobičajeni daleki zveket i šištanje iz radionice posustajali su. Čekao je i pokušavao da čita, ali ništa nije video. Vrata se ponovo otvoriše i u sobu uđe visoki Nemac u sivozelenom kaputu i sa oznakama SS majora na okovratniku. Za njim je, s poštovanjem, ušao i kapetan. Iza njih je Anri video madmoazel Boaje kako stoji, s prigušenim, zapanjenim uzdahom na usnama.

Ponovo je ustao. – Hvala vam, madmoazel Boaje – rekao je jasno, kao da su njegovi gosti uredno najavljeni.

Major je bacio pogled preko ramena, kao da prvi put vidi tu ženu, a zatim je sa smeškom pogledao Anrija. – Zovem se Bem, mesje Fjoka – obratio mu se na izvrsnom francuskom, ali nije pružio ruku. – Ovo je kapetan Heler. Žao nam je što upadamo nenajavljeno.

– Taman posla – odgovorio je Anri uz naklon. – Sedite, gospodo. Kako vam danas mogu biti od pomoći?

Bem je prenebregnuo njegovu ponudu da sedne i prišao je prozoru, diveći se istom pogledu koji je Anri malopre upijao. – Nema potrebe, mesje Fjoka. I nema potrebe da sedate. Imamo nekoliko pitanja za vas. Uzmite kaput. Želeli bismo da nakratko budete naš gost u Ulici Paradi.

Anri se ispravio. – Postavite kakva god pitanja imate. Razgovarajte s mojom sekretaricom, mojim knjigovođom, ali bojim se da sam previše zauzet da bih traćio poslepodne s vama.

Bem je i dalje proučavao pogled. – Naravno, razgovaraćemo sa oboje. Ipak, bojim se da ćete morati da pođete s nama, mesje Fjoka.

Tako brzo. Kako je čudno kada se dogodi nešto što ste mesecima očekivali, a ipak vas zatekne u čudu. Mada, njegov ugled, ugled njegove porodice sigurno još nešto znači u Marselju? Anri je ostao pri svom.

– Zbog čega ste lično dolazili ovamo ako ste nameravali da me ispitujete u svom sedištu? Koliko sam upućen, Gestapo obično šalje bezimenu grupu nasilnika s nalogom kad žele s nekim da porazgovaraju. I to obično noću.

Besmislen sitan blesak prkosa. Anri je polako disao. Koristiće zakon, koristiće novac i uticaj, a ako dotle dođe, upotrebiće i telo da zaštiti svoj narod i Nensi od ovih ljudi. Činilo se da se major Bem nije uvredio. Napokon se okrenuo od prozora i prišao stolu, bacivši pogled na papire pre nego šta je odgovorio pristojnim klimanjem glave.

– Mesje Fjoka, poput vas, i ja sam već neko vreme proveo za stolom. Želeo sam da protegnem noge – rekao je, čitajući jedno od pisama koje je Anri tog jutra napisao naopačke. – Jeste li ikad učili psihologiju, mesje Fjoka? Ja jesam. Na Kembridžu, pre rata. Često sam mislio kako bi veštine koje sam tamo stekao, razumevanje ljudi, njihovog ponašanja i poriva, mogle biti od velike koristi u poslovanju. Pretpostavljam kako ste i vi morali da naučite te veštine kako biste uživali u uspehu koji ste postigli čak i u ovim teškim vremenima. Da, mislim da ćemo imati dosta tema za razgovor.

Pogledi su im se sreli i Anri oseti hladno strujanje u krvi. U tom trenutku je znao je da ni zakon, ni novac, ni uticaj neće biti dovoljno dobar štit.

9.

Nensi je marširala stepenicama udobne vile u Ulici Paradi, petama udarajući o zakrivljene mermerne stepenice. Davala je sebi oduška, puštajući da se bes razvije i procveta. Ono što je naučila otkako je počela da radi za Pokret otpora je da se čak i oficiri Gestapoa zamisle kad se suoče s pravednim gnevom francuske domaćice.

Šta oni znaju? Šta oni uopšte znaju? Možda su načuli glasine o novcu koji je odlazio sa Anrijevih bankovnih računa, pa su, videvši kako Pokret otpora ima dobru potporu, sabrali dva i dva. Madmoazel Boaje, koja ju je pozvala s vestima o hapšenju, čula je kako je pijanac, otpušten pre nekoliko nedelja, širio glasine i zaklinjao se na osvetu. Takođe ju je uveravala da su poslovne knjige u potpunosti „ispravne, madam", s nervoznim ponosom, ali i laganim drhtajem u glasu. Ako je Anri Fjoka, jedan od najpoznatijih i najuglednijih poslovnih ljudi u gradu, zadržan jedino na osnovu reči osvetoljubivog pijanca, postojala je mogućnost da bi mogla posramiti zlu kopilad i naterati ih da ga puste. Ali šta ako znaju više? U najgorem slučaju – neko im je rekao da je Nensi Beli Miš i sada će upotrebiti Anrija da je namame u zamku. Pa dobro. Ako treba, daće im se s mašnicom oko struka ako će ga to izvući. Ipak, sve dok nije sigurna, odlučila je da glumi ogorčenu damu iz visokog društva.

Otvorila je vrata i zakoračila preko mermernog poda, ne gledajući ni desno ni levo. Imala je nejasnu predstavu muškaraca i žena kako čekaju na klupama postavljenim uza zidove prostorije i svi su bili prestravljeni ili nasmrt bolesni od brige, kao i nekoliko Nemaca u uniformi pored vrata. Bogata, nadobudna, nevina francuska supruga mesnog moćnika sve bi ih zanemarila, pa je i Nensi tako učinila. Dok je stigla do stola, koji je ličio na recepciju otmenijeg hotela, bila je uverena da je upravo to.

Ustremila se na plavokosog, zalizanog službenika. Cerio se nervoznom, starijem muškarcu, četvrtastom tipu šezdesetih godina u kombinezonu fizičkog radnika. U ogromnim rukama nežno je držao fotografiju mladića. Briga koju je vodio o fotografiji gotovo ju je zaustavila u mestu. Je li dečak nestao? Otpremljen na prinudni rad u Nemačku, u zatvor ili je talac? Jadno dete je verovatno uhvaćeno sa antifašističkim letkom u džepu i nestalo.

Dosta, Nensi. Ogorčena supruga iz visokog društva ne mari za sudbinu nekog radničkog dečaka. Usredsredi se.

Tresnula je veoma skupu tašnicu na radnu ploču, a radnik se krotko povukao u stranu.

– Kako se usuđujete da mi uhapsite muža? – rekla je najodlučnijim glasom. – Jeste li potpuno ludi? Bože dragi, on je blizak prijatelj gradonačelnika! Zahtevam da ga smesta oslobodite i želim pismeno izvinjenje ovog časa.

Službenik je skrenuo pogled prema njoj, a zatim se vratio obrascu koji je popunjavao. – Uzmite broj od vratara, madam – rekao je na francuskom, ali s jakim stranim naglaskom.

Vratar koji je krotko sledio Nensi kroz predvorje, pokušao je da joj pruži broj za garderobu uz snishodljivi osmeh. Nensi ga je pogledala kao da joj nudi korišćenu maramicu.

– Ne pada mi na pamet! Imate li predstavu ko sam ja?

Nagnula se preko lakirane radne ploče, oslanjajući se dlanovima o uglačano ružino drvo.

– Uzmite broj i u dogledno vreme ću saznati – odgovorio je službenik, nastavljajući da piše.

Nensi se nagnula, iščupala mu olovku iz ruke i bacila mu je preko ramena. Otkotrljala se i vrtela po pločicama.

– Gledajte u mene kad vam se obraćam, mladiću! – uzviknula je i on je pogleda. – Ja sam supruga Anrija Fjoke i zahtevam da odmah vidim svog muža. Nemojte – *nemojte* me terati da se ponavljam treći put.

Istini za volju, bio je očigledno stariji od nje, ali dobro je zvučalo. – To je nemoguće, vašeg muža ispituju...

– Ispituju? Kako se usuđujete da ga ispitujete? – vikala je Nensi.

– Madam!

– Anri! – uzvikivala je njegovo ime dovoljno glasno da su prozori zazvečali.

Službenik joj je pogledao preko ramena i začula je zvuk uglačanih čizama stražara koji su se približavali. Je li preterala? Pa neka, kud puklo da puklo! Ako je izvuku i gurnu niz stepenice, jurcaće po gradu pokazujući pocepane čarape i pravednu ogorčenost svakom službeniku u gradu. To će za Gestapo biti noćna mora i moraće da oslobode

Anrija i pošalju ga kući. Savršeno. Udahnula je, spremna da zaista napravi predstavu.

Vrata desno od stola su se otvorila i oficir je polako izašao u hodnik. Nensi nikada nije naučila činove, ali očigledno je bio neko važan. Koraci koji su joj se približavali s leđa iznenada se zaustaviše, a ulizica iza stola skočila je na noge. Oficir je odmahnuo stražarima, a zatim klimnuo službeniku koji je seo i odabrao novu olovku iz male fioke.

– Nema potrebe za histerijom, madam Fjoka – obratio joj se oficir na francuskom. – Major Bem, vama na usluzi.

Nensi je pogledala ka njemu i trepnula. U ranim četrdesetim, vitke građe. Da ne nosi tu odvratnu uniformu bio bi zgodan. Ipak, upravo ju je spustio na zemlju, kopile jedno.

– Moj suprug? – reče Nensi, gledajući ga snishodljivo.

Naklonio se. – Smesta ću vas odvesti k njemu. Pođite za mnom.

Zakoračio je kroz ista vrata i otvorio joj ih. Nensi je podigla tašnicu, ispravila ramena i krenula za njim. Sada je izgubila publiku. Dovraga. Bem ju je dugim, gipkim koracima odveo niz hodnik dalje od predvorja. Nensina je suknja bila moderno uska, a zbog nje i visokih potpetica morala je da ide sitnim koracima. Morala je da kaska za njim kao kučence. Vreme je da se povrati prednost.

– Majore Bem, ovo je krajnje sramotno, kako se usuđujete da Anrija odvedete kao nekog običnog kriminalca? Mogu samo da zamislim šta će gradonačelnik reći.

Bem nije odgovorio, samo se zaustavio ispred krajnje običnih vrata i otvorio ih, pozvavši je da uđe.

Zakoračila je unutra. Čista, uredna soba. Verovatno kancelarija nekog od starijih službenika pre nego što su nacisti preuzeli zgradu. Kapci su bili zatvoreni, ali popodnevna svetlost i dalje je ulazila u sobu. Zidovi su bili bledozelene boje i ukrašeni gravurama obale u jednostavnim crnim ramovima. Ipak, stari nameštaj je bio uklonjen, a u središtu skučenog prostora nalazili su se grub drveni sto i nekoliko metalnih, rasklimatanih stolica na sklapanje. Na jednoj od njih, leđima okrenut prozoru, sedeo je Anri.

Podigao je glavu i osmehnuo joj se nežno, tužno. Prvi put otkad ga je upoznala izgledao je staro. Srce joj se steglo kao da je ostalo bez kapi krvi. Bila je svesna majora Bema u dovratku iza sebe. *Igraj ulogu, Nensi.*

– Anri, kakva je to glupost? Madmoazel Boaje me je pozvala iz fabrike i zvučala kao da će pasti u nesvest. Rekla mi je da su te ova čudovišta izvukla iz kancelarije. To je apsolutni skandal!

Podigao je dlan i odmahnuo glavom. – Draga moja, ne uzrujavaj se. Moji branioci su na putu, a znaš da se bolji ne mogu platiti. Svi dobri prijatelji Višijeve vlade.

– Za šta si optužen? – upitala je. Ovo je bilo bolje. Vraćala se u igru.

– Posredi je nekakav nesporazum, siguran sam. Ne brini se – zurio je u nju, upijajući je pogledom, iako su mu reči bile lake i sasvim obične. To ju je uplašilo.

Okrenula se prema Bemu, koji je ušao u sobu i zatvorio vrata za sobom. – Majore, kakve su optužbe protiv mog muža?

Bem ju je naterao da čeka, klimajući glavom kao da je i dalje sluša, a kada je odgovorio, glas mu je bio smiren i razložan.

– Jedan od zaposlenih vašeg supruga upozorio nas je na zaveru u *Fjoka transportu*. Čini se da nedostaje velika svota novca.

Nensi je podigla bradu. – Sigurna sam da Anri nema ništa s *tim*.

Bemov izraz lica promenio se u ljubopitljiv. – Pretpostavljam da ste upoznati s njegovim finansijama?

– Ne dopada mi se vaš ton – rekla je Nensi, oponašajući Anrijevu užasno uštogljenu sestru, prvi put zahvalna što ta žena postoji.

– Imamo razloga da verujemo kako je taj novac prebačen Pokretu otpora...

– Kakva besmislica – rekla je Nensi odmahnuvši glavom.

Bem ju je posmatrao iskosa, kao da ga zabavlja to što ga je prekinula.

– Jedino što moja supruga zna o mom novcu je kako da ga potroši na sebe – uzdahnuo je Anri.

Nensi se okrenula od Bema i ponovo ga pogledala u oči.

– Idi kući, draga – nastavio je. – Pusti da major i ja to rešimo kao gospoda.

Ako je tako odlučio da igra, morala je da pristane na to. Nije želeo da bude besna matrona, već raskalašna žena iz visokog društva, suviše budalasta, lepa i rasipna da bi išta znala o poslovima svog supruga. Mrzovoljno je napućila usne.

– Ti znaš najbolje, Anri.

Major Bem pročisti grlo. – Još samo jedno, madam Fjoka. Molim vas, ne napuštajte Marselj – možda ću imati pitanja i za vas.

Ponovo je otvorio vrata, spreman da je isprati. Ne. Prerano. Nije mogla jednostavno da ostavi Anrija ovde.

– Mislite da sam žena koja će otići na odmor dok joj Gestapo drži supruga u zarobljeništvu? Anri, ne idem nikuda bez tebe.

To joj je dalo priliku da ga ponovo pogleda. Njena stena. Njeno utočište. Njen suprug. Njen Anri. Nasmešio joj se, toplo i ohrabrujuće.

– Naravno da ne ideš, draga.

U redu. Zna šta radi. Nepotrebno se uzrujavala. Anri je imao desetak branilaca i gomilu gotovine da potkupi bilo koga, uključujući sedište Gestapoa. Krenula je prema vratima.

– Nensi?

Okrenula se. Dragi čovek. Večeras će mu lično skuvati večeru, sviđalo mu se to ili ne. Uz to, još je imala pristojnog vina u podrumu.

– Reci mojoj majci da ne brine.

Ne. Ne to. Za to su se dogovorili da će biti njegova šifra ako... Ovo je jako, jako loše. Obuzela ju je panika. Nije mogla da se pomakne. Razmišljala je da vrišti, prizna, pljune ove gadove u lice... oh, ali znala je da će Anrija ubiti ako vidi kako je odvlače ovi majmuni. Nakon svega što mu je učinila, nije mogla da to uradi. Ovo je bio njegov izbor. Ne, ne, ne. *Ovo se ne može dogoditi, ovo se ne događa.* Obratila mu se promuklim glasom.

– Reći ću joj da je voliš.

Gledali su se jedan, dva, tri otkucaja srca, pokušavajući jedno drugom da kažu sve što se moglo reći, deliti i slaviti celi život, da obećaju i održe to. Jedan, dva, tri.

– Madam Fjoka? – Bem je čekao.

Prošla je pored njega i izašla u hodnik. Krenuo je za njom, zatvorivši vrata za sobom. Ako joj je išta rekao dok ju je vodio natrag u predvorje, nije ga čula.

10.

Nensi je čekala sluškinja kad je otključala i otvorila velika ulazna vrata. Stajala je usred hodnika, s malim kartonskim koferom kraj nogu i u najboljem kaputu.

– Madam Fjoka, ja...

Nensi je svukla rukavice. Nije mogla ni da je pogleda. – Naravno da moraš otići, Klodet. Hoćeš li biti kod svoje majke u Sen Žilijenu? – upita Nensi i iz torbe izvadi još jedan ključ, kako bi otvorila fioku malog stočića u hodniku. Anri je tu uvek držao podebeo novčanik od glatke kože, pun novčanica. Nensi je izbrojala nekoliko hiljada franaka i pružila ih devojci.

Klodet je zurila u novac, odmahujući glavom. – Ne mogu to da prihvatim, madam. Ne kad vas napuštam.

– Oh, još kako možeš – odbrusila je Nensi. – Samo ga uzmi.

Klodet je sramežljivo izvukla novac između Nensinih prstiju i promrmljala reči zahvalnosti, gurajući novčanice u unutrašnji džep kaputa.

– Izađi kroz zadnju baštu, Klodet. I obori glavu.

– Srećno, madam. Zaista sam uživala radeći za vas.

Nensi ju je napokon pogledala. Ne, ko god da je izdao Anrija, ta devojka nije sigurno. Osećala je kako bi trebalo da je posavetuje, da kaže nešto briljantno i pametno čega će se Klodet sećati čitavog života, nešto što bi je učinilo boljom osobom i o čemu bi pričala deci i unucima. Nešto nadahnjujuće. Međutim, nije znala šta. Samo joj je trebalo piće. Uostalom, ni njoj niko nije rekao ništa nadahnjujuće pre nego što je pobegla od kuće. Njihova krivica.

– Drago mi je. Srećan put, dušo.

Klodet je podigla kofer. – Vaš prijatelj Filip je u kuhinji, madam Fjoka.

– Hvala ti.

Klodet je otišla u zadnji deo kuće, ostavljajući Nensi da stoji u hodniku, još u kaputu od kamilje dlake, a kožna tašnica joj je visila u pregibu ruke. Sveže cveće na stolu, drvena ograda uglačana do visokog sjaja, uljane slike Marselja i brodova na moru uredno su visile na zidu. Nikada ih nije ni primetila. Slike su bile Anrijeva zanimacija. Umaršrala je u salon i otišla do komode, odabrala staklenu flašu i natočila brendi u tešku kristalnu čašu. Sručila ga je niz grlo, a zatim uzela još jednu čašu i flašu, i krenula prema kuhinji.

Filip je ustao čim je ušla. Odložila je čaše i flašu na oribani drveni sto, natočila piće, sela, skinula kaput i prekrstila noge. Ispila je čašu. Filip je i dalje stajao.

– Sedi, pobogu – rekla je, ponovo posegnuvši za flašom. Trgnuo se. – Šta je bilo? Nikad nisi video ženu da pije?

Ponovo je seo, pažljivo, ali škripanje njegove stolice o pločice škriljca zazvučalo je poput vriska.

– Tako mi je žao, Nensi.

Krenula je da se trese. Je li to bio bes ili krivica? Nije imala pojma šta oseća, ali mišići su joj drhtali, a zubi zveckali po staklu. – Ja sam kriva. Govorio mi je da budem oprezna, ali ja sam uporno tražila sve više novca – rekla je. Znači, krivica.

Filip je obuhvatio čašu i odmahnuo glavom. – Anri je sâm napravio izbor, Nensi. Nemoj mu to uskratiti.

– Ali...

– Sad je na tebe red – rekao je. Znala je šta će reći i nije htela to čuje. *Umukni. Ućuti.* Ruka joj se toliko tresla, jedva je uspevala da prinese čašu usnama. Nije zaćutao. – Moramo da te izvučemo. Odmah.

– Ne mogu tek tako da ga ostavim ovde s njima! – tresnula je čašom o sto, od čega je pribor za jelo u fiokama zazvečao. – Zapaliću se na njihovim stepenicama. Uguraću im granatu u guzice. Upašću unutra i ustreliti službenika. Anri me ne može naterati da odem!

Filip je spustio čašu na sto, uz zvuk koji je podsetio na škljocanje metka koji ulazi u cev.

– Znam da se ne bojiš smrti, Nensi, ali moraš da odeš. Ako ne zbog sebe, onda zbog njega. Nateraće ga da gleda kako patiš i *zaista* ćeš patiti. Uhvatiće te živu i oboje vas mučiti dok se mreža ne razotkrije. Znam da će ćutati dokle god bude mogao, ali isto tako znam da bi im rekao sve da tebe spase. Zato, za naše dobro, izvuci se.

Zatvorila je oči kao da će je to sakriti od istine. – Ima branioce. Skupe branioce. Možda će ga izvući...

Filip je oborio pogled i tiho odgovorio. – A kad to učine, izvući ćemo ga iz Francuske i poslati ga da ti se pridruži. Ali sada moraš da ideš.

Zatreptala je i zadržala suze. – Kuneš li se?

– Kunem se da ću učiniti sve što mogu, Nensi. Je li to dovoljno dobro?

Napokon je klimnula glavom. Znala je da više od toga ne može da joj obeća. – Ovo je bio moj prvi pravi dom.

Dovršio je piće. – Budi spremna čim padne mrak, Nensi. Već su postavili osmatrače na prednji i zadnji deo kuće, ali mi ćemo ih ometi. Izađi na prednja vrata. Uhvati poslednji autobus za Tuluz. Znaš adresu sigurne kuće tamo?

Klimnula je glavom, bojeći se da, ako još nešto kaže, neće moći da zadrži suze.

11.

Bemu bi se Fjoka dopao da su se sreli u mirnodopsko vreme. Očigledno je bio prefinjen čovek od ukusa, s kojim se moglo razgovarati o savremenim idejama, a to je u Bemovom iskustvu bilo retko. Dobro je izdržao početak ispitivanja, na osnovna pitanja odgovarao je mirno i tiho, ne nudeći dobrovoljno dodatne podatke, niti se kolebao kad su ga pitali za određene datume. Jednostavno bi rekao kako ne može da se seti, ali rado će sve objasniti ako bi mogao da vidi dotične zapise.

Zaista je šteta što mu ništa od te smirene pameti neće pomoći u narednim satima.

Posla je bilo i previše. Slabo i kolebljivo Višijevo vođstvo omogućilo je francuskim teroristima, komunistima i Jevrejima da deluju širom juga Francuske. Narod, u početku poslušan nakon zapanjenosti zbog potpunog vojnog poraza, uznemirio se. Sada su nade polagali u Amerikance i izvirivali iz stolarije poput štetočina ukoliko bi poljoprivrednik zanemario da baci otrov po njihovim tragovima. Naročito jedan miš.

Bem nije odobravao deljenje nadimaka neprijateljskim agentima kao da su obeležja časti. Za njega je Beli Miš jednostavno bio operativac A i zahtevao je da ga u ovoj zgradi nikada ne spominju pod drugim imenom. Nadao se da će ga uništavanje pacovskih kanala u Staroj četvrti isterati na čistinu, ali su se glasine o delanju samo umnožavale. Zarobljenici i vazduhoplovci iz oborenih aviona nestajali su u sigurnim kućama, usput pribavivši lažne isprave, da bi se ponovo pojavili u Španiji, Engleskoj ili u Severnoj Africi. Njegovi istraživački kombiji hvatali su šifrirano cijukanje desetak radio-uređaja koji su šaputali poruke Londonu i Alžiru, a činilo se kako je taj čovek u stanju da sve to prenese – isprave, poruke, radio-delove, zatvorenike – preko kontrolnih tačaka koje su postavili.

Isprva je pretpostavio kako se radi o seljaku ili ribaru koji dobro poznaje obalu i sporedne puteve. Ipak, možda je pogrešio.

Počeo je da čita izveštaje o begu sa obale koje mu je Heler ostavio na stolu. Ubijeni terorista označen je kao Antoan Kolber, pravnik čija očeva kancelarija godinama brine o finansijama bogatih u Marselju. Na trenutak, Bem se ponadao kako su nekim slučajem uhvatili svog miša. Međutim, u danima koji su usledili, Kolberova porodica je nestala previše glatko i delotvorno da bi to bilo delo zavereničkog udruženja koje je u panici zbog gubitka vođe.

Beli Miš je još na slobodi.

Ponovo je pročitao izveštaje. Oštrooki redov koji je primetio kretanje na strmoj i kamenitoj obali i zatražio od vođe patrole da upali reflektor. Hvalisanje, sasvim sigurno preterano, brojem begunaca koje su ustrelili dok su se zbijali u preopterećenom čamcu za veslanje pre nego što im se svetlo ugasilo. Trud da se na obali pronađu oni koji su pomogli beguncima. U tom trenutku ga je ugledao, taj redak usred izveštaja o muškarcu koji je vukao Kolbera, zbog čega se mladić ubio. Video je još dve osobe s mrtvim momkom i pomislio da bi jedna, uhvaćena snopom baterijske lampe, mogla biti žena.

Žena? Nemoguće. Žene se nisu borile među muškarcima. Možda radio-operaterke ili poneka studentkinja koja ispisuje slogane na zidu, ali Pokret otpora zacelo nije pao tako nisko da bi ženi dao pištolj u ruke? Pa ipak, lično je ispitao brojne radio-operaterke u Parizu, a neke su pokazale izvestan polet za borbu nedoličan ženama. Počeo je da se premišlja. Šta ako je Beli Miš žena? Da li bi Francuzi primali naređenja od žene? Možda neobično, ali ne i nemoguće. Lakoća s kojom se Beli Miš kretao – ili *kretala* – kroz kontrolne tačke i železničke stanice, nestajao s mesta susreta, iščezavao poput magle na ulicama, činio se mnogo manje tajanstvenim ako se uzme u obzir da su njegovi tragači jurili muškarca borbene zrelosti, a ne ženu.

Zavalio se u naslonjač, spojio vrhove prstiju i ostao nepomičan, zureći pravo ispred sebe dok nije shvatio šta zapravo želi, a zatim podigao tešku slušalicu sa stola.

– Kapetane, uđite, molim vas.

Ušao je istog trena. – *Heil Hitler!*

– Helere, zapisnici koje imamo o civilnom stanovništvu Marselja. Želim da ponovo pogledate sve žene o kojima smo čuli čak i najnejasnije glasine. Pogotovo one za koje se zna da često trguju na crnom tržištu. Isključiti sve s decom mlađom od deset godina, kao i one starije od pedeset godina. Želim izveštaje o svakoj od njih pojedinačno, poređane prema porodičnom bogatstvu.

Heler je trepnuo iza naočara. – Naravno, gospodine. Smem li da pitam zašto?

Bem je drage volje objasnio postavku, i bio je zadovoljan što su se Helerove oči zažagrile od oštroumnog uvažavanja.

– A zašto se usredsređujemo na bogatije žene? – postavio je sasvim razumno pitanje.

– Zato što, ko god da je, deluje s velikim samopouzdanjem i slobodom. Smatrali smo da se radi o samopouzdanju nižih slojeva, nesputanom pristojnim obrazovanjem i slobodom rođenom iz poznavanja svake pacovske rupe u ovom gradu. Ali šta drugo ženi pruža samopouzdanje i slobodu, Helere?

Kapetan nije nimalo oklevao. – Novac.

Bem klimnu glavom. – Molim dosijee, Helere.

– Naravno – rekao je, ali nije se ni pomakao. Usta su mu se jednostavno otvarala i zatvarala kao u ribe.

– Šta je bilo?

– Odmah ću vam doneti spise. Samo... nešto mi se čini, gospodine, da će dosije madam Fjoka gotovo sigurno biti na vrhu gomile.

Bem se namrštio. U potpunosti je ličila na pravu razmaženu francusku domaćicu. Glasna, razmetljiva, samouverena. Glas mu je postao oštar. – Recite mi šta znate o njoj, molim.

Heler je brzo govorio. – Rođena u Australiji. Pobegla od kuće i radila kao novinar u Parizu za *Herst novinsku grupu*. Poznato je da često koristi crno tržište i opskrbljuje prijatelje iz svojih zaliha... – pokolebao se. – Često putuje i redovno je posećivala zatvorenika u Mozaku pre nego što je pobegao.

Bemova usta istanjiše se u ravnu liniju.

Heler se zagledao u prostor iznad njegove glave i nastavio. – Tražila je od muža da joj pošalje pedeset hiljada franaka u gostionicu u kojoj je odsela blizu zatvora. Naravno, nakon muškarčevog bega to je istraženo kao mogući mito, ali je mesnoj policiji rekla kako je novcem platila račun u baru i požalila se *Pošti* na tešku zloupotrebu poverljivosti podataka. Dobila je službeno izvinjenje.

Bem nije navikao na osećanje besa, ali sada ga je sasvim obuzeo, vrelinom mu je pržio kosti. – Gde je ona sad?

– Poslali smo pratnju za njom, gospodine. Čim je otišla odavde. Zaputila se pravo kući.

Bem je stisnuo zube. – Dovedi je. Dovedi je odmah.

Heler je otpozdravio i povukao se, a kada su se vrata zatvorila za njim, Bem je brzo ustao, a zatim se nagnuo napred i oslonio na sto.

Trebalo je da zna. Bila je drska kad je došla, a onda mrzovoljna i poput devojčice pred mužem. Međutim, on je gledao Anrija, a ne nju.

Pošto je Filip otišao, Nensi je očekivala da će se slomiti, ali nije. Uzela je čašu i prošla kroz praznu kuću, zagledajući svaku sobu, trudeći se da je ureže u pamćenje.

Salon je imao otmen, minimalistički nameštaj i niz predratnih modnih časopisa na niskom stočiću za kafu koji je naručila iz Pariza. Anri ju je zadirkivao podižući noge na sto kada bi se iz kluba vratili kući u ranim jutarnjim satima.

Anrijeva radna soba bila je mnogo staromodnija. Nazivala ju je njegovom Medveđom pećinom, obloženom knjigama i s hrastovim stolom za kojim bi uzdisao nad njenim računima kod krojača, dok mu se ona slatko smešila iz jednog od crvenih kožnih naslonjača pored kamina. Na stolu je imao fotografiju majke, pored one na kojoj je bila Nensi. Starija madam Fjoka umrla je godinu dana pre nego što su se njih dvoje upoznali. Uvek je govorio kako bi njegova majka zavolela Nensi. Bilo je to lepo čuti, ali Nensi je smatrala kako je dobro što nikada nisu morali da isprobaju istinitost te pretpostavke. Skinula je poleđinu rama i iza fotografije pronašla dva para lažnih ličnih isprava – jedan za nju, a drugi za Anrija. Svoje je stavila u džep i pažljivo vratila njegove kako bi ih pronašao kada mu zatrebaju.

Na spratu se zadržala na odmorištu pre nego što je konačno ušla u njihovu spavaću sobu. Postelja je bila nameštena, njena šminka uredno složena na toaletnom stočiću, svi ti losioni i pomade, kreme i boje, njene četke za kosu sa srebrnim leđima i pudrijera s drškom od slonove kosti. Bacila je pogled na vrata svoje garderobe. Nema smisla ulaziti tamo. Nije mogla da spakuje kofer kao Klodet, niti je sa sobom mogla da ponese išta što joj ne bi stalo u najveću, ali nesumnjivo veliku torbu. Obukla je dve svilene bluze, ali nije smela da obuče i dve suknje, stavila šal koji bi mogao delovati kao marama, kaput od kamilje dlake i cipele u kojima je, iako dovoljno otmena, mogla udobno da hoda. Naravno, bila joj je potrebna gotovina, pa je uzela perorez s bisernom drškom, nakit, kremu za lice, češalj i prave lične isprave. Lažne je ugurala u postavu torbe. Šta još? Fotografiju s venčanja? Ne, to bi izazvalo sumnju. Možda neku od zabeleški koje joj je Anri ostavio kad bi ujutro otišao na posao, podsećajući je da ode do radnje za hemijsko čišćenje ili da mu poslovni poznanik dolazi na večeru? Nešto tako bi sigurno delovalo dovoljno bezazleno, a imala bi nešto što je dotaknuo da čuva kod sebe dok se ponovo ne sretnu. Pronašla je jednu u fioci toaletnog stočića, s potpisom: „S ljubavlju, Anri".

Tutnula ju je u torbu, a zatim se vratila u hodnik i naslonila na zid u senci. Kroz vitraž i metalnu rešetku na vratima videla je jedan od krupnih crnih gestapovskih automobila na drugoj strani ulice. Šta li je Filip nameravao? Svetlost dana zamirala je na nebu, a poslednji autobus za Tuluz krenuće za četrdeset minuta. Iz sveg srca se nadala da će požuriti. Brojala je udisaje. Jedan. Dva. Bio je to trik koji ju je naučio saputnik na brodu od Australije do Njujorka, sâmu i smetenu iznenadnom slobodom kada joj je bilo šesnaest godina. Razmišljala je o prvim nedeljama u Njujorku, prvim prijateljima koje je stekla, prvom stanu i poslu, ukusu džina iz domaće radinosti. O odluci da postane novinarka, pošto je ugledala otmeno odevenu ženu na stepenicama ispred zgrade suda kako bez izvinjenja i uvažavanja postavlja pitanja nekom braniocu u tamnom odelu. Hajde, Filipe. Držala je ruku na kvaki. A da potrči? Stavi sve na kocku? Ne bi imala izgleda.

Isprva je bio samo tračak dima – Nensi je trepnula kako bi se uverila da joj se ne priviđa – a onda se gornji prozor ribarnice s druge strane ulice naglo otvorio i gust crni dim pokuljao je u veče. Madam Biso je istrčala, udarajući rukama po gestapovskom automobilu, pokazujući na radnju. Iz auta su izašla dva muškarca. Jedan je ušao za njom, a drugi je stajao naslonjen na otvorena suvozačka vrata i gledao naviše u plamen. Nensi je otvorila vrata i zatvorila ih za sobom, pa se zaputila stazom do kapije što je brže mogla, zureći u leđa gestapovca. Srce joj je bilo u grlu. Kroz kapiju. Da li je otvorena ili zatvorena? Razmišljaj! Bilo je to pre samo trenutak. Otvorena. Anri ju je uvek grdio što ju je ostavljala otključanu, a ona je poslednja došla sa ulice. Ipak, Klodet bi je zatvorila na odlasku. Ne, ona je otišla pozadi. Nensi ju je ostavila poluotvorenu, okrenula se prema radnji, sigurna da se gestapovac do sada već okrenuo i prelazi ulicu ka njoj. Ne. I dalje je zurio u vatru. Brzo se kretala ulicom ka istoku. Svaki korak joj je u mislima zvučao poput pucnja i osećala se kao da joj je reflektor uperen u leđa. Koliko je dug ovaj prokleti put? Dopustila je sebi da malo ubrza korak, a onda nije mogla da se suzdrži i potrčala je, skrenuvši najpre desno, pa u sledeću levo, a onda je stala i provirila iza ugla da proveri da li je prate. Srce joj je stalo od brundanja motora. Međutim, bio je to samo džip koji je tandrkao uz glavni put, a onda je zavladala tišina.

* * *

Čim je Heler stigao ispred kuće porodice Fjoka, odmah je znao da nešto nije u redu. Ostaci požara tinjali su u ribarnici, i iako je jedan od muškaraca koje je poslao da pripaze na madam Fjoku i dalje sedeo u automobilu i revnosno piljio u njena ulazna vrata, drugi je pomagao u gašenju poslednjih plamičaka.

Heler je zanemario čoveka koji je pomagao pokucao na prozor automobila. Muškarac u kolima je prebledeo i spustio prozor.

– Pa, Kaufmane? – reče upitno Heler.

– Nema kretanja u kući – rekao je Kaufman, s nadom. Zatim je pokazao u ugao preko puta ulice. – Bauer odande promatra zadnja vrata, i ni on nije primetio da je neko izašao. Nešto nije u redu, gospodine?

– Kada je izbio požar?

– Pre otprilike sat vremena. Gadno se rasplamteo, pomislili smo da će cela zgrada propasti.

– I dok ste vi to gledali, ko je nadzirao ulazna vrata?

Kaufman je ućutao, razrogačenih očiju. – Ja sam. Izašao sam iz auta na trenutak da bacim pogled na požar. Manje od minuta.

Heler je sklopio oči. – I nije vam se činilo čudnim da dok je kuća naspram njihove gorela, ni madam Fjoka ni njena sluškinja nisu izašle na ulazna vrata da vide šta se događa?

Čovek je trepnuo.

Heler oseti mučninu u stomaku. Krenuo je prema kući, doviknuvši preko ramena. – Kaufmane, za mnom! Donesite pajser za vrata!

Otišla je. Naravno.

12.

Železničke stanice bile su previše opasne, ali Gestapo je bio spor u zaustavljanju autobusa, a kako su njih uglavnom koristili siromašniji slojevi i francuski Italijani, bilo je malo verovatno da će tamo tražiti madam Fjoku.

Nensi se osećala nagom poput novorođenčeta dok je kupovala kartu i kada je pronašla mesto pored prozora u zadnjem delu autobusa, pored starije gospođe umotane u desetak šalova i njene unuke, kovrdžave devojčice od nekih šest godina.

Autobus je već bio pun. Do sada je trebalo da krene. Pogledala je na sat, a baba ju je primetila i slegnula ramenima.

– Stari Klod vozi na ovoj liniji utorkom, madam. Uvek kasni. Kladim se da još ispija poslednji konjak u baru na stanici, a onda će morati da piša.

– Volela bih da krenemo – promrmljala je Nensi.

Starica ju je propisno odmerila. – Stvarno? Putujete sami, zar ne? – rekla je. Zatim je pored Nensi bacila pogled kroz prozor. – Uf, ne te seronje!

Nensi je pogledala napolje. Dva muškarca u SS uniformama ispitivala su devojku na ulazu u stanicu i bacila pogled ka nizu autobusa koji su čekali da pođu. Dovraga. Nije čak mogla ni da izađe i umakne. Svaki pedalj poda bio je pokriven. Stara gospođa do nje glasno je šmrkala.

– Žili! – uzviknula je. Kovrdžava devojčica prekinula je razbrajalicu kojom se zanimala. – Sedi ovoj finoj teti u krilo i pevaj joj pesmicu dok ne krenemo.

Uz kratak uzdah kao da je na takve, pomalo živcirajuće zahteve navikla, Žili se popela Nensi u krilo i tiho zapevala poluimprovizovanu obradu dečje pesmice „Aluet“. Nensi je prvo htela da se usprotivi, a onda je shvatila kako joj starica nudi masku. Ako Gestapo traži usamljenu ženu, neće primetiti majku i kćer.

Krajičkom oka videla je kako gestapovci prilaze autobusu s debelim, zarumenelim muškarcem u uniformi prevoznika koji ih je dahćući sledio. Usledila je žučna rasprava, a onda su dva Nemca krenula da šetkaju napred-nazad ispred autobusa, zavirujući u prozore. Nensi je nadnela glavu nad dete. Začulo se oštro kucanje na prozor i ona podiže pogled preko Žiline kovrdžave glave i zatrepta prema esesovcu. Je li to bio jedan od onih koji su jutros stajali u predvorju? Pogledao ju je zbunjeno.

Starica se nagnula nad nju i udarila pesnicom o prozor. – Nosi se! – povikala je. – Ćerka mi je celu noć bila budna s detetom i sad kad konačno može malo da odrema, ti si baš morao da je probudiš! Nosi se, kad kažem!

Nije bilo jasno koliko je Nemac razumeo, ali shvatio je suštinu, pa je promrmljao izvinjenje i udaljio se. Nekoliko trenutaka kasnije motor je zabrundao, autobus je krenuo uz metalnu škripu.

– Nazad na pod, Žili – reče starica, a dete siđe Nensi s krila.

– Hvala vam. Bilo je to zaista divno od vas.

Otvorila je novčanik i izvukla novčanicu, a starica ju je pogledala i ponovo šmrknula.

– Već si nanela štete ovim seronjama, draga moja?

– Da.

– I nameravaš da nastaviš?

– Nego šta!

Starica je oštroumno klimnula glavom. – Onda smo kvit. Sad pripazi na malu, moram da odspavam.

Mari Disar, žena čiji su stan koristili kao sigurnu kuću u Tuluzu, srdačno ju je dočekala. Radilo se o maloj kući s četiri skučene, kockaste sobe, od kojih su tri bile bez prozora, u jednoj od uskih uličica u srcu grada. Nensi je dobro poznavala kuću i domaćicu. Mari je bila u šezdesetim godinama, hranila se kafom i cigaretama, a imala je veliku crnu mačku po imenu Mifuf i čelične živce. Dobro su se slagale, pogrbljene nad radijom slušale su *BBC*, a zatim razgovarale o onome što su čule. Mari nije pitala Nensi o Anriju, niti je razmišljala o tome šta bi mu se moglo dogoditi, a Nensi nju nije pitala za nećaka, koji je već tri godine bio u logoru za ratne zarobljenike. Razgovarale su o ratu, o tome kada će Britanci već jednom prestati da oklevaju i napasti Francusku. Samo što nisu. Moralo je tako da bude.

Tri puta se Nensi oprostila od nje i krenula vozom za Perpinjan. Tamo je sedela u malom kafeu na obodu grada, zureći u daleke vrhove

Pirineja u želji da otera olujne oblake koji su se skupljali. Ukoliko bi se ukazala prilika da krene na put kroz planine, njena veza u gradu, Albert, stavio bi muškatlu na prozorsku dasku stana. Cveta nije bilo.

Nakon trećeg putovanja dobila je poruku od kurira iz Marselja, mlade pegave devojke svetlih trepavica koja se predstavila kao Matilde, da je Alberta pokupio Gestapo – a što je još gore, uhvatili su i Filipa.

– Kada? – upitala je Nensi, dok joj se krv ledila u toploj kuhinji sigurne kuće. – Kako?

Devojka je u sitnim gutljajima ispijala kafu madam Disar, kao da je htela da traje šta duže. – Dan nakon što ste otišli, madam.

Matilde je imala krupne oči i delovala je krajnje obično. Nije ni čudo što su nju poslali. Nemački vojnici bi je možda zaustavili i zagledali, ali nikako ne bi poverovali da je špijun. Najbolja maska koju imamo su pretpostavke drugih ljudi o nama. Nensi je to znala bolje od ikoga.

Hvala bogu. U jednom mučnom trenutku pomislila je kako je možda Anri... ali ne. Hapšenje je prebrzo usledilo da bi Anri bio izvor podataka Gestapoa.

– Ko ga je izdao? Znaš li šta se dogodilo?

– Bila sam prisutna, madam – rekla je devojka, a Nensi se namrštila. – Za susednim stolom. Donela sam pojedinosti o begu iz zatvora za Filipa, ali mora da je nešto primetio. Nije mi dao znak da priđem. Tada je došao neki čovek i seo s njim. Francuz, oslovio ga je sa „Mišel". Razgovarali su minut ili dva, a onda su ljudi za susednim stolom iza Filipa ustali, izvadili oružje i odveli ga.

– Ali nisu odveli Mišela? – rekla je Nensi hitro.

– Ne, mali govnar je samo sedeo, cerekao se i ispio vino do kraja – nastavila je žustro. – Poznajem devojku koja radi u kafeu, madam. Ona je dobra Francuskinja. Pljunuće mu u hranu svaki put kad taj Mišel bude jeo za njenim stolom.

Nensi je zavrtela glavom. Pa dobro, i to je bilo nešto. – Poznajem ga – rekla je. – Radio je za mog muža.

Matilde je tužno klimnula glavom.

Uto je Mari izmrvila cigaretu u pepeljari i pripalila drugu. – Je li otad još neko uhapšen?

– Samo Albert, istog dana.

Nensi je bacila pogled na Mari i uočila zadovoljno klimanje glavom starije žene. Znale su šta to znači. Ni Filip ni Anri se još nisu slomili.

Nensi se prevrnuo želudac kad se prisetila Gregorijevih slomljenih ruku. Gospode. Šta li su radili Anriju? Skrenula je pogled i ispila kafu.

Mari pročisti grlo. – Šta je s planovima za bekstvo iz zatvora, Matilde?

Devojka joj se osmehnula. – Krenuće večeras. Zato sam ovde. Trebalo bi ih očekivati negde u toku noći, a onda mogu da krenu s vama, madam Fjoka, u Španiju.

– Albert je bio moja veza u Perpinjanu, Antoan je mrtav – odgovorila je Nensi. – Kome da se obratim za vodiča?

Matilde je protrljala oči i zevnula pre nego što je odgovorila. – Daću vam mesto sastanka, kafe na obodu grada.

– A rezervni plan?

Devojka odmahnu glavom. – Ponestalo nam ih je.

Mifuf joj je uskočio u krilo i saosećajno zajaukao. Matilde ga je pogladila i on poče da prede.

– Radila sam sa Škotom po imenu Garou – reče Mari. – Prošlog meseca je morao da beži, ali jednom smo zajedno išli u Perpinjan. Imam i adresu. Nema lozinki, niti imena, ali postoji adresa. To će morati da ti posluži kao rezervni plan, Nensi – rekla je, otpila još jedan gutljaj kafe i kucnula prstima po stolu. – U Filipovom odsustvu, moraćemo da upotrebimo drugog krivotvorca za dokumenta zatvorenika. Ovaj nije tako dobar.

Nensi je pomislila na muškarce kojima je pomagala tokom bekstva iz zatvora u prošlosti.

– I njihovu odeću valja oprati – rekla je. – Bar ćemo imati posla.

Muškarci, njih sedmorica, stigli su u pola tri ujutru. Kako su uopšte uspeli da u tom stanju prođu kroz Tuluz Nensi nikako nije shvatala. Odeća im je bila u dronjcima, lica mršava i zaudarali su. Nensi je bar jednom bila zahvalna što Mari puši, ali ipak su zaudarali.

Pošto su ispričali priču o bekstvu – drogiranom vinu, podmićenom čuvaru, kamionu sa senom i pet kilometara pređenih s kartom iscrtanom na poleđini kutije cigareta – Nensi im je naredila da se skinu, pobacaju odeću u Marinu kadu i operu se. U kuhinju su se vraćali jedan po jedan, umotani u stare čaršave i ćebad, rumeni i izribani. Sirene su se oglasile u zoru. Žandari, milicija i Nemci prevrtali su kamen za kamenom u potrazi za glumačkom postavom *Julija Cezara*, koji su se sada kao u togama zbijali u tišini Marine kuhinje.

– Draga gospođo – obratio se visoki engleski vazduhoplovac Nensi dok su patrole napolju češljale grad. – Ne mogu da se suočim s Gestapoom u čaršavu. Ima li nade da dobijem svoje pantalone?

– Ne. Žao mi je, Brute. Ne dok ne budu čiste – odvratila je Nensi.

– A onda će im trebati barem dan da se osuše. Ne možemo da ih obesimo blizu prozora, zar ne?

– Brute? – ponovio je, zagledavši se. – Oh. Da. Vala baš.

Namestio je bolje čaršav i nespretno se odgegao u kuhinju.

U vozu su se razdvojili. Četvorica odbeglih zatvorenika prilično su dobro govorila francuski, a ostali nisu. Nensi ih je podelila u grupice, dala im vremena da se pojave na mestu susreta u Perpinjanu i podučila ih klimanju, sleganju ramenima i ponekoj reči koja bi im mogla pomoći da se provuku kroz nasumičnu pretragu. Lažne isprave svakako ne bi prošle podrobniju proveru.

Sada je bila u prepunom vagonu drugog razreda s tašnom u krilu i molila se za lepo vreme na planinama. Dvojica Engleza bila su s njom, muškarac koji je tražio pantalone i riđokosi koji joj se nije dopadao. Okrenuo je nos kada mu je Mari ponudila hranu i požalio se kako Nensi nije uspela da mu ukloni sve mrlje s košulje. Malo je nedostajalo da ga zadavi njom. Putovali su večernjim vozom. Istina, to je značilo da će kada stignu u Perpinjan ulice biti gotovo prazne, ali imaće još nekoliko sati pre policijskog časa da stignu kuda su nameravali, budu li imali sreće.

Nisu je imali.

13.

Pola sata pre nego što je trebalo da stignu u Perpinjan, dok se sumrak nad krajolikom produbljivao, kondukter je provirio u kupe.

– Krenite – rekao je, gledajući pravo u Nensi. – Nemci zaustavljaju voz. Pun pretres.

Nije imala vremena da mu se zahvali ili shvati kako je znao da je treba upozoriti. Završio je rečenicu i udaljio se.

– Sranje, i šta sad? – upita riđokosi na engleskom.

Jedna od francuskih putnica u kupeu prekrstila se kao da je čula samog đavola kako progovara.

Nensi je spustila prozor.

– Imate bezvezne isprave. Moramo da bežimo, inače ćete se pre zore vratiti u zatvor. Ako vas jednostavno ne upucaju.

Drugi Englez, Brut, čkiljio je kroz prozor pored njenog. – Eno ga brdo, kilometar-dva dalje, sa šumicom na vrhu. Naći ćemo se tamo.

Izgleda da je povratio dostojanstvo otkako je navukao pantalone.

Nensi je posegnula za kvakom baš kad se začula škripa kočnica, a voz počeo da usporava. Vrata su se otvorila i ona polete napred. Svet se ispunio zaglušujućom grmljavinom točkova. Nekim čudom je visila u vazduhu tek toliko da se levom rukom uhvati za drugu stranu dovratka.

Povukla se nazad, dahćući. Stariji Francuz, zbijen u uglu vagona, zgrabio ju je za ivicu kaputa i spasao joj život. Uhvatila mu je pogled, klimnula glavom u znak zahvalnosti i pokušala da smiri disanje. Voz je usporio do brzine hoda.

Nije bilo vremena za čekanje da se zaustavi, niti vremena za razmišljanje. To je ionako bio blagoslov, dok je gledala u ponor ispod sebe. Hvala bogu što danas nema visoke potpetice.

– Ajde – doviknula je ostalima i skočila.

* * *

Nensi se dočekala na noge, a zatim kliznula niz šljunak i strm nasip u pomrčinu.

Dve prilike iskočiše za njom, nešto dalje niz prugu, kao obrisi na svetlosti vagona pošto se voz konačno zaustavio. Videla je kako se nešto dalje na vozu otvaraju još jedna vrata i još nekoliko prilika iskače, jedna po jedna u tamu. Začuše se povici kada se drugi obris pojavio na otvorenim vratima i podigao pušku. Pucanj je odjeknuo u tihoj pustari, kao iznenadni znak interpunkcije, dok je vreli metal točkova iznad nje kliktao i hladio se.

Vojnici su izlazili iz voza. Prokletstvo. Vreme je za bežanje.

Preskočila je niski kameni zid na dnu nasipa i završila u vinogradu. Gospode, to je bila srećna okolnost. Staze uz koje se može trčati i lišće koje skriva. Da su bili na pašnjaku, vojnici su mogli da ih pokose kao pšenicu.

Brzo ili sporo? Ako se bude kretala polako, između senki, možda je nikada neće uočiti, ali ako pošalju dovoljno ljudi u polje, mogli bi je uhvatiti dok se šunja. Ako potrči, verovatnije će je spaziti. Još je oklevala, u redovima vinove loze, kada je prvi put začula smrtonosno štektanje lakog mitraljeza.

Brzo.

Trčala je pravo i hitro između čokota vinove loze, držeći se senki što je bliže mogla. Iza sebe je čula povike na nemačkom i lavež pasa. Meci su udarali u suvo tlo iza nje, podižući u vazduh sitne grudvice zemlje koje su zvučale poput kiše dok su padale po lišću.

Ka istoku je čula više povika i uzbuđeno lajanje. Uhvatili su nekoga. Kučkini sinovi. Brže, Nensi. Tlo se uzdizalo pred njom. Baterijske lampe na zapadu, zaokrenula je prema istoku, probijajući se između vinove loze, a zatim opet na sever. Znala je da krvari. Jel' to bilo od ogrebotine loze ili od metka? Da li je važno? Nastavi dalje. Da li bi streljali one koje su zarobili? Možda. Nju bi sigurno streljali. Bolovi u nogama bili su neizdrživi, ali nije mogla da zastane i dođe do daha.

Hodaj. Sledi uspon.

Istrčala je iz vinograda, naletela na žičanu ogradu i prevrnula se napred preko nje u četvrtastu, livadu na kosini. Okrenula se i pridigla na laktove, prvi put pogledavši niz brdo. Baterijske lampe su poput svitaca sjaktale donjim delom vinograda u blizini nasipa, ali izgleda da se još nisu penjale uz brdo. Iznad njih, na šinama, voz je i dalje čekao.

Časak je ležala na hladnom tlu, zureći u mesec, zadihana. Zatim se pridigla na noge i sledila ogradu na istok do krajnjeg ugla livade. Žica je skrenula na sever, a ona ju je sledila. Šuma joj se nalazila s desne strane i Nensi se ponovo uspinjala.

Nije volela šetnje na selu. Bila je gradska devojka do srži i kada su joj prijatelji samozadovoljno, s nekom gotovo verskim uverenjem pričali o radostima pešačenja predivnim francuskim seoskim predelima, bila je prilično sigurna da su ludi. Sa sela su dolazili hrana i vino, ali nije bilo prodavnica, kafea, a i koliko bi uzbudljivo moglo biti gledati u isti predeo satima, ili nedeljama? Uopšte nije bila raspoložena da sada menja mišljenje.

Stigla je na vrh brda. Izgledalo je kao ono na koje je Englez ukazao. Potpuna tišina. Sela je na ivicu šumice i ponovo spustila pogled. Svetla su još bila tamo dole, iskrila su se u vinogradu, ali dok ih je posmatrala povlačila su se prema vozu i polako gasila, a onda su napokon i osvetljeni prozori vagona ponovo bili u pokretu. Duboko je uzdahnula dok se voz gubio prema Perpinjanu.

U tom času je shvatila da je izgubila tašnu. To saznanje ju je zahvatilo kao osećaj hladnoće u stomaku koji se proširio naviše i zatvorio joj grlo. Njene isprave. Njen novac. Njen nakit. Njen verenički prsten. *Njen prokleti verenički prsten.* Nosila ga je sve vreme okupacije, ali bio je previše otmen za nošenje po Marinom stanu, pa ga je tutnula u postavu tašne. Oh, i poruka! Bila je tako oprezna, ponela je tako malo stvari, ali čak ni te Anrijeve zabeleške više nije bilo.

Prvi put otkako su se Nemci pojavili u Francuskoj briznula je u plač. Hladnoća, iscrpljenost. Njen prsten. Poruka. Kako je mogla da je ispusti, a da ne primeti? Dovraga dovraga dovraga dovraga dovraga.

Šuštanje u šipražju ju je preseklo, napola se okrenula i ugledala Bruta i riđokosog kako joj obazrivo prilaze. Riđokosi je oklevao, ali Brut je kleknuo kraj nje i ponudio joj maramicu.

– Jeste li povređeni, madam?

Odmahnula je glavom. – Ne. Dobro sam. Oprostite. Glupo je. Izgubila sam tašnu, a u njoj mi je bio verenički prsten i sva dokumenta.

– Da odem i potražim je? – upitao je tiho.

– Ne budali – brecnuo se riđokosi. – Nemci će dole ostaviti vod. To što su ugasili baterijske lampe ne znači da su otišli. Ako blesava kučka želi, nek ide sama da je potraži.

Brut uopšte nije obraćao pažnju na njega. – Rado ću to učiniti.

Nensi se pokolebala, a zatim odmahnula glavom. – Suviše je opasno. Moramo odmah da krenemo dalje.

Nadlanicom je obrisala oči. – Samo sam umornija nego što sam mislila, to je sve. Večeras ćemo hodati dok ne pronađemo mesto gde ćemo se smestiti tokom dana, a čim se smrkne idemo u Perpinjan.

– Nemamo hrane! Ni vode! – pobunio se riđokosi.

– Ako ti nedostaju zatvorski obroci, predaj se Gestapou – odbrusila je Nensi.

Brut ju je nespretno potapšao po ramenu. – Naravno da ćemo putovati samo noću. Stići ćemo tamo.

14.

Nensi je ponovo pokucala na vrata.

– Ajde, ajde...

Odškrinula su se i tanak snop svetlosti pao je na grubu kaldrmu.

– Zovem se Nensi Fjoka – rekla je. – Poslala me je Mari Disar, radila je s Garouom, a ja sa Antoanom. Imam dva čoveka sa sobom i moramo da pređemo preko planina.

Nije joj preostalo ništa osim nade. Nadala se da će prava osoba otvoriti vrata, prepoznati imena i pomoći.

Trebalo im je dva dana da stignu ovako daleko. Usuđivali su se da pešače isključivo noću, provodeći dane u napuštenim štalama ili sklupčani pod živicom. Svakodnevno su viđali patrole kako prolaze pored njih, jednom prilikom udaljenu svega nekoliko pedalja od njih, ali nisu ih spazili. Drugi put su naleteli pravo na seljaka sa obližnjeg imanja, koji je pre zore krenuo u polje, i samo su zurili u njega na stazi, suviše iznenađeni da bi pobegli, sve dok starac nije skinuo torbu s ramena i dao im svoj ručak – hleba, sira i bočicu razblaženog vina. Bilo je to jedino što su pojeli otkako su napustili stan u Tuluzu.

Po dolasku u predgrađe Perpinjana razgovarali su o sledećem potezu. Riđokosi, za kojeg se ispostavilo da tečno govori francuski, otišao je prvi, poput gavrana s Nojeve arke, kako bi proverio kakve su mogućnosti da na prvobitnom mestu susreta zatekne prijateljsko lice. Vratio se stisnutih usana, obeshrabren.

U kafeu se pričalo kako se muškarac koji im je bio veza izgubio. Trojica muškaraca iz voza ponovo su zarobljena ili ubijena. Njihov čovek za kontakt zaobišao je grad i zaputio se preko planina s dvojicom preostalih begunaca. Te lukave bitange su uspele da se vrate do voza tokom pretrage vinograda i ponovo zauzmu svoja mesta kao da se ništa nije dogodilo. Hteli su da pričekaju Nensi i ostale, izvestio je riđokosi, glasom natopljenim sarkazmom, ali muškarac je bio preplašen i nije želeo da se mota okolo i čeka Gestapo. Naterao ih je da biraju, i oni su odlučili da pođu s njim.

Sada je bio red na Nensi da na osnovu napola upamćene adrese izađe i potraži drugo skrovište, poput Nojeve golubice, nadajući se da će onaj ko je pogleda u oči nekako znati da ne laže.

Vrata su se malo više odškrinula. Nije poznavala muškarca koji ju je dočekao, delovao je uplašeno, ali i kao prijatelj.

– Bolje da uđete unutra.

Nensi je ponovo brojala, ovoga puta svoje korake. Put je bio strm, vodio je preko najviših vrhova jer ih psi koje su Nemci koristili na nižim padinama na ovoj visini nisu mogli nanjušiti kroz razređen vazduh. Staza je bila toliko neujednačena da je bilo nemoguće uhvatiti korak, jedan dva... jedan... dva. Nedostajao joj je prokleti kamion sa ugljem koji ih je odvezao iz Perpinjana u posebnu zonu, koja se od španske granice protezala dvadeset kilometara u Francusku. Čudno je to. U to vreme joj je smetalo, ali čak je i truckanje po sporednim putevima pod vrećom uglja dok neudobno ležiš na drugoj bilo blaženstvo u poređenju sa ovim.

Bio joj je potreban odmor, jalovo je razmišljala dok je brojala, a zatim se zakikotala. U glavi je jasno videla Anrija kako je čeka na sledećoj okuci, pogrbljen u automobilu, spreman da je odvede u neko odmaralište. Mogla je da zamisli kako mu pada u zagrljaj, jadikujući kako se provela kao bosa po trnju. Prala je zatvorsku odeću u kadi, pucali su na nju, gladovala je, gurnuli su je u zadnji deo kamiona. Mogla je da zamisli njegovo saosećanje, topao smeh i obećanja da će joj sve to nadoknaditi.

U mislima mu prepričava zbivanja u glavi, nadugačko i naširoko, duhovito, smešno, dureći se i psujući kroz priču dok je ne natera da prestane jer ga rebra bole od smeha.

– Jebote, što si tako srećna? – upitao je riđokosi.

Nije se ni potrudila da mu odgovori. Nedostajao joj je Brut. Otišao je iz Perpinjana dan pre njih dvoje. Odeća mu je bila u boljem stanju, a cipele još pristojne. Riđokosi i Nensi morali su da pričekaju dok im poslednji ostaci mreže Pokreta otpora u Perpinjanu nisu nabavili toplu odeću.

Riđokosi je njeno ćutanje shvatio kao poziv na razgovor. Ne toliko na priču, koliko na žalopojku. Prebrzo su išli, ovo je glupo odabrana ruta, zašto Pokret otpora nije uspeo da im nabavi još čarapa? Dva para nisu dovoljna.

Nensi nije obraćala pažnju na njega, ugušila ga je u mislima i slušala jedino zvuk sopstvenog unutrašnjeg glasa dok je brojala. Izgleda da on to nije primetio.

– Vreme je za odmor – rekla je Pilar.

Pilar i njen otac bili su im vodiči. Nisu mnogo govorili, a nisu se bogzna koliko ni odmarali. Deset minuta na svaka dva sata, i to je bilo to. Staze su krivudale i vijugale preko vrhova, a ponekad bi se u tim kratkim odmorima Nensi osvrnula u čudu. Bili su zatečeni među snežnim vrhovima kao putnici u nekoj bajci, poput hodočasnika, zagledanih u bujni podvig prirode, beskrajnu povorku planinskih vrhova koji nestaju u plavičastom prolećnom vazduhu. Činilo se kao da Pilar želi da se postara da se popnu na baš svaki od njih.

Ponovo napred, uz staze koje je samo Pilar videla. Bilo je to planinarenje, a ne pešačenje. Nensi je štedela dah i nastavljala da se kreće. Riđokosi nije zatvarao usta. Sada je želeo da zna zašto nisu kupili još hrane i kako se od njih očekuje da nastave kroz hladnoću dok je sneg oko njih sve dublji. Glas mu je postao kreštav.

– Ne mogu dalje. Neću – ukopao se na stazi.

Pilar je prekinula uobičajeno ćutanje, okrenula se prema Nensi i tihim glasom promrmljala: – Reci mu da ućuti i nastavi da hoda. Zar ne zna koliko daleko zvuk putuje ovde gore?

– Šta kaže? – upitao je riđokosi turobno. – Reci mi.

Rekla mu je. Riđokosi nije popuštao.

– Danas ne mogu dalje i niko me neće naterati.

I to je bilo to. Ugodna, topla maštanja o Anriju raspršila su se. Nensi se zabrojala, a Pilar i njen otac gledali su je sa izrazom lica koji je nesumnjivo govorio: *Uradi nešto sa ovim seratorom.* To je i učinila.

Snažno je gurnula riđokosog, pa se zateturao unazad i do kolena upao u brzi potok ledeno-hladne planinske vode.

– Ma šta ti je! – izdrao se na nju, iskoračivši nazad na sneg. – Ludačo!

Ipak, nije ni pokušao da je udari. Verovatno je znao da će ga stari tresnuti po nosu ako to učini. Pilar se nasmejala. – Sad je izbor na tebi – rekla je Nensi sasvim smireno. – Ako ostaneš ovde smrznućeš se za pola sata. Zato hodaj i ćuti.

– Ludačo – ponovo je promrmljao, ali je nastavio da hoda. Nensi je krenula da broji iz početka.

* * *

Sledećeg jutra stigli su do granice. Pilar ih je uputila na čistu i strmu stazu prema Figuerasu, rukovala se s Nensi, a onda su se ona i njen otac jednostavno okrenuli i krenuli nazad ka planinama. Španska patrola ih je pokupila sat vremena kasnije, a Nensi su se činili poput najdivnijih ljudskih bića koje je u životu srela. Izvukla se.

15.

Dolazak u London obeshrabrio je Nensi. Grad je bio toliko drugačiji od onog koji je poznavala pre rata, pun ožiljaka od pretrpljenog bombardovanja. Zamakla bi za ugao i odjednom zatekla prazninu gde je nekada bila kuća ili stambena zgrada. Bio je to grad odsutnosti. A tek ljudi! Većina muškaraca nosila je uniforme, a žene su se kretale mnogo brže nego ranije, osim ako nisu stajale u redovima ispunjene nadom, s košaricama u rukama, čvrsto stiskajući bonove za hranu. Neke su čak vozile tramvaje i overavale karte, a preko starih reklama zalepljeni su plakati koji pozivaju narod da štedi hranu i ostane smiren. Uglavnom su svi odavali utisak kako treba negde da budu, a već pet minuta kasne. Svi osim Nensi.

Istini za volju, trebalo je dosta vremena da se obradi njen slučaj, a pre nego što bi uspela da učini bilo šta korisno, bile su joj potrebne isprave. Kada ih je španska policija pronašla dok su silazili s planine, rekla im je da je Amerikanka. To je značilo odvajanje od riđokosog, što je bio blagoslov. Zatim je Amerikancima rekla kako je Britanka, a onda je izmučenom i sumnjičavom Britancu u ambasadi rekla da je suštinski Australijanka, ali ima novac u Londonu i želi da ode i potroši ga. Uz to, ona je Nensi Vejk, zvana Beli Miš, a Gestapo je vrlo revnostan u pokušajima da porazgovara s njom.

Službenik je pozvao Anrijevog advokata u Londonu, koji je nakon poduže i skupe razmene telegrama potvrdio kako se verovatno zaista radi o madam Fjoki i da, ona ima sasvim dovoljno sredstava u Ujedinjenom Kraljevstvu kako bi se izdržavala i vratila Vladi Njegovog Veličanstva za kartu i gotovinski predujam kako bi sebi kupila nešto pristojno da obuče za put kući i hranu kako ne bi umrla od gladi pre nego što tamo stigne.

Anrijev advokat, gospodin Kembel, dočekao ju je na pristaništu i sproveo kroz carinu. Nensi ga je već jednom srela, kada su ona i Anri zajedno posetili London i popila čaj u njegovoj kancelariji s lamperijom, dok je on imao poslovni sastanak. U to vreme joj je bilo pomalo dosadno, žudela je za pozorištem, kafeima i noćnim klubovima Vest enda. Međutim, sada se pokazalo da ju je taj razgovor spasio. Anri je otvorio račun u londonskoj banci i uplatio popriličnu svotu.

– Uspeo je da mi pošalje poruku uoči venčanja – rekao je Kembel dok ju je izvodio iz zgrade carine u vagon prve klase londonskog voza.

– Kako? – upitala je Nensi. Nakon putovanja osećala se kao u izmaglici i nije mogla zaista sve da upije – udobna sedišta, uslužnog konobara. Kembel joj je naručio viski.

– Mislim da je u pitanju bio španski krijumčar kojeg je poznavao u gradu, a koji je u to vreme bio na putu za Brazil. U svakom slučaju, poruka je poslata odande. Morali smo poprilično da doplatimo poštarinu – izgleda da čovek nije upotrebio ni blizu dovoljno markica – rekao je i skrenuo pogled. – Žao mi je što moram da kažem kako otad nismo primili nikakvih vesti o gospodinu Fjoki.

Konobar im je poslužio pića, a Nensi je iskapila čašu. Kembel je trepnuo, a zatim zamenio netaknutu čašu njenom praznom i dozvao konobara da donese još jedno piće.

– U svakom slučaju, gospođo Fjoka, pismo je bilo sasvim jasno. Anri je veoma brižljiv kad je posao u pitanju. Izjava ima svedoka i tačan datum, a naložio nam je da vam, ukoliko ikad zatreba, stavimo na raspolaganje sva sredstva na računu i ponudimo pomoć – nazdravio je novom čašom viskija, zanemarujući konobarov pomalo sumnjičav pogled. – Što ćemo, naravno, sa zadovoljstvom i učiniti.

Dragi stari momak. Nensi je uzdahnula i naslonila se. Nema Gestapoa koji joj diše za vratom, nema zviždanja metaka. Sada joj je potrebna samo vest o Anriju, da je stigao u Španiju, i biće u raju.

Ličilo je na Anrija da ovako razmišlja unapred, sklanjajući nešto novca u Englesku, čak i pre nego što je izbio rat. Ona je razmišljala dan za danom, o tome kako da se baci na posao Pokreta otpora, a ako bude živa sutra ili sledeće nedelje, tim bolje. Anri se, međutim, dobro pripremao, i smislio kako bi mogla da pobegne sâma ako zatreba.

Ovog puta je pokušala da pijucka viski. Kembel je još govorio. Izgledao je kao karikatura edvardijanskog advokata: visok okovratnik, bela kosa, prsluk krem boje sa zlatnim lancem sata koji je visio preko. Zagledala ga je. Odeća mu je bila pomalo preširoka i učinilo joj se da po šavovima vidi kako je prsluk barem jednom već sužavan. Znači, čak su i bogati u Engleskoj počeli da mršave. To na radiju nisu spomenuli.

Pokušala je da ga sluša.

– ... dovoljno da barem tri godine udobno živite, a naravno, svi smo uvereni da rat neće duže trajati! Otkako smo primili vest o vašem dolasku u Gibraltar, raspitali smo se i pronašli neke prilično dopadljive kućice u gradićima u unutrašnjosti gde ćete biti sigurni od bombardovanja i u miru dočekati kraj rata.

Šta? Ne. Da mirno čekam kraj rata? Neće moći.

– Gospodine Kembel, neću samo sedeti i piti čaj u društvu dama iz provincije dok Anri ne dođe da mi se pridruži.

Namrštio se. – Ali vaša sigurnost, gospođo Fjoka. Već ste toliko toga učinili. Mora da su vam živci istanjeni. Bar nekoliko meseci odmora.

Ma kakvo pijuckanje. Sljuštila je ostatak viskija. – Mislim da više nemam živaca, gospodine Kembel. Verujte mi: tri nedelje u unutrašnjosti bez ičega osim da pijem čaj, i prosuću sebi mozak pred parohom i upropastiti vezove starih gospođa.

Zurio je u nju, a onda mu usne zaigraše. – Pa da. To ne bi bilo zgodno. U tom slučaju, gospođo Fjoka, imam prijatelja koji traži stanara za svoj stan na Pikadiliju. Da li bi vam to više odgovaralo?

– Mogu li već danas da se uselim?

16.

Nensi je pogledala na sat. Terali su je da čeka. Zakonska prepiska potrajala je dvadeset četiri dana, dvadeset tri dana više nego što je bilo potrebno da joj dosadi nova sloboda i da počne da smišlja kako da se vrati u Francusku.

Anri još nije stigao u London. Pobrinula se da stan bude opremljen kad bude stigao. Nabavila mu je omiljeni brendi i bocu šampanjca i stavila ih u kredenac, a pripremila mu je i par papuča i pristojnu košulju. Naravno, sve je to nabavila na crnom tržištu i platila paprenu cenu, ali želela je da mu bude udobno čim stigne. Ipak, nije ga dočekala. Nije mogla da sedi i ne radi ništa, do da zuri u četiri zida.

U sedište Slobodnih francuskih snaga u Karlton gardensu stigla je tačno u devet ujutro, pošto je brzo hodala iz svog stana na Pikadiliju u najboljim cipelama s visokim potpeticama i u dobro skrojenom odelu koje je otkrivalo njene obline, a da nije izgledalo kao da joj je to namera. Malo treptanja stražarima dovelo ju je do čekaonice, tačnije do stolice u mermernom hodniku pod budnim okom Francuskinje s naočarima za čitanje. Matora krava je mrko gledala Nensi, mada je na licu imala spreman ulizički osmeh za svakog muškarca u uniformi koji je promarširao hodnikom s hrpom papira u ruci i odlučnim izrazom lica vojnika spremnog da brani Francusku.

Nensi je pogledala na sat. Pa u ženu. Zatim opet na sat.

– Madam... – zaustila je Nensi.

Žena je bila previše naborana i usporena da bi bila krava. Podigla je ruku i Nensi zaključi kako više nalikuje kornjači koja usmerava saobraćaj.

– Svesni su da čekate, madam... – namestila je naočare za čitanje i spustila pogled u notes. – Fjoka.

– Ali...

– Imate nekih drugih neodložnih obaveza? – upitala je kornjača i razrogačila oči.

Nensi je prekrstila ruke i pognula se u stolici. Ne, nema, i upravo je to prokletstvo. Nakon meseci tokom kojih je svaki trenutak bio prepun opasnosti i delanja, nije imala ama baš nikakvih obaveza.

– Madam Fjoka?

Nensi podiže pogled. Pred njom je nesigurno stajao mršav muškarac maslinaste puti u poručničkoj uniformi. Cipele su mu bile uglancane koliko i mermerni pod. Klimnula je glavom.

– Pođite za mnom.

Kancelarija u koju ju je odveo mora da je bila orman gde je spremačica pre rata čuvala metle. Ipak, oficir je uspeo da za sebe ugura veliki starinski sto i pristojnu stolicu. Nensi je dobila metalnu sklopivu stolicu, koja je zaškripala kada je sela na nju. Police na kojima je spremačica držala đubravnike i krpe za prašinu bile su krcate smeđim fasciklama. Zurila je oko sebe.

– Mislila sam da smo kratki s papirom – rekla je.

Zanemario je opasku i nastavio da čita spis na stolu pred sobom. Njen dosije.

– Ovde sam, znate – rekla je nakon pet minuta. – Ako želite da znate šta sam radila u Francuskoj, možete da me pitate.

Podigao je pogled. – Da, primili smo izveštaj da ste bili od velike pomoći. Gestapo vam je čak dao nadimak. Baš slatko.

– Slatko? Mislite da je to bilo slatko?

Osmehnuo joj se. To je bila velika greška. Nagomilana osujećenost zbog prekomernog čekanja pokuljala je napolje.

– Mislite li da je slatko i to što Gestapo drži mog muža? Što sam u Marselju hiljadu puta stavila na kocku svoj i njegov život, što sam stekla tri godine iskustva u izbegavanju nacista dok ste vi sređivali arhivu? Kada ste poslednji put videli borbu? *Ja* sam prošlog meseca bežala od metaka i moram da se vratim tamo. Odmah. Zato me upišite, a ja ću vas ostaviti vašim podnescima.

Osmeh mu je nestao s lica. – Madam, Slobodne francuske snage ne primaju žene. Vi ste po prirodi neprikladne za ratovanje, to je naučna činjenica.

Zaboga, pomislila je. – A vi ste naučnik? Zadivljujuće. Upravo sam vam rekla, ja sam *bila* u ratu otkako su nacisti upali u Francusku, pa pretpostavljam da je nauka pogrešila.

– Ali vaša ženstvenost...

– Šta podrazumevate pod tim? Moju vaginu? Da li to što imam vaginu znači da ne mogu da držim pištolj? Vodim sigurnu kuću?

Krijumčarim novac, ljude, municiju? Prepešačim preko planinskog lanca? Jedino što moja vagina znači jeste da sam naučila da radim sve to i mnogo više u visokim potpeticama.

Zavalio se u stolici, spojio vrhove prstiju i pogledao je.

– Žao mi je, madam. Delovanje Slobodnih francuskih snaga ne sme da ugrozi tako očigledno emotivno nestabilna osoba. To kako govorite o svojoj... – zastao je, pocrvenevši.

– Vagina, vagina, vagina – pa majku mu, to je naučni pojam! – povikala je Nensi.

Nervozno se osvrnuo kao da će se zidovi zaprepašćeno urušiti, pa pokušao da se pribere. – S obzirom na vaše znanje anatomije, možda bi trebalo da budete medicinska sestra i negujete naše hrabre borce.

– Rado bih im pomogla kad bih mogla da *pronađem* makar jednog! – poskočila je, odgurnuvši metalnu stolicu i otvorivši vrata ka mermernom hodniku. Oficir se lecnuo. – A rado bih vam skalpelom odstranila jaja, ali čini mi se da su već uklonjena!

Glas joj je zadovoljavajuće odjeknuo hodnikom visokih svodova i zalupila je vratima iza sebe. Kornjača je zurila u nju otvorenih usta.

– Držite mu jaja u fioci s rezačem za olovke, zar ne? – rekla je Nensi, i izletela u Karlton gardens, skrenula iza ugla i ušla u park Sent Džejms, i ne osvrnuvši se.

Nakon što je sat vremena švrljala po parku u bednim, uskim krugovima, pokraj izložbenih prostora i protivavionskih topova, uvidela je smešnu stranu priče, pa je ušetala u *Crvenog lava* u Djuk stritu, na pola puta do stana, i platila piće svakom muškarcu u uniformi i ispričala mu priču. Bila je veoma uspešna. Novopridošlice su morale da čuju šta se dogodilo, a konobarica se neprekidno kikotala na nove delove koje je Nensi ubacivala kako se priča rascvetavala. Pošto je gužva u vreme ručka dosegla vrhunac, kornjača se pretvorila u zastrašujućeg gargojla, a oficir u drhtavu olupinu od čoveka, znojavih dlanova i s nervoznim tikom oka.

– Onda ju je nazvao mojom *ženstvenošću*! – uskliknula je Nensi, podižući čašu.

– Još malo ću pomisliti da si tamo pohranila svu cugu – promrmlja narednik, pokušavajući da pripali cigaretu uz drhtav plamen koji mu je prineo jedan od drugara.

– Dobrovoljno se javljam da izvidim teren – ubacio se Amerikanac mladalačkog lica, hrabro joj namignuvši.

– Koliko imaš, devetnaest godina? – odgovorila je Nensi, dunuvši u koleblivi plamen i postojanom rukom pruži naredniku plamen iz upaljača. – Ne bi znao ni gde da zabodeš zastavu.

Muškarci su skandirali i pljeskali Amerikanca po leđima dok se nije zagrcnuo pivom. Nensi je pogledala upaljač u ruci. Nije pušila – dok je živela od novinarske plate u Parizu bojala se da će joj cigareta napraviti rupe u jedinoj pristojnoj haljini – ali uvek je nosila upaljač. To vam je pružalo priliku da zapodenete razgovor s ljudima. Bilo je nečega u prihvatanju ponuđene vatre, naklona iznad vaše ruke, zbog čega su izgleda bili skloniji da razgovaraju s vama i povere vam se. Anri se glasno nasmejao kada mu je to ispričala, nazvao ju je vešticom i sledeće nedelje joj dao zlatni *kartije* upaljač sa ugraviranim njenim imenom. Izgubila ga je zajedno sa ostalim draguljima i dokumentima dok su bežali iz voza.

Ponovo ga je čula, njegov smeh, među klicanjem ovih stranaca i zapitala se šta bi pomislio o njenom razgovoru u Karlton gardensu. Oh, i on bi se zacenio, umro bi od smeha, a onda bi se bez sumnje hvalio prijateljima svojom nemogućom suprugom. Ipak, shvatio bi njenu osujećenost, bes zbog uskogrude gluposti ovih muškaraca. Koliko se samo beskorisno i gnevno osećala!

– I onda, Nensi? Moraš ovo čuti, Džordže – rekao je narednik. – Džordže, rekao joj je kako bi trebalo da bude medicinska sestra, možeš li to da zamisliš? Nije li to rekao, Nensi?

Zagledala se u njih, i umesto njihovih lica videla Anrija, Antoana i Filipa. Čekali su, pomalo nesigurni šta će uslediti. Ozarila se.

– Nego šta nego je rekao. Mildred?

Konobarica je spustila čašu koju je glancala. – Šta da ti donesem, Nensi?

– Šampanjac za sve prisutne! Pijemo za moj poziv negovateljice! Gomila je ponovo zaklicala.

Lokal je trebalo da se zatvori između dva i šest, ali niko nije želeo da krene kući, a pošto im se pridružio i pozornik, koji se zagrejao brendijem, nije bilo nikoga da ih natera. Kada se Nensi napokon oteturala u pomrčinu, imala je barem još desetak doživotnih prijatelja i osećala se bolno usamljeno. Naravno, nije dozvolila da je neko otprati kući, bilo da se radilo o učtivoj ponudi ili potajnoj nadi.

Osećala je hladan i vlažan londonski noćni vazduh na licu – ne slankasti miris Marselja, već močvarnu, ugljem natopljenu vlagu koja se uvlačila u kosti ako joj se dopusti. Iza nje, jedna prilika se kretala između senki, držeći je na oku. Posrnula je na trotoaru, uspravila se i krenula preko trga, zagledajući kamene ploče pred sobom i mašući tašnicom, a zatim odšetala prečicom kroz sporednu uličicu, pevušeći pesmu koju ju je naučio škotski narednik.

Muškarac koji ju je sledio ubrzao je korak, ne želeći da je izgubi u sve gušćem mraku. Zakoračio je u uličicu i zastao. Njegove mete nije bilo. Zatim se ukočio, osetivši hladan ubod oštrice tik ispod svoje Adamove jabučice.

– Pratiš me još od Karlton gardensa – šapnula mu je Nensi na uvo.

– Ko si sad pa ti, dođavola!

– I te kako podnosiš piće, zar ne? – upitao je sa škotskim naglaskom. – Taj iznenadni posrtaj bio je samo predstava za mene, zar ne?

Nensi je pritisnula oštricu, nedovoljno da ga poseče, ali sasvim blizu. – Nešto sam te pitala. Zašto me pratiš čitavog dana?

– Madam Fjoka, pratim vas čitave nedelje – odvratio je muškarac mirno, a zatim je snažno nagazio po prstima desnog stopala. Bol joj je sevnuo kroz nogu i u istom času ju je uhvatio za podlakticu i prebacio napred, preko ramena. Nespretno je pala na kuk, a nož joj je izleteo iz ruke i poleteo niz uličicu.

– Budalo jedna, pocepao si mi čarapu! – suknula je Nensi čim je povratila dah. Pridigla se na laktove.

Muškarac se nasmejao i pružio joj ruku. – Izvinjavam se. Zovem se Ijan Garou.

Na trenutak je netremice zurila u njegovu senku, a zatim prihvatila ponuđenu ruku i on ju je povukao na noge.

– Znam ko si – rekla je, trljajući kuk. – Radio si s Mari. Znači, izvukao si se?

– Jesam. I to u pravi čas. Koliko sam čuo, Mari je i dalje bezbedna, ali veliki deo mreže je razotkriven. Veoma mali broj njih uspeva da se izvuče. – Zastao je. – Rekli su mi za štos kad si onog momka gurnula u reku. Pilar je navodno rekla nekolicini ljudi. To je prilično zadivljujuće s obzirom na to da skoro nikad ne progovara.

– Kukumavčio je.

Garou je izvadio cigaretu i pričekao trenutak. Nensi mu nije ponudila upaljač, pa je upalio šibicu i na kratkotrajnom svetlu, ugledala je njegove upale obraze i dugi nos.

Nensi je osetila tračak nade u grudima. – Ima li vesti iz Marselja?

– Ponešto, ali bojim se da ništa nisam čuo o vašem mužu.

Odjednom su je opet ophrvali bol, umor i čemer. Možda zbog toga što je pila domaći džin u Njujorku nakon što je prvi put napustila Australiju, ali iz nekog razloga Nensi nije mogla dugo da ostane pijana. Dobro raspoloženje od šampanjca iz bara, ushićenje smeha i razgovora, čak i uzbuđenje zbog kratke i ponižavajuće borbe s Garouom.

– Gospođo Fjoka, zaista želite da se borite? – upitao ju je tiho.

– Bože dragi, mislim da ću poludeti ako ne budem mogla – odgovorila je.

Gurnuo je ruku u džep, izvukao karticu i pružio joj je. Izgledala je kao posetnica, iako nije mogla da je pročita u mraku.

– Dođite na tu adresu sutra, recimo, u tri sata? – rekao je, dodirnuo rub šešira u znak pozdrava i nestao u senci.

17.

Posetnica je dovela Nensi do prilično dosadne poslovne zgrade iznad zatvorene prodavnice automobila. Postojao je niz dugmića, poput interfona. Samo je poslednje na dnu imalo nekakav natpis. Kratka metafizička molba. „Molim pozvonite."

Pritisnula je dugme i čekala. Bože, ovo će opet biti kao sa Slobodnim francuskim snagama. Začu se iznenadno zujanje i ona odgurnu vrata. Uski niz niskih stepenica vodio je do širokog predvorja. Možda je dvadesetak godina ranije to bio prilično otmen *art deko* blok, ali sada je sve izgledalo pomalo otrcano. I bilo je tiho. Jedino zidovi prekriveni bledom hrastovinom i vrata lifta s natpisom „Ne radi". Nije bilo užurbanih oficira. Nensi nije mogla da odluči da li je to bio dobar znak ili ne.

Ovoga puta, žena za stolom bila je mlađa i uputila je Nensi neobično veseo osmeh. Ruž joj je bio izuzetno ljupke grimizne boje.

– Kupujete ratne obveznice, gospođo?

Nensi joj je pružila posetnicu i devojka je odmah pritisnula neupadljivo dugme na stolu.

– Veoma mi se dopada vaš ruž – rekla je Nensi. – Ali što se tiče razloga mog dolaska, nemam predstavu zbog čega sam ovde.

– Takvo je stanje ljudskog roda – reče muški glas iza nje, a Nensi se okrenula i ugledala Garoua kako otvara vrata neupadljivo skrivena drvenim pločama. Pružio joj je ruku.

Podigla je bradu. – Oprostite mi što se ne rukujem, Garou. Sinoć me je napao nekakav čudak, pa se stidim.

– Odlično – odgovori on, pozvavši je u kancelariju uz dvorski naklon. – Barem danas nećemo morati da slušamo o vašoj vagini.

Devojka za stolom je frknula od smeha i pokušala da to prikrije, dosta neumešno, kašljem.

– Hvala vam, gospođice Atkins – rekao je Garou i uveo Nensi u sobu.

Kancelarija kroz koju ju je proveo vodila je pravo u drugi hodnik. Skrenuo je udesno i zaputili su se njime, što se činilo nemogućim s obzirom na oblik zgrade u koju je ušla, a zatim još jednim kratkim stepenicama. Pokucao je na vrata i, ne čekajući odgovor, otvorio ih i uveo je.

Soba je bila bez prozora, zidova oblepljenih kartama Francuske. Nešto veća od zečje rupe u kojoj je bila na razgovoru u Karlton gardensu, mada je sto okrenut prema vratima bio najobičniji drveni sto, a stolice na sklapanje od metala i platna bile su blagi užas. Gde su, dovraga, nestale pristojne stolice otkako je izbio rat?

Jedina osoba u prostoriji bio je visok, mršav muškarac s gustim brkovima koji je sedeo za stolom, sa šoljom čaja u ruci. Između njega i zida stajala su kolica s čajnikom, još jednom šoljom, tacnom i tanjirom s keksom tužnog izgleda. Proučavao je spis i nakratko podigao pogled kako bi je pogledao. Nije joj ponudio da sedne. Vazduh je zaudarao na ustajali duvan.

– Garou, rekao sam ti da su mi potrebni regruti, a ne izubijane pijanice.

Nensi je trepnula.

– Svi valjani su postradali u ratu, gospodine – odgovorio je Garou, otišao do kolica i sipao šolju čaja. Kako Britanci mogu da ga piju u tolikim količinama?

– Nije ni toliko lepa kao na fotografijama – nastavi muškarac za stolom, okrećući stranicu.

– Momci, stvarno ste urnebesni – rekla je Nensi i slatko se nasmešila.

– Možda bismo mogli da je zaposlimo kao sekretaricu – uzdahnuo je službenik. – Da li se još seća stenografije?

Okrenuo je još jednu stranicu. To ju je živciralo. Taj dosije ju je živcirao.

Nensi je izvadila upaljač iz tašnice i prišla stolu, nagnula se sa istim slatkim osmehom na licu, i zapalila prokleti dokument. Čovek koji ga je držao zurio je u nju zaprepašćeno dobre tri sekunde, što je plamenu omogućilo da lepo zahvati papir, a onda ga je bacio na pod ispred Garoua. Garou je nagazio plamen, a zatim podigao čajnik s kolica iza sebe i polio stranice koje su tinjale. Listovi čaja pali su na pod uz prijatan pljusak.

Nastupila je poduža tišina dok su obojica zurila u vlažne, nagaravljene ostatke. Nensi je vratila upaljač u tašnicu i zatvorila je.

– To dosad niko nije učinio – rekao je čovek za stolom. Ustao je i pružio joj ruku. – Madam Fjoka, dobro došli u Upravu za posebne zadatke. Ja sam pukovnik Bakmaster, šef francuskog odeljenja.

– Onda Francuskoj nema pomoći – odgovorila je Nensi. – S obzirom na to da je Anri trenutno gost Gestapoa, zasad ću se držati devojačkog prezimena. Vejk.

– Mislim da smo joj povredili osećanja, gospodine – rekao je Garou, a Nensi je pomislila kako mu se u glasu nazire tračak smeha. – Nensi, sedite.

Oklevala je, ali je naposletku prihvatila, jer šta bi drugo uradila?

– Garou mi kaže da želite u borbu – reče Bakmaster i ponovo sede. – Je li to istina?

– Da.

– Dobro – reče Bakmaster i izvuče lulu iz džepa da je napuni. – Zato što za razliku od Slobodnih francuskih snaga, mi bismo mogli da vam pružimo priliku. Čerčil želi da UPZ zapali Evropu, a s obzirom na vašu malu demonstraciju, mogli biste se prilično dobro uklopiti.

Nensi je ćutala.

– Dakle, živite u Francuskoj od dvadesete godine...

– Izveštavala sam za *Herst*.

Bakmaster odmahnu rukom. – Da, otrcana proza, ali očigledno ste se naputovali. Onda ste iskoristili bogatstvo supruga Anrija Fjoke da uspostavite mrežu u Marselju i prozvali ste se Beli Miš.

Čini se da Bakmaster nije imao problem s tim što se njen životopis pretvorio u vlažni nered na podu. Nensi je imala neprijatan osećaj da ga je naučio napamet pre nego što je stigla.

– Nisam ja sebe nazvala Belim Mišem, već nacisti.

– Jeste li ikada nekoga ubili, gospođice Vejk? – prekinuo ju je Bakmaster.

– Ne ali...

– To morate da naučite, gospođice Vejk. Treba dosta toga da naučite. Šta mislite, kako izgledaju borbe u Francuskoj? Tako što grdimo naciste? – uzdahnuo je, a na licu mu se ocrtao tužan osmeh koji ju je užasno iživcirao. – Ako prođete obuku...

– Koja neće biti laka – dodao je Garou.

– Zaista neće – nastavi Bakmaster. Njih dvojica su uigrani tandem. – *Ako* prođete obuku, poslaćemo vas da radite s jednom od ćelija Pokreta otpora u Francuskoj. U kratkom razdoblju tokom kojeg ćete uspeti da preživite moraćete da okrvavite ruke i posmatrate druge kako umiru u užasnim mukama, a da ne možete učiniti ništa da im pomognete. Jeste li sasvim sigurni da ne biste radije bili sekretarica?

Da li je zaista očekivao da će se sada povući? Prepasti se nasmrt i prepustiti muškarcima da se bore? Nacisti su joj upropastili život. Onaj za koji se teško izborila i volela ga, i Francusku i Anrija, i srcem i dušom. Hteli su da samo sedi tamo i čeka da joj neko sve vrati dok je ona zaokupljena kuckanjem? Pomislila je na dečaka u Staroj četvrti i Antoana s pištoljem u ustima.

– Biću od veće koristi u Francuskoj.

– Kome, Nensi? – nestalo je prijateljskog tona i Bakmaster se ustremio na nju kao demon. Tresnuo je šakom o sto od čega je šolja za čaj zazveckala. Nensi se nije lecnula. – Meni? Engleskoj? Ili svom mužu? Nije ovo nekakav spasilački pohod iz bajke. To je opaka borba do smrti.

Gospode. Do nekih ljudi se zaista ne može dopreti.

– Ne moraš to meni da pričaš, snishodljivi kurvin sine – rekla je Nensi krajnje smireno. – Bila sam tamo. Znam Francusku, poznajem Francuze i Nemce, takođe. Znam kakav je osećaj posmatrati čoveka kako umire, a zatim obrisati njegovu krv s ruku i nastaviti sa zadatkom, a znam i da su ti potrebni agenti na terenu više nego nova sekretarica, pa prestani da me zajebavaš i pusti me da nastavim s borbom.

Pomno ju je proučavao neko vreme, i Nensi je prvi put pomislila na muškarce i žene koji su sedeli u ovoj stolici pre nje i izgovarali isto što i ona. Ima li negde zbir mrtvih, živih, i koliko ih je jednostavno nestalo u magli rata? Međutim, onda mu se ugao usana trznuo i vratio se ujka Bak.

– U redu, Nensi. S nama ste – rekao je, uzeo još jednu fasciklu s gomile pored sebe i vratio se čitanju.

Garou se uspravio. – Ajmo onda, Nensi. Da rešimo papirologiju.

I to je bilo to. Nensi je sledila Garoua do njegove kancelarije blizu ulaznih vrata. Uzeo je još jednu od onih prokletih smeđih fascikli sa stola i pružio joj šest otkucanih listova. Uzela je olovku i, ne čitajući tekst, potpisala se gde je naznačeno dok je pričao.

– Zvanično ćeš biti prijavljena kao medicinska sestra. Isprave će ti stići na adresu stana na Pikadiliju, a možeš očekivati da ćeš napustiti London u roku od nedelju dana, i zato nemoj ništa drugo da planiraš.

Spojio je listove hartije heftalicom i gotovo ju je izbacio u mali sivi hodnik. Dok joj je zatvarao vrata pred nosom, Nensi je primetila kako je klimnuo glavom gospođici Atkins na prijavnici. Šta god je u tom trenutku poželela da mu kaže, iako joj se u glavi rojilo hiljade pitanja i duhovitih opaski, za to nije bilo vremena. Vrata su škljocnula i, lagano ošamućena, ne znajući šta bi drugo, Nensi se zaputila ka stepenicama.

– Hej, Nensi? – začula je glas za sobom i okrenula se. Gospođica Atkins joj je dobacila nešto i Nensi ga je uhvatila. Bio je to karmin. – Zove se *V for Victory*, od Elizabet Arden. Dobro nam došla.

Drugi deo

ARESAJG, OKRUG INVERNES, ŠKOTSKA, SEPTEMBAR 1943.

18.

Prvi dan obuke bio je najgori jer je bila jako zadovoljna što je stigla tu. Nedelje nakon njenog razgovora s Bakmasterom bile su mučne – još čekanja, skakanja na zvuk prispeća pošte i bojazni da izađe u slučaju da zazvoni telefon.

Na kraju su stigli i papiri – čitava hrpa njih. Spakovala je torbu u skladu sa uputstvima, popunila putni list i, nakon što je poslala poruku Kembelu, dajući svoju novu kontakt-adresu kako joj je naloženo, i poručujući mu da joj zadrži stan, otputovala je u Škotsku.

Dobro je stigla, a instruktor koji ju je dočekao na stanici i vozio je kroz dugi sumrak poznog škotskog leta do kampa za obuku delovao je pristojno. Kamp je zapravo bio lovačka kuća nekog plemića na obodu jezera, okružena visokim vrhovima, obavijenim plavičastom izmaglicom, a zalazak sunca – ružičasti i purpurni prelivi razmazani po nebu – bio je veličanstven. Ona je jedina žena u ovoj grupi, objasnio joj je instruktor gledajući je popreko, a ona je slegnula ramenima. Navikla je da bude jedina žena u grupi muškaraca nakon šta je radila kao dopisnik u Parizu. Razumela je muškarce. Pokušala je da se pobuni kada su je odveli u praznu sporednu sobu, ali nisu popuštali. Nije bilo nikakve nade da će joj dopustiti da se zbije s momcima.

Ipak, sledećeg jutra kada se u opremi javila na prvu vežbu u šest ujutro, bila je razdragana. A onda ga je ugledala. Riđokosog. I on nju, takođe. Jedan ili dva muškarca su joj stegla ruku ili dovoljno prijateljski klimnuli glavom, ali pre nego što je naredik koji će ih povesti na trčanje izašao da im se pridruži, riđokosi je okupio grupicu oko sebe, bacali su poglede u njenom pravcu i smejali se.

Riđokosi je trljao oči kao da plače. – Ooh, izgubila sam tašnicu – čula ga je kako cvili. – Molim te, hoćeš da mi je doneseš? – nastavio je. Zatim je ispustio još lažnih jecaja i svi su se kikotali.

Trebalo je da ode i izbriše mu taj osmeh s lica, a onda svima da isprica kakav je slinavi seronja bio tokom prelaska, ali samo što je stegla pesnice, stigao je naredik. Da to ipak učini? Ne, izbacili bi je pre nego šta je uopšte počela. Morala bi da se vrati Bakmasteru i moli za posao sekretarice, a to bi je ubilo. *Strpljenja, Nensi.*

– Gospodine Maršal, jeste li spremni? – upitao je narednik, a riđokosi se nasmejao i stao na mestu voljno. Znači, prokletnik se tako zove.

Nensi je znala da će trčanje boleti, ali nije imala pojma koliko. Mislila je kako su je trčkaranje unaokolo, vožnja bicikla s radio-delovima i prenos poruka očvrsnuli, ali bar polovina ovih momaka već je bila u službi i godinama su radili na fizičkoj spremi. Jedva je uspevala da održi korak u poslednjoj trećini grupe – nikad poslednja, ali dovoljno blizu da čuje narednika kako maltretira zaostale iza nje. Bio je to neobičan, četvrtasti čovečuljak desetak centimetara niži od Nensi, ali bogomdan da trči uzbrdo kao da se lagano šeta glavnom ulicom. Otkud mu toliko vazduha u plućima?

Dvadesetak minuta kasnije, ili možda tri, ili sat i po – Nensi je prilično brzo gubila osećaj za vreme kad nije mogla da diše – primetila je Maršala, koji je u početku bio u prednjem delu čopora, a sada je zaostajao, puštajući da ga drugi preteknu. Ubrzo je trčao pored nje. Uputio joj je hitar pogled, nasmešio se i u trenutku dobrodušnosti Nensi je pomislila kako će se izviniti.

– Znači, zoveš se Nensi? Jesi li dobro?

– Dobro sam – progovorila je jedva.

– Mada, mora da ti je prilično teško... – Gad se nije ni zadihao. – Uostalom, moraš da nosiš te velike sise što poskakuju.

Rekao je to dovoljno glasno da privuče poglede i osmehe drugih muškaraca oko njih. Ispružio je ruke ispred tela, držao zamišljene grudi sa izrazom tuge i muke na licu, isplazio jezik, pretvarajući se kako mu lažne sise poskakuju.

– Jebi se – odvratila je. Ne baš originalno, ali odsečno.

Ispružio je nogu postrance, sapleo je u pola koraka, nakon čega je tresnula u blato. Pala je žestoko, licem u prljavštinu, i to joj je izbilo vazduh. Podigla je glavu i videla ga kako se bez napora vraća kroz čopor kako bi ga ponovo vodio. Ostali trkači su je zaobilazili.

– Diži se, Vejkova!

Narednik je zastao iznad nje, trčeći u mestu.

– Ja...

– Samo ustani!

Pridigla se na kolena, a zatim i na noge. Majica joj je bila crna od blata i lepila se za nju. Kosa joj je bila slepljena na licu i osećala je krv na obrazu.

Narednik ju je prekorno pogledao.

– Preživećeš. Sad trči.

To je i učinila. Naravno, stigla je poslednja. Nikako nije mogla da nadoknadi izgubljeno vreme, a onda je morala da se istušira i zakasnila je na prvi čas. Izvinila se instruktoru i otišla da pronađe mesto. Maršal i njegova novookupljena družina iscerenih ulizica okupljenih oko njega trljali su zamišljene suze iz očiju.

To je postalo pravilo – napadali su je tako što bi je neko slučajno gurnuo s grede ili joj stao na ruku dok su se pentrali uz mrežu od užadi. Smeh se pretvorio u neprekidno zujanje u njenim ušima koje ju je pratilo od trpezarije preko terena za vežbu, sve do učionice. Stisnula je zube i trpela.

Nakon treće runde trčanja, kroz koju je prošla bez valjanja u blatu, narednik ju je pozvao u stranu i pružio joj iz džepa zavoje, kao i nekoliko pribadača.

– Imao sam ovde jednog devojčurka prošle godine obdarenog u predelu grudi, Vejkova. Pre trčanja bi se uvezala i rekla mi je kako joj je to pomagalo više nego grudnjak.

Pocrveneo je do ušiju kad je rekao grudnjak, ali bio je u pravu.

Jeste pomoglo.

Iz sobe je uklonjen sav nameštaj od pre rata. Blede mrlje na zidovima otkrivale su gde su visile slike tih sada nezamislivih dana. Anriju bi se tadašnji izgled dopao, stan je verovatno bio pun kožnih fotelja i starih knjiga. Sada je jedini nameštaj bio uobičajeni metalni sto, sklopive metalne stolice i par sivih ormarića za spise. I ovaj tip što drži razlivenu mrlju mastila na hartiji dok zuri u nju. Bledoplave oči i proređena kosa. Doktor Timons.

– Šta vidite?

– Mrlju od mastila i vas kako zurite u mene – odgovorila je, gurnuvši ruke u džepove i ispruživši noge ispred sebe. Nije bilo baš ugodno, ali nije joj padalo na pamet da za ovog čoveka sedi uspravno kao dobra devojčica u učionici. Psihijatri. Ovde su ih zvali *psihopatri*. Čak su ih i instruktori tako nazivali.

Pustio je ugao hartije s mrljom od mastila da nešto zapiše.

– Sad se već razbacujete mastilom.

Okrenula se i pogledala kroz prozor. Grupa muškaraca žurila je prilazom u opremi za fizičku pripremu. Bože, radije bi išla s njima sve do planine po kiši koja pljušti nego radila ovo.

– Ovo je test, Nensi. Psihičko zdravlje podjednako je važno kao i fizičko. Možda i više u vašem polju delovanja. Šta vidite?

– Zmaja.

Osmehnuo se bez topline i spustio papir. – Vi ste treći regrut iz jedinice koji je to rekao. Nemate mašte da smislite nešto drugo?

Slegnula je ramenima i prekrstila gležnjeve.

– U redu. Hajde da obavimo ovo na starinski način. Pričajte mi o Australiji. O svom detinjstvu.

Trepnula je. Sve vreme su instruktori govorili o tome kako na terenu treba da imaš pripremljenu priču, a ona je potpuno zaboravila da smisli neku za ovog tipa. Dovraga. Ponovo se obrela u majčinoj kući. Starija braća i sestre napustili su dom, tako da su ostale jedino njih dve. Nisu razgovarale. Nije mogla da se priseti nijednog razgovora s majkom. Samo predavanja. Kako je Nensi ružna, glupa i greh u ljudskom obliku.

– Bila sam savršeno srećna.

– Mnogo prijatelja? – upitao je Timons, i dalje unoseći beleške.

– Gomila – odvratila je Nensi. Osećala je toplinu sunca dok je koračala prema kući, hodajući sve sporije što se više približavala rasklimatanoj daščari. Majka će je čekati kada stigne. Ne s ljubavlju ili toplinom, već s još jednim monologom prituužbi i optužbi, zasoljenim biblijskim navodima. Sve je bilo Nensina krivica, a Nensi je bila božja kazna, iako gospođa Vejk nikako nije shvatala šta je učinila da zasluži tako ružno, neprirodno i neposlušno dete.

– A vaši roditelji? – Timons je nakrivio glavu na stranu, kao ara u prodavnici životinja na putu do škole. Nensi je oduvek mislila da je i ona osuđuje.

– Savršeno, savršeno srećna – odvratila je najboljim naglaskom više klase.

Timons je uzdahnuo. – Zbog čega je vaš otac ostavio suprugu i šestoro dece? Koliko ste imali, pet godina? Jeste li ga videli otad?

– Ona ga je oterala – brecnula se Nensi. – Ostali su već bili otišli od kuće, a ona je bila nasilna i zatucana, i on to više nije mogao da podnese.

– Znači, ona je kriva?

Kakve je to veze imalo s bilo čim? Sva ta obuka da nagonski potegne pištolj i zapuca urodila je plodom. Poželela je da ustreli gada – osećala je to u vrhovima prstiju.

– Naravno da je bila njena greška. Tata je bio princ. Bio je duhovit, nežan i bukvalno me je obožavao.

To je bila istina. Osećala je tu ljubav i sećanje na nju sačuvalo joj je razum sve dok nije upoznala Anrija.

Timons je ponovo pisao. – Ipak, nedovoljno da vas povede sa sobom – primetio je. To ju je pogodilo kao udarac u stomak. – Ostao je dok druga deca nisu otišla od kuće, ali nije mogao da učini isto i za vas, zar ne?

Jedan. Dva. Dvostruki hitac. Mali proćelavi gad s kosom boje peska. Nije ga udostojila odgovora.

– Sa šesnaest ste, što se kaže, napustili gnezdo, ubedivši porodičnog lekara da vam je osamnaest godina kako biste mogli da dobijete pasoš i pobegnete. Dakle, bili ste preduzimljiva devojka, vešta u vrtenju muškaraca oko malog prsta.

Kako su, dovraga, otkrili sve ovo? Pa šta ako jeste? I u tome je uspela. Stekla je prijatelje, izučila zanat i sjajno se provodila, a zatim se zaljubila u Anrija, koji je bio trešnja na vrhu kolača u njenom životu.

– Samo bi budala ostala u toj kući da je neko kinji – odvratila je.

Sklopio je ruke iza glave, i zabacio laktove unazad da ispravi leđa. Grlo mu je bilo potpuno otkriveno, kao i slabine. Zahvaljujući onome što je Nensi naučila tokom poslednjih nekoliko nedelja, mogla ga je ubiti u trenutku, a taj tužni, umorni uzdah mogao je da mu bude poslednji dah.

– A ipak ste ovde, Nensi.

– Molim?

– Polovina muškaraca vas mrzi i neprestano kinji. Ali ipak istrajavate.

Podvukla je noge ispod stolice i nagnula se ka njemu preko stola.

– Zato što želim da te naciste vidim kažnjene, jebote. Tako je jednostavno. Videla sam ih. U Austriji. U Francuskoj. Oni su ološ. Treba ih zbrisati, ja moram da ih zbrišem – rekla je, lupkajući prstom po njegovoj beležnici. – A sad lepo obrišite to *jebote*, nakitite malo rodoljubljem, zapišite sve i gotovi smo. *Može?*

Netremice ju je posmatrao i Nensi se povukla.

– *Vi* morate da zbrišete naciste, zar ne, Nensi? Siguran sam da ćemo svi biti strašno zahvalni, ali vi ste deo grupe, deo vojske, deo države.

Ponovo je uzdahnuo. Joj, što ju je to živciralo!

– Mogli biste da budete odličan agent, Nensi. Odeljenju D su potrebni slobodni mislioci, ali morate da shvatite kako ste takođe deo nečega većeg od sebe. Možda će vas ovo zapanjiti, ali ovaj rat se ne vrti oko vas.

Ma daj, više.

– Mislite da ovo radim jer sam ljuta što je tata otišao, a mama me smatrala nekakvom crnom žabetinom koja joj truje život?

Iskosa je pogledao mrlju od mastila. – Pomalo liči na žabu, zar ne? Zanimljivo! – Zapisao je još nešto. – Nensi, slušajte me. Mislim da vi *osećate* kao da se morate patiti ovde, i ta patnja vas po svoj prilici i čeka u Francuskoj, možda ne svesno, ali tako jeste. Čini vam se kako to zaslužujete. Da ste ono čudovište koje vam je majka govorila da jeste.

Nensi je stisnula pesnice u džepovima. Osetila je kako joj se mišići stežu u vilici. – Vas za ovo plaćaju?

Kad je bila mala i kada bi sve krenulo po zlu, skrivala se u prostoru ispod kuće i čitala *Eni iz Zelenih zabata* na blistavoj svetlosti sunca koja se probijala kroz drvene daske trema sve dok bol i bes ne bi iskrvarili iz nje. To joj je i dalje omiljeni roman. Jedini roman koji joj se zaista dopao. Odložila bi knjigu i sve ostavila tamo – bes, strah i prezir prema sebi, tu ispod kuće. Bila je sigurna kako će jednog dana zbog toga kuća odleteti u vazduh. Sva ta grozna osećanja koja je ostavljala da se usmrde ispod trema će se jednom zapaliti, i BUM! Sve ode do-đavola. Napunila je šesnaest godina, i tetka joj je iz vedra neba poslala ček, a ona je odlučila kako više ne može da čeka taj prasak, pa je umesto toga ostavila sve to smeće iza sebe. Sada je uzela sve što je Timons upravo rekao, umotala ga u smeđi papir i tutnula tamo dole.

Ovlažila je usne, a zatim progovorila tiho, razložno, kao da ona i doktor Timons razgovaraju o autobuskim linijama na koktelu u Londonu. – Jeste li ikada pomislili da izađete iza stola i krenete u borbu, doktore Timons?

Podigao je obrvu. – Znači tako, Nensi? Vrlo dobro – zapisao je nešto i opet uzdahnuo.

– Učinite mi samo jedno, Nensi. Potrudite se da vaše sebično proseravanje nekog ne košta života, važi? Slobodni ste.

19.

Izašla je odande uspravne glave, naravno da jeste, ali se čitavog jutra osećala nekako prazno. Izvukla je grdnju od glavnog instruktora, za kojeg je mislila da mu se dopada, pošto je pogrešno protumačila čin nemačkog tenkovskog oficira. Što je još gore, instruktor je njenu grešku shvatio kao priliku da im svima ukaže kako bi ih takve brljotine mogle stajati života. Jedva se držala dok je on trubio o tome kako je očekivao više od nje, svi oni očekuju više, i o mračnom i dugotrajnom umiranju koje bi moglo čekati nju i svakoga ko bude radio s njom ako ikada ponovi grešku.

Za večerom je sedela sâma. Maršal je kraj nje spustio list papira s grubim dečjim crtežom čoveka s kapom oficira Gestapoa i strelicom koja je pokazivala na njega i rečima: „NACISTA LOŠ!" velikim slovima. Jeftini mali seronja. Zgužvala je hartiju i gađala ga njom, a on i njegova bratska grupica su se zakikotali. Šaputanje, smeh, buljenje. Čeznula je da mu iskopa te zmijske oči. Vratila se obedu. Ogrizak jabuke ju je okrznuo po glavi i pljesnuo u hladan umak, ili šta god bilo to što su jeli. Kakva raskalašnost na tom mestu! Okrenula se, ali Maršal i njegova vesela družina već su odlazili. Umesto njih, na klupi iza nje sedeo je visok, od nje nešto stariji muškarac, koji je slegnuo ramenima kad se okrenula.

– Mislim da bacaju jabuke jer su još ljuti zbog Eve – pružio joj je ruku i ona ju je stisnula. – Ja sam Denis Rejk, ali prijatelji me zovu Denden.

Nije bilo podrugljivih opaski, suzdržanog smeha, niti mrkog pogleda koji bi je odmeravao od glave do pete. Dobro.

– Jesi li za piće, Dendene?

Nensi je bila iznenađena koliko je jednostavno bilo doneti alkohol i kako je lako dobiti još. Trebalo joj je tri nedelje na severu da shvati kako instruktori pokušavaju da ih ponapijaju, kako bi videli ko će da progovori. Nije se bunila.

Odvela je Dendena u spavaonicu i iznela dobru bocu francuskog brendija koju joj je prodao šanker u *Kafe rojalu* pre nego šta je stigla na sever. Denden je posmatrao praznu spavaonicu.

– Bar imaš kakvu-takvu privatnost u svojoj sobici, dušice. Pretpostavljam da su mislili kako dečaci neće moći da se savladaju ako budeš spavala s njima.

– Otprilike tako – rekla je i donela dve čaše vode iz kupatila. – Oficir za smeštaj je pocrveneo do ušiju kad sam rekla kako želim da ostanem s muškarcima i promrmljao nešto o tuširanju.

– A od mene očekuje da se obuzdam! – Denden je zakolutao očima. Nensi se blago namrštila. Bio je zgodan muškarac, mršav i žilav, ali svi su bili takvi nakon šest nedelja usiljenih marševa, trčanja po škotskim planinama i onih prokletih uvežbavanja juriša. Na trenutak ju je posmatrao s nemom radoznalošću. – Da, homić sam u srcu i duši. Zato nas neki momci ne vole, jer mi oboje volimo kitu. Osim ako nisi ljubitelj ženskih intimnih delova?

Nensi je upoznala popriličan broj homoseksualaca u Parizu, i uglavnom ih je smatrala dobrim društvom. Homoseksualac je bio jedina osoba na svetu koju je Nensina majka mrzela više od Nensi.

– Samo svojih. Ajde, pronaći ćemo lepše mesto za piće. Na vratima je zastala i okrenula se. – Dendene, kako možeš da si tako...? Mislim, ja ne mogu da sakrijem to što sam žensko, ali ti bi mogao.

– Mogao bih, ali ako ne mogu da budem ono što sam, onda su čizmaši već uspeli da me nagaze. Uz to, da se ne lažemo, sve to obožavanje muževnosti i te gluposti, polovina tih Švaba u kožnjacima homići su koliko i ja.

Nasmejala se, i shvatila da joj je to prvi put nakon nekoliko nedelja. Pravi smeh, a ne pretvorni, lažiranje dok ne zazvuči kako treba. Prijalo joj je.

Izašli su na teren i nakon malo raspravljanja i nekoliko pogrešnih skretanja, popeli se na visoku šipku jurišne staze, a zatim su, obmotavši noge oko mreže od konopca radi sigurnosti, počeli ozbiljno da piju.

Denden je bio sjajan imitator, a glas bi mu se sav nadu nasilništvom dok bi ponavljao mantre borbe golim rukama, odisao umornim prezirom nazalnog koknija instruktora sabotaže, u samoglasnike unosio onaj zabrinuti titraj norfočkog dijalekta, oponašajući kraljevog lovočuvara u Sandringemu, koji ih je učio kako da skuvaju zeca i pernatu divljač.

– Zaista nisam siguran šta bi kralj Džordž mislio o ovome – rekao je, pogodivši čovekov glas i odmahivanje glavom tako savršeno da je Nensi zamalo pala s prečke.

– Trebalo bi da nastupaš u pozorištu, Dendene!

– Oh, jesam – odgovorio je, otpivši gutljaj iz boce pošto se nisu usudili da koriste čaše. – Zapravo, u cirkusu. Hodao po užetu, glumio klovna.

– Zezaš me.

Ispetljao je noge iz mreže i jednim pokretom se podizao sve dok nije stajao na drvenom stubu, držeći u levoj ruci polupraznu bocu brendija. Zatim je podigao ruke iznad glave i u mestu napravio okret, pre nego što se nagnuo napred, s jednom nogom podignutom iza sebe, ispruženih ruku i zadržao pozu jednu, dve, tri sekunde. Nensi je jedva disala. Zatim je bacio bocu u vazduh, zavrtevši je. Nensi je ciknula, ali i pre nego što je došla sebi, on je ponovo sedeo pored nje, baš kao i ranije, nakon što je zgrabio bocu u pokretu, ne prolivši ni kapi.

Uskliknula je i zapljeskala. Naklonio se, a ona mu je otela bocu.

– Kako si završio u cirkusu? – upitala je i potegla.

– Mama me nije želela – odvratio je, zureći u srebrnastu tamu. – Od četvrte godine je znala da sam po nečemu drugačiji, pa kad je cirkus prolazio gradom, predala me je direktoru i rekla: – On je nakaza i pripada tebi.

Nensi je još jednom potegla iz boce.

– Hvala svim svecima što je to učinila. U cirkusu su bili dobri prema meni. Naučili su me raznim trikovima, ali su se pobrinuli i da naučim da čitam i pišem. Od osobe koja je čitala iz dlana učio sam istoriju, a od umetnika na trapezu francuski i španski. Mnogo smo gostovali po Francuskoj. Tamo sam provodio polovinu zime od osme godine.

Nensi je osetila mehur ljubomore u krvi. Denden joj ponovo istrgne bocu iz ruke.

– Mada, neću imati neke vajde od toga – rekao je dok ju je uzimao. – Nisam siguran da će me ovi pustiti da se vratim u Francusku.

Nensi se okrenula prema njemu.

– Zašto?

– Mrzim oružje. Ne želim da koristim tu prokletinju. Nije ni to tako loše, odličan sam vezista, ako smem tako da kažem, ali Timons mi je glavna prepreka. Kaže da nisam podoban jer odbijam da prikrivam svoju homoseksualnu bolest. Sigurno će me oboriti. Hvala, nakazo, ali ipak ne. Odjebi natrag u svoj svet pederluka.

Pomislila je na sopstveni razgovor s njim i osetila gorčinu u grlu. *Psihopatar.* – Dendene, hoćeš li da učiniš nešto glupo?

Da su zaista želeli da ti spisi budu bezbedni, ne bi ih ostavili iza dve prilično jednostavne brave u kući punoj onih koje su obučavali da probiju sigurnosne mere mnogo jače od tih. U svakom slučaju, bar je Nensi tako razmišljala.

Čim su se obreli u Timonsovoj kancelariji, navukli su teške zavese, upalili stonu lampu i raskomotili se. Ormar je takođe bio zaključan, a Timons je čak bio dovoljno mudar da stavi komadiće papira u fioke koji bi poispadali ako bi ih neko otvorio. Denden ih je pokupio da bi ih kasnije vratio, a zatim je izvukao njihove fascikle.

– Imam odlične ocene u borbi, taktici, eksplozivu, *obijanju brava*... – čitala je Nensi ponosno iz Timonsove stolice.

Denden se naslonio na ormarić. – „Rejk je među najboljim radio-operaterima koje smo imali, ali...“ Pobogu, imam keca u gađanju.

– Pa, ja sam dobila dvojku iz skakanja – rekla je Nensi, a ponosa je nestalo.

– Ma, jebeš ovo – rekao je Denden i stavio svoju fasciklu na sto pored njene, a zatim pregledao olovke, položene u lepom urednom nizu na desnoj strani stola. – Da, ti ćeš odgovarati – rekao je, uzimajući jednu od olovki.

– Dendene?

– Šta je? Pa i mene su poslali na kurs za krivotvoritelje. Samo malo vežbam.

Nehajnim pokretom ruke, njegov kec iz gađanja pretvorio se u sedmicu, a Nensina dvojka u skakanju čudom se popela na osmicu.

Nensi je tiho zapljeskala, a Denden se sramežljivo nasmešio i okrenuo stranicu.

– Ma divno. Izveštaj dobrog doktora Timonsa lično. „Rejkova besramna perverzija opasnost je za jedinstvo ljudstva.“ Nimalo. Ja muškarce povezujem.

Nensi se zakikotala i pogledala svoj, čitajući ga bez daha, ushićeno trepćući. – „Vejkova ima izuzetno izražen poriv da se vrati u Francusku...“

– Zlato malo, mislim da tako zamišlja lep izveštaj – ubacio se Denden. – Jel' nam ostalo brendija?

– Ćuti, Dendene. Nisam završila. „... ali prividna hrabrost prikriva duboku nesigurnost i krivicu zbog muževljevog... zarobljavanja..." – Od tog časa joj više nije bilo smešno. Nimalo. Gde li je Anri? Šta li trenutno oseća? – „... spojena s traumom iz detinjstva, povećava opasnost od ozbiljne nestabilnosti."

Denden joj je stavio ruku na rame.

– Ajde, dušice, dosta je bilo. – Bio je u pravu, ali nije mogla da se obuzda. Izmigoljila se.

– „Mišljenja sam kako nije sposobna da bude nadređena i da bi uza svu svoju predanost mogla izložiti sebe i svoje ljude opasnosti na terenu."

U prostoriji je vladala tišina, a napolju je sova huktala na mesečinom obasjane senke.

– Psihološko proseravanje – rekao je Denden odlučno. – Šta bi sa onim „što te ne ubije čini te jačim"? I jebem mu sveca, tvoj zadatak *jeste* da dovodiš ljude u opasnost na terenu! Treba da ih šalješ da onesposobljavaju nacističke fabrike, napadaju konvoje iz zasede! Jel' misle da je dizanje voza u vazduh pod neprijateljskom vatrom bezopasno?

Opaska je bila na mestu i veoma ljubazna s njegove strane, ali nije vredelo. Hteli su da je maknu u stranu i da zaglavi s gomilom daktilografkinja, gde će svakog dana umirati iznutra, a svake večeri se opijati do besvesti, dok nacisti Francuskoj, njenim prijateljima i Anriju budu radili šta god požele. Najgore je što su možda u pravu što je drže podalje, gde bi mogla napraviti manje štete. Trepnula je.

– Dendene, šta radiš to?

Denden je podigao Timonsovu pisaću mašinu s vrha arhive i stavio je na sto, a zatim je u gornjoj fioci pronašao prazne obrasce za izveštaje.

– Mrdni se, lepoto, i zaviri na brzinu u hodnik, hoćeš li? U slučaju da se neko šetka unaokolo? Vreme je da ispričamo sopstvene priče.

Dvadeset minuta kasnije, Nensi se osećala mnogo bolje. Sinula joj je misao.

– Dendene – rekla je, gurajući papiriće nazad u fioke arhive kako Timons ne bi primetio da mu je neko preturao po stvarima – imaš li nešto isplanirano za sutra uveče?

20.

Brava je škljocnula i Anri se polako osvrnuo. Bol više nije prestajao. Sati neprestanog šibanja i batinanja, dan za danom, tako da ozlede nikad ne bi zacelile, što je značilo da mu je nedeljama jedino osećanje bila iscrpljenost i čežnja da se sve završi. Nade je nestalo, a u jarkobeloj svetlosti bola, ponekad bi iščezle i ljubav, vera, pa i on sâm.

Ponekad bi ga nešto što je Bem rekao podsetilo da je nekada bio Anri Fjoka, bogat i srećan čovek, s prelepom ženom, koji je dan za danom živeo na suncu i u raskoši. Sve je to bio san. Vrata su se naglo otvorila. Anri je na vratima očekivao mučitelja pacovskog lica s naočarima – čudo jedno kako je uspevao da iz njega izvuče nove talase bola, iz krpe u koju se pretvorio – ali bio je to Bem.

– Mesje Fjoka, imate posetu – rekao je Bem na svom pažljivom francuskom sa engleskim naglaskom.

Pre rata studirao je psihologiju na Kembridžu, prisetio se Anri, i tokom njihovih razgovora naširoko je pesnički opisivao veličanstvena zdanja i velike ljude koje je tamo povremeno sretao. Bem nikada nije bio u prostoriji tokom bičevanja od kojeg je Anriju koža visila s leđa. Ušao bi tek posle.

Posetilac? To je značilo da svet izvan ovih zidova i dalje postoji. Kako je to čudno. Pomislio je na Nensi. Da je uhvate, da li bi bili dovoljno okrutni da ih dovedu zajedno? Da. Mučili bi je pred njim. Bem je na studijama nesumnjivo naučio kako bi takav sastanak mogao konačno da ga slomi. Da je Bem imao Nensi, dokazao da je uhvaćena, Anri bi mu dao imena članova Pokreta otpora, svakog begunca koji je jeo za njegovim stolom, sigurnih kuća kupljenih za gotovinu početkom rata, samo da bi je poštedeo trenutka ovog bola. Ne bi je pustili, naravno da ne bi. Shvatili su da je ona Beli Miš. Bem je to nedvosmisleno rekao u njihovim razgovorima. Ipak, da je doveo Nensi i rekao: „Reci nam sve što znaš i jednostavno ćemo je streljati, bez mučenja, bez silovanja", Anri bi tu nagodbu prihvatio.

Bem je iz hodnika doneo par metalnih stolica na sklapanje i postavio ih uz Anrijev krevetić.

– Izvinjavam se, mesje Fjoka, trebalo je da kažem dvoje posetilaca – bacio je pogled preko ramena. – Mesje, madam...

Začuše se koraci i u prostoriju uđoše Anrijevi otac i sestra. Gabrijel se oteo jecaj i prekrila je usta i nos maramicom, a zatim mu se približila sa ispruženom rukom. Otac je ostao kod vrata, obešene vilice i drhtavih ramena.

– Ostaviću vas da se ispričate – rekao je Bem s toplim osmehom i zatvorio vrata za sobom.

Anri nije mogao da se pomakne, niti mu se razgovaralo.

Sestra mu se zateturala do kreveta, a zatim pala na kolena i zacvilela. – Šta ti je to učinila? O bože, smiluj nam se!

Otac se teskobno sručio na stolicu. Anri je preostalim zdravim okom proučavao Gabrijel. Ponovo je podigla ruku i uspela, nakratko, da mu dotakne rame. Anri nije bio siguran da li je obučen ili ne. Uvek su ga skidali pre batina. Nekad bi ga ponovo obukli, a nekad ne. To je odavno prestalo da ga zanima.

– Reci im šta znaš, Anri. – Bio je to glas njegovog oca, mada promukao i isprekidan. – Bem kaže kako su već pohvatali veći deo mreže Pokreta otpora u Marselju. Jedino želi da razgovarate o Nensi, gde bi mogla da bude i šta znaš o njenim planovima.

– Onda će te pustiti! – zacvilela je Gabrijel. – Dopustiće nam da te vratimo u kuću i negujemo. Pobogu, Anri, zar nisi dovoljno patio zbog nje?

Anri je obliznuo usne i konačno shvatio. Oni *krive* Nensi. Misle da je kriva što ovde leži, jedva pri svesti, razderan bičevima, izlomljenih prstiju, bez noktiju i jedva prepoznatljivog lica. Njima je ona kriva za to. Kako je mogao da potekne od takvih ljudi? Gestapo mu je to učinio. Požuda za moći grupe zatucanih zanesenjaka koji su nekako uspeli da otruju sopstveni narod, a zatim taj otrov da prošire u inostranstvo. Nacisti, koji su strahom i laskanjem zauzeli Francusku, njegovu voljenu i slavnu Francusku, i držali je pod čizmom.

Nije imao snage da im to objašnjava. Taj zadatak će prepustiti drugim muškarcima i ženama, ili Bogu.

– Pustite me na miru.

Gabrijel se okrenula i pogledala u oca. Delovala je napola ludo.

– Tata! Nateraj ga da vidi! Kakve to sad veze ima kad je kurva pobegla?

– Anri, moraš misliti na porodicu – rekao je otac.

Znači, pobegla je. Anri nije bio siguran kada mu je Bem rekao kako mu je propala kroz mrežu. Mislio je da je to možda trik kako bi progovorio i odao mu Nensine tajne. Sâm bog zna, koliko je želeo da razgovara o njoj. Međutim, Gabrijel nije mogla da izvede takav trik, nije bila glumica. Nensi je *zaista* na slobodi.

Bol je još bio tu, ali Anri je osetio i nešto drugo. Spokoj, možda. Da, to je to. Nikada se nije zanimao verom, a Nensi se gnušala bilo kakvog spominjanja boga, ali osetio je *nešto* izvan bola, mesto prijatno i tiho koje će ga dočekati kada dođe vreme. Možda je već dovoljno blizu.

– Nisi dostojna da dodirneš porub suknje moje žene – brecnuo se. Nadao se da je *to* rekao – bilo mu je sve teže da sastavi bilo kakvu razumljivu reč. – Ostavite me sad oboje, pustite me na miru.

Gabrijel je plakala, otac je besneo i preklinjao, ali to mu ništa nije značilo. Promatrao ih je s velike visine, njihove reči činile su mu se prigušene i besmislene.

Zatvorio je oči i kada ih je ponovo otvorio, više nisu bili tu. Na jednoj od metalnih stolica sedeo je Bem i zurio u njega.

– Razočaravajuće – rekao je. Nagnuo se napred, s laktovima na kolenima. – Mislim, vaša porodica. Nadao sam se da će uspeti da vas bar malo slome. Rekao sam im da porazgovaraju o mekom krevetu koji vas čeka kod kuće, kako bi Nensi želela da razgovarate sa mnom, jer kakve to sad veze ima? Svejedno je pobegla.

Anrijevi kapci zatreperiše, žudeći za bilo kakvim mrvicama vesti.

Bem je naborao nos. – Da, stigla je u London. Čujem da ju je regrutovala gomila neukih sabotera i kriminalaca. Zvanično se vodi kao da radi u pomoćnoj jedinici bolničarki, ali zvuči baš kao tip žena koje britanska vojska šalje ovamo da umesto njih obavlja posao. Prljavi teroristi. – Zavalio se u stolicu i prekrstio noge. – Jel' se vi to smejete, mesje Fjoka? Teško je reći. Ne bi mi bilo drago da sam na vašem mestu. Znate li šta radimo sa ženama koje uhvatimo u špijunaži? Na kraju preklinju da ih streljamo. Lično sam to video, mnogo puta.

Dok je govorio, zurio je u goli zid iznad Anrijevog kreveta. – Izdrže najviše nekoliko nedelja iza neprijateljskih linija, uzrokuju nam blagu neugodnost, a onda ih ščepamo i stežemo dok ne ispovraćaju tajne. To će se dogoditi i vašoj Nensi.

Poslednje reči zazvučale su suviše žestoko, zasićene otrovom. Maska je na trenutak skliznula i Anri je s dalekim zanimanjem posmatrao čoveka iza nje. Bem je mrzeo Nensi, mrzeo ju je zbog onoga što je učinila, ko je i šta predstavlja. Žena koja je radila šta je htela i šta je mislila da je ispravno.

Nensi.

Bem se željno nagnuo napred, previše gladan, previše željan.

– Nešto ste rekli, Anri?

Anri je polako izgovorio svaku reč s velikom pažnjom. – Rekao sam da ćete prvo morati da je uhvatite.

Bem je ustao tako brzo da se metalna stolica prevrnula i srušila iza njega. Anriju se to učinilo vrlo smešnim.

Oficir je krenuo prema vratima i doviknuo u hodnik. – Helere! Mesje Fjoka je spreman za vas!

Anriju se i to učinilo smešnim, pa se još smejao kroz polomljene zube i kada je Bem otišao, a dvojica Helerovih ljudi podigla su ga s kreveta i odvukla hodnikom do podruma. Sigurno su ga čuli i drugi zatvorenici, jer je iza sebe začuo slabašan, promukli glas koji je zapevao „Marseljezu", još jedan, i još jedan.

Heler se sav zacrveneo. – Tišina! Umuknite svi!

Glasovi su se nastavili, sirovi i ružni kao pijanci po zatvaranju barova i podjednako neumorni, a Anri se opet nasmejao. I dalje ih je čuo kada su ga ugurali u žutu sobu. Ležao je na krvlju umazanim pločicama, i dalje se smejući, i slušao ih, glasove svojih odrpanih anđela.

21.

Nensi se vratila u Bejker strit. Bože, jel' prošlo samo šest meseci otkako je bila u ovoj ogoljenoj sobi, razmenjujući uvrede s Bakmasterom? Ovoga puta joj nisu ponudili stolicu. Denden je u uniformi stajao „voljno", ruku sklopljenih na leđima. Nensi je nosila uniformu bolničarke, s rukama sa strane i gledala napred.

– „Vejkova je omiljena među saborcima. Rođeni vođa." – Bakmaster je čitao iz nove smeđe fascikle na sklopivom stolu pred sobom. *Iskreno*, pomislila je Nensi, *mogli bi čoveku da nabave pristojan sto.*

– To piše u izveštaju – nastavio je Bakmaster, pogledavši Garoua, koji je stajao na uobičajenom mestu, oslonjen na zid. – Baš čudno. Plaćamo doktora Timonsa da pronađe nedostatke, a ne da sipa pohvale. Mada, tu je i onaj nesrećni slučaj u Škotskoj pre nego što su Vejkova i Rejk – bože, ovo je poput nekog jadnog vodvilja – otišli da završe obuku u Bjuliju.

– Da – uzdahnuo je Garou. – Regrut po imenu Maršal, koji je zaista obećavao, po oglašavanju jutarnje trube, pronađen je go, vezan za jarbol ispred glavne zgrade. To ga je prilično uzdrmalo na neko vreme.

– U izveštaju su spomenuta imena ovo dvoje, zar ne? – upitao je učtivo Bakmaster.

Garou podiže obrve. – Da, koliko se sećam, radilo se o prilično suludim tvrdnjama o pokušaju zavođenja i batinanju po glavi.

– Sirotan.

Nensi je uspela da zadrži osmeh. Sećanje na Maršala vezanog za jarbol bila je sjajna, blistava uspomena. Samo su ga čvrknuli po glavi – bio je toliko pijan da je pao na najmanji dodir. A i noć je bila topla.

Garou zapali cigaretu. – Možda su nas preveslali, gospodine.

Izbacio je dim iz pluća, posmatrajući Bakmastera kako ustaje i obilazi rub stola.

– Pomisli samo, Garou. Ako bi nemački špijun prodro u UPZ, on ili možda *ona*, napao bi naše najbolje ljude, da ne spominjemo tajni pristup našim zapisima.

E, dovraga. Uhvaćeni su. Možda je zamena izveštaja izgledala kao dobra zamisao tek nakon boce brendija. I šta je sad dođavola ovo? Bakmaster je izvadio pištolj iz futrole. Ne misli valjda da...

– Samo ću jednom pitati lepo: ko je predložio upad? – prišao je toliko blizu Dendenu da je zatreptao. – Jesi li to bio ti, Rejk?

Dugu sekundu obojica su bili potpuno mirni, a onda je Bakmaster zamahnuo revolverom prema Dendenovoj glavi, i udario ga, pokidavši mu kožu sa slepoočnice oka duž jagodične kosti. Denden se zateturao u stranu i čučnuo, a zatim ponovo ustao.

– Odgovori mi! Jesu li Nemci poslali homića da nas špijunira?

Denden ga nije ni pogledao, samo je ponovo sklopio ruke na leđima i zagledao se u zid. Nensi je progutala pljuvačku. Je li ovo test? U Bjuliju su ih povremeno izvlačili iz kreveta i terali da odgovaraju na pitanja o pripremljenoj priči, dok su još bunovni. Čak i kad bi prepoznali instruktore, zbunjenost bi u tim trenucima bila dovoljna da se neki uspaniče. Međutim, nikada nisu bili nasilni – možda grubi, ali ne ovako. Jel' zaista misli da su špijuni?

Bakmaster joj je prišao s leđa, od čega joj se koža naježila, a zatim je stao tačno ispred nje i stavio joj cev revolvera na čelo.

– Ili su poslali ženu? – upitao je. Jel' moguće da je poludeo? Zašto se Garou ne usprotivi? Ovo je suludo.

– Ko je od vas dvoje? *Ko?* – Posmatrala ga je kako repetira pištolj i polako stiska okidač. – POSLEDNJA PRILIKA! KO?

Nensi je zurila pravo u njega. Klik.

I svetu nije došao kraj. Još su bili u prostoriji, a pištolj je bio prazan. Bakmaster je klimnuo glavom i vratio pištolj u futrolu.

– Dobra predstava – rekao je, lagano se vraćajući na mesto. – Sedite, oboje.

Prokleti kurvin sine. Nensi nije bila sigurna da li je sela ili pala. Garou je istupio i pružio Dendenu maramicu. Nensi nije bila sigurna, ali izgledalo je kao da Denden nije samo brisao krv s lica već se i postarao da potpuno uništi maramicu.

– Muškarac može imati koristi od ćutanja. Gestapo će pretpostaviti da muški strani agent poseduje obilje strateških podataka, što vas može održati u životu dovoljno dugo da pobegnete. Ali, gospođice Vejk, nacisti ne razmišljaju tako napredno o upotrebi i sposobnostima žena kao mi. A ni Francuzi, kad bolje razmislim. Ubiće vas ili poslati pravo u logor. Žena mora da im se dodvori. Igrajte ulogu, puzite, plačite, spavajte s njima ako morate. Progutajte ponos jer će meci biti pravi, a mrtvi mi niste od koristi.

Klimnula je glavom, jer je to očekivao od nje. Nije joj bilo teško da koristi zavođenje kako bi prošla kontrolne tačke, ili da zanosno trepće muškarcima koje bi rado ubila, ali postojala je granica, pobogu. A glumiti jebozovnu princezu prevazilazilo je tu granicu. Njenu granicu.

– Znači, imate zadatak za nas, gospodine? – upitao je Denden, vraćajući maramicu, koju je Garou ojađeno pogledao.

– Da. A kako ste tokom obuke odlučili da ste par, šaljemo vas zajedno. Oboje ćete imati čin kapetana, ali kao vaš vezista, Rejk će vam biti podređen, Nensi. Garou, kartu molim.

Garou ju je raširio preko stola. Radilo se o svojevrsnoj karti turističkih vodiča štampanih za vozače pre rata, ali bila je prepuna slova X i pored svakog je stajao kratak brojčani kod.

– Svako X predstavlja aktivnu operaciju UPZ-a – rekao je Bakmaster, s primesom ponosa u glasu. – Krijumčarenje u Parizu, potapanje podmornica u Kanu. – Čak imam i družinu koja je prošle nedelje digla u vazduh fabriku municije u Tuluzu.

– Kuda idemo, gospodine? – upitala je Nensi.

– Šaljemo vas u Overnju – rekao je Bakmaster, proučavajući joj lice, zadovoljan čini se onim što vidi. – Nedaleko od Višija, tamo vrvi od Nemaca. Nepovoljno vreme, neprekidno pada kiša, nemoguć teren, kako i dolikuje Pokretu otpora koji tamo deluje: sebe nazivaju *makiji*, po pustinjskom rastinju jer ih je tako teško ubiti ili obuzdati. Prvi zadatak vam je da preuzmete zapovedništvo nad najvećom grupom makija u toj oblasti. Predvodi ih major Gaspar.

– Koji je nadmeni jednooki kreten – dodao je Garou.

– I prezire UPZ – nadovezao se Bakmaster. – Strahuje da ćemo, nakon što isteramo Švabe, Francusku zadržati za sebe. Ni na kraj pameti mu nije da radi s vama, ali nema dovoljno zaliha, i to vam je mamac.

– Šta ako ne zagrize? – upitala je.

– Nateraj ga. Savladaćete ga ili umreti pokušavajući. Taktika mu je jako aljkava. Hrabar je, ali će protraćiti svoje ljude i naš novac bez čvrste ruke, a to ste vi. Overnja je ključna za razmeštanje ljudstva i opreme širom Francuske. Moramo onemogućiti Nemcima da ih brzo prenose kroz to područje.

– Sabotiraćemo putanje transporta? – upitao je Denden, ponovo čio poput španijela.

– Tačno tako. Ključ uspeha ovog upada je sprečavanje nacista da opskrbe svoje ljude na novom frontu. Veoma naporno radimo kako bismo bili sigurni da ne znaju iz kojeg smera ćemo doći, ali kad sletimo, svim silama će se pokrenuti u protivnapad. To znači da ih svuda moramo usporiti, a Overnja je ključna za to. Uništite železničke mostove, onesposobite komunikaciju, naterajte ih da se boje sopstvene senke i obavićete anđeoski posao.

Nensi je zadrhtala od uzbuđenja. Zaista odlazi tamo. Napokon.

– Kad isplovljavamo? – pitala je.

– Za nedelju dana – odgovori Bakmaster. – Dotad ćete biti u jednoj od naših sigurnih kuća u Londonu i proučavati karte područja i planove glavnih ciljeva dok ne budete mogli da ih nacrtate i u snu. I nećete isploviti, Vejkova. Šta mislite, zašto smo se potrudili da vas obučimo za iskakanje iz aviona? Rejk, ti letiš u predgrađe Monlisona *lisandar* avionom. Moramo da izvučemo iscrpljenog vezistu, a ti ćeš koristiti njegov radio. Nensi, vi ćete iskočiti padobranom bliže Gasparovoj grupi. Jedan od naših ljudi u tom području, Sautgejt, biće u odboru za doček i odvešće vas do Gaspara. Zanimajte ga dok Denden ne stigne s radiom. – Zagledao se u Nensi. – Nešto nije u redu, kapetane Vejk?

Nensi je progutala knedlu. – Ne, gospodine. Samo, ne uživam preterano u iskakanju iz savršeno dobrih aviona.

Bakmaster širom razrogači oči i zatrepta. – Stvarno? Ali dobili ste *tako* dobru ocenu iz iskakanja.

22.

To poslednje piće u *Astoru* bilo je greška. A možda i ono pre toga. Možda nije trebalo da pređe na viski. *Liberejtor* se naglo nagnuo kad je protivvazdušna odbrana započela napad, pa je pritisak vazduha nakrivio avion. Šta će se dogoditi ako povrati u masku s kiseonikom na četiri i po hiljade metara? Ništa dobro. Nensi je progutala knedlu i zastenjala, znajući da je barem niko neće čuti u zaglušujućoj buci avionskih motora i eksplozija u vazduhu. *Spem* sendviči i kafa pre poletanja – to je bila greška. Osećala je kako joj se prevrće u želucu. Šta, dovraga, uopšte stavljaju u taj *spem* i zašto su Britanci tako prokleto ponosni što mogu da ih jedu? Uhvatila se za prečage trupa dok je avion propadao i poskakivao. Da. Sendviči su nesumnjivo bili greška. Još jedan prasak, ovoga puta bliže, i učinilo joj se da avion pada, snažno i brzo, nekontrolisano. Bubne opne su joj odzvanjale, a grudni koš se stezao. Motori zacvileše, a zatim zaurlaše, i avion se odjednom ponovo uspinjao. Kliznula je napred i stopalima pokušavala da se osloni o zakovane ploče. Oštar zaokret udesno i još jedan zaglušujući prasak, kao da je sâm Bog pesnicom tresnuo po bočnoj strani aviona. Ne sada. Ne pre nego što stigne u Francusku. Molim te. Kukom se udarila o metal i zavapila od bola. Tada se avion ispravio, a buka motora se smanjila. Eksplozije su ostale iza njih. Polako je i duboko udahnula, a zatim popustila stisak. Ruka joj se grčila. Izgledala je čudno bez burme. Zahtevali su da je skine pre skoka, i to je prvi put učinila otkako ju joj je Anri stavio na prst. Bleda koža izgledala je poput ožiljka.

Dispečer je došao da proveri kako se drži i kucnuo po satu da joj ukaže kako su na pola sata od mesta iskakanja. Proverila je kaiševe padobrana i zavoje obmotane oko gležnjeva. U džepu kaputa od kamilje dlake prstima je očešala glatki metal pudrijere koju joj je Bakmaster poklonio. Lep mali dar za rastanak, srce jedno. Uhvatila je sebe kako s dragošću razmišlja o muškarcu koji joj je samo nedelju dana pre toga držao pištolj na čelu, i od te pomisli je odmahnula glavom, a avion je ponovo počeo da propada. Osetila je sendvič u grlu i ponovo progutala. Ako bi ikada poželela da iskoči iz prokletog aviona, to je bilo sada.

Rekla je dispečeru da je gurne, i on ju je poslušao. Jednog trenutka bila je u stomaku aviona gde je sve podrhtavalo i čangrljalo, vireći iz njega kao iz pećine, zagledana u treperenje signalnih vatri i neupadljivo bleskanje baterijske lampe, a već sledećeg je bila napolju, na hladnoći, i padala.

Padobran se naglo otvorio i osetila je žestoko povlačenje kaiševa na ramenima, struku i preko butina. Najpre olakšanje, pa trenutak smirenosti. Krajolik obasjan mesečinom pružao se ispod nje, uspon i pad planina, strmi obrisi na nebu, taj mir, vatre i... o bože, sve to drveće.

Zemlja se približavala vraški brzo.

Povukla je uže, u pokušaju da se usmeri ka čistini. Bila je veoma blizu, a onda ju je slučajni nalet povetarca gurnuo na jug i natrag preko drvoreda. Vreme je isteklo.

Privukla je kolena na grudi i uvukla bradu, dok je osećala kako je u tami vuku najviše grane. Zemljina teža je iskoristila priliku da jasno stavi do znanja ko je glavni. Nije mogla više ništa da učini s tim. Krhke grane drveća vukle su je i bockale sve dok se padobran nije zakačio za krošnju, kaiševi je ponovo trznuli i zaustavila se u mestu.

Otvorila je jedno pa drugo oko, i našla se kako visi u vazduhu, poput ribe na kraju užeta srećnog ribolovca. Osećala je miris dima logorskih vatri, ali čak i obrnuvši se na kraju užeta, nije videla ništa osim tesne, razgranate tame.

– Padobran, tamo! – začuo se francuski glas.

– *Merde*, prosiktala je. Čudno kako joj se čak i um vratio na francuski čim je udahnula punim plućima vazduh svoje usvojene otadžbine. Svetlost se približavala uz stazu. Prijatelj ili neprijatelj? Posegnula je za bočnim džepom kaputa i sklopila prste oko ručke *vebli* revolvera. Ako je to nemačka patrola, već je mrtva, ali sa sobom će povesti bar jednog od tih gadova. Ipak, glas je zvučao prilično opušteno. Možda bi nemačka patrola koja se zatekla na mestu njenog pada zvučala nešto manje... opušteno. Ko god da je dolazio stazom, činio je to laganim hodom.

Baterijska lampa je zastala ispod njenog stabla i začula je tih smeh. Francuski smeh.

– Drveće u Francuskoj ovog proleća donosi predivne plodove – rekao je glas. Jako smešno.

– Mani me francuskog proseravanja i spusti me dole – rekla je Nensi, pustivši pištolj. Svetlost baterijske lampe spustila se na šumsko tlo. Manje od tri metra. Uzdahnula je i povukla mehanizam za otpuštanje padobrana, uspevši da se prizemlji i pritom ne slomi gležnjeve, niti završi u trnovitom žbunju. Bar to.

Čovek s baterijskom lampom načas ju je usmerio prema sopstvenom licu i Nensi je ugledala mladog muškarca, zgodnog na klasično francuski način – dug nos i visoke jagodice. Ispružio je ruku i pomogao joj da ustane.

– Ja sam Tardiva.

– Nensi Vejk. – Tardivin stisak bio je čvrst i hladan. – Je li Sautgejt ovde? Rečeno mi je da će doći po mene.

– Samo trenutak...

Čim je Nensi ustala, Tardiva joj je dodao baterijsku lampu i popeo se na niže grane drveta. Lagano se kretao, prelazeći s grane na granu dok nije stigao do padobranske užadi.

– Osvetlite mi ovde – rekao je i počeo da skuplja svileni padobran u naručje, pazeći da ga ne pokida i ne ostavi nikakve komade među granjem. Noć je bila vrlo mirna, a Nensi je u razređenom vazduhu osetila miris tla i svežeg prolećnog rastinja koje se probijalo kroz prošlogodišnje trulo lišće.

– Sautgejta je uhvatio Gestapo pre nedelju dana – rekao je Tardiva.

– Neko ga je odao?

– Zla sreća. Uhvaćen je s lažnim ispravama. Nakon što pogasimo signalne vatre, odvešću vas do Gaspara, on je ovde šef makija.

– Da, čula sam za njega.

Skupio je padobran ispod ruke, a zatim lagano skočio na zemlju, dotakavši prstima tlo kada se dočekao. – Šta su vam rekli o njemu?

Nensi mu je pogledala lice obasjano obodom snopa baterijske lampe. Možda da mu ipak ne kaže šta je Bakmaster zaista rekao.

– Dobar borac, ali nadmen.

Tardiva polako klimnu glavom. – Tačno. Jesu li vam rekli da mrzi Engleze?

– Ja sam Australijanka.

On frknu. – Mislim da neće videti razliku, madam. – Otvorio je ranac i počeo da trpa padobran unutra.

Zakoračila je prema njemu.

– Hej, moramo to da zakopamo! I ja sam kapetan po činu.

Tardiva je nastavio. – Oprostite mi ako nastavljam s *francuskim proseravanjem*, ali pre rata sam bio krojač, kapetane. Ovakvu svilu neću zakopati. Napraviću nešto lepo za suprugu, da se prisetim dana pre nego što su Nemci počeli da otimaju sve lepo i otmeno za sebe.

Dovraga. Jedva da je sletela na francusko tlo pre pet minuta, a već je imala poteškoća. Svakog dana su im ulivali u glavu – zakopaj padobran, zakopaj padobran. S druge strane, ako je Sautgejt u ćelijama Gestapoa, a Gaspar je gad kakvim ga Bakmaster smatra, trebaće joj da stekne što može više prijatelja.

– U redu. Kako ćemo doći do Gaspara?

– Moraćemo pešice. Staza ima oko osam kilometara i prilično je nepristupačna.

Nensi je uzdahnula i počela da odmotava zavoje s gležnjeva. Ispod njih je nosila svilene čarape i visoke potpetice.

Tardiva se nasmejao. – Bože, u tome ste skočili u Francusku?

Nensi je izvadila par cipela za hodanje iz ruksaka i pažljivo obrisala šumski treset s glatke kože lepih cipela pre nego što ih je ubacila u ranac i zatvorila ga.

– A ispod ovog glupog limenog šešira, imam veoma lepu frizuru. Hoćemo li sada da krenemo?

Kretali su se po mraku. Tardiva je ugasio baterijsku lampu čim su se uverili da nisu ostavili traga na mestu Nensinog pada. Nensi se najpre samo privikavala na to da je konačno izašla iz tog prokletog aviona, a onda ju je obuzelo uzbuđenje što hoda po francuskom tlu. Naravno, ova strma staza kroz šumu nije bila mnogo nalik Parizu ili Marselju. Međutim, ipak se nekako osećala kao kod kuće. Slika Anrija kako se okreće s prozora u njihovoj spavaćoj sobi u belom sakou za večeru blesnula je tako snažno, kao da je videla duha.

– Šta ima novo ovde? – prošaputala je.

Bilo je previše mračno da bi ga videla, ali čula je kako Tardiva sleže ramenima.

– Ljudi osećaju kako im ključa krv i nadolazi hrabrost. Mi Francuzi oduvek znamo šta se događa s vojskama koje pokušavaju da napadnu Rusiju. Nemci konačno počinju da uče tu lekciju.

To je bio dan, pomisli Nensi. Setila se kada je čula vest, nagnuta nad radiom, kako joj je Anri od uzbuđenja stiskao ruku. Svaki klinac u Francuskoj znao je šta se dogodilo Napoleonu kada je pokušao da zauzme Moskvu, ali Hitleru to očigledno niko nije rekao. Dan kada je pokrenuo iznenadni napad na Sovjetski Savez u leto 1941. godine bio je prvi dan nade u Francuskoj. To je takođe bio znak da su francuski komunisti konačno slobodni da uzmu oružje i počnu da uzvraćaju.

Tada je Firer izgubio vojsku kod Staljingrada.

– Ove godine nam je prišlo mnogo muškaraca – objasnio je Tardiva. – Dolaze nam mladići koji odbijaju da rade u Nemačkoj. To je dobro, ali nam stvara i poteškoće.

– Kakve poteškoće?

– Mnogo nas je. Isprva je bilo dovoljno napuštenih ambara i seoskih gazdinstava za sve. Sada je teže pronaći mesto, a i dalje se kretati tako da nas policija ne uhvati.

– Šta još?

– Borimo se, ali i gložimo među sobom – uzdahnuo je. – Ima čarki između sela i porodica koje vuku korene do Revolucije. Neki koriste Gestapo za napad na neprijatelje, a neki makije. Ne poravnavaju se svi računi sa osvajačem.

Sjajno. Politika. Nikad Nensina jača strana.

– Gaspar to dopušta?

– Dopušta svojim ljudima da upadaju na gazdinstva njegovih neprijatelja. – Tardiva je zastao u mraku, a onda, kao vođen nevidljivom rukom, opet krenuo. Staza je postajala strmija i uža.

– Toga neće biti dok sam ovde – rekla je Nensi odlučno. Možda se sve to prokleto vežbanje isplatilo. Zvučalo je mnogo bolje izgovarati takve rečenice kada nije zadihana.

Stigli su do ruba drvoreda i prva svetlost zore otkrila je senke u sivim i srebrnim bojama kako se noć povlačila.

– Platićemo ono što uzmemo. Ovo je sada vojna operacija, a to podrazumeva pravila. Mi nismo Nemci. Mi smo dobri momci, i tako ćemo se i ponašati.

Tardiva je uzdahnuo. – Kako god kažete, *kapetane.*

Nensi se okrenula od krajolika. Neka mu njen padobran, ali prokleta bila ako će mu dopustiti da tako razgovara s njom. Udahnula je, spremna da mu objasni kratkim, oštrim rečenicama. Prekasno je videla kako je pogledao naviše kada je primetio pokret iznad njenih ramena. Htela je da se okrene, a onda ju je nešto udarilo po glavi i sve se zacrnilo.

23.

Prvo je shvatila da nije mrtva. Mrtvi ne osećaju bol, a Nensi je bila u mukama. Otvorila je oči. Nazirala je svetlost i osetila miris slame i pleve. Neko joj je stavio konjsku hranilicu preko glave. Pokušala je da se pomeri, ali bezuspešno. Sedela je uspravno na nekakvoj stolici, a ruke su joj bile vezane na leđima. Probudio ju je bol u mišićima koji su se grčili u mukama. I gležnjevi su joj bili vezani, a uzeli su joj cipele – ispod svilenih čarapa osetila je tvrd zemljani pod. Podigla je glavu i polako i pažljivo udahnula. Hladan vazduh. Vetar u krošnjama. Dakle, još je u planinama, u unutrašnjosti, a ovo je ambar, pomoćna zgrada nekog gazdinstva, a ne sedište Gestapoa u Monlisonu.

Napolju su odzvanjali glasovi, čula ih je dok su ulazili. Muškarci, naravno, i to više od jednog, iako je samo jedan govorio – ostali su se samo smejali i odobravali.

– Izgleda da se naša draga gošća probudila – rekao je na francuskom, tihim i hrapavim glasom.

U redu, Nensi. Vreme je za predstavu.

Strgnuli su joj vreću s glave i nad sobom je ugledala izbrijanog muškarca okruglog lica. Nosio je povez na oku.

– Kakvu lepu kučkicu su poslali! Mnogo bolje izgleda od onog seronje kojeg sad leše od batina u ćelijama. – *Priča o Anriju? Ne, saberi se Nensi, govori o Sautgejtu.* – Nadaju se da će ti sise spasti šiju, zar ne? Poslali te da zavedeš Francuze da jurcamo unaokolo i budemo engleske sluge, pizdo?

Odmerila ga je od glave do pete. Muškarci iza njega se uzvrpoljiše.

– Tako je, Gaspare – rekla je hladnim glasom. – Rekli su mi i da se potucam s tobom ako mislim da će od toga biti vajde. Ali znaš, trenutno ne mogu da se odlučim između toga i pilule cijanida.

Nekoliko muškaraca se iscerilo. Šta god da su očekivali od žene koju su poslali Englezi, nisu se nadali takvim rečima iz njenih lepih usta na tečnom, prostačkom francuskom. Gaspar – jer to je zaista bio on – trgao se. Vreme je da iskoristi prednost.

– Ali mogu da vam ponudim podršku iz Londona. Iskrenu pomoć. Oružje, novac. Šta god vam je potrebno da povratite svoju zemlju.

– Sereš! Hoćeš našu zemlju. Želiš da igramo kako vi svirate.

– Možeš mi verovati.

– Dogovor sa đavolom. Vi ste gori od Nemaca, lažljiva pizdo.

Nagnuo se nad njom i osetila je njegov znoj, kiselkast miris ne-oprane odeće. Dopustila je podsmehu da izroni na površinu.

– Pobogu, to ti je izgleda omiljena reč, zar ne? Uzbuđuje te? Već neko vreme nisi video pravu stvar? – Neki od momaka iza njega sad su se smešili. – Ako bi mogao na trenutak da izvučeš glavu iz mog međunožja i saslušaš me, kažem ti da sam ovde kao saveznik. Oružje. Novac. Pomoć vašim porodicama i podaci iz Londona. Što se ostalog tiče, gledate u Belog Miša iz Marselja i žestokog rodoljuba Francuske kao što je i bilo ko od vas... kopiladi.

Momci iza njega bili su spremni da joj zaplješkaju, osećala je to. Mogla bi da ih vodi. Krajičkom oka posmatrala je kako je gledaju i osetila da joj se ugao usana trza. Velika greška!

Čim je sklonila pogled s njega, Gaspar je šutnuo nogu stolice i ona polete na pod, tresnuvši svom težinom na rame. To joj je izbilo vazduh iz pluća, a bol se rascvetao u boku.

– Lažljiva kučko! Znam za Belog Miša iz Marselja. Dozvolila je da joj streljaju ljude dok se šepurila unaokolo, trošeći novac bogatog starog muža. Niko u Overnji ti neće plaćati da središ frizuru i igraš se rata.

Pokušavala je da dođe do daha. – Moj muž je junak, govno jedno – procedila je, ali bez daha da to izgovori dovoljno glasno.

Gaspar je gledao nešto u ruci. Čučnuo je i pokazao joj ga. Bila je to njena burma.

– A zašto ti je ovo u torbi, a ne na prstu?

– Vraćaj to! – Zvučala je kao dete koje kinje na igralištu. – Skinula sam ga da ne bih otkinula prst pri skoku iz prokletog aviona, moronu jedan.

Snažno se ritnula, ali on je prozreo nameru i odmakao se u stranu, istovremeno odgurnuvši prevrnutu stolicu. Sada je bila na leđima, s rukama i dalje vezanim na leđima. Povukla je noge, spremna da se odgurne na kolena, ali on ju je obuhvatio, i pritisnuo joj kukove svom snagom. Trepnula je. Osećala je toplinu na licu. Krv. Od udarca koji je ranije zadobila po glavi. Ušla joj je u oko, zaslepljujući i peckajući je.

Nagnuo se blizu, držeći joj burmu između palca i kažiprsta. – Šta nas sprečava da te odmah ne ubijemo? Možemo uzeti tu lepu hrpu franaka ušivenu u postavu tašne, zakopati te ispod podnih dasaka i reći da nikad nisi ni stigla. Čini se da si sa sobom ponela lepu svoticu. Možda bismo čak mogli da pošaljemo ovaj prsten natrag u Marselj. Ako tvoj jadni mužić preživi, možda će naći neku lepšu kojoj će ga dati.

Prebacio je težinu i ona oseti kako joj njegove butine pritiskaju bedra. Udahnula je i progovorila dovoljno glasno da i njegovi ljudi čuju.

– Bio bi to poslednji novac koji biste ikada dobili od Londona. Znaju da sam se bezbedno prizemljila jer sam im dala znak sa zemlje da su me dočekali. Ako želiš oružje i više od sitniša koji nosim u tašni, moraćeš da se nosiš sa mnom. Zašto jednostavno ne odjebeš i ne pustiš me da radim svoj posao? Ako tvoji ljudi ne žele mitraljeze, vojne čizme i više cigareta nego što mogu da ispuše, mislim da ima drugih koji žele.

Podigao je pogled i obratio se nekome koga nije mogla da vidi. – Jel' to istina? Poslala je signal avionu?

Dovraga. Tardiva je bio u sobi. I te kako je znao da nije poslala signal. Bio je s njom neprekidno otkako je sletela na to prokleto drvo.

– Slala je signal kad sam je pronašao – rekao je nezainteresovano, s dosadom.

– Kučko – prasnuo je Gaspar. Videla ga je kad je zamahnuo pesnicom. Nije mogla da se brani. Još jedan bolni prasak, pa tišina.

Tardiva je sedeo kraj nje kada se probudila. Još su bili u ambaru, ali dnevna svetlost je bledela. Uza zidove je primetila stare kofere i polomljen nameštaj. Dakle, ovo je mesto gde su završavale polomljene i beskorisne stvari. Neko joj je, verovatno Tardiva, odvezao zglobove i gležnjeve i prekrio je ćebetom. Kada je primetio da je otvorila oči, Tardiva joj je pružio čuturicu i ona je pohlepno potegla iz nje. Zahvalila mu se i vratila mu je. Uzeo je čuturicu uz klimanje glave, a zatim posegnuo u gornji džep i izvadio njenu burmu.

Nensi je ispružila ruku i on joj je spustio prsten na dlan. Morala je da se bori s golobradim poručnikom i sekretaricom pretećeg izgleda kako bi ga ponela sa sobom. Hvala bogu da ga Anri nije ugravirao ili joj kupio nešto previše bleštavo i upadljivo. Verenički prsten, optočen smaragdima, izgubila je tokom bekstva iz voza. Međutim, ovaj običan zlatni prsten i dalje je nosila na prstu. Setila se dodira njegovih dugih hladnih prstiju dok joj ga je stavljao na prst u gradskoj većnici u Marselju, tog pogleda privržene odanosti u njegovim očima. Opet ga je stavila. Možda nije trebalo da se venčaju. U početku su živeli zajedno, a ona je za poslugu i poznanike bila madam Fjoka. Najpre su rekli kako će čekati da se rat završi, a onda su postali nestrpljivi, odredili datum i ugovorili proslavu. Zašto? Slušali su izveštaje *BBC*-ja o žestini borbe u Rusiji, a i nju su zamalo uhvatili dok je nosila isprave iz Tuluza. Nisu se usudili da čekaju.

– Mogu vas odvesti do jednog gazdinstva gde možete dobiti prenoćište – rekao je Tardiva. – I poznajem radio-operatera u Klermon-Feranu. Trebalo bi da može da pošalje poruku u London u vaše ime. Da vam ugovori bekstvo.

Odmahnula je glavom. – Ne idem nikuda, Tardi.

– Samo će vas ubiti na neki drugi način, kapetane Vejk. Izmisliće drugu priču – da, stigla je, ali ubila ju je patrola ili tako nešto.

– Zovi me Nensi. Gde je moj ruksak?

Klimnuo je glavom prema njemu. Ustala je i donela ga. Bio je opelješen i grubo prepakovan. Njena tašna je još bila tamo, kao i novac. Čudno. Pretpostavljala je kako Gaspar želi da razradi novu zaveru pre nego što išta učini. Izvadila je sve, pa ga opet pažljivo spakovala: dve vezene spavaćice, crveni satenski jastuk, zatim uobičajeno donje rublje, jednostavna odeća prikladna za skromnu domaćicu iz Overnje, cipele s visokim potpeticama ako treba da putuje vozom ili ode u neki od obližnjih gradova, četku za kosu i šminku. Počela je da se doteruje. Malo vode iz Tardivine čuturice i maramica uklonili su krv. Posekotina na čelu bila je duga, ali plitka, i tik ispod linije kose. Nema potrebe za šavovima.

Nanosila je karmin *V for Victory* uz pomoć Bakmasterove pudrijere, kada je primetila da Tardiva radi na svili padobrana.

– Šiješ nešto za svoju ženu?

Klimnuo je glavom.

– Jel' te grize savest što je ostavljaš samu dok se boriš?

Nije podigao pogled. – Ovo je drugi svetski rat u dvadeset godina. Svi smo krivi.

Podigla je bradu i otkrila zube da proveri ima li karmina na njima. Sve je bilo u redu. – Kako misliš da nameravaju da me ubiju?

– Znaju da ste prošli obuku. Verovatno će se pretvarati da su prijateljski nastrojeni i ubiće vas u snu. – Rekao je to sasvim običnim glasom.

– Ima li u blizini i drugih grupa makija? Još neki vođa s kojim bih mogla da razgovaram?

– Čovek po imenu Fornije, gore na uzvišenju blizu Šodez-Ega. S druge strane doline. On i Gaspar nisu u prijateljskim odnosima. Ali imao je samo trideset ljudi i oni gore žive kao divljaci.

Nensi je napravila krug ramenima. Ruke su je još bolele i osećala je kako joj na boku izlaze modrice. U glavi joj je se vrtelo i osećala je mučninu. Ma, nek se nose.

– Hoćeš li da me odvedeš do njega?

– Sad? – upitao je i počeo da pakuje vez.

– Ubrzo. Prvo želim da večeram s domaćinima.

Oko stotinjak makija bilo je okupljeno oko središnjeg ognjišta, nagnutih nad šerpicama nekakvog smrdljivog gulaša koji se služio iz sklepanog kotla. Gaspar je sedeo na gajbici obasjan vatrom, dok su se njegovi ljudi okupili oko njega poput apostola. Odmah je ugledao Nensi, a postupno su se i drugi pogledi okrenuli prema njoj.

Jedan muškarac je ustao iz čučnja kraj Gasparovih nogu i od kuvarice doneo tanjir gulaša, a zatim joj ga pružio. Bio je zgodan, moglo mu je biti dvadeset pet godina, krupnih smeđih očiju i atletske građe. Predao joj je tanjir uz lelujav, dubok naklon.

– Madam, oprostite na neučtivosti. Toliko dugo smo u divljini da smo zaboravili kako se ophodi prema dami.

Nensi je videla kako ih Gaspar posmatra i ceri se.

Zgodni mladić je nastavio. – Ovaj bućkuriš nije za vaše usne, a razgovor u ovom društvu ne pristoji vašim ušima.

Nensi još nije prihvatila tanjir, ali se osmehnula, toplim i zahvalnim osmehom *V for Victory* od Elizabet Arden, lagano podigavši pogled ispod trepavica.

– Zahvaljujem...?

– Frank, madam.

– Frank! Veoma ljubazno od vas – rekla je i dotakla mu ruku.

– Uspeo sam da pronađem bocu pristojnog vina, možda će vam olakšati gutanje hrane. Dopustite mi da vas ugostim u privatnosti svog šatora.

– Kako je to ljubazno! – promrmlja Nensi, a zatim malčice povisila glas. – Jel' to nova zamisao kako da me uljuljkate u udoban dremež, zadavite i zatim mi ukradete novac?

Frank je trepnuo.

– Madam, ja...

– I onda ćete reći Londonu da sam odlutala u šumu gde su me pojeli vukovi poput Crvenkape? Bože, kako si glup – uzviknula je, zgrabila mu zdelu iz ruku i prevrnula mu je preko glave, a zatim bacila limeni tanjir pred noge.

Zakašljao se i pokušao da obriše oči. – Kučko.

– Nego šta sam, ali dok sam ovde zvaćeš me kapetan Vejk, jer sam taj čin zaradila dok ste se vi igrali u šumi.

Okrenula se prema Gasparu. – Gde su vam putanje za bekstvo? Gde su vidikovci? Sretala sam izviđačice koje su bolje vodile kamp. Imaš previše ljudi na otvorenom i nemaš pojma šta da radiš s njima osim da kradeš ovce. Jesi ti ovde da se boriš protiv Nemaca ili ne?

Zurili su u nju, nemi, tvrdokorni.

Prišla je Gasparu, koji je i dalje sedeo na gajbici. Zurio je u nju, a krupnom vilicom je i dalje muljao bućkuriš.

– Idem na uzvišenje. Fornijeovi ljudi će za mesec dana biti najbolje naoružana i uvežbana borbena jedinica u pedeset milja u krugu od osamdeset kilometara. Vi ste, i uvek ćete biti, samo gomila amatera. – Ponovo je povisila ton. – Kad završite s gladovanjem i zajebancijom ovde dole, dođite i pridružite mi se. Dotad, odjebite.

Ispljunula je zadovoljavajuće čvrsti šlajm s tračkom krvi u Gasparov gulaš, a zatim se vratila do vrata ambara, uzela ranac i krenula u mrak ne osvrćući se, prateći uzbrdicu. Na obodu šume zaustavila se i oslonila glavu na deblo mlade breze. Iza nje su se čuli koraci. Jedan čovek. Šibica je planula i ugledala je Tardivu kako pali cigaretu.

– Ovo je pogrešan put za uzvišenje, kapetane – rekao je tiho.

– Zaključila sam da bi traženje uputstava upropastilo moj prenaglašeni odlazak – odgovorila je, trudeći se da joj se olakšanje u glasu ne čuje previše.

– Možda ste u pravu – čula je kako se smeši. – *Tant pis*, to će biti svega dva-tri dodatna kilometra hoda. Jeste li spremni?

– Spremna sam.

24.

Eva Bem je bila sigurna da su je nasamarili. Žena koja joj je prodala dva kovčega koje je sad pakovala za povratak u Berlin sa Sonjom imala je onaj pravi francuski izgled, mrzovoljan i nadmen u isto vreme, s kojim se Eva neprekidno susretala čim bi stanovnici Marselja čuli njen nemački naglasak i školsko znanje francuskog. Bez sumnje joj je previše naplatila. Biće takvo olakšanje vratiti se kući.

Štrecnuo ju je blag grč krivice. Nije bilo u redu osetiti olakšanje kada njen muž mora da ostane u Francuskoj među tim seljacima i prevarantima. Pre nedelju dana primio je vest da ga prebacuju u Overnju, gde je hiljadama mladih Francuza iskvarena vlast dopustila da pobegnu u brda umesto da obavljaju dužnost i idu u Nemačku na rad.

A sada ni kovčeg neće dobro da se zatvori. Mučila se s bravom, zakačila nokat i obuzela ju je iznenadna želja da zaplače.

Sve je tako nepravedno.

– Mama?

Okrenula se i ugledala Sonju kako zbunjeno stoji na vratima i drži plišanog zeca.

– Šta je bilo, draga?

– Nećemo zaboraviti Bundevka, zar ne? – Upravo je Markus zeca nazvao Bundevko, i svaki put kad njena kći izgovori to ime Eva bi osetila kako joj ljubav prema oboma buja u grudima. Raširila je ruke, a Sonja se zateturala napred i zabila joj glavu u vrat. Mirisala je na sapun s limunom i borovinu.

– Naravno da ne, dušo. Dobro ćemo se pobrinuti za njega. Spavaj s njim večeras, a kad ujutro dođe auto, sedeće pored nas na zadnjem sedištu do kuće. – Njena kći je nešto promrmljala. – Šta si rekla, ljubavi moja?

– Ne želim da ostavim tatu. Molim te, jel' možemo da krenemo s njim?

I ona je želela da mogu, ali u Berlinu će biti sigurniji. Ili se barem nadala da hoće. Pisma njene porodice i prijatelja bila su sve mračnija. Bombaški napadi u Berlinu, isključivo loše vesti iz Rusije, bedni neuspesi Firerovih saveznika. Njena vera u Hitlera ostala je čista, ali čak se i ona zabrinula da je težina bila prevelika za bilo kojeg čoveka, čak i za njega.

– Molim te? Neću galamiti i neću ga gnjaviti kad treba da radi.

Eva ju je ponovo stegla. Markus se pre nekoliko dana brecnuo na nju jer ga je prekinula dok je kod kuće čitao izveštaje, i devojčica je to zapamtila. Naravno da jeste. Markus ju je obožavao, a Eva nije mogla da se seti da je ikad ranije povisio glas na njih dve.

– Dušo moja, kunem ti se da bi tata voleo da stalno budemo uz njega. Moraš to da znaš. Bilo mu je jako žao što se naljutio. Sećaš se da je to i rekao, zar ne?

Osetila je kako Sonja klima glavom. Ćerka ju je snažno grlila, a Eva se malo pomakla kako bi se oslonila na kovčeg i malo ispružila noge na debelom svetlom tepihu. To toliko liči na Francuze da imaju ove svetle tepihe, tako nepraktične.

– U pravu si. Ali tvoj otac je vrlo važan čovek i Firer ga je zamolio da obavi vrlo značajan posao za njega, pa moramo da budemo hrabre i idemo kući i pričekamo ga dok se to ne završi.

– Upravo tako.

Eva je podigla pogled. Markus je bio naslonjen na vrata i posmatrao ih. Sonja se odvojila od Eve i potrčala prema njemu, ispustivši Bundevka i obgrlila mu noge. Podigao ju je i pružio ruku Evi kako bi joj pomogao da ustane. Užasno će mu nedostajati.

– Možeš li da večeraš s nama, tata? – upitala je Eva.

Poljubio ju je, a zatim i ćerku. – Zato sam ovde! Nisam mogao da propustim večeru sa suprugom i mojom malom devojčicom pre nego što odem da obavim važan posao! – Sonja se zakikotala. – A hteo sam i da te upoznam s novim drugarom. On će ići s tobom u Berlin da ti pravi društvo dok mene nema.

Vratio se u hodnik, a Eva je krenula za njim. Pored vrata je stajao kavez u kojem je bilo štene nemačkog ovčara. Mahalo je repom i lajalo.

Sonja se izmigoljila iz očevog zagrljaja i poletela ka kavezu, otvorila vratanca i kao oslobodilac dočekala radost šteneta u vidu laveža, lizanja i još mahanja repom.

Bem je obuhvatio Evin struk dok su ih posmatrali.

– Markuse, stvarno? Štene? Sad?

– Lepo je vaspitan za kućne uslove, to ti obećavam! – uozbiljio se. – To je štene psa čuvara. Čuvaj ga i nauči da ne veruje neznancima.

Položila je obraz na njegovu uniformu i dugo, polagano uzdahnula. – Hoću, dragi.

25.

Tardiva je hodao ćutke i Nensi mu je na tome bila zahvalna. Uspon je bio strm, a adrenalin koji ju je pokretao poslednjih nekoliko sati je iščileo. Od bolova u glavi bilo joj je muka, a modrice na ramenima i boku kao da su sa svakim korakom postajale sve bolnije. Već je doživela neuspeh. Bakmaster joj je naložio da pretvori Gasparove trupe u pristojnu borbenu snagu, a ona ih je napustila za manje od dvadeset četiri sata nakon što je sletela u Francusku. Imala je jednog saveznika, stečenog po cenu padobrana, a bogzna koliko dugo će on ostati s njom. Šta je uopšte imala da ponudi tom Fornijeu? Nešto novca, istina, ali očito je bilo jednako verovatno da će je ubiti. I gde je, dovraga, Denden?

Mora da su hodali nekoliko sati kad je Tardiva zastao i naslonio se na nizak kameni zid, obrastao lišajevima.

– Moramo da se odmorimo.

Zaustavljanje je bilo skoro gore od hodanja – svaki mišić u telu joj je podrhtavao.

– Potreban mi je moj vezista – rekla je konačno. – Sleteo je blizu Monlisona i trebalo je da se nađe sa mnom u Gasparovom logoru.

Tardiva je na trenutak ćutao, a onda šmrknuo. – Mogu da pošaljem poruku u tom smeru i kažem mu kuda idemo.

Pogledala ga je iskosa. Mogla je samo da razazna obrise profila u mraku, ali ne i da mu pročita izraz lica.

– Kako to misliš, da mu pošalješ poruku?

– Nemci imaju malo prijatelja u ovim brdima, i da, Gasparovi ljudi jesu aljkavi i nemarni, ali zbog onoga što rade Nemci se drže glavnih puteva. Poruke se prenose na isti način kao i uvek u ovim krajevima, s jednog gazdinstva na drugo, između žena. Svi već znaju da si ovde i zašto. Zamolićemo ih da pripaze na stranca i kažu mu kojim putem da dođe. – Nasmešio se. – Većina žandara u oblasti uputila bi ga gde treba.

– Dobro. – Ustala je i zaljuljala se. Samo ju je Tardivina ruka ispod lakta sprečila da padne.

– Dosta je bilo pešačenja – rekao je odlučno. – Iznad sledećeg uspona nalazi se štala. Tamo ćemo večeras da se smestimo i poslaću poruku.

– Želim da stignem do Fornijea.

– Kapetane, mislim da bi bilo bolje da ga sretnete kad niste pred kolapsom. Prvi utisak je jako važan, zar ne?

Pružila je ruku ispred sebe. Čak i na bledoj mesečini mogla je da vidi kako se trese. Bio je u pravu.

– U redu.

Ujutro ju je probudila oštra zima. Navukla je pokrivač preko ramena za još samo trenutak toplote. Zaudarao je na dim i životinje. Otvorila je oči. Kuća u kojoj je Tardiva sinoć predložio da prenoće bila je niska kamena štala. Nensi je protrljala ruke ispod ćebeta, i osetila trnce. Pomislila je na postelju u Marselju, ispeglanu lanenu posteljinu i svilene jastuke, kafu i kroasan na stočiću, Klodet koja bi povukla zavese i otvorila kapke kako bi mediteranska toplina i svetlost preplavili sobu. Dok Nensi pije kafu sedeći u postelji, Klodet bi joj napunila kadu i pitala je šta namerava da radi tog dana i za dalja uputstva. Anri je svakog jutra odlazio u kancelariju pre nego što bi se probudila, ali uvek bi stavila ruku u udubljenje koje je njegovo telo ostavilo u posteljini i poželela mu dobro jutro.

A sada je bila prljava, sve ju je bolelo, spavala je u štali i bilo joj je toliko prokleto hladno da bi primila i krave nazad samo da se malo zagreje. Tardiva se pojavio na vratima, sa snopom drva za ogrev pod rukom. Odlučila je da je sasvim razumno pretvarati se kako spava dok on ne upali vatru, a kada je izgledalo kao da se razgorela, probudila se uz upadljivo zevanje, izvadila crveni satenski jastuk ispod glave i istresla ga.

Tardiva se iskezio. – Dobro jutro, kapetane.

– Dobro jutro. Ima li nešto da se pojede? Dođe mi da smažem onaj ovčji bućkuriš koji je Gaspar sinoć jeo. Umirem od gladi.

Seo je prekrštenih nogu ispred plamena i otvorio torbu, pa izvadio pola bageta i krišku zlatnog sira *kantal* koji je mirisao na letnje livade i, bog mu sreće dao, dve boce piva.

– Dugujete mi četrdeset franaka – rekao je dok se zadnjicom primicala njemu i vatri.

– Šališ se?

Slegnuo je ramenima, otkinuo parče hleba i odrezao parče sira. – Želite da pravi ljudi znaju kako je britanski agent s novcem ovde i namerava da plati ono što joj treba? E pa, preterano skup doručak je dobar način da se vesti rašire.

Imalo je smisla. Nensi je ćutala sve dok u ruci nije imala parče hleba i sira, i bocu piva naslonjenu na bedro.

– Vi makiji nemate baš osećaj za bezbednost, zar ne?

Slegnuo je ramenima. – Ljudi ovde neće ništa reći Nemcima. Kad bi to učinili, njihove bi se životinje mogle odjednom razboleti i pocrkati preko noći.

Nensi je pokušala sporije da žvaće. Hrana je bila dobra i posebno dobrodošla nakon jučerašnjeg jadnog dana i ledene noći. Osećala se kao da se stara ona polako proteže i budi u pohabanoj ljusci.

– Ne znaš kakvi su – rekla je naposletku. – Dosad su vas ostavljali na miru u brdima, ali mislim da će se to promeniti. Kad se stvarno ušanče, Nemci nekako polude. Seljaci možda ćute ako misle da će izgubiti krave, ali će i te kako progovoriti ako im neko prisloni pištolj uz glavu.

Tardiva zastade sa žvakanjem i zagleda se u nju, kao da je odmeravao njene reči.

– Samo kažem, Tardi, da budeš vrlo, vrlo oprezan šta ćeš odsad govoriti ljudima. Ako ne znaju gde smo ili šta radimo, neće morati da lažu kad se to dogodi.

Slegnuo je ramenima, ali Nensi se učinilo da je shvatio suštinu.

– Jesi li celog života ovde živeo? – upitala je, kad je malo utažila glad i žeđ.

– Uglavnom. Osim vremena koje sam proveo u vojsci. Moj otac je bio krojač u Orijaku – od njega sam naučio zanat. Moja supruga je rođena u seoskoj porodici, i kad smo se venčali svake godine smo po nekoliko nedelja provodili na njihovom imanju. To je dobra zemlja. Vredna borbe.

Posmatrala ga je kako jede i shvatila da nikad nije uživala u večeri s jastogom i šampanjcem više nego u ovom hlebu i siru. Ipak, prošlo je dosta vremena otkako je bila stvarno, istinski gladna. Možda bi i ona mogla da se bori za ovu Francusku, Francusku Tardive i njegove porodice, poljoprivrednika i seljaka, kao i za svoju Francusku prefinjenosti i blistavih svetala.

* * *

Lagani bruj motora. Nensi je pokazala ka grmlju, a Tardiva klimnu glavom. Preskočili su zid na rubu staze i držali pognute glave. Nensi se pomerala dok nije videla kroz procep gde se zidić malo urušio. Bruj motora pretvorio se u brektanje. Samo što ih je motociklista prošao, ustala je i zazviždala. Motor se zaustavio, a muškarac iz prikolice se okrenuo. Zatim joj je mahnuo i iskočio napolje.

– Dendene! Bože, tako mi je drago što te vidim. Pojurila je stazom prema njemu.

– Nensi! Izgledaš zastrašujuće.

Zagrlio ju je, a Nensi je zatvorila oči i snažno ga stegla, upijajući ga. Nasmejao se, a zatim ju je odgurnuo, držeći je za ramena na udaljenosti ruke.

– Dobro, ko je taj prilično zgodan čovek koji vreba u živici?

– Zove se Tardiva. Pronašao me je na drvetu.

– Očigledno je srećnik, ali reci mi sve. Znam samo da je bezbednost ovde smejurija. Seljanka s licem poput ovčje zadnjice mahala nam je da stanemo i sasvim mirno ispričala kako druga britanska agentkinja pešači ka uzvišenju da bi se pridružila Fornijeu. A ja s naučenim frazama i izmišljenim pričama blenem u nju poput pastrmke izvučene iz potoka.

Nasmejala se. – Znam, Bakmaster bi ih sve streljao. Sve ću ti ispričati. Kako si uspeo da pronađeš prevoz na motociklu?

Muškarac na motoru se u međuvremenu okrenuo. Prošao je pored njih uz odsečno klimanje glavom, na šta je Denden odgovorio mahanjem i uputio mu poljubac. Motorista se namrštio i ubrzano udaljio.

– Oh, duša draga, postideo se – reče Denden. – Očigledno sam sticao prijatelje, i to mi izgleda ide bolje nego tebi.

Tardiva je posmatrao motor kako se spušta niz brdo, a zatim im prišao. Nensi ih je predstavila jednog drugom.

– Drago mi je. A sada ponesi ovo, molim te – rekao je Denden i uvalio platneni četvrtasti zamotuljak Tardivi, koji ga je iznenađeno pogledao u neverici. – To je svemogući radio, gospodine Tardiva, i naši životi zavise od njega. Zato budi zlatan i ne ispuštaj ga. Kreni ti polako, a Nensi i ja ćemo natenane iza tebe, da se lepo ispričamo.

26.

Bedni logor na rubu uzvišenja učinio je da Gasparovo polje prekriveno izmetom izgleda kao raj, ali Nensi je tu provela deset minuta i još je niko nije tresnuo po glavi, tako da je bar u tom smislu situacija bila bolja.

Tardiva ih je pozvao da priđu vižljastom muškarcu u četrdesetim, namrgođenog čela i s puškom preko ramena. Fornije. Nensi je izbrojala trideset ljudi i spazila dve barake skrivene ispod drveća i dobro prekrivene lišćem. Neprijateljski avion mogao bi da zuji na tridesetak metara i da ih ne primeti. I to je bilo poboljšanje.

– Kada je sledeći prenos iz Londona? – promrmljala je, iskrivivši usne u stranu.

– Deset minuta, dušice, ali tu neće biti ništa za nas! Moramo da im javimo kako nas vukovi nisu pojeli pre nego što nam išta pošalju. Da ne spominjem kako će im trebati koordinate za mesto isporuke. Neće očekivati moj signal do sutra u tri.

– Možeš li da sklopiš radio za deset minuta? Želim da im pokažem šta umemo.

Denden ju je pogledao i uzdahnuo. – Biće spreman i zablistaće u punom sjaju.

Nensi je koraknula napred i, smešeći se, pružila ruku Fornijeu. Protresao ju je, ali nije uzvratio osmehom.

– Ja sam kapetan Nensi Vejk. London želi da Gasparu i njegovim ljudima predam oružje koje pošalju, ali Gaspar i ja se nismo složili. Želite li ga možda vi?

Odmerio ju je od glave do pete, hladnim, procenjivačkim pogledom. – Možda. Šta imate da nam ponudite, kapetane Vejk? – naglasio je njen čin s jednakim prezirom poput uvreda koje je čula u Gasparovom logoru. Odjednom je sebe videla kako pešači oko Overnje dok se pakao ne smrzne, u potrazi za grupom borbenih muškaraca koji bi umeli sebe da savladaju dovoljno dugo da uz ljubazno *hvala* uzmu ono što je nudila.

Za to nije bilo vremena.
– Rado ću objasniti.

Makiji su posmatrali kako Denden sastavlja radio-prijemnik, a Nensi je sedela na travi pored aparata i posmatrala ih. Mnogi su bili pothranjeni i nije izgledalo kao da se pravilno brinu o oružju – kojeg i nije bilo mnogo. Uglavnom su bili vrlo, vrlo mladi. U ranim dvadesetim. Trebalo je da jure devojke po selima i živciraju sede brade, a ne da trunu ovde u šumi i izbegavaju Nemce koji su hteli da ih oteraju na rad u fabrikama u Rajhu, ili da se pripremaju na žrtvu kako bi ih isterali iz Francuske. Nensi je još jednom osetila kako joj se u grlu diže talas besa koji je osetila u Beču i Berlinu. Svet je već bio pokvareno, nasilno mesto. Zašto su nacisti morali da pogoršaju stanje svojim otrovom? Onaj skup kojem je bila svedok u Berlinu – ta divlja razuzdanost na licima ljudi u gomili dok poletno urlaju uz neshvatljivu mržnju koja je kuljala s bine.
– Vreme je, Nensi – rekao je Denden.
Prenula se iz graje te znojem natopljene dvorane u težak mir overnjskih šuma. – Uključi ga – naložila mu je.
Začulo se krčanje, a zatim se prolomio glas. – Ovo je London – rekao je glas na francuskom, a muškarci su podigli glave. Fornije se okrenuo ka njima. – Francuzi se obraćaju Francuzima. Ali najpre nekoliko ličnih poruka. Žan ima duge brkove. Izbio je požar u osiguravajućem društvu. – Makiji su razmenili zbunjene poglede. – Žaba triput krekeće. – Nekolicina ih se nasmejala.
Nensi se nasmešila. – To nisu budalaštine, već šifrovane poruke. London potvrđuje agentima poput mene širom Francuske da večeras stižu padobranske dostave. Možda su na putu mesne konzerve i sok. Čokolada i cigarete.
– Francuske cigarete? – upitao je jedan od makija.
– Sine, deluješ premlado da bi pušio, ali da, francuske cigarete. – Dečak je pocrveneo. – I francuske šatore koji će vas zaštititi od francuske kiše i čizme za hodanje kroz francusko blato. – Sada su joj se svi smešili. Pa dobro, svi osim Fornijea. – Što je najbolje, možemo da vas opskrbimo oružjem, planovima i obaveštajnim podacima. Mitraljezi *sten*, plastični eksploziv, tempirani detonatori, bombe, revolveri, popis meta kako bismo tačno znali gde da pogodimo Nemce tako da ih najviše zaboli, i planovi kako da im dođemo glave.

Fornije je zapalio cigaretu i dunuo tračak dima iz ugla usana. – I samo ćete nam to dati, jelda? Iz ljubaznosti vaših engleskih srca?

Ako se još malo bude podsmevao, ukočiće mu se lice. *Prokleti Francuzi*, pomislila je Nensi. Dobro, udala se za jednog od njih, ali uopšte uzev su najtvrdoglaviji, najosetljiviji...

– Nema naplaćivanja, Fornije – rekla je, pogledavši ga u oči – ako na to misliš. Nećete morati da prodate najbolju svinju da biste se domogli kutije mitraljeza.

– Nisam na to mislio, i ti to znaš.

Klimnula je glavom. – Zahtevi za London idu preko mene. Videla sam kako se Englezi znoje i bankrotiraju da bi vam nabavili ove stvari, tako da se to ni u ludilu neće protraćiti. Naučiću vas kako da koristite oružje, zahtevaću odgovarajuće bezbednosne mere i prirediću paklene muke onima koji ne mogu da održe korak. Neće biti napada bez mog odobrenja, i zapamtite da se ovde radi o pripremi za napad Saveznika i oslobađanje Francuske, tako da neće biti poravnavanja računa ili ganjanja osvete. Sarađivaćemo.

– Nećeš ti nama da šefuješ ovde – zarežao je Fornije.

– Nećete ni vi meni. Radićemo zajedno! Takav je dogovor. Sada mi recite šta vam treba i dopustite da vam donesemo... spasenje.

Muškarci su pogledali Fornijea. Nije se nasmešio, ali je klimnuo glavom. Muškarci su se opustili. Fornije je iz gornjeg džepa izvukao urednu crnu beležnicu.

– Imam popis stvari koje su nam potrebne, *kapetane*.

I dalje je uspevao da izgovori njen čin kao da ga boli, ali bio je to tek početak i hej – još je niko nije opalio po glavi ili vezao za stolicu.

– Hajde onda da ga pređemo – rekla je Nensi, a zatim se okrenula prema Dendenu. – Mislim da za sada možeš ostaviti kutiju s trikovima. Idi i druži se.

– O dobro, ti budi stroga mama, a ja ću biti tata koji će razmaziti lepu francusku decu. – Nensi se lecnula. – Šta sam to rekao, dušo?

– Ništa. Kreni!

27.

Bakmaster je podigao obrve kad je ugledao poruku od Nensi. Garou je prepoznao pokrete kakvi se vide u nekih muškaraca kad dožive srčani udar.

– Barem je živa, gospodine.

– Da. To je tačno. Iako sam je, naravno, poslao da uspostavi veze s Gasparom, a ona se ušančila sa onim šljamom na uzvišenju. Znači, Sautgejta su uhvatili. To je zaista udarac.

Nastavio je da bulji u papir.

– Siguran sam, gospodine, da sa ovim popisom cilja visoko. Svakako ne može očekivati da ćemo sve ovo isporučiti grupi odrpanaca kao šta je Fornijeova. Dopustite mi da to prepravim u nešto razumnije.

Garou je pružio ruku kako bi uzeo dešifrovanu poruku, ali Bakmaster je samo odmahnuo glavom.

– Ne preispitujemo naše muškarce ili žene na terenu, Garou. Ne ako nemamo dobar razlog. Možda je kapetan Vejk preterala, ali moguće je i da namerava da napravi predstavu za nove prijatelje, a možda čak i za Gaspara. Ona i te kako ume da ostavi utisak.

– Za Gaspara, gospodine?

Bakmaster je spustio hartiju i počeo pažljivo da puni lulu. – Pročitao si izveštaje koje je Sautgejt uspeo da pošalje pre nego što su ga uhvatili. Oni znaju ko se od njihovih suparnika prosrao i pre nego što su se vrata klonje zalupila. Ako im ovo pošaljemo... – prestao je načas da puni lulu kako bi uperio dršku u papir pred sobom – Gaspar i njegovi ljudi saznaće za našu velikodušnost i pre doručka. Daj joj sve što traži. I dodaj njen paket za negu.

Garou je podigao poruku sa stola i klimnuo glavom, a onda se nakašljao.

– Da, Garou?

– Smem li da je podsetim na važnost vremena, gospodine?

Bakmaster je prislonio šibicu na lulu i pućkao dok nije zapalio duvan. – Da. Reci joj da ih brzo dovede u red, šta god da je potrebno. Ima šest nedelja da od tih ljudi napravi korisnu borbenu snagu.

Garou je napustio kancelariju poletnim korakom. Prvi put otkako je pobegao iz Francuske osetio je nalet uzbuđenja. Približavao se napad na Francusku. Uskoro. Šest nedelja nije bio bilo kakav broj koji je Bakmaster upravo izvukao iz šešira. Bacio je pogled kroz prozor. Ispod njega, budio se Bejker strit. Pogledao je vreće s peskom, lepljive trake na prozorima i zapitao se kako će izgledati ulica kada se rat završi. Upaljena svetla, muškarci u odelima, a ne u uniformama, žene poput Nensi ponovo kupuju namirnice za večernje zabave, a ne stoje u redu za sledovanja, a Hitler i mržnja i beda koju je predstavljao su samo uspomena. Poželeo je da opet bude tamo, ali iako mu je francuski bio dobar, i dalje ga je govorio sa škotskim naglaskom. Proveo je te mesece na jugu jureći putanjama za bekstvo, nakon što je godinu dana čamio u logoru za ratne zarobljenike. Bila je to čista slučajnost, a izvukao se isključivo zahvaljujući nemaru nekoliko službenika i pukom srećom. Kada su Nemci stigli na jug, prijateljski zvaničnici su počeli da nestaju i njegova sreća je presušila. Ipak, barem mu je poznavanje zemlje i jezika bilo od koristi u Odeljenju D, i razumeo je protiv čega se Nensi i agenti poput nje bore. I uskoro, vrlo brzo, sve što su naumili, i svi ljudi koje su prokrijumčarili iza neprijateljskih linija, biće stavljeni u službu rata.

– Počelo je, počelo – rekao je sebi uz prezriv osmeh. – Šta, dovraga, da joj stavim u paket za negu?

– Razgovarate sami sa sobom, kapetane? – oglasila se Vera Atkins dok se uspinjala stepenicama, s tašnom preko ruke. – Znate, to je prvi znak ludila.

– Mislio bih da je raditi ovde prvi znak ludila, gospođice Atkins. E sad, treba mi vaš savet.

28.

Nensi je provela groznu noć. Sjajnu, pobedničku, veličanstvenu, ali ipak neverovatno groznu noć. Čistina na uzvišenju bila je savršena za prihvat pošiljki, i uspelo joj je da cikom i vriskom prisili Fornijea i njegove ljude da pripreme i zapale signalne vatre. Razmena šifara baterijskom lampom sa avionom prošla je dobro, i mesečinom obasjano nebo osulo se zadovoljavajuće velikim brojem padobrana. Tardiva će ženi moći da sašije balsku haljinu, ili sedam njih, samo od ove pošiljke. Fornije je bio zadivljen. Iznenađen, zadivljen, ako ne i pomalo uzdrman uspehom, što je Nensi upravo i želela. Zbog toga je, naravno, morao da pokaže kako je i dalje glavni, čak i dok su njegovi ljudi i dalje zurili u nebo kao pastiri koji posmatraju anđele kako najavljuju sveto rođenje.

Nensi je izdavala uputstva, skidala padobrane i odnosila teške sanduke do pripremljenog para kolica. Fornije je došetao do čistine gde se poslednji padobran spuštao i otvorio sanduk na otvorenom. Izvadio je kutiju cigareta, mašući njima iznad glave, zatim pocepao kutiju, izvukao cigaretu i pripalio je, i sve to u vremenu koje je Nensi bilo potrebno da pređe pašnjak iza njega. Krajičkom oka primetila je i druge – sada ih nije bilo moguće zadržati, kako rastaču sanduke i dele sadržaj. Prokletstvo. Neki od njih su pronašli boce brendija, i već su skidali pampure.

– Mrtav si, Fornije – rekla je Nensi. Okrenuo se i shvatio da zuri u cev njenog revolvera.

Još jedan makija, jedan od bivših pripadnika španske oslobodilačke brigade koji se sada borio uz Fornijea, došetao je da posmatra predstavu i pružio Forniju bocu brendija. Uzeo ju je i dobro potegao, a zatim još jednom povukao dim cigarete. Dubok udah i izdah.

– Onda ću barem umreti srećan.

Nensi je zasvrbeo prst na okidaču. – Misliš da Nemci ne primećuju da naši avioni dolaze? Nisu tako tupavi kao ti. Imamo sat, možda dva, da izvučemo sve ove stvari odavde i prekrijemo zgarišta ili će nas otkriti. A ti pušiš cigaretu usred prokletog polja.

Ponovo je udahnuo i dunuo joj dim pravo u lice, a zatim zevnuo. – Samo uživam u našem novom prijateljstvu, kapetane – rekao je i okrenuo se. – Ajmo, momci. Nosimo ovo sranje kući.

I to je bilo to – opet primaju naredbe od njega. Nensi se prisetila šta joj je rekao jedan od instruktora u Bjuliju. Nikad ne poteži pištolj ako ne nameravaš da ga upotrebiš. Sranje. Tutnula je oružje u futrolu i zavukla ruke ispod sanduka, dva metra duge metalne cevi, teške kao đavo. Španac je delovao zbunjeno: kao pristojno odgojen momak nije želeo da posmatra ženu kako se bori s nečim teškim, ali nije mogao da proceni kako se odvija ta igra moći. Fornije mu je klimnuo glavom i on uhvati drugi kraj. Nensi je ceptela u sebi. Ti ljudi. Barem je izgledala bolje dok je nosila opremu, a ne gledala dok je Fornije naređivao muškarcima, ali on je pobedio u ovoj rundi. I to tako lako, dok je ona svakog trenutka morala biti savršena kako ne bi posrnula u njihovim očima.

Denden joj je doneo paket za negu dok se durila nad vatrom na rubu bivaka neposredno pred zoru. Prišao je s prenaglašenim oprezom, što bi je inače nasmejalo, ali ne i danas. Fornijeovi ljudi su se okupili ispod ruba drvoreda, ispijali brendi i pušili cigarete. Barem su oružje, eksploziv i municija bili bezbedno uskladišteni, a Tardiva je preuzeo padobransku svilu. Dok su muškarci pili, nekoliko njih je bacilo pogled prema njoj. Po zbunjenom, školarskom smehu shvatila je da govore o njoj. Denden joj je uhvatio pogled kad je podigla glavu, lica obasjanog vatrom, i odustao od jezive pantomime.

– Poklon iz Bejker strita za tebe.

Uzela ga je, četvrtasti paket zamotan u debeli sloj jute i obmotan kanapom, s njenim šifrovanim nadimkom *Helen*, na pravougaonoj razglednici. Seo je na zemlju do nje i izvukao bocu brendija ispod kaputa, dobro potegao i ponudio i njoj. Bio je to dobar brendi, ali pekao joj je grlo i činilo se da je hladi, a ne greje.

– Otvori svoj poklon, pa da se uvoštimo.

Nije se ni osmehnula, već je presekla kanap i otvorila paket. Razglednicu je tutnula u džep – ionako je suviše mračno da bi je pročitala, ali poklon joj je izmamio osmeh. Hladna krema, pariski proizvod, vrlo skupa, upravo ono što bi koristila za skidanje šminke nakon noćnog izlaska sa Anrijem u marseljske klubove. Odvrnula je poklopac i prislonila ga na nos. Samo neznatan trag ruže i lavande. Na trenutak se obrela u njihovoj spavaćoj sobi, svileni kućni ogrtač je šuštao kada se odmakla od toaletnog stočića i krenula prema Anriju, ka njihovom toplom mekom krevetu, dok ju je on gledao s ljubavlju i požudom. Grlo joj se steglo i na trenutak se uplašila da će zaplakati.

– Počinjem da se pitam – reče Denden, zaplićući jezikom – da li je Bakmaster možda malo pogrešio što je poslao ženu i homića da dovedu ove strašne momke u red – štucao je. – Ne kažem da ne želim da im pružim priliku.

– Kako to da je njima dopušteno da se smeju zajedno, napiju i tuku, mogu čak i da plaču zajedno, prokleti bili, ali ja ne. Ako na tren posrnem...

Ponovo je uzela kremu i ugušila grč samosažaljenja u stomaku.

– Daj to 'vamo, veštice – reče Denden i ote joj bočicu.

– Ne mogu da odluče da li bi me ubili, spavali sa mnom, štitili me ili me obožavali, Dendene.

– Zar nije uvek tako među dečacima i devojčicama? Žele tvoje telo, ali ga se i boje – vratio joj je bočicu. – Moraćeš nekako da im postaneš sestra. Nijedna od ovih drugih uloga neće proći.

– Uloga?

– Dušo, čitavog života sam u pozorištu. Sve je uloga, maska. Zapamti da smo toliko zauzeti skrivanjem iza maski da obično i ne primetimo koliko su i svi ostali samo loši glumci u svojoj priči.

Nensi je ustala, mrzeći sve. – Idem da plivam.

– Tako treba – rekao je Denden pospano. – Mislim da sam dovoljno pijan da se onesvestim. – Ogrnuo se jaknom i spustio na tlo. – Hvala ti, Bakmastere, za bar jednu noć odmora.

Fornijeov logor bio je hladan, mokar i, barem do večeras, loše opremljen, ali biti ulogoren ovde imalo je veliku prednost. U podnožju padine, desetak minuta nizbrdo, nalazilo se vrelo, puno vode iz jednog od toplih izvora po kojima je Šodez-Eg dobio ime. Zora se upravo prikradala dolini dok je Nensi skidala široke borbene pantalone i otkopčavala košulju. Skinula je gaćice i otkačila grudnjak. Svaki šav napravljen u Francuskoj, a engleske oznake za pranje isekli su zaposleni u Bejker stritu. Oprezno je zakoračila u vodu. Površina je bila hladna, ali odmah ispod nje pronašla je toplu struju.

Delovala je oko njenih mišića, onih novih, žilavih mišića koje je razvila tokom nedelja provedenih u razvijanju fizičke spreme. Na trenutak se nasmejala. Kada je u septembru 1939. objavljen rat, Nensi je boravila u hotelu *Savoj* u Londonu, na putu ka banji u Hempširu, kako bi izgubila višak kilograma koje je stekla jedući jastoge u sosu od putera i ispijajući šampanjac sa Anrijem.

Da li bi je sada prepoznao? *Možda bi mu se dopala ova nova linija,* pomislila je. Još je imala dobre sise, ali bokovi su joj bili uži, a mekano jastuče na stomaku je nestalo, ostavljajući ga ravnim i tvrdim na dodir, dok su joj se mišići na rukama jasno iscrtavali. Odevena kao francuska domaćica, izgledala je kao mlada žena koja je četiri godine živela na oskudnim obrocima i sada je, naga, izgledala poput Amazonke.

Zaronila je u vodu, prepustila joj težinu i osetila kako napetost polako nestaje iz kostiju. Razmišljala je o razgovoru s Dendenom. Šta je trebalo da bude u očima ovih muškaraca kako bi ih vodila? Sestra koja se zadirkuje i štiti, ljubavnica koju treba braniti ili boginja dostojna obožavanja? Ne može da bude boginja. Time bi se suviše udaljila od njih. Trebalo je da im veruje i zadobije poverenje. Ljubavnica? Šta ako bi odvela nekog od momaka u šumu? Možda bi mogla da pronađe nekog lava među Fornijeovim ljudima i zavede ga kako bi postao njen zaštitnik. Ponovo je zaronila, isprobavajući koliko dugo može da zadrži dah. Ne. Na taj bi način možda stekla jednog saveznika, ali izgubila bi ostale. I sama pomisao da je bilo koji muškarac osim Anrija dodiruje... Ne.

Izronila je na površinu i napunila pluća jutarnjim vazduhom. Već je svitalo i začuđeno je posmatrala oko sebe strme šumovite padine planina, vedro nebo i drhtavo lišće. Lenjo je doplivala do stene na kojoj je ostavila odeću, a onda je spazila drhtaj u žbunu do kojeg nije dopirao povetarac. Životinja? U šumama je bilo divljih svinja, ali ovde nije videla nijedan njihov trag, a ništa drugo što živi u šumi nije bilo dovoljno veliko da toliko protrese grmlje. Osim muškarca. Da li je nemačka patrola mogla da zađe ovako daleko u šumu? Neki seljak? Nije bilo ni gazdinstva ni zaseoka bar dva kilometra unaokolo.

Još u vodi, izvukla je revolver ispod peškira i uperila ga prema žbunu koji se micao, slobodnom rukom stežući visoke stene oko vrela.

– Pokaži se! – Grmlje je ostalo mirno. Je li to umislila? Nekoliko noći lošeg sna i već joj se priviđa. Onda se setila smeha školaraca oko logorske vatre i odjednom je shvatila. – Sad, govanca mala, osim ako ne želite metak!

Opalila je jedan hitac, ciljajući visoko. Metak se zabio u koru mladog hrasta uz zadovoljavajući prasak.

Iz grmlja su izašla tri muškarca. Španci – trojica muškaraca koji su zapravo imali borbeno iskustvo. Od njih je više očekivala. Držali su ruke iznad glave.

– Rodrigo, Mateo i Huan – rekla je, vrlo jasno izgovarajući njihova imena. – Glupanderi. Da razjasnimo. Vi momci ste preživeli građanski rat u Španiji, došli čak ovamo da se borite protiv fašista, a mogla sam vas ubiti... *zbog čega?*

Izašla je iz vode, i dalje upirući pištolj u njih, sasvim polako. Nije imala nameru da se sada oklizne. Pocrveneli su, zurili, pogledi su im leteli po čitavom njenom telu, tim mišićavim rukama, nabujalim grudima, tamnosmeđem žbunu između nogu. Pustila ih je da je dobro pogledaju, osetila kako je upijaju očima. Zatim, stojeći tamo, još tiha i s revolverom uperenim pravo u njih, osetila je koliko su zbunjeni. Oči su im se konačno vratile na njene, a na licima im je buknuo sram.

– Da, imam pičku. Misliš da me to čini slabom? Da sam devojčica koja će pobeći kad ugleda krv? Huane! – Naciljala je najstarijeg od njih. – Jel' to misliš o meni, Huane?

– Ne, *señora.*

Držala ih je na nišanu, rukom postojanom poput stene. – Mateo, dodaj mi moj peškir.

Protrčao je pokraj nje kako bi ga zgrabio i pružio joj ga u slobodnu ruku, jako se trudeći da je uopšte ne gleda, a zatim se vratio između dva sunarodnika i ponovo podigao ruke. Nensi je uspela da suzbije osmeh.

– Ne, *señora* – ponovila je. – U pravu si. Jer ja sam odrasla žena, zar ne, Rodrigo?

Rodrigo je nepomično zurio u tačku petnaestak centimetara iznad njene glave.

– Da, *señora.*

– A znaš li šta to znači, Mateo?

Odmahnuo je glavom.

– Idioti, to znači da krvarim već pola svog prokletog života. – Proučavala ih je, jednog za drugim, zagledane u oblake.

Otkočila je pištolj i pustila ruku da joj padne sa strane, a zatim krenula da suši kosu, i dalje ne pokušavajući da se pokrije. Još su držali podignute ruke.

– Dakle, kad mi se obraćate, obraćate mi se po činu. Ja sam za vas kapetan Vejk, jasno?

– Da, kapetane – odgovorili su horski. Nije ih udostojila ni pogleda.

– Dobro, a sad odjebite.

Potrčali su uzbrdo prema logoru i, drhteći od hladnoće, Nensi se obukla.

Polako se uspinjala stazom za njima. Većina muškaraca je zadremala tamo gde je ležala, dok su drugi ispijali poslednji brendi, kuvajući vodu za zobenu kašu za doručak. Nensi je ugledala trojicu Španaca, podalje od ostalih. Delovali su mrzovoljno i utučeno. Fornije je još ispijao ostatak brendija iz boce pored žara ugašene vatre. Ugledao ju je i odmerio je pohotno od glave do pete.

– Jesi li priredila dobru predstavu našim momcima?

To joj nije bila namera. Nije razmišljala. Krenula je pravo na njega, prelazeći razdaljinu između njih u trku, a zatim ga tresnula po licu nadlanicom, izbivši mu cigaretu između usana i nateravši ga da ispusti bocu u žeravicu. Skočio je na noge, dobrih petnaest centimetara viši od nje, i podigao šaku, oklevajući. Pljunula mu je u lice. Ošamario ju je, oborivši je na bok i okrenuo se da ode. Šutnula ga je čizmom, zakačivši ga tačno po cevanici zbog čega je urliknuo. Srušio se na nju, udarajući je u bokove, dok je ona podigla ruke kako bi odbranila glavu. Nije ispustila ni zvuka.

Urliknuvši od besa, Fornije je ustao da ode. Nensi je osećala krv na usnama, ali ne i bol. Otkotrljala se na noge i zgrabila njegovu tinjajuću cigaretu sa zemlje, a zatim se ponovo bacila na njega, navalivši mu se čitavom težinom na leđa tako da je pao napred na zemlju, što mu je izbilo vazduh uz groktanje, a ona mu je pritisnula tinjajući opušak u bočnu stranu obraza i stegla ga podlakticom oko vrata kao da će ga ugušiti. Zgrabio ju je za zglob, ali nije mogao da se iskobelja, mlatarao je i bacakao se, pokušavajući da je skine s leđa. Osećala je kako posustaje.

– Kapetane... – zaustio je tiho jedan od francuskih boraca, i dalje na udaljenosti. Molio je.

Pustila ga je iz zahvata i ustala, a zatim se udaljila prema visokoj stazi. Iza sebe je čula kako se Fornije guši i psuje, kao i žamor muškaraca koji su mu pomagali da ustane.

Pa, više im nije smešno, jebote.

29.

Posmatrali su je. Više se nisu smejuljili, ali nije bilo ničeg prija-
teljskog u pogledima. Dan nakon borbe s Fornijeom, Nensi ih je iste-
rala iz vreća za spavanje čim je svanulo i postrojila ih. Vest o dostavi
navela je još dve grupe muškaraca koji su se čitavu zimu skrivali u br-
dima da im se pridruže. Sada ih je bilo ukupno četrdeset. Nedovoljno,
ni blizu dovoljno, ali u redu za početak. Bili su domaći momci osim
Španaca.

Fornije je bio u prvom redu, krajnje desno, zurio je u nju, ne go-
voreći ništa i ne dajući ljudima nikakve nagoveštaje šta da rade. Ispod
njih, krajolik prošaran drvećem i pašnjacima slivao se u dolinu, u
bezbroj preliva zelene boje, zemlja koju su voleli, a koja više nije bila
njihova. Ne sve dok je makar jedan jedini Nemac u uniformi bio unu-
tar francuskih granica. Znali su to. Njihove porodice su to znale. Tada
je shvatila da u ruci drži ključ do njihovih tvrdoglavih srca.

Pažljivo je birala reči, ali obraćala im se jednostavnim jezikom.
Nema više brendija ni cigareta dok ne nauče da rukuju isporučenim
oružjem, naprave smernice za bekstvo iz logora i započnu sa učenjem
gađanja i popravljanjem fizičke spreme. Međutim, imala je još nešto
da im ponudi.

– Oslobođenje Francuske dolazi – rekla im je povišenim i jasnim
glasom. – I moramo biti spremni za to. Ako ne želite nas, naše oružje
i zlato, u redu. Vi ćete nadrljati. Možete ostati ovde, i zaklaće vas prva
četa SS vojnika koju odluče da pošalju ovamo po vas. Odneću svo-
je blago negde drugde. Međutim, ako završite obuku, nećete samo vi
dobiti britansku pomoć. Ima li neko od vas porodicu, suprugu, decu i
majke koje se same bore dok ste vi ovde gore?

Nekoliko muškaraca je klimnulo glavama.

– Davaću im pedeset franaka dnevno, svaki dan kad budete vežba-
li. Prvi čas sa oružjem je za sat vremena. Ako želite da vaša porodica
jede, budite tamo.

Ko će ostaviti najbliže da gladuju zarad ponosa? Ne ovi muškarci. Sledećih nedelju dana radili su šta im je rečeno. Otprilike.

Dok im je pričala o taktici, zurili su joj iznad glave i zevali. Kada im je pokazala kako da sastave lake *bren* mitraljeze, došaptavali su se. Za vreme obuke, šetkali su se. U nedelju poslepodne vežbali su gađanje, a dok je Nensi izvodila dvostruki hitac, metak je pogodio u koru petnaestak centimetara iznad njene glave. Opalila je u metu i pogodila pre nego šta se okrenula.

Fornije je labavo držao pušku u pregibu ruke. Nasmešio joj se prvi put nakon sukoba. To nije bio lep osmeh.

Te večeri je od muškaraca pokupila adrese i rekla im da će dobiti polovinu obećanog novca. Psovali su je, ali sebi u bradu.

– Da kažem tvojoj majci šta si rekao? – upitala je jednog makija iz Šodez-Ega.

Zaprepastio se. – Ne, kapetane. – Počešao se iza uha i iscerio. – Ne ako ne želite da se nacrta ovde i izbubeca me.

Otpustila ga je klimanjem glave, a zatim se vratila uobičajenom mestu na rubu drvoreda gde je Tardiva radio na zalihama svile, a Denden nameštao radio da sluša *BBC*-jeve prenose. Srušila se na travu pokraj njega.

– Šta misliš, draga? – promrmljao je. – Da se manemo svega i odemo u Pariz na koktel i predstavu? Odvešću te na ples.

Okrenula se na stomak. – Vrlo rado, da ne znam savršeno dobro kako bi me otkačio zbog prvog zgodnog Francuza kojeg upoznamo.

– Da, volim Francuze – rekao je zamišljeno.

– Kako da nateram ove probisvete da obrate pažnju na mene, Dendene?

– Samo radi svoj posao, poštuj sebe i ne opterećuj se onim što oni misle. Oni su ti koje će sahraniti.

Nensi je osetila kako joj se mračni bes kovitla u utrobi. – Upravo je u tome suština, Dendene. Ako ne vežbaju, ako ne slušaju – pomreće. Verovatnoća je ionako protiv nas. Ako pokušaju da se bore protiv Nemaca u ovom stanju, satreće ih. I umreće a da nisu naneli nikakvu štetu. Mrzim Švabe, ali dobro su obučeni. Ovi momci... izbrisaće ih s lica zemlje.

– Pa da, to bi bila šteta – rekao je Denden dok je čačkao brojčanik. Iz zvučnika se iznenada začu francuski prenos, vrlo jasan.

– Nemci su nam prijatelji. Pravi neprijatelji svakog Francuza su izdajice koji potkopavaju njihove napore za mir. – Denden je uhvatio dugme za podešavanje, ali Nensi ga zaustavi. – Znamo da te skitnice i kriminalci koji vam kradu hranu iz usta i napadaju naše saveznike po naredbi komunista i izdajničkih Engleza nisu pravi Francuzi. Zapamtite, samo je potrebna dojava jednom od naših prijatelja i obrisaćemo ih s naše prelepe zemlje. Žene i majke Francuske, kćeri Francuske, ti muškarci vas ostavljaju da se snalazite same dok se oni skrivaju u senci. Dopustite da vas branimo. Dopustite nam da vas zaštitimo.

– Ljigavci jedni – reče Denden, stišavajući zvuk. – A ovi momci su skoro stvarno loši koliko propaganda kaže da jesu.

Tardiva je podigao pogled sa šivenja.

– S poštovanjem, da, isporučili ste oružje, ali ovi ljudi su došli da se bore. Vi biste da idu u školu.

– Neće biti dovoljno dobri u borbi bez obuke – brecnula se Nensi. – Potrebni su nam za delanje *nakon* invazije. Ne smemo da se igramo i protraćimo živote i oružje da bismo ih odveli na izlet samo iz zabave.

Tardiva je pokidao konac i slegnuo ramenima na francuski način, za koji se činilo da prenosi više nego što bi trebalo da može. – *Ti* si prošla obuku. Pokaži im šta možeš s tim i možda će tada hteti da nauče. Fornije je dobar čovek, bio je vojnik pre rata, ali nikada nije obučavan ni za šta osim da vodi stotinu ljudi u polje gde će pucati na stotinu drugih ljudi u drugačijim uniformama.

– Misliš, da im pokažem šta nas čeka kad se dogodi napad? – upitala je Nensi. – Probudim im apetit?

Tardiva joj se nasmešio. – Da, mali *amouse-bouche*, da osete taj ukus pred napad.

– Ne smeš da rizikuješ to, Nensi! – huknuo je Denden.

– Ali kad bih povela malu grupu... – uspravila se. – Dendene, odakle se ovo sranje prenosi?

– Negde iz blizine, rekao bih. Pretpostavljam da je Šodez-Eg.

– Pogledaću unaokolo dok sam u gradu, šaljem isplate i biram naše sledeće mesto za isporuku pošiljke. – Denden je stisnuo usne, ali nije se usprotivio. – Tardi, nisi mi dao adresu. Želim da pošaljem platu tvojoj ženi.

Odmahnuo je glavom. – To nije potrebno.

– Ne brini, neću reći: „Zdravo svima, ja sam britanski agent", znaš. Umem da budem neupadljiva.

I dalje je nije pogledao. – Nije u tome stvar, *kapetane*. Moja žena ima sve šta joj treba.

– Dobro – rekla je Nensi i legla na tlo. Sve češće je koristila zemlju Francuske kao krevet, čak i ako nije mnogo spavala otkako je iskočila iz onog prokletog aviona, ali dok je ležala, razmišljajući o tom glasu na radiju i onome što je Tardiva rekao o aperitivu da probudi apetit, osetila je kako joj se naum oblikuje i pomislila kako će večeras možda zaista dobro spavati.

30.

Kad je bila na pola svoje ture deljenja novca članovima porodica ljudi iz Fornijeove družine, Nensi je bila sva ozarena. S jedne strane, vožnja biciklom šumskim stazama dala joj je vremena za razmišljanje, a sa druge – bože dragi, kakvog blagoslova – konačno je imala priliku da provede neko vreme sa ženama.

Dočekivale su je kao staru prijateljicu u zaseocima i selima sve do Šodez-Ega i nazad. Svima im je govorila kako im sin ili muž služi na čast, hrabar borac, od presudnog značaja u borbi za slobodu, a zauzvrat su je nagrađivale osmesima i zagrljajima; uhvatile bi je za mišicu ili držale za ruku dok je išla prema vratima. Bilo je to zbog rata – nijedna francuska seljanka ne bi bila tako ljubazna prema neznanki u mirnodopsko vreme – a Nensi je znala kako je ona zastupnica muškaraca koji im nedostaju, veza s momcima u šumi. Ipak, u tome je pronalazila utehu.

Naučila je nešto korisno o gotovo svim muškarcima na uzvišenju. Jedan je imao slaba pluća, drugi je bio zaljubljen u devojku iz susednog grada koja nije htela da se uda za seljaka. Treći je voleo ptice, a četvrti bio vrhunski ribar. Žan-Kler je voleo da planinari, i pre rata je celu platu iz radionice trošio putujući po Alpima. Brojala je gomilice novčanica u ruke gladnih porodica, igrala se s decom i očijukala sa starcima i mladićima koji su još pokušavali da rade na gazdinstvu.

Kada je stigla do Šodez-Ega, bila je sigurna da zna ponešto o većini njih. Trebalo je da upozna dve porodice u gradu, a druga je bila starija gospođa, majka mladića koji je samo dan ranije opsovao Nensi. Stara se gospođa suvim, laganim stiskom ruke predstavila kao madam Iber, i nesigurnim korakom odvela Nensi u kuhinju, ali dok su čavrljale, Nensi je primetila kako se žena tokom ćaskanja s njom podmladila maltene desetinu godina.

– Budite oprezni u gradu, madam Vejk – rekla je, posmatrajući oštrim okom Nensi preko ruba šoljice. – Mislim da Nemci sad obraćaju više pažnje na nas.

– Zbog čega to kažete? – upitala je Nensi obazrivo.

– Gradonačelnik ne četka kaput, a ovdašnji žandar previše pije. Sve su življaniji. Dosta automobila na benzin prolazi gradom, a u njima sede muškarci u uniformama koje ne prepoznajem. Uznemireni ljudi, benzin i neznanci – mislim da to znači Gestapo, zar ne?

– Niko drugi mi ništa nije spomenuo.

Madam Iber odmahne rukom. – Pih, oni ne sede po ceo dan na prozoru i ne gledaju na trg s pletivom u krilu kao ja.

– Živa istina. Hvala vam što ste mi to rekli. – Nensi je proučavala mirno lice madam Iber. – Većina ljudi se boji da govori o Gestapou, madam.

Madam Iber slegnu ramenima. – Prestara sam da bih se bojala, a sin mi je premlad. Ovdašnji ljudi – pomalo stari da bi se borili, previše bogati da bi izgubili sve – boje se. U kafeu na trgu brbljaju o Švabama, a zatim odu na kratak izlet u Monlison, i ponešto šapnu na uho prijateljski nastrojenom nacisti, učine im malu uslugu. Kao Pjer Frangro. Rođena majka, pokoj joj duši, stidela bi ga se. Poklonio je Nemcima polje koje mu je ostavila da sastave radio-odašiljač kako bi mogli da prenose... te gadosti u naše domove. I to kakav komad zemlje. Prodao im je dušu.

Nensi je spazila odašiljač dok je dolazila. Pošla joj je voda na usta kada ga je ugledala.

– Madam Iber, sveci su nas spojili. Htela bih nešto da učinim u vezi s tim odašiljačem. Koliko dobro poznajete taj komad zemlje?

Kada je madam Iber ustala da donese papir i olovku, u njenom hodu uopšte nije bilo nesigurnosti. Smešila se dok je skicirala teren, prugu i puteve koji vode do stanice i od nje.

– Svakog dana prolazim pored njega. Nalazi se na obodu grada. Uvek je najmanje šest ljudi na straži. Žičana ograda, reflektori su ovde i ovde. Signal je jak – imaju i generator.

Nensi je proučavala kartu na pažljivo uglancanom stolu. – Madam Iber, vi ste božji dar.

Stara gospođa je delovala zadovoljno i poravnala je heklanu krpicu između njih. – Želite li da upoznate mog rođaka Žorža? Pomagao je u izgradnji zgrade gde je odašiljač, i mrzi Nemce. Možete mu verovati.

Ako Gestapo kruži tim područjem, nije vreme za sklapanje novih prijateljstava, ali Nensi se ova žena dopala, jako joj se dopala.

– Da, molim vas.

– Dođite onda sutra poslepodne, madam Vejk. Biće ovde. Tužan je što je prestar da se pridruži mom Žoržu na uzvišenju s vama. Razveseliće ga da vam pomogne.

Nensi se opet osvrnula po urednom, skromnom domu. – Jeste li sigurni da se ne bojite za svog dečaka?

Madam Iber prestade da se smeška. – Radije bih se bojala za njega i bila ponosna, nego znala da je bezbedan i prezirala ga. Zato mi je i drago što je moja prijateljica – kucnula je po karti – umrla u trideset sedmoj, pre nego što bi morala da shvati kako je njen dečak kukavica.

Nensi je osmotrila zemlju, a Žorž se pokazao kao neviđeno dragocen. Sledećeg dana na putu kući Nensi je razradila zamisao. Krenuli bi te večeri. Pošto se vratila u logor, odložila je bicikl u oronuli ambar za seno u uglu polja, a zatim otišla da pronađe Fornijeove ljude, pogrbljene nad večerom. Izgledalo je kao da se dosađuju.

– Treba mi pet muškaraca.

– Za šta? – upitao je jedan od njih.

– Ovo nije jelovnik, Žan-Kler. Reći ću ti zbog čega kad se dobrovoljno prijaviš.

Tišina je prekrila društvo sve dok je Nensi nije osetila u vazduhu. – Evo, ja ću. Tardiva, dragi kradljivac padobrana.

– I mi ćemo – reče jedan od Španaca, Mateo. – Treba da se iskupimo. – Sa sobom je poveo braću. Nensi se iznenadila – držali su se podalje od nje od onoga na vrelu, a ni ona nije bila u Španiji, niti je dala novac nekoj od njihovih porodica. Ispružila je ruku i Mateo ju je stegao. Rodrigo i Huan učinili su isto.

Podigla je obrvu. – Još neki *Francuz* koji bi da se bori protiv Švaba?

To ih je pogodilo. Među muškarcima je došlo do koškanja, ali Fornije se prijavio pre ostalih.

– Ja ću. Da vidimo šta umete, kapetane. – Nensi ga je propisno odmerila. – Pretpostavljam da si me namerno promašio u šumi?

– Naravno. – Ispružila je ruku i on ju je prihvatio, ali kao da se boji neke zaraze. Stavila mu je ruku na rame. – Tvoja mlađa sestra mi je juče rekla kako možeš da ustreliš lastavicu u letu. Ti si naš snajperista.

Povukla ih je u stranu i objasnila im naum, a zatim im pokazala kartu madam Iber i nacrte rođaka Žorža. – Svako od vas će morati po sećanju da nacrta kartu kompleksa pre nego što krenemo. Ako ne uspete, neću vas povesti. Moraćete da ostanete kod kuće sa ostalim dečacima. Imate sat vremena.

Ispustila je nacrt u travu kod njihovih nogu. Mateo se sagnuo i podigao ga, dok je ona otišla da pripremi pribor.

Denden je došetao da joj se pridruži. – Ne želiš da i ja pođem, Nensi?

Odmahnula je glavom. – Previše vrediš.

– Dobro, jer mrzim sve to trčanje i pucanje – prenaglašeno se stresao.

– Ako sve pođe naopako – nastavila je Nensi – pošalji poruku u London i vrati se Gasparu. Možda ćeš se s njim slagati bolje nego ja.

– Teško da je tako, ali pokušaću. – Ljuljuškao se uz nju, s rukama u džepovima. – Ipak, radije bih da ne umreš.

– Dirnuta sam.

Ustala je i pogledala na sat. Vreme je da nešto pojede i možda odspava dvadeset minuta, pre nego što krene da preslišava ljude.

– Nensi, kako si znala da će se Španci dobrovoljno prijaviti? – upitao je Denden, posmatrajući je iskosa. – Tardiva se podrazumevao. Čini se da nas je usvojio, smešni matorko. Fornije nikad ne bi ostao ovde, jer bi se previše obrukao. Ali Španci?

Slegnula je ramenima. – Dužni su mi. Ali na šta ciljaš, Dendene?

– Ciljam na činjenicu da si i ti, draga devojko, pomalo nekakav *psihopatar*. Sa sobom vodiš jedinu petoricu ljudi u ovoj grupi koji imaju vojničkog iskustva, ali namestila si da ispadne kao da se sve dogodilo slučajno.

31.

Kiša. Kiša. Kiša. Overnja je ponekad više ličila na Englesku nego na Francusku s obzirom na vreme, a bio je to tek početak. Kako je dnevno svetlo bledelo, ugledali su tmurne oblake kako se stvaraju iznad ugaslih vulkana poput sećanja na oblake pepela i odbleske munja koje sevaju u zalasku sunca. Voda je žuborila kroz treset borove šume, bučala i uranjala među izmešane hrastove i bukve.

Ljudi su naučili kartu i znali naum. Niko od njih nije imao mnogo iskustva sa eksplozivom, osim Nensi u Britaniji. Podelila je blokove TNT-a i vremenske olovke, pa ih je upoznala sa osnovama. Večeras su i te kako pažljivo slušali. Čak i Fornije – iako kao snajperista neće imati prilike da se igra eksplozivom – nije mogao odoleti da se ne primakne bliže kako bi slušao dok je objašnjavala kako način treba smrviti vrh olovke da bi se pokrenuo, i gde postaviti punjenje.

Čim su se udaljili iz vidokruga logora, nešto se promenilo. Osećaj u vazduhu i u Nensinoj krvi, koji isprva nije mogla da razume, nije ga prepoznavala. Razmišljala je o poslednjoj noći na Pikadiliju, kada je krenula našminkana i u najboljoj haljini, znajući da će sledeće sate provesti s prijateljicama, piti šampanjac i stvarati neprilike koliko može. To je to – bila je uzbuđena, a i muškarci oko nje, takođe.

Svetlost na nebu je gotovo zgasnula kad su skrenuli s glavne staze kako bi tiho pošli kroz gust deo šume. Kompleks je bio na obodu grada i postojala je mogućnost da naletiš na nekoga u šumi što si mu bliži, iako je Nensi računala da će većina ljudi po ovom vremenu ostati kod kuće.

Kiša joj je natopila kosu i osetila je hladan poljubac na vratu, ali šumski tepih je bio gladak, a ne blatnjav, a neprekidan zvuk dobovanja kapi po lišću zvučno je prikrivao njihovo prilaženje. Svet je mirisao na svežinu, obraslu rastinjem. Kada je ugledala svetla kompleksa kroz drveće, Nensi podiže ruku. Otkad je razgovarala s madam Iber, dvaput je tu prošla biciklom, oba puta prerušena u običnu francusku domaćicu s torbom preko volana, razmenjujući osmehe sa čuvarima.

Njena doušnica je bez sumnje imala dobre oči. Kao što je rekla, bilo je šest stražara: dva na kapiji, dva koja su pojedinačno patrolirala po obodu, i dva koja su bila smeštena u zgradi. Sâm toranj, sagrađen od upletenih čeličnih šipki koje su se uzdizale u nebo, bio je usidren na tri mesta čeličnim užadima, učvršćenim blokovima od armiranog betona. Jednospratnu glavnu zgradu grubo su podelili na tri dela: prostoriju za generator, glavnu sobu za odašiljače i nekoliko kancelarija s garažom iza.

Njih šestoro su stajali na kiši i posmatrali je odozdo.

– Jeste li spremni? – upitala je Nensi.

– Da. – Svaki od njih je to potvrdio, bez zajedljivosti, bez kolutanja očima. Kao hrtovi koji zatežu povodac.

Naum je bio krajnje jednostavan. Fornije će zauzeti položaj koji je Nensi predvidela za njega stotinak metara niz put, dajući mu dvojaku ulogu: da im čuva leđa tokom napada i ometa bilo kakvo pojačanje koje bi došlo iz barake u gradu. Ako sve bude išlo kako treba, samo će sedeti na zadnjici, na mokrim i neudobnim granama hrasta i posmatrati kako raznose čitav kompleks. Vratiće se u šumu i pre nego što Nemci shvate šta se događa. Lepa zamisao, ali malo verovatna. Nensi su instruktori to dovoljno utuvili u glavu: nikad ništa ne ide tako dobro.

Mateo, Rodrigo i Huan bili su zaduženi da se reše stražara koji tuda patroliraju i postave eksploziv na tri betonska bloka što drže toranj odašiljača na mestu. Nensi i Tardiva bi tiho uklonili stražare na vratima, a zatim bi se ili ušunjali u zgradu i podmetnuli eksploziv, ili razbili prozore u prostorijama sa odašiljačem i generatorom i ubacili bombe kako bi uništili opremu. Šta bi moglo da pođe naopako?

Pa, sve. Ali ovo – za ovo se obučavala. Ovo je želela. Pomislila je na bezimenog Jevrejina čije je šibanje posmatrala na ulicama Beča i dečaka kome su prosuli mozak po kaldrmi Stare četvrti u Marselju. Ovo je za njih.

– Na položaj, Fornije.

Prebacio je pušku preko ramena i nestao u tami. Prošlo je pet sporih minuta, a onda su začuli tihi zvižduk – znak da je na mestu. Nensi je podigla dvogled i posmatrala patrolnu stražu kako prolazi pored glavnog ulaza. Njihovo neraspoloženje se jasno videlo po koraku, mokrim kišnim ogrtačima koji su im visili na ramenima, podignutim okovratnicima, spuštenim glavama, dok su bacali zavidne poglede dvojici saboraca zaštićenim od pljuska u stražarskim kućicama sa obe strane kapije. Hodali su polako, utučeni, jadni i zaglušeni kišom. Dobro. Prošli su pored svetla na glavnim vratima.

– Mateo, kreni!

Trojica Španaca izgubila su se u tami.

Nensi je čekala. Rekla im je da imaju pet minuta. Pet minuta da ih uklone i preseku karike lančane ograde. Zatim bi ona i Tardiva uklonili dvojicu stražara ispred. Srce joj je snažno lupalo kada je blesak munje u planini iza nje obasjao kompleks. Dugi huk grmljavine odbijao se od brda iza njih.

– Vreme je da krenemo, Tardi.

On se zaputio prema severnom rubu kompleksa, ona prema jugu. Oluja im je pomagala. Činilo se da je mrak nakon svakog bleska munje još gušći. Dok je grmljavina udarala, pretrčala je put, držeći se nisko i gledajući vojnike na glavnim vratima. Krik, kratak i iznenada prekinut odjeknuo je sa zapadne strane. Nije bilo pucnjave. Čuvari na kapiji su ga ipak čuli. Podigli su puške, iskoračivši iz kućica. Nensi je sada bila na samom rubu tame. Videla je lice najbližeg čuvara, kišu koja mu se slivala niz blede obraze, plavu kosu potamnelu od vode, jedva primetnu ispod šlema.

– Šta se događa? – doviknuo je u noć.

Nije bilo odgovora, osim zvuka oluje. Zurio je u tamu, trepćući, a Nensi je krenula nisko i brzo kako bi mu prišla iza leđa, s nožem u ruci.

Na severnoj strani kapije Tardiva se pojavio iz mraka, ščepao drugog stražara i prerezao mu vrat. Nensi je brzo prišla napred, ali neki nagon je naterao stražara ispred nje da se okrene.

Oklevala je, zureći u njegove tamnoplave oči, a zatim poletela ka njemu. Iskoristio je cev puške kako bi blokirao udarac nožem, udarivši je po zglobu. Levicom ga je snažno udarila u bradu, ali on ju je zgrabio dok se spuštala, i povukao je ispod sebe. Pritisnuo ju je čitavom težinom, zgrabio je za ruku s nožem, terajući oštricu prema njenom vratu. Pobeđivao je, osećala je kako je oštrica pritiska. Još jedan blesak munje i pogledala ga je pravo u oči. Shvatila je da je više uplašen od nje, videla zaprepašćenje kad je shvatio kako je prislonio nož na grlo ženi.

Opet je zagrmelo, i pre nego što je uopšte čula prasak Fornijeove puške, osetila je kako su se Nemcu opustili udovi, a mlaz krvi ju je pogodio u lice.

Odgurnula je telo sa sebe i ponovo bila na nogama pre nego šta je Tardiva stigao do nje. Protrčali su kroz kapiju i uleteli u kompleks u niskom čučnju, krećući se prema glavnoj zgradi preko trave. Glavna vrata su se otvorila, tresnuvši o grubi betonski zid.

Nemački oficir zurio je kroz kišu, s rukom na futroli pištolja. Munja je blesnula i Nensi ga je videla kako se trgnuo kada je ugledao tela stražara. Vratio se u zgradu.

– Napadnuti smo! Pozovite pojačanje!

Iz Fornijeovog gnezda začuo se još jedan prasak, koji ovoga puta nije bio prigušen grmljavinom, i Nemac je pao na leđa u hodniku. Nensi se odmakla od zida, opkoračila njegovo telo i kroz vrata otišla levo u sobu s generatorom.

Ružna stvar. Gvozdena masa, ofarbana tamnozelenom bojom, sva nabrekla od debelih cevi nalik mišićima, zujala je u tihom ritmu kao za sebe. Zatvorila je vrata za sobom i osetila žalac zadovoljstva. Zaudaralo je na naftu. Tokom obuke, pokazali su joj gde tačno treba da postavi eksploziv na ovakve zveri. Upotrebila je tri bloka TNT-a od pola kilograma, zaglavila ih ispod mekog donjeg dela mašine, odabrala vremensku olovku koja će joj dati četiri minute da se izgubi i odlomila vršak da odbrojavanje krene.

Samo što je to učinila, napolju se začuo prasak koji niko nije mogao pomešati s grmljavinom. Udarna eksplozija, zvuk razbijenog betona bačenog u vazduh i na zadnji deo zgrade, dubok metalni jecaj koji je potresao zgradu dok se ogromni toranj odašiljača nakrivio.

S druge strane vrata začula je urlanje naredbi u telefon i pucnjeve iz zgrade. Podigla je glavu kako bi bacila pogled na ulaz, odvukla stolicu od stola u uglu prostorije i podmetnula je ispod kvake, a zatim razbila prozor.

Imala je još tri minuta.

Samo što je razbila staklo, metak je proleteo kroz otvor i odbio se od metalnu lešinu generatora. Sagnula se, pokrivši glavu, i čula kako se zabio u zid iznad nje.

Pogasila je svetla u sobi i stavila sve na kocku, koristeći gustu vunu rukava kako bi zaštitila dlanove od stakla dok je iskakala kroz prozor uz tihi zvižduk drugog metka.

Napolju se začula druga eksplozija i ponovo metalno stenjanje. Dva od tri betonska sidra tornja bila su uništena. U trenutku kada se okrenula blesnula je munja i Nensi ugleda kako se toranj povija napred, držeći se samo u jednoj tački, prema zadnjem delu zgrade. Vreme je za polazak. Krenula je na jug, prema rupi koju je Mateo trebalo da napravi kroz ogradu.

Dva minuta.

Munja je blesnula. Ugledala je uredno prerezanu žicu pred sobom i pojurila prema njoj, ali neko ju je uhvatio s leđa i oborio celom dužinom. Šutirala ga je, uvijajući se. Bio je to drugi stražar, stariji, teži i sav u mišićima.

Posegnula je za nožem, ali udario ju je dovoljno snažno i brzo po zglobu i nož je odleteo.

Još minut. Prokletstvo.

Navalio se na nju, stegao je oko grla i izmakao kada je pokušala da mu dohvati oči. Pritisak na grlo se povećao. Pred očima su joj se pojavile crne mrlje. *Bori se, Nensi.* Pokušala je da ga udari u stomak, ali teški kaput ga je štitio.

Blok TNT-a u prostoriji za generator prasnuo je silinom koja je potresla tlo ispod njih.

Nensin stražar je popustio stisak i od sile eksplozije nagnuo se nad njom. Bio joj je nadohvat ruke i ovog puta nije oklevala.

Udarila ga je ivicom dlana tačno tamo gde je trebalo, zgnječivši mu dušnik. Nije imao vremena ni da jaukne, samo je dahtao, sa izrazom zapanjenosti i bola na licu. Odgurnula ga je od sebe. Prasnuo je još jedan eksploziv – Tardijev TNT u glavnoj prostoriji za opremu odašiljača. Iz razbijenih prozora pokuljao je dim i videla je kako plamen treperi kroz ostatke krova.

Iza nje je zabrundao motor, okrenula se i ugledala stari vojni autobus kako juri po travi, pravo na nju. Izvukla je revolver.

– Kapetane, hajde – oglasio se španski naglasak.

Ruke su posegnule za njom sa suvozačke strane. Ugledala je Tardiva na mestu vozača. Nije je trebalo dvaput pozvati. Prihvatila je Mateovu ruku, potrčala i dopustila mu da je uvuče.

Tardiva je ubrzao i izleteo kroz glavnu kapiju prema severu dok su meci pogađali strane autobusa. Upalio je svetla, a zatim ih ugasio i nagazio pedalu za gas.

Još jedan strahovit prasak oglasio se poslednji put iza njih. Nensi je otrčala kroz autobus do zadnjeg prozora i posmatrala kako, uz poslednje cepanje metala, toranj odašiljača pada napred, mrveći ruševinu zgrade u plamenu i tresnuvši preko puta iza njih.

Tardi je usporio i ponovo upalio svetla autobusa taman da prihvati Fornijea, koji je jurio niz strminu s puškom iznad glave, kličući od oduševljenja. Uvukli su ga unutra, Tardiva je ubrzao i oni nestadoše u olujnim oblacima.

32.

Autobus se oštetio tokom bekstva. Brektao je, stenjao i blizu logora u podnožju gornjih padina se ugasio. Odgurnuli su ga s puta i posekli grmove kako bi ga zakamuflirali, a zatim pešačili ostatak puta nazad do logora. Oluja je prošla i muškarci su, poput uznemirenih roditelja, čekali zaklonjeni ispod cerade s koje je kapala voda.

– Vratili smo se, skotovi! – uzviknuo je Fornije. – Svi smo tu!

Uskliknuli su. Njegovo uzbuđenje oteralo je vlagu i strah s tog mesta. Denden je zagrlio Nensi, gotovo istisnuvši život iz nje. Rukovali su se, pljeskali se po leđima, udarali Španca u mišicu i mrsili im kosu. Izgledali su srećno. Zatim je Fornije izvadio sanduk vina iz neke tajne zalihe, i ispod natopljenih pokrivača na rubu šume ispričao je i prepričavao priču o napadu, a ostali su sedeli očiju razrogačenih od uzbuđenja i slušali.

Nensi je pila i posmatrala Fornijea – koliko je uživao u tome! Bio je prokleto dobar pripovedač.

– Video sam je kroz nišan, momci. Međutim, bilo je previše drveća, suviše kretanja, i nisam mogao ništa da učinim – oponašao ju je kako viri kroz mrak, brišući kišu iz očiju. – I tako sedim i mislim se, sranje, zadaviće je baš kad je počela da mi se dopada, debeli Švaba će je pridaviti na smrt – zastao je radi smeha. – A onda BUM, odmah iza nje ode generator u vazduh. Švaba je pomalo iznenađen i BUM. Tresnula ga je kao kobra, jebote. Desnom rukom po vratu i GOTOVO! – Muškarci su klicali. – Ubila je tog krupnog nemačkog gada jednim jedinim udarcem. Mislio sam da će mu otpasti glava i samo odskočiti po tlu... boink, boink... boink...

Još smeha. Fornije ispruži ruku s bocom i pogleda zdesna nalevo. Svi su se nagnuli napred, a on je spustio glas.

– Mislio sam da je ovo grubo – reče, pokazujući na ožiljak od opekotine na obrazu, a zatim zaurla poput komičara u muzičkoj dvorani. – Ispade da je u njenom izvođenju to samo mali poljubac!

Muškarci su se previjali od smeha, okrenuvši se prema Nensi. Fornije podiže bocu prema njoj.

– Zato, obavite zadatak, momci! Kapetane Vejk!

Svi su podigli šolje i zdelice iz kantine, a Nensi polupraznu bocu u znak priznanja.

– Hej, Dendene. Misliš li da ćemo sad moći malo jasnije da čujemo *Radio London*? – upitala je.

– Oh, nego šta!

Uključio je aparat. Kristalno jasno. I, bog ih blagoslovio, svirali su novu himnu makija. Polovina momaka skoči na noge, ukrsti ruke i zaigra ukrug. Nensi nije znala da li plešu ili se rvu. Verovatno nisu ni oni.

Posmatrala ih je minut ili dva, a onda se ispod cerade vratila napolje, u spokojstvo. Iza grmljavine je ostao vazduh hladan i svež, a mesec je visio iznad njih, rastući polumesec. Oborila je pogled ka rukama.

– To ti je bilo prvo ubistvo, zar ne? – Bio je to Tardiva, koji se, poput nje, udaljavao od gomile.

Nije imalo smisla da ga laže. Uz to, bila mu je dužna. Ipak ju je doveo ovamo, slagao Gaspara da joj spase glavu i dobrovoljno se prijavio za zadatak.

– Da. Znaš, kad sam bila u Marselju, muž me je svakog ponedeljka vodio na manikir. Ne bi prepoznao ove ruke.

Tardi je dunuo oblak dima u bledu mesečinu.

– Jesi li se bojala?

Morala je da razmisli o tome. – Ne. Čak ni kad sam pomislila da ću umreti. Nekako mi je bilo drago... što se borim. Sve se dogodilo tako brzo, i bila sam ljuta na sebe. Ljuta što sam ispustila nož, što sam oklevala s prvim čuvarom. Ali ne i uplašena. Oduševljena! – Da, to je bila prava reč. Gospode. – Bila sam oduševljena. To nije normalno, zar ne, Tardi?

Još jedno od onih sleganja ramenima. – U ratu smo. Ništa nije normalno. Normalnost će te ubiti. Normalnost bi od čoveka napravila saradnika okupatora. Normalnost nikome ne koristi. – Činilo se kao da se trznuo, a zatim je duboko udahnuo. – Tvoj naum je bio dobar. Postavljanje eksploziva na blokove tako da se izvuku stražari iz zgrade, a zatim da poslednji eksploziv obori toranj preko puta. Dobar naum. Trebalo bi svi da budemo zahvalni što uživaš u svom poslu.

Htela je da se usprotivi. – Da, osmišljavanje i izvršavanje zadatka bilo je... sjajno, bez sumnje, ali ubijanje... – Htela je da mu kaže kako joj se ubijanje *uopšte* ne dopada. Bilo joj je drago što je preživela, jeste. I da, bilo je uzbudljivo, ali kakva osoba uživa u ubijanju? Samo osoba kakvu bi poželela da zbriše s lica zemlje. U glavi joj se zavrtelo.

– Nensiii! – Denden je posrnuo u tamu, s bocom u ruci, a Tardiva se izgubio u šumi pre nego što je Nensi uspela išta da kaže. – Nensiii!

Zakoračila je napred. – Ovde sam, budalo. Nema potrebe da prizoveš prokletu nemačku vojsku na nas.

Prišao joj je, pomalo se teturajući, uz kikot.

– Potpuna pobeda, dušo. – Zagrlio ju je. – Želiš li da učiniš nešto glupo?

Morala je da mu veruje, ali gore na rtu, zapadno od logora, sa užetom obmotanim oko podlaktica i drugim krajem vezanim oko stabla kestena šest metara od ponora, zamisao je delovala ne samo glupo nego i potpuno suludo.

– Želiš da se nagnemo preko ruba litice? – upitala je Nensi.

Denden je vukao sopstveno uže. – Dušo, kunem ti se svime što je sveto. I *ti* to želiš, samo to još ne znaš.

Zadovoljan čvorom, uzeo ju je za ruku i odveo je do same ivice ponora. Činilo se da je uže iza nje još prilično opušteno. Čak i po mraku bez maltene ikakve mesečine, zacelo je primetio njen izraz lica.

– Nensi Vejk, postavljao sam užad za hiljade trapeza i hodače po žici dok si ti ispijala jeftin šampanjac u jeftinim barovima. Veruj mi. Samo hodaj dok ti nožni prsti ne budu na samoj ivici, a zatim se nagni unazad koliko god možeš. Neverovatno je.

Pokazao joj je, celim telom lebdeći iznad dubokog mraka, samo s rukama na užetu, i čizmama oslonjenim na rub litice.

Oh, zašto da ne? Nensi se okrenula, razmaknula noge i nagnula se. I osetila je. Kako ju je zemljina teža povukla s leđa, za glavu, ugodno povlačenje za ruke dok se uže zatezalo i držalo je. Stvarno dobar osećaj. Malčice je popustila uže, nagnuvši se još malo unatrag i izvijajući leđa, a zatim se nasmejala, bučnim, neobuzdanim smehom koji joj se podizao iz stopala, tresući joj celo telo. Iza njih, vukla ih je praznina, povetarac joj je rasplitao kosu po licu, ali praznina može da odjebe. Kapetanica Nensi Vejk zapoveda i zemljinom težom.

– Nikad nisam pila jeftin šampanjac, bruko jedna – rekla je. – Ali jesi bio u pravu, Dendene, ovo mi je trebalo.

Pored nje, Denden je pustio ruku i skinuo nogu sa ivice, ljuljuškajući se s jedne strane na drugu.

– Najbolji trik koji sam naučio u cirkusu. Kad god sam mrzeo sebe grešnog, što je bilo svaki put kad bih poželeo nekog momka, što je bilo svakog prokletog dana, okačio bih se o trapez. Bez mreže. Ponovo bih se osetio živim, tako na samoj ivici.

– To je kao da svemiru kažeš da se nosi, zar ne! – rekla je Nensi, a zatim uskliknula, čuvši kako joj glas odjekuje i odbija se u tami ispod njih, i zakikotala se.

– Jeste! Nemoj se osećati loše zbog uništavanja tih gadova, Nensi. Čak i ako moraš to da učiniš sopstvenim rukama. Iskoristi ga. Iskoristi taj osećaj da si na ivici života. Naravno, ja volim da se tucam s momcima, i ljudi mi kažu kako to ne bi trebalo da radim, a *tebi* da treba da sediš kod kuće i pustiš muškarce da divljaju. Nek se nose! Iskoristi bes i nikad im ne dopusti da te postide zbog toga.

– Hvala, Dendene. – Shvatao je. Razumeo je kako izgleda biti ona. I ona je pustila jednu ruku, osetila trzaj, ponovo pronašla ravnotežu i osetila nalet uživanja. – Ali znaš, pomalo zvučiš kao doktor Timons kad tako govoriš, zar ne?

Zacenio se od smeha. – Ti strahotna veštice! Nikad u životu nisam bio toliko uvređen.

Njihov smeh je odjekivao u tišini.

33.

Mogla se zakleti da je jedva zatvorila oči, nakon što se iscrpljena i u pobedničkom raspoloženju doteturala natrag u logor, kad ju je Denden probudio.

– Nensi, u nevolji smo! Hajde!

Nespretno je navukla odeću i čizme. Nije bila mamurna – ne, nedostatak sna, dragi gospodine, to je sve... zbog nečeg u očima učinilo joj se da svetlo deluje suviše jako. U logoru je bilo suviše tiho. Šta se, dovraga, dešava?

– Nensi!

– Pobogu, dolazim!

Izašla je iz šatora i ugledala Dendena dublje u šumi u pravcu vrela, kako je poziva da krene za njim. Proverila je da joj je pištolj u futroli, a zatim ga sledila. Možda je Fornije uhvatio špijuna i žele njenu pomoć u saslušavanju. Ili Denden smatra da je vreme da se ispitivanje prekine... Misli su joj se rojile u bunovnoj glavi dok je silazila stazom. Čula je muškarce kako razgovaraju, ali iako nije razabirala reči, čula je ton razgovora. Opušten, čak srećan. Dakle, šta se...?

Skrenula je na čistinu i ugledala stari autobus koji su sinoć ukrali.

– Ostavili smo ga na dnu padine! Kako je, dovraga, uspeo da se nađe ovde gore?

Većina Fornijeovih ljudi stajala je zajedno s Fornijeom, španskom braćom i Tardivom. Svi su bili štrokavi i delovali nesvakidašnje zadovoljni sobom.

– Dogurali smo ga uz brdo sinoć! – rekao je Žan-Kler revnosno.

Fornije izvadi cigaretu iz usta. – Mislio sam da biste mogli imati malo privatnosti, kapetane. Malo smo ga sredili za vas.

Prvi put ju je nazvao kapetanom, a da njen čin nije zvučao kao uvreda. U svakom slučaju, prvi put je to učinio trezan.

– Hvala – rekla je iskreno.

Čekali su je da uđe unutra. Učinila je to i muškarci su virili kroz prozore dok je razgledala njihov rad. Nekoliko redova sedišta je izvađeno, a preostala su preraspoređena kako bi se napravio boravišni prostor. Napred, pored šoferske kabine, sanduk za prtljag bio je okružen sedištima raspoređenim u obliku slova *U*, kao u sobi za sastanke. S jedne strane autobusa je još nekoliko sanduka poslagano jedan na drugi kao police, a neko od tih blesavih budala ubrao je i cveće, stavio ga u praznu limenku i postavio na vrh. U zadnjem delu autobusa, još dva reda sedišta zbijena su zajedno kako bi se napravila neka vrsta uzanog kreveta. Preko njih je položena spavaćica, izrađena od dugih komada svile, zajedno s par presavijenih ćebića.

Uzela je spavaćicu, opipala prozirnu tkaninu i stavila je preko ruke pre nego šta je ponovo izašla napolje. Muškarci su je posmatrali, uzbuđeni poput štenadi.

– Pobogu, momci. Naprosto uživam u ovome.

Uskliknuli su i pljesnuli jedan drugog po leđima.

– U redu... mislim da je vreme za doručak – izjavio je Denden, trljajući ruke. – Pustite kapetana da se smesti.

Cereći se i gurkajući, kao deca na putu kući iz škole, većina muškaraca izbila je na glavnu čistinu.

– Tardi? – pozvala ga je Nensi.

Tardiva se odvojio od začelja grupe i vratio se oborenog pogleda. Podigla je spavaćicu boje slonovače.

– Ovo je od mog padobrana. Tardiva, savršeno je... Ali, to je za tvoju ženu.

Podigao je pogled dok ju je držala uza se i prelazila rukama niz raskošne nabore. Zatim se nasmešio, vešt zanatlija razdragan što se njegov rad ceni.

– Kao i sve šta stvaram, kapetane, ali ona ne može da je nosi. Umrla je u četrdeset prvoj. Sigurno bi želela da je uzmeš.

Nensi oseti kako joj se grlo steže. – Hvala ti – uspela je da procedi.

Sunce koje se probijalo kroz krošnje išaralo mu je lice svetlošću i senkama. – Zadovoljstvo mi je, kapetane.

Okrenuo se i odšetao uz padinu, ne čekajući da kaže još nešto, a Nensi ga je posmatrala kako odlazi. Sada su njeni, Fornije i njegovi ljudi. Slediće je, slušati je, a kada dođe do napada, moći će Londonu da pruži grupu uvežbanih i disciplinovanih boraca i diverzanata.

Pobeda je trebalo da ima sladak ukus, ali ipak je osećala nešto mračno u njoj. Shvatila je kako čvrsto drži tkaninu spavaćice u ruci i prisetila se trenutka kada ju je obuka nadvladala, i kad je Nemcu zadala udarac u vrat. Zatvorila je oči. Dosta. Bilo je nužno. Ako hoće da se bori uz ove muškarce, moraće da živi s posledicama. Ipak, bilo je lako vikati o ubijanju nacista iz Londona. Učiniti to sopstvenim rukama, mnogo je teže nego što je mislila. Dovraga... Mrzela je naciste zbog surovosti i prezira prema ljudskom životu, a sada je morala naučiti da prezire *njihove* živote, da ne mari za to što su čuvar kojeg je ubila ili onaj čijom ju je krvlju Fornije isprskao po licu jednim hicem bili, možda, samo obični muškarci s majkama i ženama, uhvaćeni u nešto što zapravo nisu razumeli. Ali šta je drugo mogla da uradi? Ponudi im čaj i razumevanje? Otera ih u ćošak jer su nevaljali napadači i ubice? Ne. Morala je da preuzme deo te surovosti. Treba žrtvovati... šta? Neki kutak duše. U redu. Prihvatila bi taj dogovor.

34.

Major Bem je čitao ženino pismo kad je Heler pokucao i ušao u njegovu novu kancelariju u Monlisonu.

Eva je bila dobro, a njegova kći i štene igrali su se u vrtu udobne nove kuće u predgrađu Berlina. Bila je oduševljena što je izvan Francuske i među svojim narodom, a govorila je sve ono što bi trebalo o tome kako se divi njegovom radu i želi da mu poželi dobrodošlicu kući kada završi. Osetio je tračak zavisti. Monlison je bio nov izazov, ali karakter ljudi više je nalikovao Slovenima koje je video na istoku nego vrcavim, živahnim teroristima Marselja. Nije mogao tačno da proceni jesu li ljudi toliko glupi kao što se pretvaraju. Tokom ispitivanja o lutajućim bandama makija, blenuli bi kao tele u šarena vrata. Ne, nikada nisu čuli ništa o tome, gospodine. Zvaničnici bi trepnuli i obećali da će učiniti sve što mogu da pomognu majoru, ali nekako su dokumenta i izveštaji koje je tražio bolno sporo pristizali.

Heler je spustio nož na sto, a Bem ga je proučavao.

– Mislio sam da biste želeli to da vidite, gospodine. Ispao im je tokom napada na odašiljač u Šodez-Egu.

Bem odloži pismo. – Je li bilo svedoka?

Heler odmahnu glavom. – Dvojica preživelih, ali nisu videli napadače.

– Koristili su TNT?

– Da, gospodine.

Bem je podigao nož, proveravajući njegovu težinu. – Ovo je, Helere, *ferbern-sajksov* nož. Standardna oprema za britanske agente u Francuskoj kako bi podstakli rulju u brdima i upravljali njom.

Bem je zamahnuo nožem i probao ubod u vazduhu, klimnuvši glavom u znak odobravanja. Bilo je to dobro napravljeno oružje.

– Helere, mislim kako je vreme da pokažemo francuskom stanovništvu da naše strpljenje nije bezgranično.

35.

U nekim trenucima Nensi je mogla da zaboravi na rat. Doduše, bili su to samo trenuci – neobični odblesci svetlosti kada bi joj se umoran mozak isključio i pustila bi se na biciklu pustim sporednim putem, udišući miris kasnog proleća u vazduhu i obasjana sunčevom svetlošću što je provirivala između stabla i opčinjavala je.

Padobranci su dolazili u noćima dovoljno obasjanim mesecom, a svakog dana je sve više mladića pristizalo u logore razasute po uzvišenju, po napuštenim gazdinstvima i delovima šume. Vežbala ih je, obučavala da podučavaju jedni druge, delila zalihe i oružje, uspostavljala putanje za bekstvo i rezervna mesta susreta, i tiho klimala glavom kada su joj prilazili i izlagali naum za manje zasede, krađe i sitnije sabotaže. Nije ih izlagala opasnosti prilikom većih zadataka, ali videla je prednosti obuke na radnom mestu, i smatrala kako će London jednostavno morati da joj veruje da neće uprskati pre *Dana D*. Zatim, bio je tu sav društveni rad. Podeliti novac, razmeniti vesti. Svakog dana bi je neko pitao kada dolaze saveznici, a ona bi uvek odgovarala „uskoro" i nadala se svim srcem da je to istina, iako je znala da će iskrcavanje biti samo početak, trenutak kada će njihov posao ozbiljno početi. Do tada je sve bilo samo priprema.

Staza je zavila i ona je usporila, nevoljko se vraćajući sebi. Tardiva joj je rekao kako misli da bi ova polja južno od reke Maleval bila pristojno mesto za izbacivanje paketa, a ona je htela da se lično uveri. Sakrila je bicikl iza živice u blizini mogućeg mesta i krenula u razgledanje. Obećavalo je. Da, ovde bi bilo dobro, ako je vlasnik gazdinstva spreman da zažmuri. Obišla ga je celog. Otprilike sedamsto metara kvadratnih. Savršeno. I nigde u blizini nema telefonskih žica ili kablova. Pristojan zaklon, a ne bi prikrio signale nadolazećih aviona. Zasad je sve dobro. Međutim, na zapadu se tlo oštro uzdizalo između ovog mesta i Šodez-Ega. Nedovoljno strmo i nedovoljno visoko da bi bilo problem za avione, ali morala bi da se popne na vrh brda. Ako se tamo gore lako stizalo iz grada a Nemci primete avione koji pristižu, mogli bi da se popnu i zatim krenu u napad na Nensi i njene ljude dok se okupljaju oko izbačenih sanduka. Međutim, ako je šuma između grada i vrha padine gusta, isplatilo bi se probati. Jedino bi morala da se pobrine da ovde gore postave osmatračnice kako bi pazili na baterijske lampe ili bilo kakvo kretanje u gradu ispod njih.

Krenula je uz padinu. Osećala je kako joj znoj curi niz leđa. Treba li da pronađe više lokacija za prikrivanje dragocenosti koje su već dobili? Neka od skrovišta su se pretvarala u Ali-babine pećine pune oružja i municije. Trebalo je da pošalju Špance u izviđanje i potraže nova mesta za skrivanje oružja u šumi, možda duž putanja za bekstvo koje su razradili. Ili, još bolje, nekoliko potpuno udaljenih mesta poznatih samo nekolicini, tako da ako im Nemci ikad zadaju jak udarac, ko preživi može da pronađe pištolj i metke.

Pošto se nagib izravnao, hodala je na jug hiljadu koraka i, uvidevši da Nemcima na tom putu nije lak pristup, skrenula je, vratila se i nastavila prema severu sve dok nije došla do tačke gde se padina obrušavala pred njom prema gradu. Ni odavde nije bilo lakog pristupa što je bilo savršeno, a sa ove tačke mogla je da vidi pravo u centar grada. S vidikovca koji je stajao na mestu gde je sada bila, mogla bi da pošalje signal odboru za doček na terenu ako dođe do komešanja.

Pažnju joj je privuklo kretanje. Ne uobičajeni dolasci i odlasci građana. Nešto drugačije.

Podigla je dvogled i izoštrila ga na grupici sivih uniformi okupljenih na pijačnom trgu. Razdvojili su se, a između njih bili su muškarac i žena u civilu. Nensi je čvršće stisnula dvogled. Neki od vojnika povukli su dvoje civila na noge. Žena se uvijala pod njihovim stiskom i otkrila veliki stomak. Muškarac je bio na velikim mukama. Nensi nije čula ništa osim šuštanja lišća u šumi, ali videla je kako muškarac vrišti, previjen u struku. Progutala je knedlu. Poznavala ih je oboje.

Muškarac je bio jedan od Gasparovih momaka. Nalazio se u ambaru kada su joj skinuli konjsku hranilicu s glave. Prepoznala je i ženu. Kad je bila u gradu nedelju dana ili nešto ranije, prišla joj je trudna devojka. Rekla je da zna kako joj ništa ne sleduje jer njen muž nije jedan od Fornijeovih ljudi, ali ako bi madam možda mogla da pomogne za bebu? Beba je prelomila. Nensi je devojci dala pedeset franaka i nekoliko čokoladica, znajući da će Gaspara razbesneti ako dozna da daje milostinju porodicama njegovih ljudi. Elizabet, tako se zvala. Muž joj je bio Lik.

Vojnici su je podigli u podnožje krsta na trgu i vezali joj ruke iza njega. Esesovci. Lik je sada klečao i molio pred nogama oficira u uglancanim čizmama i kapom majora. Podigao je ruku. Jedan od vojnika skinuo je pušku i namestio bajonet. Nensi je osetila ukus nečeg gorkog i oporog u grlu.

Progovorila je naglas. – Ne. Ne. Neće valjda...

Major je spustio ruku i vojnik je pokazao oružje, ali umesto da ubode vezanu ženu pravo u stomak, zamahnuo je oštricom u stranu, ispod obline njene trudnoće. Nensi je ispustila dvogled i, okrenuvši glavu u stranu, povratila u travu.

Nije želela da više išta vidi i nadlanicom je obrisala usta. Ali, morala je. Neko je morao ovo da vidi. Ponovo je podigla dvogled. Ženin stomak bio je natopljen krvlju, a pred nogama joj je ležala ljubičasta tvar. Haljinu su joj strgli s ramena i Nensi je videla belinu njenog vrata. Bila je još živa i trzala glavom s jedne na drugu stranu polukružnim pokretima.

– Samo umri – prošaptala je Nensi. – Molim te, slatka devojko, samo umri.

Lik je klečao pred majorovim nogama, skupljenih ruku, moleći. Major je u ruci imao pištolj i uperio ga prema Elizabetinoj glavi. Nešto je govorio.

Lik je opustio ruke. Činilo se da ga oficir sluša.

Majorova ruka se trznula. Nensi je trenutak kasnije čula odjek pucnja, tiho poput grančice koja škljoca pod nogama. Elizabet se srušila napred. Lik je još bio na kolenima i zurio u nju. Nije se micao, nije se uopšte pomakao kada mu je policajac prišao i pucao u potiljak.

Major se onda okrenuo i pogledao u brda, a Nensi mu je prvi put videla lice.

Major Bem.

Gledao je pravo u nju, smešeći se onim istim prijatnim, pomalo pokroviteljskim osmehom koji je imao kad ju je izveo iz sedišta Gestapoa u Marselju na dan kad je uhapsio Anrija. Spustila je dvogled i krenula niz padinu prema biciklu, a onda su joj se noge oduzele i sela je u podnožje jarebike, disala je kratko i isprekidano, u grudima je stezalo i vrtelo joj se u glavi.

Prestani! *Prestani!* Uspori. Ne razmišljaj o tome, razmišljaj o tome šta to znači. Šta je Lik rekao Bemu? Čime je trgovao kako bi prekinuo muke svoje žene?

Skočila je na noge. Bes, čisti bes odneo ju je niz padinu, preko polja i do bicikla. Bes ju je nosio uz dolinu i u brda. Preneo ju je preko tridesetak kilometara do prve Gasparove straže koja joj je preprečila put na Mon Mušeu.

– Madam Vejk, kakvo zadovoljstvo – rekao je maki.

– Mani se ljubaznosti, seronjo, i odvedi me Gasparu. Odmah!

Da je imala vremena za razmišljanje, možda bi shvatila kako to neće ići dobro. Gaspar je sigurno čuo da Fornijeovi ljudi sada imaju lake mitraljeze *bren*, TNT i plastični eksploziv i da se zabavljaju koristeći ih od Klermon-Feranda do Orijaka. To što su trijumfalno razneli radijski toranj i njega je prikazalo u lošem svetlu, a ništa od toga ne bi ga dovelo u raspoloženje da je sluša. Ipak, nije imala vremena da se pridržava pravila igre.

Ispričala mu je šta je videla.

– Moraš da odeš odavde – rekla je u mučnoj tišini koja je usledila.

Gaspar je sedeo na sanduku pored vatre. Iznad su imali postavljenu ceradu kako ih dim ne bi odao povremenim vazdušnim patrolama, iako se činilo da su to i vidikovci uz puteve jedine preduzete sigurnosne mere. Najmanje sedamdeset njegovih ljudi uživalo je u suncu na otvorenom prostoru oko sebe. U neposrednoj blizini bilo ih je verovatno još dve-tri stotine.

Gaspar ju je pogledao kao da je predložila da ode u grad i sve reši uz piće s kapetanom Bemom.

– Ne.

Tvrdoglavi, glupi seronja. Udahni duboko. Objasni mu to rečima koje će čak i on razumeti.

– Lik je bio ovde. Rekao je Gestapou gde se nalazite. Šta bi ih drugo zanimalo? Imate četiri, najviše pet sati, Gaspare – obratila mu se Nensi jasnim i čvrstim glasom. – Bem će izvesti vazdušni napad na vaš položaj, a onda će uslediti i kopnene trupe. Na putu su. Ne smete da čekate. Da ste imali propisno pripremljene putanje za bekstvo...

– Rekao sam NE! – pljesnuo je teškim šakama o kolena. – Nisam ove ljude doveo u planine da beže od nacista na svaku uzbunu. Lika poznajem deset godina. Nikad nas ne bi izdao. Nikad. Danas smo ovde sigurni kao i juče.

Nensi je stegnula pesnice. – Nisi video! Nisi video šta su joj učinili! Rekao bi bilo šta da je poštedi te patnje – i ja bih. Iskasapili su joj stomak.

Gaspar je ustao. Sada su oboje bili na nogama, oči u oči.

– Onda bi slagao! – prodrao joj se u lice. – Švabe će istrošiti bombe i ljude na neke ruševine kilometrima odavde.

– To ne znaš. Bem je slomio desetine ljudi.

Odmahnuo je rukom. – Proseravanje. Ne odustajem od ovog mesta, ovog logora jer vi mislite da nas je Lik možda odao, madam.

Uhvatila ga je za ruku i pokušala da umiri glas. – Koliko bi te to koštalo? Mogao bi da raštrkaš ljude po brdima. Idite odavde na dva-tri dana i ako se pokaže da im je Lik zaista dao lažno mesto ili ništa nije otkrio, možete se vratiti.

Pogledao ju je prezrivo. – Ne razumem zašto te Fornijeovi ljudi slušaju, devojčice. Kako da vodim borce ako im stalno budem govorio da beže i skrivaju se svaki put kad se čuju glasine o tome da bi Nemci mogli doći? Jesmo li muškarci ili zečevi? Ovde smo da se borimo.

Poriv da mu vrisne u lice bio je gotovo neodoljiv. – Kad bude pravo vreme! Kad se saveznici iskrcaju u Francuskoj, biće nam potreban svaki čovek da progoni Nemce iza njihovih linija. Sada treba da se naoružavamo, pripremamo, obučimo i preživimo dok ne budemo potrebni.

To je bila greška.

– Nisam pion hrpe britanskih imperijalista u Londonu! Ja odlučujem kako ću se boriti za svoju zemlju, a ne oni! – Muškarci oko njega klimali su glavama u znak saglasnosti. – Nećeš me pretvoriti u dobrog malog engleskog vojnika sa šakom metaka i tablom čokolade. Sad se vrati svojoj maloj grupi zečeva u brdima.

Okrenuo se i pošao.

– Lik im je rekao, Gaspare! – doviknula je za njim. – Dolaze! Zaboga, učini nešto!

Nastavio je da hoda.

36.

Čim se Nensi vratila u logor, odvukla je Fornijea, Tardiva, Matea i Dendena do autobusa i ispričala im celu priču.

– Ko ga jebe – rekao je Fornije, zapalivši još jednu cigaretu. – Ako neće da sluša, neka ga Švabe dohvate.

Denden je odmahnuo glavom. – Da je u pitanju samo Gaspar, složio bih se. Neka ga taj major Bem sažvaće za doručak. Međutim, on ima stotine ljudi raštrkanih po tim brdima. Ne možemo dopustiti Bemu da ih pojede za ručak.

Fornije je šmrcnuo, a zatim se nagnuo nad kartu raširenu između njih. – Dakle, želiš da nešto učinimo? Šta?

Nensi je pokazala putanje do Mon Mušea. Čudno je i pomisliti kako su ta mesta pre nekoliko nedelja bila samo tačkice na karti. Sada je u njima videla svaki put, seljane u svakoj kući, napamet znala ime svakog ljubaznog gazde i svakog mogućeg saradnika sa okupatorom.

– Ne možemo dovesti sebe u opasnost da nas unište. Nemci će imati podršku iz vazduha, pa možemo da se sakrijemo od bombardera i *henšel* aviona, ali kopnene trupe? U vezi s tim možemo nešto da učinimo. Nema dobrih puteva koji sa istoka idu do vrha, zato mislim da će Nemci poslati svoje ljude iz Pinola, Klavijea i Polaka, a zatim će odande pokušati da dovrše opkoljavanje Mon Mušea. To su trupe koje možemo usporiti i pružiti Gasparovim ljudima priliku da izdrže do noći, a zatim nestanu u šumi ili kroz Over pre nego što Nemci potpuno zatvore obruč.

Fornije je dodirnuo kartu na putu severno od Mon Mušea. – Dobro poznajem taj drum. Možda da postavimo nekoliko skrivenih mina.

– Dobro – rekla je Nensi. Taktika odgađanja radije nego borba u punom zamahu – Fornije je konačno razmišljao kao gerilac.

– Moraću da uzmem plinski generator kako bih stigao na vreme – dodao je.

Imali su samo tri spora kamioneta na ugalj, ali bio je u pravu. Oklevala je, pa odlučila.

– U redu, uzmi ga. Ali dobro ga sakrij i vrati se pešice. Putevi će sledećih nedelju dana vrveti od vojnika.

Gledala ga je u oči dok nije klimnuo glavom, a zatim se okrenula prema Mateu.

– Krenućemo putem od Klavijea. Biće nam potrebni vodiči u grupama od po tri duž ovih staza prema Le Beseu kako bi izvukli Gasparove ljude iz borbe.

Pogledala je muškarce oko sebe. Klimali su glavama.

– Proširite vesti među poljoprivrednicima. Tardiva, ti ćeš upravljati spasilačkim grupama. Možeš li da pripremiš prihvat onih koji se izvuku? Sakrijte se u šumi, dovucite neke zalihe za gazdinstva iznad Šavanjaka. Bićeš zadužen i za pripremanje manjih zaseda na sporednim putevima. Iskoristi priliku da dopustiš nekima od novajlija da osete žar borbe, ali ih čuvaj. Dendene, šta god da se dogodi, ne propuštaj prenose. Reci Londonu da nam je potrebno još medicinskih potrepština i plastičnog eksploziva.

Smotala je kartu.

Denden je popio poslednji gutljaj čaja. – Sjajno. Neka operacija *Nezahvalni gadovi* započne.

Mateo i Nensi su odveli desetak muškaraca, uključujući Huana i Rodriga, niz dolinu do puta za Klavije. Nadala se da će oko tri kilometra od Mon Mušea pronaći ono šta joj je potrebno, gde je pašnjak uz put bio prošaran starim drvećem. Neprekidno je gledala na sat. Bila je sigurna da će Bem naložiti vojsci da odmah napadne Gasparov položaj, pre nego šta se vesti o užasu na pijačnom trgu i posledicama prošire. Koliko je vremena potrebno za poslednje pripreme za ovakav napad? Obavestiti oficire, okupiti vozila i oružje? Polovinu pešačenja do puta provela je pokušavajući to da razreši, a polovinu zaklinjući se da više neće razmišljati o tome.

Izašli su na put kada je sunce doseglo zenit i za dvadesetak minuta pronašli mesto za prvu fazu operacije. Kad je ugledala hrast dovoljno visok da blokira put, Nensi je poljubila njegovu naboranu koru, a zatim rekla Mateu da ga sruši prstenom plastičnog eksploziva. Zatim je poslala nekoliko izviđača prema Klavijeu da paze na put i upozore meštane. Za izviđače je odabrala dvojicu mlađih momaka, a kada su krenuli Nensi je primetila kako ih Mateo posmatra sve dok nisu nestali iza zavoja na putu.

– Zabrinut si za njih, Mateo? – upitala je, dodajući mu plastiku iz ruksaka i gledajući kako pravi uredan prsten od eksploziva oko debelog stabla.

– Ne. Samo, imam dvadeset tri godine, a pored njih se osećam kao deda.

– Zašto?

Gurnuo je vremensku olovku u eksploziv i odlomio bakreni vrh.
– Vatra u rupi!

Otrčali su na sigurnu udaljenost u jarak pored puta i pognuli glave.

– Zato što sam – rekao je Mateo, kao da se razgovor nije prekidao – u šesnaestoj godini uzeo pušku, i otad se borim.

– Trebalo je da probaš da nađeš sebi devojku – odvratila je, na šta je on progunđao je. – Možda ti Žan-Kler održi lekciju. Njegova majka mi je rekla kako je ostavio slomljena srca u svakom selu u Alpima. Činila se veoma zadovoljnom zbog toga.

Njegov odgovor, na španskom i verovatno krajnje prostački, zaglušio je iznenadni prasak, zatim lomljava drveta i šuštanje lišća kad je veliko drvo palo. Od udara je zadrhtalo tlo. Nensi je podigla glavu. Savršeno. Hrast je pao čitavom dužinom preko puta.

Izvukla se iz jarka, skinula ruksak i izvukla dragocenu protivtenkovsku granatu. Koliko će ljudi Nemci poslati? Obuzela ju je slika, kao nošena povetarcem – Gasparovi ljudi okupljeni oko starih pomoćnih zgrada na gazdinstvu, neočekivano uhvaćeni u vatri pešadije, prštanje zemlje, zavijanje granata, krv i zbrka.

Nensi je osetila prolećni vetar na licu i prisetila se ovog osećaja, ključanja krvi, kada su napali odašiljač. Ne strah, nego čudno pojačavanje čula. U tome je bilo nečeg opasno uzbudljivog.

– Žan-Kler! Prestani da buljiš niz put i gledaj šta kapetanica Vejk radi! – doviknuo je Mateo oštro. Žan-Kler je poskočio, a Nensi zamalo ispustila prokletu granatu. – Izviđači će zviznuti kad nešto spaze – nastavio je Mateo. – A ti gledaj i uči.

Stvarno je trebalo gledati i učiti. Nensi je želela da pronađe zgodno mesto ispod palog debla. Nemci bi morali da upotrebe teška vozila kako bi pomerili ovo čudo s puta, a čim bi ga pomerili, granata bi eksplodirala – osim ako je ne primete. Nensi je ležala na stomaku i zavlačila se pod grane, a prolećno lišće joj se zaplitalo u kosu. Bila je to *hokins* granata, koju nije bilo moguće baciti daleko, ali radilo se o žestokom, đavolskom oružju sa oko kilogram eksploziva u sebi. Koristili su hemijski upaljač, koji se pokreće pritiskom, pa granata ili ne, mogla se savršeno upotrebiti kao nagazna mina. Gurnula ju je ispred sebe, laktovima se provukla ispod iskrivljenih hrastovih grana duž pošljunčanog puta, tražeći zavoj u deblu. Još malo. Pogledala je desno i levo, procenjujući udaljenost do puta, zaštićena granjem. Ovo će biti dobro, podvučena ispod stabla, i dovoljno napred kako deblo ne bi preuzelo svu snagu praska i ostavilo vozilo koje ga gura neoštećeno.

Uklonila je udarnu iglu, a zatim začula krckanje grane koja je popustila kada se deblo trznulo prema njoj. Vrhovima prstiju je zgrabila *hokins* granatu, povukavši je baš kada se deblo nagnulo napred i zaustavilo na mestu gde je upravo postavila prokletu stvar.

Od iznenadnog naleta krvi, ruke su joj se tresle. Čekala je da vidi je li mrtva.

– Sve u redu, kapetane? – začula je Matea iza sebe.

– Ma sjajno – procedila je kroz zube. Zatim je dugo i polako udahnula, pa vrlo pažljivo premestila granatu. Provukla se natrag kroz grane, napeta kao struna.

Mateo ju je povukao na noge i ona prođe rukom kroz kosu, otresajući grančice. Priroda joj se učinila neprirodno tihom, ili je možda samo previše pažljivo osluškivala. Začula je topot jednog od izviđača koji je trčao prema njima.

Mladić je dojurio do prepreke kao da mu je za petama Hitler lično.

– Stablo je minirano! – viknula je Nensi, a on se zaustavio u šljunku i zaobišao ga, posmatrajući divovski hrast kao da će se svakog trenutka podići i napasti ga.

– I? – upitao je Mateo grubo kada je momak stigao do njih.

– Dva kilometra. Mislim... Čini mi se... da ima hiljadu ljudi. Izgleda i artiljerija – dahtao je.

Mateo zapali cigaretu. – Pa, nisu nameravali da dođu na zabavu s balonima i zastavicama, mali.

Nensi ga je prostrelila pogledom. – Pa hoćemo li na položaj?

Ostavili su Huana u šumi blizu srušenog hrasta, a zatim se zaputili na istok kilometar dalje i podelili se. Rodrigo je poveo jedinicu na severne padine dok su Mateo i Nensi postavili osnovne žice za spoticanje s dvojicom francuskih momaka, Žan-Klerom i Žilom.

– Voleo bih da imamo više vremena – promrmljao je Mateo, dok je Nensi ponovo kopala po rancu.

Žan-Kler i Žil su ih posmatrali. Nije odgovorila.

Mateo je od nje uzeo dve granate i smotuljak lepljive trake, a zatim je prvu granatu privezao za tanko deblo mladice kraj puta u visini struka. Više nije progovarao. Nensi je vezala uzicu na drugoj mladici na suprotnoj strani puta, a zatim je posmatrala Matea kako vezuje svoj kraj za prsten udarne igle. Uradio je to jako lepo.

– Žan-Kler – rekla je Nensi – ti i Žil uzmite drugu granatu i postavite je kao ovu, dvadeset metara dalje.

Žan-Kler je preuzeo granatu, žicu i lepljivu traku, pa su dva momka krenula uz put.

Nensi ih je posmatrala kako vezuju žicu na pravoj visini da je zakači prednji deo kamiona. Čak i znajući gde se nalazi, jedva je primećivala gde se tanka siva žica proteže preko puta prošaranog senkama. Pošto su se Žan-Kler i Žil vratili, primetila je njihove napete, usredsređene izraze lica, a gde su im prsti držali *bren* mitraljeze, spazila je izdajnički znoj na metalu.

Tiho im se obratila. – Momci, obučeni ste za ovo. Sve će biti dobro. Zauzmite položaj.

Klimnuli su glavama, a Adamove jabučice skakutale su im gore-dole dok su gutali strah i uzbuđenje, uspinjući se uz blagu padinu prema jugu. Obučeni, sutra malo. Dve ili tri nedelje u razredu od pedesetak ljudi s Nensi koja viče na njih nije isto što i Sandherst.

– Nadam se da ste u pravu, kapetane – rekao je Mateo, preskačući niski kameni zid koji je delio put od polja. Sa ove strane druma nije bilo velikog zaklona, samo jarak za oticanje vode na gornjoj ivici polja i šuma iza toga.

– Zašto? – upitala ga je i učinila isto.

– Jer ako grešite u vezi sa ovim napadom, moraću da onesposobim prvu Žan-Klerovu zamku.

Hteo je da se našali, ali Nensi je bila previše napeta da bi se nasmejala.

– Ne grešim – rekla je, udaljavajući se uzbrdo od njega. Zastala je, osetivši mreškanje u vazduhu pre nego što je usledio zvuk. Prasak ih je zapljusnuo s druma.

37.

Dva sata koja su proveli čekajući da konvoj završi uklanjanje hrasta i stigne do njih bilo je prefinjeno mučenje. Nensi je želela da se to već desi, bilo joj je potrebno da krene, bori se, ali svaki trenutak koji su Nemci provodili u potrazi za daljim minama bio je dodatni trenutak za Gaspara da pripremi odbranu i krene da izvlači svoje ljude sa uzvišenja. Pogledala je na časovnik. Još samo četiri sata dnevnog svetla. Kad bi uspeli da spreče Nemce da pregaze Mon Muše do mraka, većina Gasparovih boraca udaljila bi se s planine.

Zabacila je glavu, naslonjena na zadnju stranu jarka, brojeći udisaje, a onda se trznula pošto je začula štektanje mitraljeza na zapadu. Nekoliko minuta kasnije oglasile su se grlene detonacije minobacača i puške. Bio je to drugi deo plana. Čim se put raščisti, Huan je trebalo da puca na konvoj, a zatim da pobegne. Uz malo sreće, Nemci će izgubiti još sat vremena tražeći ga.

Huan je dvadeset minuta kasnije zadihano uskočio u jarak pored njih. Mateo ga zagrli, a kratak, treperav uzdah olakšanja bio je jedini znak koliko mu je teško palo da ga čeka.

– I? – upita Nensi.

– Klinac je bio u pravu – odgovorio je Huan. – Hiljadu pešadinaca sa artiljerijom kao podrška. Vaša mina je skinula gusenicu s tenka koji su poslali da pregazi drvo i morali su da ga poprave pre nego što su mogli da nastave. Sve po propisu. Čim je izgledalo kao da su skoro gotovi, malo sam ih potprašio – reče, oponašajući kako je osuo paljbu. – Usmerili su minobacače na moj položaj u roku od dva minuta, pa sam zbrisao – zvučao je neraspoloženo, ali zadivljeno. – To je divizija Vafen SS. Nikad ranije nisam video tako dobre trupe na ovom području. Samo najbolje za Gaspara.

Nensi je tečno opsovala u bradu. Samo im je to trebalo. Najbolje trupe u velikom broju. Osećala je miris sremuša, ulja za oružje, mineralni miris tla i znoj. Uskoro će biti tu. Okrenula se u jarku i položila ruku na Žan-Klerovu mišicu.

– Mali, naš posao nije da ih zaustavimo, već samo da ih usporimo. Cilj nam je da gube vreme jureći nas. Napravićemo buku, a zatim nestati poput dima, u redu? – reče dovoljno tiho da ju je mogao čuti jedino Žan-Kler.

– U redu – rekao je.

Minuti su se otezali sve dok Nensi nije začula tutnjavu motora u daljini, a zatim povisila glas. – Ako neko zapuca pre nego što izdam naredbu, lično ću ga ustreliti. Jasno?

– Da, kapetane... – promrmljali su.

Grleno brundanje kamiona na dizel čulo se sasvim jasno. Nensi je virila kroz visoku travu kojom je jarak obrastao. Lagani tenk je predvodio, a za njim su sledila dva poluguseničara koja su vukla haubice. Dovraga... Granate ih ne bi ni ulubile. Posmatrala je teška vozila kako prolaze, potresajući dolinu, a zatim ugledala ogroman broj pešadinaca kako dolazi iza njih, u koloni po četvorica. Dok su prolazili ispod nje, manje od trideset metara dalje, videla im je lica. Muška, ne dečačka. Razvijeni, dobro uhranjeni gospodari svemira, u savršenom poretku maršrirali su kao jedan. Udaljavajući se prema zapadu uz put postali su zelena zmija koja puzi dolinom. Njenom dolinom.

Zgrabila je *bren*, osećajući metal, topao od prolećnog sunca, i pomolila se, ne bogu, već onome ko je u Britaniji napravio taj par granata, nadajući se dodatnoj čaroliji. Ili da bi povetarac, vlaga u vazduhu, milion malih pokreta sveta značili da će se bar jedan od njih otkotrljati ispod poluguseničara pre nego što eksplodira. Ugasiti motor, naterati Nemce da jednu od haubica ostave beskorisnu na putu, a ne da je odvuku u planinu i vežbaju se na dečacima u Gasparovom logoru.

Prva granata je odjeknula – kratak, žestok prasak protresao je dolinu i oterao jato divljih ptica u zaprepašćen beg. Druga se začula pola minuta kasnije. Zvuk je ovoga puta bio drugačiji – prigušen, jača eksplozija koja je potresla tlo, a ne vazduh. Nensi se pribila uz jarak, pogledom tražeći dim. *Da.* Pravi stub dima, crn i mastan od motornog ulja s prvog poluguseničara.

Osetila je kako se Žan-Kler meškolji pored nje.

– Pričekaj svoj red, Žan-Kler.

Paljba mitraljeske vatre, odjek utrostručen visokim padinama iznad njih, obrušio se na Nemce iz šume nasuprot Nensinog položaja kada su Rodrigo i njegov odred zapucali. Štektanje lakih mitraljeza i zabijanje metaka u šljunak koji pršti, mešao se sa oštrim, uzrujanim naredbama na nemačkom, povicima povređenih, a zatim šupalj prasak kada je rezervoar goriva na oštećenom polugusenčaru odleteo u vazduh, zapljuskujući ih smradom. Esesovci su se hitro snašli, zauzevši položaje iza preostalih vozila. Nensini zglobovi pobeleli su na dršci pištolja dok je posmatrala četiri grupe od po tri pešadinca kako postavljaju minobacačke položaje na severnom obodu, gde su im niski kameni zidovi uz put davali zaklon i usmeravaju domet ka Rodrigovom položaju. Osetila je ukus adrenalina, gorčine u grlu.

– Kapetane – zavapio je Žan-Kler, očajnim glasom.

– Čekaj! – prosiktala je.

Još hitrih naređenja na nemačkom i grupice ljudi, s puškama na grudima, pojurile su uz severnu padinu zapadno od Rodriga, spremni da odozgo zaobiđu njega i njegov odred.

Vreme je da im se pomrse konci.

– Sad!

Mateo i Huan skočiše na noge i zavitlaše ručne bombe iz jarka preko pašnjaka i na put među vojnike koji su pucali skriveni iza polugusenčara, dok su Nensi, Žan-Kler i Žil usredsredili svoju vatru na minobacače. Vreme je proticalo veoma sporo i prebrzo. Osetila je svaki metak iz *brena* kao na sopstvenom telu dok su meci probijali tešku uniformu kaplara koji je pričvršćivao minobacač – jedan, dva, tri u leđa po dijagonali od lopatice, kičme i bubrega, bacajući ga napred. Cev je skrenula u stranu izbacivši eksploziv na padinu, i velika perjanica zemlje i stenja odletela je u vazduh.

To ih je uzdrmalo.

– Ajde! Ajde! Ajde – vrisnula je Nensi i krenula za Mateom i Huanom ka zapadu duž jarka u niskom čučnju, dok su Nemci još pokušavali da shvate odakle dolazi nov napad.

U trku je zgrabila još jednu bombu za pojasom, zubima povukla udarnu iglu i zafrljačila je ispod pazuha preko polja. Eksplodirala je uza zid, obasuvši vojnike krhotinama i kamenjem.

Rodrigovi ljudi su prestali da pucaju, nestajući u dubini šume čim se Nensin odred umešao. Žil se okrenuo i ponovo ispalio hitac *brenom*, a zatim se zateturao unatrag, prekrivši oči, kada mu je mina eksplodirala pod nogama. Žan-Kler ga je zgrabio za jaknu i vukao ga, slepog i dok je vrištao duž jarka. Ovde je bilo dublje, bili su bolje zaklonjeni, ali užasno blatnjavo i Nensine čizme su se lepile za tlo. Meci su joj zviždali pored glave, a onda su se opet našli u zaklonu, skriveni šumarkom između njih i velike šume.

– Trči ka drveću! – povikala je. Žan-Kler je pokušavao da podigne Žila u naručje. Mateo ga je odgurnuo u stranu i prebacio oslepljenog mladića preko ramena.

– Kapetane! Na zapad! – viknuo je Mateo kada se okrenuo.

Nensi se osvrnula i ugledala odred Nemaca kako se pentraju preko zida na suprotnoj strani šumice, pokušavajući da je zaobiđu.

Ispalila je nekoliko hitaca, a Huan bacio poslednju ručnu bombu i ona je eksplodirala u izmaglici zemlje i krvi u prvoj grupici.

– Trči! – gurala je snažno Žan-Klera otpozadi dok se nije prenuo, pa su on i Huan pojurili uz padinu do drvoreda. Pratila ih je u stopu. Dok su se bacali u zaklon gustog lišća, Nensi je začula zvuk prvih nemačkih bombardera koji su im tutnjali iznad glave prema Gasparovom logoru.

38.

Denden je obavio radio-prenos i pomagao u lečenju ranjenika, kad su se Nensi i njen odred vratili u logor. Mateo je nosio Žila, omamljenog i krvavog, čitav kilometar i po kroz šumu, ali momak je prešao ostatak puta do logora na sopstvenim nogama, s grubim zavojem preko očiju, dok ga je Žan-Kler držao za lakat i vodio preko neravnog terena. Nensi je poslala ostatak odreda na večeru i odmor, a zatim je odvela Žila u šator podignut od borovih trupaca i cerade, koji im je služio kao poljska bolnica. Denden je već bio tamo, spreman da primi ranjenike, a Nensi je primetila kako mu je preko lica preleteo izraz zapanjenosti i straha kad je prepoznao Žila, što je istog trena prikrio.

Odveo je Žila do kreveta, a Nensi je išla za njima.

– Još ni glasa od Fornijea – reče Denden preko ramena pošto je Žil seo. Nensi klimnu glavom. Nisu mogli da očekuju njegov povratak pre noći. Međutim, dve Tardivine patrole uspele su da uspaniče konvoj granatama i *brenom*, tako da su sat vremena ostali nepokretni na tom uskom grlu kod Polak-en-Maržerida.

– Esesovci? – upitala je, gledajući ga kako odmotava Žilove zavoje. Mladić se trgao, a Denden mu je položio ruku na rame.

– Ne! Naleteli ste na esesovce? – upita Denden.

– Na hiljadu njih, Denise! – reče Žil s dubokim zadovoljstvom. – Kapetan Vejk uništi tenk!

Denden je frknuo i nežno pregledao Žilove oči. – Da, turpijom za nokte i strogom grdnjom, pretpostavljam. Ćuti sad.

– Kad već pitaš, koristila sam *hokins* granatu i hrast. Ima li vesti s Mon Mušea?

Denden je ispirao zemlju i šljunak sa Žilovih očiju. – Ponešto. Šta god da ti je rekao, Gaspar je sigurno nešto učinio da se pripremi. Stalno čujem priče o *žestokom otporu*. – Podigao je Žilovu bradu. – Bićeš ti dobro, momče. Uskoro ćeš opet moći da vidiš moje lepo lice.

Žilova ramena se opustiše.

– Nensi, idi i odmori se. Nećemo ništa više saznati do večeras. Ja ću paziti na Žila.

U tom času je shvatila kako je kosti bole od umora. Stegla je Žila za rame. – Bio si sjajan, Žil. I ti i Žan-Kler.

Zatim je otišla da se negde smesti i odspava. Napolju je skoro pao mrak.

Sledeća dvadeset četiri sata navirali su izveštaji, naređenja, munjeviti napadi da se nemačke trupe ugroze u svom daljem nadiranju. Fornije ju je pronašao u autobusu u dva ujutru i četrdesetak minuta trubio o svojim uspesima na severnom prilazu, a zatim su popili pola boce brendija, praveći planove za sutradan. Nemci su se povukli kad je pao mrak, ali su nagrnuli uz obronke Mon Mušea čim je svanulo, usporeni minama i povremenim salvama Nensinih ljudi u šumi. Dok su stigli do vrha, Nemce su jedino mrtvi dočekali u tinjajućim ruševinama logora. Kada je poslepodnevno svetlo počelo da gasne, Žan-Kler je pronašao Nensi s vestima da je Gaspar uspeo da pobegne i da ga Tardiva dovodi u logor.

Gaspar je zamolio, a ne zahtevao, da je vidi, rekao je Tardiva. Naredila je da ga uvedu u autobus i da se s njim postupa vrlo uljudno. Zatim ga je naterala da čeka. Svejedno bi ga naterala da priček, ali imala je još ranjenika za koje je morala da se pobrine i doušnike koje je trebalo saslušati. Pobrinula se da je Gasparovi ljudi vide kako se kreće među njima, a njeni makiji su se potrudili da svako od njih zna kako je Gaspar bio upozoren, da živote duguju Nensinoj operaciji *Nezahvalni gadovi* i da su brendi koji piju i hrana koju jedu njen poklon.

Ipak, bilo je jasno da su se Gasparovi ljudi borili poput lavova. Ne bi to osporavala ni njemu, ni njima. Saznala je kako je nakon njene posete postavio skrivene mine, udvostručio patrole i poslao izviđače prema gradu, tako da su donekle bili upozoreni. Avioni se jesu obrušili na njihov bivak, sve te udobne barake i ostave sa zalihama, ali ljudi su već bili na položajima u šumi. Njihovo povlačenje bilo je sporo i nespretno, ali izvukli su se u dobrom borbenom stanju i stigli do vodiča i sigurnosti Fornijeovih logora. Bili su krvavi, umorni i odrpani, ali uspeli su. Većina njih. Sedamdeset ljudi je stradalo, a pedeset je bilo povređeno, previše ozbiljno da bi bili od koristi u borbi koja će potrajati dobrih nekoliko nedelja. Izviđači su joj rekli kako je ubijeno više od dvesta esesovaca i da će čitave noći i sutrašnjeg dana biti zauzeti odnošenjem mrtvih i ranjenih niz padine.

Tardiva ju je čekao kod autobusa i ušao je za njom. Gaspar je nespretno sedeo među jastucima. Tardiva je seo pored njega i zavalio se, slika i prilika muške opuštenosti i s neodređenim osmejkom na usnama. Nensi nije ni sela, ni progovorila. Umesto toga, uzela je četku za kosu, namestila pudrijeru na policu i uredila kosu, a zatim izvadila karmin iz džepa i pažljivo namazala usne. Nikada je ne bi pustili u *Kafe de Pari* u ovim cipelama, ali lice je moglo da prođe.

Tek kada je bila gotova i spremna, sela je nasuprot Gasparu.

– Znaš li u čemu je razlika između muškaraca i žena, Gaspare? – osmehnula se. – I molim te nemoj reći sise.

– Jebi se – prosiktao je.

Tardiva ga je tresnuo nadlanicom po licu. Gaspar ga je prostrelio pogledom, ali nije uzvratio. To joj je reklo sve što je trebalo da zna.

– Vidiš? – nastavila je tiho. – Muškarci probleme rešavaju nasiljem. Nemci su bili nasilni prema tebi, što te dovodi ovamo. Ti si bio nasilan prema meni, zbog čega bi te moji ljudi najradije obesili o najviše drvo.

Tardiva je frknuo u znak slaganja, a Nensi primeti tračak sumnje na Gasparovom licu.

– Ali na tvoju sreću, Gaspare, razmišljala sam o tome kako žene rešavaju probleme. Mi razgovaramo – pričamo o svojim groznim osećanjima. Upravo sada osećaš strah. I ljutnju, naravno. Ponos na svoje ljude, i to s pravom, ali ispod toga, *stid*. Oboje znamo kako izgleda kad te izjeda kiselina. E tako kako se ti osećaš sada ja sam se osećala zahvaljujući tebi. Mogla sam da ostanem u tvom logoru i prsim se, dok me neki tvoj čovek ne bi ubio. Mogla sam da umrem od sramote. Ipak, to bi bio sramotno glup način da se umre, zar ne?

Gaspar je obliznuo usne i klimnuo glavom.

– Dobro. Pošto je *Dan D* pred vratima i potreban mi je svaki borac kojeg mogu da pridobijem. Imam uputstva iz Londona šta treba udariti i kada. Potrebni su mi tvoji ljudi da izvedu te zadatke. Potreban si mi ti. Zajedno ćemo zaustaviti Nemce u pomeranju trupa i pružiti priliku saveznicima koji dolaze u Francusku da se učvrste i probiju. To je naša uloga. To je uloga koju ćemo mi – ti i ja – odigrati u oslobađanju Francuske. Bez pojedinačnih bitaka, bez junačenja. Pametna, hirurška sabotaža, jer ovde se ne radi o nama. Ovde je reč o celom prokletom ratu.

Nije progovarao. To je bio dobar znak. Sada je trebalo i zapečatiti dogovor.

– Od tebe jedino očekujem da prihvatiš kako sada ja izdajem naređenja. Pošto si ti major, recimo da sam ja... pukovnik? Učinite što vam se kaže, i dobićete sve oružje i municiju koja vam je potrebna. Dovoljno plastike da raznesete svaki most i železnički čvor u krugu od trideset kilometara i dovoljno novca da kraljevski jedete dok to radite. Dakle, jesmo li se dogovorili?

Zurio je u nju, a Nensi se pitala šta li vidi. Juče, kada je otišla u logor sa svojim zahtevima, video ju je baš kao i prvog dana u Francuskoj – devojčicu, englesku amaterku koja se igra rata po njegovoj zemlji. Sada mu je sigurno jasno da ona nije ta devojka. Od tada je ubila čoveka golim rukama, pridobila poverenje i odanost grupe boraca poput njega, kao i osmislila i vodila operaciju koja je spasla njegove ljude.

– Da, dogovorili smo se.

Nije je gledao u oči, i to joj se nije svidelo. Ustala je i uhvatila ga za kosu na potiljku, snažno je povukla, tako da ju je gledao zdravim okom, čitajući sa njenih grimiznih usana.

– Reci to još jednom, kurvin sine. I reci to malo bolje.

Snaga ga je napustila. – Da, *mon colonel*.

Pustila ga je, zagladila mu kosu i potapšala ga po ramenu pre nego što se vratila na mesto. Razmišljala je o izveštajima koje je primila o tome kako se borio, nadahnjivao svoje ljude. Trebalo joj je da učini ono što mu naloži, ali nije želela da u njemu ubije volju za borbom.

– Onda mislim da treba to da proslavimo, zar ne?

39.

Proslava je trebalo da obeleži njihovo bekstvo od esesovaca, oda počast poginulim saborcima i potvrdi savez Fornijeovih i Gasparovih ljudi. Piće i hranu obezbedili su ujka Bakmaster i Narodna banka Engleske. Esesovci su se vratili u barake u Klermon-Feranu, pa su grupe koje su prolazile kroz sela i plaćale piće, hleb i bilo koji sir do kojeg su mogli da dođu takođe slale poruku meštanima kako će biti potrebno mnogo više od SS-a da ih istrebe. S tim samopouzdanjem i smotuljcima Nensinih franaka u rukama dočekani su kao junaci i vratili su se posrćući pod teretom kupovine.

Nensi je nekoliko sati spavala na satenskom jastuku u autobusu, a kada je provirila u sumrak, iz autobusa je začula smeh i razgovor u glavnom logoru. Očešljala se, stavila karmin i krenula uzbrdo. Klicali su joj. Australijski anđeo, Majka Nensi, Božji Glas, i pukovniče, pukovniče, pukovniče, pozdravljali su je sa svih strana.

Bitka je već prerasla u legendu i pretvorila se iz umalo izbegnutog poraza u potpunu pobedu. Čovek bi pomislio da su Nensi i Gaspar sve vreme radili zajedno kako bi uvukli naciste u zamku.

Dobro. Verovanje u to nikome nije škodilo, a ako su Gasparovi ljudi odlučili da je Nensi neka vrsta taktičkog savetnika, veštica i proročica na Gasparovoj strani, to joj je samo moglo biti od pomoći.

Zauzela je mesto na jednom kraju niza stolova između Dendena i Tardija, s Gasparom na drugom kraju, ali nakon što joj je neko stavio piće u ruku, ustala je i zatražila tišinu.

– Uživajte, momci, jer ovo bi vam mogla biti poslednja večera. – Prolomio se smeh. – Pijem za muškarce koji nisu uspeli da siđu s planine! Za sinove Francuske!

Podigla je čašu i nazdravili su s njom, ali ostala je da stoji i oni su ubrzo opet utihnuli.

– Vrlo brzo ćemo dobiti naređenja i započeti pravu borbu da vratimo svoj dom. Dakle, na neki način nas to čini porodicom.

– Za porodicu!

– Ali zapamtite, momci: to što sam kučka ne znači da sam vam majka, pa ako ikog čujem da me zove Majka Nensi, lično ću ga upucati. Za pobedu!

– Pobeda!

Dovraga, piće je bilo žestoko. Oko vatre su se nizale zdravice, zatim se prolomila pesma, pa još zdravica. Plamen je održavan na vrhuncu. Neko je spustio zdelu gulaša s mesom i povrćem pred nju, a kada ga je okusila, iznenadila se koliko je dobar. Tardiva je primetio njen izraz lica i nasmejao se.

– Tardi, ko je ovo napravio?

– Pogledaj tamo.

U mraku iza svetlosti plamena ugledala je prilike kako se kreću oko kuhinje. Jedna je nosila čistu belu boju kuvara.

– Imamo pravog kuvara?

– To je Gasparov rođak. Dobrovoljno se prijavio da večeras bude *otet*, kako bi nam napravio nešto što vredi pojesti.

Odmahnula je glavom i uzela još jednu kašiku gulaša, uživajući u svakom zalogaju.

– Sve se menja, Nensi. Ljudi su sada s nama – rekao je Tardi.

Nasmešila se. – Pomoglo je što si prestao da im kradeš kokoške.

Opijanje se nastavilo i nakon što se večera završila, kuvar je *vratio* sebe i pomoćnike, a njegovi pomagači i borci ponovo su se okupili oko vatre. Nensi je otišla u šumu da mokri, a kada se vratila, pevušeći partizansku pesmu, shvatila je da se nešto neobično događa. Muškarci su udarali ritam po kamenju, a Gaspar je stajao kraj vatre, košulje raskopčane do struka i s teškim nožem u ruci.

– Zašto se već ne pojebu?

Nensi se osvrnula da vidi ko je to progovorio. Denden, naravno, posmatrajući ih iz mraka.

Pošto se vratila, Gaspar je napravio rez preko golih grudi. Krv je odmah potekla i on je zaurlao. Ritam se pojačavao dok su mu se muškarci, jedan za drugim, približavali, namakali vrhove prstiju njegovom krvlju i iscrtavali se njome po licu, kličući kao on. Oni koji nisu lupali po kamenju sada su ustali, plesali i dobovali nogama, teturali se, klicali uz igru, uzvikujući svaki svoje ratne pokliče.

– E sad, to je stvarno gadno – dodao je Denden, a zatim ugledao Nensi kako se kreće prema vatri. – Nensi, šta pobogu...

Nije obraćala pažnju na njega i odšetala je do Gaspara, odgurnuvši s puta pomoćnika koji je čekao, tako da je posrnuo u travu. Gaspar se nacerio, a Nensi je navlažila prste svežom krvlju iz njegove rane i nacrtala liniju preko lica, a onda su, oči u oči, lice u lice, vrištali jedno na drugo. Muškarci su horski klicali i smejali se, dok je kameni orkestar pojačavao tempo i jačinu. Nensi je zgrabila bocu iz ruke najbližeg čoveka i ponovo se povukla u mrak.

Videla je Dendena kako je posmatra i trudila se da ne primeti izraz gađenja i iznenađenja na njegovom licu.

Treći deo

JUN 1944. GODINE

40.

Sve što je bilo i prošlo zaboravilo se. Povratak meseca značio je više isporuka kao odgovor na Dendenove zahteve iskucane i prenesene sa uzvišenja oko baze na uzvišenju. Darežljivost Londona nije poznavala granice, ali Nensi je morala da uskladi opseg zahteva s vremenom potrebnim da se pretovareni sanduci napune i odnesu u noć pre nego što ih nemačke patrole sustignu. Oružje je zatim trebalo odmastiti, a Gasparove ljude uvežbati da ga sastave i rastave. Denden ih je učio kako da koriste eksploziv, a Tardiva je isprobao nove vremenske olovke i turobno se izjasnio o njihovoj pouzdanosti. London je redovno ažurirao popis meta koje će biti napadnute na *Dan D*, a Nensi je Dendenovim brzim prstima uzvraćala na poruke, predlažući promene i dodatne mete.

Muškarci ipak nisu bili zadovoljni čekanjem. Gasparovi ljudi su naročito hteli da osvete prijatelje ubijene u napadu SS snaga, a Nensi je uvidela kako će morati da im dozvoli da negde oslobode ili potroše svu tu energiju, ako želi da ih zadrži.

Zato je nastavila da odobrava redovne napade, grupice muškaraca putovale su kamionetima na ugalj, koje su sada držali u ambarima i štalama širom oblasti, i napadali usamljene patrole. Tardiva je obučavao muškarce kako da razvuku žicu između stabala uz put kada znaju da se približava patrola. Eksplozija bi uništila prvo vozilo, a grupa bi zapucala na ostatak patrole potpuno novim lakim *bren* mitraljezima pre nego što bi nestala u beskrajnom krajoliku.

Iz svakog uspešnog izleta vraćali su se pobedonosno, a Nemci su se klonili sporednih puteva.

Nensi je spavala kad god je mogla, predosećajući nadolazeću promenu u vazduhu.

Prvog juna Denden ju je prodrmao nakon što je spavala dvadeset minuta najdubljim, najsavršenijim snom, i sanjala svoj krevet u

Marselju. Gađala ga je satenskim jastukom, ali on ga je uhvatio, pro-
klet bio, i bacio joj ga u lice.

– Obuzdaj se, veštice! Primili smo poziv!

– Ne zanima me. Reci Nemcima da se vrate sutra, moram da
spavam.

Ponovo je stavila jastuk pod glavu i zatvorila oči.

Denden je čučnuo pokraj nje i prošaptao:

– *Les sanglots longs des violons d'automne.*

Nensi otvori oči i uspravi se u krevetu.

– Ozbiljno?

Klimnuo je glavom.

– Napokon, Dendene! Dolaze! Za dve nedelje?

Napustila ju je svaka pomisao na san. Stihovi Verlenove pesme,
znak da je *Dan D* pred vratima, delovali su na nju poput osam sati sna
i hladnog tuša.

Denden se nasmejao. – I dalje mislim kako je trebalo da upotrebe
tvoju pesmu kako bi nam dojavili da predstoji napad. Malo je zabavni-
ja od turobnog Verlena. Kako ono beše?

Nensi se izvlačila iz spavaćice i zgrabila košulju.

– Ne bi trebalo to da znaš. U tome i jeste svrha šifrovane pesme.

– Ozbiljno, dušo, zar ti nije palo na pamet da će, pošto je skoro
svaki agent birao Kitsa ili školsko proseravanje o plemenitosti i žrtvi,
neko sigurno odati kako je jedna agentkinja odabrala... Ček', kako ono
beše... „Na mesečini je ona stajala, a mesec joj stade spavaćicu vući.
Obasja joj tu vršak sisice...“

– „Isuse, bože svemogući!“ – dovrši Nensi, provlačeći četku kroz
kosu. Zatim je navukla novu kožnu jaknu. Nedelju dana ranije Fornije
je predvodio napad na fabriku koja ih je proizvodila, i poklonio joj
jednu iz svog plena. Nensi je smatrala kako joj prilično dobro stoji.
Denden je umirao od smeha.

– Pusti to, Dendene. To je najobičnija rima!

– Znam, ali zamisli samo voditelja emisije *Ovde London* kako ga
čita.

Pomislila je na to, i zaista je bilo smešno. Odjednom se zaceni-
la tako da su joj suze potekle. U roku od dve nedelje! Dve nedelje i
čizme britanske, francuske i američke vojske opet će biti na francu-
skom tlu. Trebalo je pojačati izviđanje ključnih ciljeva, proveriti jesu
li zalihe i dalje popunjene svim što je potrebno, potvrditi dogovore za

medicinsku negu i pronaći još pola tuceta napuštenih ambara i opremiti ih kao bolnice.

Obrisala je oči i proverila šminku u ogledalu. – Hajde, Dendene, napravimo malo buke.

Naravno, niko nije znao gde će se saveznici iskrcati, ali u tome je bila cela suština: uhvatiti nemačke trupe na pogrešnom mestu. Zatim je bilo na makijima i borcima poput njih širom Francuske da se pobrinu za to da nema mrdanja – grupice boraca, višestruke mete, dogovoreni udari. Nensi je bila na putu dvadeset četiri sata dnevno, obaveštavala sabotere o tome gde i kada da preseku šine i snabdevala ih granatama i plastičnim eksplozivom za to. Telegrafske stubove i visokonaponske žice oborila bi mećava, fabrike teške mašinerije prestale bi s radom, a svaka stanica za prenos u Kantalu pretvorila bi se u iskričav prasak.

Nisu morali da čekaju ni nedelju dana. Sledeći redovi Verlenove pesme preneseni su kasno uveče petog juna, a Nensi, Gaspar, Fornije i Tardiva su u zoru okupili ljude.

Stotinak najboljih boraca stajalo je na uzvišenju i još pedesetak mladića pripremljenih da krenu i pridruže se drugim raštrkanim logorima. Polovina je nosila kožne jakne koje je Fornije ukrao, a ostali odela sklepana od seljačke odeće, britanske vojne čizme i beretke. Nensi se popela na balvan ispred šumarka i pogledala ih. Prljavi, zapušteni blesani, ali svaki od njih je imao revolver za pojasom, pušku *bren* prebačenu preko ramena i plastični eksploziv u torbi. I vrpoljili su se da što pre krenu.

– Borci Francuske! – obratila im se Nensi. – Danas je dan koji smo čekali. Počelo je oslobađanje Francuske. Znate šta vam je činiti, pa učinite to dobro. Povratite svoju zemlju i zadajmo Švabama udarac u muda koji zaslužuju.

Klicali su kao sumanuti, a zatim su ih vođe odreda povele u grupicama pre nego što je jeka utihnula. Denden je ponudio Nensi ruku, a ona ju je prihvatila da ponovo skoči s klade.

– Zvučiš kao Čerčil, draga!

– *Mon colonel*? – obratio joj se Mateo već u opremi i pružio joj ruksak. Uzela ga je i stavila na leđa.

– Siguran si da ne želiš s nama, Dendene?

– Ne, hvala – podigao je ruke. – Ima suviše oružja. Majka će ostati kod kuće i prirediti vam pristojan doček kad se vratite.

Pažljivo je proverio njen ruksak. – Imaš ručne bombe? Revolver? Plastiku? Konopac? Ubojite saborce? – bacio je pogled na Tardivu, trojicu španskih boraca i ostale muškarce koje je Nensi vodila sa sobom. – Da, vidim da imaš – osmehnuo se. – Igraj na sigurno, Nensi, i vrati se kući.

Poslala mu je poljubac, a zatim povela ljude naniže, u šumu.

41.

U godinama pre rata, nekoliko turističkih vodiča o lepotama Overnje preporučivali su radosti putovanja vozom. U udobnim vagonima prve klase putniku se pružao pogled na duboke klisure, planine obrasle četinarima i iznenadni planinski krajolici bili su nešto što nije smelo da se propusti. Naročito je trebalo doživeti vrhunac inženjerstva priznatog genija Gustava Ajfela, vijadukt Garabi. Vodiči su nabrajali brojeve s gotovo drhtavim uživanjem: raspon od gotovo 170 metara, glatki luk koji se uzdiže 120 metara iznad reke Trijer u otmenoj čipki od kovanog gvožđa. Čudo. Umetničko delo kao i čudo inženjerske veštine.

A Nensi je nameravala da ga digne u vazduh.

Više niko nije koristio železnicu za zadovoljstvo. Šine su se pretvorile u vijugave tamne arterije koje su nosile nemačke ljude i oružje na sever i jug kroz srce Francuske. Spori, teški, gvozdeni vojni vozovi, prepuni vojnika i dima cigareta, sada su se kretali prema mestima savezničkog iskrcavanja. Međutim, Saveznici su uspeli da prikriju namere – Nensi je čula da se pojačanja pripremaju za iskrcavanje na jugu i severu – i Nemci su bili prisiljeni da čekaju i vide s koje će strane krenuti. Dok je pakovala ruksak, Nensi je saznala pravo mesto od toplog glasa voditelja emisije *Ovde London*. Normandija. Opkladila bi se u venčani prsten da će biti Kale, ali ne. Daleko na hladnoj obali Atlantika po magli i talasima, hiljade vojnika mučile su se kroz pesak i trka je sada bila u toku. Ako nacisti uspeju da dovedu ljude i teško naoružanje na te plaže u sledećih nekoliko dana, Saveznici bi mogli da budu potisnuti nazad u more. Ako bi Pokret otpora mogao da ih zaustavi, spreči pripreme, prepreči put i prekine te arterije, velika nemačka ratna mašinerija bi zastala, iskrvarila, a trupe na plažama Normandije zadržale bi se na tlu i silom probile u Francusku.

Fornije je poveo grupu ljudi da unište železnički čvor južno od Klermon-Ferana. Gaspar bi uništio voz cisternu koji je krenuo sa obale, a zatim i samu fabriku goriva. Za to vreme, Nensi, Tardiva i njihova družina srušili bi Ajfelov most preko reke Trijer.

Bila je to glavna meta koju je dobila u danima nakon što joj je Bakmaster prislonio pištolj uz glavu, a i on je rekao da je nezgodna. Ukršteno kovano gvožđe, složen uvijeni metal, divno uravnotežena zver koja je mogla izdržati višestruka oštećenja na više tačaka, a da ipak ne zataji. U svakom slučaju, morao je da leti u vazduh. Ako Nemci ne bi mogli da ga koriste, mreže bi zaribale. Ako bi i druge Nensine grupe uklonile svoje mete – signalne kutije, spojne tačke, delove šina gde su koloseci skretali u nezgodnim zavojima – mreže bi im se zagušile, a popravke bi potrajale mesecima.

Inženjeri u Londonu, proučavajući nejasne izviđačke fotografije, stare crteže, razglednice i fotografije koje je jedan od njih doneo s vrlo prijatne automobilske ture u tom području, savetovali su da je ključna tačka za napad na najvišem delu luka, gde se železnička pruga oslanja na njega, ali za svaki slučaj, bilo bi najbolje da se eksploziv raznese dok voz prelazi klanac. Dodatna težina trebalo bi da osigura rušenje luka. Bili su sigurni. Nensi je mogla da ih zamisli kako vade lule iz usta i sležu ramenima za okruglim stolom u Bejker stritu. Gotovo sigurni.

Činilo se dovoljno jednostavno dok su joj o tome pričali u Londonu, ali kada je prvi put ugledala most, nedelju dana nakon što je iskočila padobranom, Nensi se snuždila. Bio je čudovišan. Brojke u vodičima nisu ništa značile dok nije stala ispod njega, ispružila vrat i posmatrala ga kako se izdiže iznad nje na bledoplavom nebu.

Obale sa obe strane mosta bile su gotovo strme, pa da bi stigli do podnožja luka, morali bi da siđu niz padinu obraslu šipražjem i zaobiđu ogromne kamene stubove. Moglo je da mu se priđe i sa severne strane, ali blaži nagib na toj obali značio je da bi svakome ko ima pušku i postojanu ruku bilo mnogo lakše da te spazi pre nego što stigneš, ili te pošalje strmoglavce s luka i pre nego što stigneš na pola puta. Na fotografijama napravljenim pre rata, metalne lestvice vodile su uz bok betonskih stubova na obe strane reke, ali Nemci su ih skinuli bacačem plamena.

Međutim, ako bi uspeli da se uspnu do vrha pilona, duge, uske metalne stepenice vodile su se sve do krivulje luka. S obzirom na prilično ogoljenu metalnu pletenicu, jedina poteškoća bila je u tome što bi bilo više nego očigledno kada bi se šačica makija popela s teškim paketima eksploziva na leđima.

Nemci su znali da je vijadukt presudan i dobro su ga čuvali. Nensi ih je toliko dugo posmatrala, sedeći satima na prolećnom pljusku s beležnicom i čuturom, da je već prepoznavala pojedine muškarce koji su ga čuvali. Tri patrole su stalno bile u pokretu, šetajući gore-dole uskim stazama na vrhu mosta. Zvono bi se oglasilo deset minuta pre nailaska voza, kako bi im dali vremena da se sklone, a oni su to činili u trku. Sasvim razumno. Još četiri patrole išle su gore-dole uz obale reke i izgradile su drvena stražarska mesta, poput osmatračnica u zarobljeničkom logoru, sa svake strane mosta, s teškim mitraljezima. Nensi i Tardiva su razbijali glavu do kasno u noć, smišljajući kako da izađu na kraj s njima.

Tu je bilo i pitanje kako će znati kada će vozovi preći. Nensi je bila prilično sigurna da se neće držati redovnog reda vožnje kada stignu vesti o iskrcavanju Saveznika.

Bila im je potrebna diverzija kako bi prikrili prilazak i zasede na severnoj obali za uklanjanje patrola. Zatim bi se Nensi, Frank i Žan--Kler sjurili niz padinu, popeli na pilon, pojurili uza plitke stepenice, postavili eksplozive da prasnu dok voz bude prelazio i strmoglavo se vrate istim putem. Baš jednostavno.

Skretanje pažnje bilo je prosto. Lagano. Uski putnički most, tužna, ravna i ružna sestra lepog Ajfelovog luka, prelazio je reku nekih 350 metara uzvodno. Morali su da ga dignu u vazduh. Rodrigo je vodio tu grupicu. Sledeće su bile patrole na obalama, a zatim će Tardiva, Huan i Mateo ostati na položajima kako bi ometali muškarce na vrhu. I sve se moralo dogoditi brzo. Naravno, možda im se posreći i uklone patrole, podmetnu eksploziv i zbrišu, a da Nemci ništa ne primete, ali to je bilo i te kakvo kockanje. Ako bi ih prerano spazili, stražari u kulama bi upozorili voz i zaustavili ga pre nego što pređe preko mosta. Čak i kada bi eksplozivi svejedno prasnuli, Ajfelov most bi se možda mogao popraviti, a umesto udarca u stomak, ceo poduhvat bi se pretvorio u neprijatnost. Nensi nije bila raspoložena da ih samo živcira.

42.

Sredovečni muškarac u kombinezonu polako je vozio bicikl sporednim putem od Sen Žorža, prednji točak mu je škripao pri svakom okretu, sve dok nije začuo tihi zvižduk sa strme obale iznad sebe. Sišao je s bicikla, zapalio lulu i čekao. Dok je zadovoljno pravio oblak dima u vazduhu, Nensi i Tardiva su izašli iz drvoreda i pozdravili ga.

Nije se ni potrudio da progovori, samo im je pružio list hartije, okrenuo bicikl na putu i krenuo nazad. Nensi bi ga poljubila, samo da je ostao dovoljno dugo. Radilo se o mašinovođi koji je proveo trideset godina obožavajući svaku lokomotivu, svaki prag i šinu u svojoj oblasti, a sada je činio šta je mogao da pomogne Pokretu otpora da ih uništi. Samo da se od njega ne očekuje ćaskanje. Nensi je bila prilično sigurna da se može osloniti na njega, ali dogovorili su ovaj sastanak na dan kada su stigli prvi stihovi pesme, i nije mogla da bude sigurna kako je čuo sledeće retke sinoć na emisiji *Ovde London* dok nije začula škripu njegovog bicikla.

– Koliko nam je ostalo? – upitao je Tardi dok je proučavala papir.

– Četrdeset minuta.

Pokupili su ostatak grupe iz zaklona nešto dalje od puta i pregazili Ruso de Mongon, živahnu malu pritoku reke Trijer, a da ih niko nije spazio, promičući između stabla bukve i borova. Nensi je bila zahvalna za svaki trenutak koji je provela na ovim stazama i na svakom satu rada na svojoj fizičkoj spremi koji je izdržala. Uspon je bio naporan. Morali su da se vuku naviše, hvatajući se za stabla, sve dok nisu stigli do uskog rta odakle su videli i put i železnički most.

Nensi je izvadila pudrijeru, a Tardiva je podigao obrve. – Uveravam vas, *mon colonel*, lepo izgledate.

– Odrasti, Tardi – odvratila je, a onda pokvarila učinak isplazivši mu se. Proverila je položaj sunca, otvorila pudrijeru i okrenula ogledalo, nagnuvši ga tako da je poslala tri brza bleska. Daleko ispod njih na reci, odgovorio im je jedan jedini blesak. Nensi je ponovo blesnula ogledalom, ali sada dvaput.

– Razneće ga za dvadeset minuta? – upitao je Tardi, gledajući na sat.

– Tako je. Dakle, hoćemo li krenuti dalje? Jel' sve jasno?

Žan-Kler je zakolutao očima. – *Mon colonel*, ovaj most mogu da nacrtam u snu, i svaki put kad progutam osetim ukus čelika – potapšao je ranac. – Možemo li sad da ga dignemo u vazduh?

Nensi je osetila kako joj se usne razvlače u osmeh, a prsti joj trnu. *Ovo je život*, pomislila je. *Ovo znači živeti.*

– Nego šta.

Tardi, Mateo i Huan krenuli su prvi, a osam minuta kasnije Nensi ih je sledila s Frankom i Žan-Klerom, ostajući visoko uz padinu gde im je drveće pružalo zaklon, i osmatrajući donju stazu kojom su Nemci patrolirali, vijugajući duž linije reke, na pola puta između njih i vode. Nensi je prišla što je bliže mogla a da ne izađe iz zaklona drveća. To je ostavljalo stotinak metara čistine koja se strmo spuštala nizbrdo pre nego što su došli do betonskih stubova.

– Spremni?

Dvojica muškaraca klimnuše glavama i ne gledajući ih, usredsređeni samo na podnožje mosta. Mateo je stezao i opuštao šake.

Nensi je pogledala na sat. – Sad!

Prigušena tutnjava praska s putničkog mosta, zatim još jedna oštrija detonacija i Nensi je ugledala veliki oblak kamenog praha i dima iznad sredine reke. Frank i Žan-Kler smesta su pohitali nizbrdo. Nije mogla da odoli da se ne okrene u stranu gde je ugledala patrolu na zapadnom rubu staze kako se okreće prema zvuku i pravo u rafalnu vatru iz mitraljeza s drveća. Skljokali su se na zemlju.

Potrčala je.

Žan-Kler se već popeo na vrh betonskog stuba šest metara iznad njihovih glava, pričvrstio i zavezao uže, pa ga bacio ka njima. Majka mu je bila u pravu što se tiče njegovih sposobnosti penjanja i imala je razloga da bude ponosna, bio je poput pacova u oluku, duša jedna. Frankova sestra joj je ispričala kako je imao običaj da se iskrada iz kuće da bi posećivao svoje devojke u Monlisonu, izlazeći kroz prozor njihove spavaće sobe i skačući preko krovova u mraku. Otkako je udružila snage s Gasparom, Frank se prema njoj odnosio sa izuzetnim poštovanjem, u pokušaju da se iskupi za to što je prvog dana kovao zaveru da je ubiju. Obojica su bili vešti sa eksplozivom, samouvereno i pažljivo su rukovali smrtonosnim paketićima. Dakle, oni su bili njena družina za mostove.

Krenula je uza zid, penjući se uz uže, a Frank ju je sledio. Žan-Kler je pokupio uže i vratio ga u ranac, a ona je ponovo pogledala na sat.

– Petnaest minuta.

Zvuk raštrkane vatre iz malokalibarskog oružja dopirao je iz smera drumskog mosta. Rodrigo i njegova družina imali su naređenje da zaokupe Nemce što je duže moguće.

Nensi, Frank i Žan-Kler krenuli su uz metalne stepenice. *Ne gledaj gore, ne gledaj dole.* Unakrsne gvozdene konstrukcije izrezale su svet u nemoguće oblike. Upleteni dijamanti neba i reke, obale i šume. Ipak, bilo bi dobro da je postojala nekakva ograda. Čovek bi pomislio kako se najveći inženjer Francuske možda setio da napravi zaštitnu ogradu. Nisu bili te sreće.

Patrole na vrhu mosta i u stražarskim kulama uskoro će prestati da zure u ostatke drumskog mosta. Razmišljala je u ritmu koraka dok je trčala. Južna strana na vrhu ne vidi se iz ovog ugla. Južna strana naniže, mrtvi su, nadala se. Severna strana na vrhu, uskoro ih neće videti, severna strana naniže, mogu da ih primete, a nisu mrtvi. Nadajmo se da ih još ometaju. Kada bi uspeli da dođu do vrha luka pre nego šta ikome od njih padne na pamet da pogleda gore u gvozdenu konstrukciju, možda ih uopšte ne primete. Bio je to dobar osećaj, to zatezanje u mišićima, uzbuđenje što radi ono za šta se obučavala. Čak je i težina plastike u ruksaku bila baš kako treba.

Skoro je stigla. Ponovo je pogledala na sat i istog trena začula zvono upozorenja iznad sebe na šinama. Upozorenje od deset minuta. Prokletstvo. Napregli su se na poslednjem usponu, noge su se bunile, a iza sebe je čula Žan-Klera kako dahće.

To je to. Pogledala je iznad sebe, tražeći prave spojeve gde je trebalo da postavi eksploziv kako bi se napravio lanac od tri bloka po širini železničke pruge, dva kilograma eksploziva u svakom, kako bi se pokidala linija koja seče vrh luka poput vrućeg noža.

U redu. Stigli su.

Raširili su se, Nensi je ostala u prolazu, a muškarci su se penjali, okretni poput majmuna, preko greda. Glatki, uvežbani pokreti, bez potrebe za razgovorom. Obojica su čuli zvono i tačno znali šta znači.

Nensi je provukla žicu kroz eksploziv. Žan-Kler je hodao, kao po vazduhu, održavajući ravnotežu na jednoj od središnjih poprečnih prečki, a njegovi paketići eksploziva već su bili na mestu. Uhvatio je zavojnicu koju mu je dobacila, provukao je kroz svoje paketiće, i dobacio je Franku. Frank je zabio fitilj u svoje, okrenuo se prema njima i nasmešio se.

– Šest minuta – rekla je.

Još okidač pritiska. Frank je zamahnuo preko uvijenog metala, prošao pored Žan-Klera do Nensi i uzeo ga od nje, a zatim se povukao prema gore do tačke odmah ispod šina.

– Žan-Kler, dođi ovamo – naredila mu je.

– Samo želim da budem siguran kako je bezbedno, *mon colonel*.

Frank je ispružio ruku i postavio prekidač u položaj u kojem će težina voza pokrenuti vatromet. Imaju vremena da se udalje od eksplozije za šest minuta. Ovo je bilo skoro previše...

Pucnjevi su zaiskrili iz metala, a varnice su joj poletele u lice i gotovo je zaslepile. Pala je postrance. Frank je jauknuo, teško pao na stazu i otkotrljao se. Nensi ga je uhvatila za pojas i povukla ga nazad. Prekidač pritiska odskočio je o metal i poleteo naniže. Frank je ispružio ruku, ali samo ga je očešao dok se vrtoglavo survavao u reku i nestajao. Površina vode bila je predaleko da čuju i pljusak.

– *Mon colonel*... – promucao je Žan-Kler, a nešto mu nije bilo u redu s glasom.

Okrenula se prema njemu dok je još jedan niz metaka zaiskrio i zveckao oko njih. Žan-Kler se rukom držao za središnji podupirač, presavijen preko otvora nalik slovu *V*. Košulja mu je već bila natopljena krvlju, a Nensi je primetila još jednu otvorenu ranu na butini.

Napustila je stazu i krenula prema njemu na laktovima i kolenima uzduž grede široke jedva tridesetak centimetara, gledajući ga netremice.

– Žan-Kler, možemo te spustiti dole.

– Prekidač za pritisak? – dahtao je, napinjući se sa svakom reči.

– Nema ga više, zaboravi. Nacisti će zadržati most. Daj mi ruku...

Odmahnuo je glavom, zureći u nju. – Daj mi bombu, *mon colonel*.

Shvatila ga je. Ručna bomba ne bi oštetila most, ali ako bi ovde eksplodirala, bila bi dovoljna da pokrene eksploziv.

– Ne.

– *Mon colonel*, molim te.

Više nije mogao da govori. Izvukla je jednu s pojasa, stavila mu je u ruku i sklopila prste oko nje.

– Izvadi iglu.

Izvadila je sigurnosnu iglu i vrhovima prstiju očetkala njegove zglobove.

– Za Francusku – rekla je, a on je uspeo da se osmehne, poluotvorenih očiju.

– Za slobodu – šapnuo je.

– Nensi – vrisnuo je Frank, posežući za njom.

Krenula je unazad preko grede dok je nije zgrabio, odvukavši je poslednjih nekoliko metara, a zatim je gurnuo niz stazu ispred sebe.

Više nije bilo potrebno da gleda na sat. Osećali su kako se zemlja trese dok je voz nailazio iznad njih. Iznad glava su čuli očajničke povike stražara, ali su se izgubili u gromoglasnoj metalnoj tutnjavi voza koji se približavao. Trčala je. Most se zatresao pod težinom lokomotive, a ona je podigla pogled u trenutku kada se pretvorio u bleštavu noćnu moru od metala koji je čangrljao.

Frank je ponovo uzviknuo njeno ime i shvatila je da su na mestu spuštanja. Nema dovoljno vremena. Frank je već usidrio uže i krenuo da se spušta. Obmotala je uže oko sebe, kada se sa obale ponovo začula paljba, a zatim je zakoračila u vazduh i podigla pogled – voz se već približavao drugoj strani obale.

Padala je prebrzo, nedovoljno brzo, uže je bilo vrelo i dralo joj je prste. Sve su uprskali, voz će uspeti da pređe pre nego što...

Sve se dogodilo iznenada. Tresnula je u vodu i pokušala da se oslobodi užeta kad ju je struja okrenula naopačke, dok su iznad nje odjekivale eksplozije. Jedna, dve. Jedna, dve. Granata, središnji deo, zapadna strana, istočna strana. Svet se pretvorio u buku i vodu. Bila je gluva i slepa, prevrnula se u reci, talas toplote i svetlosti udario ju je dok su je kamenje i korenje grabili za noge. Zabolela su je pluća. Tada je osetila kako je ruka vuče za zglob, izvlači napolje, i uzdrhtalo je udahnula vazduh.

Tardi ju je vukao na obalu. Odgurnula ga je i zateturala se kad je videla kako Mateo izvlači Franka iz vode. Zatim su stajali onde, i nemo zurili.

Klobuk dima počeo je da se razilazi i Nensi je ugledala rascep koji su napravili na Ajfelovom predivnom delu. Ostatak mosta je cvileo i ljuljao se, ali voz je još stajao u mestu i nije se micao. Zašto nije odjurio? Protrljala je oči, pokušavajući da ih očisti od rečne vode. Ne. Poslednji vagon nalazio se iznad mesta eksplozije, a sada je visio između uvrnutih rešetki. Cimao je naniže, vukući voz u provaliju.

Sluh joj se polako vraćao, a visoki pisak je utihnuo. Kroz cviljenje metala razabrala je i druge zvuke: vrištanje, vrisku vojnika u poslednjem vagonu. Previše zapanjena da bi se pomakla, Nensi je posmatrala muškarce iz voza koji su i dalje bili na mostu kako očajnički pokušavaju da ga otkače i molećive povike vojnika koji su visili u vazduhu kada su shvatili šta rade.

Neki vojnici su razbijali prozore na vagonima bliže lokomotivi i izvlačili se napolje, trčeći ka severu preko mosta kao uspaničena rulja. Jedan se sapleo, ili ga je neko gurnuo s puta, i kaput mu je lepršao, a ruke mlatarale kada je udario u vodu. Voz se ponovo pomerio, most se zaljuljao i još ljudi se strmoglavilo u ništavilo.

Tada je pobedila praznina. Polako, a onda vrlo brzo, poslednji vagon se oslobodio i povukao čitav voz u naletu unazad, metalna konstrukcija je izdahnula i izvrnula se u stranu kao da pokušava da slegne ramenima, a voz se s visine od sto dvadeset metara strmoglavio u vodu. Ajfelovo remek-delo nije se skroz srušilo, ali pokleknulo je i uvrnulo se u stranu, pruga se prekinula, a luk nagnuo naniže. Most je zastenjao, poput ranjene životinje.

Neko ju je dozivao po imenu. – Nensi! Ajde!

Bio je to Tardi, tresao ju je za ramena.

– Povlačenje – uzviknula je i zajedno su potrčali natrag u šumu ka mestu susreta, baš kada je pričvršćeni mitraljez na suprotnoj obali pronašao mete, a šljunak pod njihovim nogama počeo da prši.

43.

Fornije je pripremio dve poljske bolnice na uzvišenju i šest sigurnih kuća u kojima bi bolničarka, učitelj sa izvesnim stepenom medicinske obuke ili sveštenik mogli da urade nešto i pomognu ranjenicima.

Jedan od Rodrigovih dečaka ranjen je u cevanicu, i Tardiva je tražio od Nensi da ga odveze u bolnicu na uzvišenju i u isto vreme se pobrine za sebe. Nije ni primetila sopstvenu ranu – metak pravo kroz nadlakticu – sve dok nije ugledala krv pomešanu s vodom koja joj je curila s mokre odeće. Tardi će prikupiti izveštaje od ostalih grupa koje su tog dana učestvovale u napadu i javiti joj. Zakleo se da hoće dok joj je previjao ruku.

Momak je bio bled od gubitka krvi i povremeno je dremao uz prozor dok je Nensi vozila. Automobili na ugalj bili su strašno spori, ali mogli su da podnesu uspon. Na pet kilometara od logora zaustavio ih je maki, s *brenom* na prsima i cigaretom u uglu usana. Prišao je prozoru s podignutim pištoljem, ali čim je prepoznao Nensi, spustio ga je i zgazio cigaretu na pošljunčanom putu.

– Pukovniče Nensi! Imamo dvoje ranjenih. Možete li ih uzeti?

– Upadajte.

Mahnuo je rukom i grupica muškaraca izašla je iz šume, noseći između sebe dva mladića, jednog bez svesti i drugog koji je zavijao od bola. Vrisnuo je kada su ga spustili pozadi.

– Uništavali ste prugu zapadno odavde, zar ne? Šta je krenulo po zlu?

Muškarac koji ju je zaustavio slegnuo je ramenima. – Ništa, zla sreća. Prugu je bilo lako srediti, ali na putu kući naleteli smo pravo na patrolu.

Verovatno prezadovoljni sobom da bi bili obazrivi.

Zadržala je tu misao za sebe. – Upadaj pozadi. Pokušaj da ih održiš u životu dok ne stignemo do pomoći.

Izgledao je kao da bi radije opet krenuo u patrolu, ali popeo se, presavio jaknu i tutnuo je ispod glave mladića koji je vrištao. Ostale su ostavili na putu da se sami vrate u logore.

Poljska bolnica je bila prepuna. Dva lekara, tri medicinske sestre i svi koji su mogli da stoje pomagali su gde su mogli. Dečaci su se napolju okupili oko Nensi, gurkajući jedan drugog u stranu u želji da pričaju o svojim uspesima – spaljeni mostovi, srušene bandere za telefon i telegraf. Unutra niko nije imao vremena za razgovor.

Nensi je ostala tamo satima, najpre da joj očiste i previju ranu, a zatim da pomogne drugima. Držala je jednog momka koji je cvileo dok mu je lekar izvlačio metak iz ramena. Morfijum su čuvali za slučajeve ozbiljne prostrelne rane i teške opekotine. Stariji regrut, seljak u četrdesetim, mislio je da mu je supruga. Mirno je pričao o žetvi, a zatim joj je stisnuo ruku i rekao: „Sad moram da krenem" i izdahnuo.

Kada je konačno napustila zgradu, uzvišenje je bilo u mraku. Daleko ispod njih u dolini se oglašavalo crkveno zvono. Gaspar, Denden i Tardi stajali su, pognutih glava, kraj sveže nanizanih humki. Nad njima je sveštenik iz Šodez-Ega izgovarao molitve, iscrpljenim glasom.

Nensi je malo pričekala dok nije završio, a zatim im se pridružila. Gasparu je noga bila zavijena i oslanjao se na svetao pastirski štap – bez sumnje ukraden s nekog napuštenog gazdinstva. Sa štapom i povezom na oku, više nego ikada je ličio na gusara. Nije bilo smešno.

– Zvona zvone za naše pobede, *mon colonel* – rekao je kad je prišla. – Francuska se diže.

– Pobeda? – prozborila je Nensi, zureći u grobove. Mladić sa ozbiljnom ranom iz zadnjeg dela kamioneta nije preživeo. Prestao je da zapomaže kilometar i po pre nego što su stigli do uzvišenja. Kada su konačno stigli, njegov prijatelj je plakao. Skočio je, pognute glave, i krenuo prema šumi, i ne pogledavši Nensi.

– Znali su šta može da im se desi, Nensi – rekao je Denden.

– Hrabre reči peška koji nije uzeo pušku u ruke – ispljunuo je Gaspar.

– Radio je moje oružje – uzvratio je Denden prezrivim glasom.

Oh, ne opet ovo. Što je više radila s Gasparom, činilo joj se da se Denden sve više trudi da ga začikava. Fornijeu su njihove prepirke izgleda bile zabavne, a Tardija nije bilo briga.

Nensi je drhtavom rukom maknula kosu s lica. – Ne danas, momci. Ne ovde – rekla je i udaljila se.

44.

Dan nakon propasti, Bem je izašao na zakržljale ostatke Ajfelovog mosta, a stražari koje je ispitivao, nesiguran šta da učini, trčkarali su za njim.

Trebalo je ranije da ga pozovu. Bilo je dostojno prezira, čak izdajničko ponašanje to što su njegovi nadređeni tako dugo odgađali slanje u Overnju. Činjenica da je polovina mesnih gradonačelnika i dobar deo žandarmerije radio podruku s makijima bila im je poznata već mesecima. Da su ga ovamo poslali tokom zime, dok je sneg olakšavao praćenje makija, kada bi im golo drveće omogućilo da iz vazduha vide njihove jadne logore, sve se ovo moglo izbeći. Firer bi bio u stanju da premešta delove vojske kako mu se prohte, a Saveznici bi već bili poslati natrag u Atlantik, poraženi, da šmrcaju i mole za priliku da se pridruže Nemačkoj protiv Rusije.

Okrenuo se prema najbližem čuvaru. – Video si je, zar ne?

– Samo na trenutak, gospodine! Dok se spuštala s mosta.

– Opiši mi je.

Mladić je delovao zbunjeno. – Ne znam... toliko toga se dešavalo, baš u trenutku kada je voz...

Obojica su pogledali naniže u vodu gde je i dalje ležala iskrivljena lešina voza, a tela zarobljena u olupini povijala se poput korova u rečnoj struji sto dvadeset metara ispod njih.

Bem je uzdahnuo. – Razumljivo je da ti um potiskuje tako bolno sećanje. Imam tehniku koja bi mogla da pomogne, ako želiš.

Čuvar se nasmešio, umiren. – Naravno, gospodine!

Bem mu je prišao. – Vrlo dobro.

Zgrabio ga je za revere i poveo prema pokidanoj ogradi na ivici mosta, naginjući ga nad ponorom. Čuvareve čizme su zveckale o metal dok se borio da ih zadrži na krtim prečkama.

– Neću te pustiti da padneš. Pokušaj da osetiš, molim te, samo *oseti*. – Muškarac je izgledao kao da će mu pozliti. – Jevrejin Frojd ima postavku da izazivanje osećanja potisnute traume vraća sećanje. Sad razmisli.

Čuvar je klimnuo glavom i Bem ga je povukao natrag. Zateturao se u stranu i unazad dok se ponovo nije našao na čvrstom. Bem je išao za njim.

– Sad zatvori oči i vrati se u vreme napada. Šta vidiš?

Čuvaru je ovoga puta išlo mnogo bolje. Bila je to ona. Nema sumnje u to. Jeste se zapitao, nakon što je čuo glasine o ženi koja vodi makije i pomaže u osujećivanju napada na Mon Muše, ali sada je bio siguran. Madam Fjoka, Beli Miš, nalazi se u središtu svih ovih poteškoća u Overnji. Zaista su tajanstveni putevi sudbine. Da se radilo o nekom drugom agentu, Bemu bi trebalo vremena, previše vremena, da upozna teren – pripazi na skrivene opasnosti, nauči njegove navike i slabosti. Ali Nensi je poznavao. Još nije sve izgubljeno.

Vratio se do automobila, gde ga je čekao Heler, brišući naočare. Mlađi muškarac se unervozio kad je video da mu se šef smeši.

45.

Plamen sabotaže bio je tek početak, a ne kraj. London je nastavio da šalje nove mete, a zadatak osujećivanja Nemaca dok su pokušavali da pojačaju prisustvo trupa u Normandiji pretvorio se u bitku kojom se pokušavaju napasti, vezati, iscrpeti i demoralisati. To je značilo još isporuka, više zaseda i redovno snabdevanje manjih grupa makija razasutih po oblasti, a svi su bili u pokretu i trudili se da ostanu izvan dohvata Nemaca.

Dani su se pretapali jedan u drugi dok je Nensi dremuckala po poljima čekajući isporuku zaliha, ili dopuštala jednom od Španaca da vozi, glava joj je padala od umora, a *bren* i dalje ležao u krilu dok su se truckali sporednim putevima. Saveznici su stekli preimućstvo u Evropi, i trebalo ga je zadržati. Nakon što su završili sa spiskovima iz Londona, napravili su svoje, radeći sa železničkim stručnjacima kako bi razneli lokomotive i pruge, ciljajući svaki dovoljno širok put za prevoz oklopnih kamiona, terajući trupe u manja, ranjivija vozila i potom ih navodeći u zasedu, zaskačući ih u munjevitim napadima i nestajući u šumama dok bi put plamteo zapaljenim vozilima ispunjen kricima povređenih vojnika. Dok su mitraljezi štektali, bila je živa i potpuno budna. Čim bi neposredna opasnost prošla, telo bi joj se ugasilo i ošamućena bi provodila sate između napada.

Naravno, govorilo se o odmazdi nad stanovništvom. Mnogo pre nego što se Nensi uopšte vratila u Englesku, nacisti su ustanovili običaj da streljaju taoce kao odmazdu za tajno neprijateljsko delovanje. Isprva su se pretvarali da pogubljuju političke zatvorenike, kurire i komuniste koji su im bili pri ruci u zatvorima, ali sada je nestalo svakog pretvaranja da postoji ikakav red, vlada ili pravda. Možda su Francuzi mislili da se esesovci neće tako ponašati u Francuskoj. Čak i kada su, nakon atentata na Hajdriha, vođu Gestapoa, do njih stigle glasine da su dva čehoslovačka sela zbrisana – muškarci, žene i deca – čak i tada su mislili da se to neće dogoditi u Francuskoj, i da to čine samo na istoku Evrope.

Sada su dobili odgovor. Taj beskorisni bes koji su esesovci osetili kada su otkrili da im se neprijatelj izgubio u planinama i dolinama okrenuo se na stanovništvo, one koji su bili vezani za zemlju i porodice koje nisu mogle da beže.

– Sranje... – trepnula je Nensi i podigla glavu.

Putovali su dole kroz Vedrin-Sen Lu, a put je bio poznat. S vremena na vreme ovde su kupovali zalihe s gazdinstva. Slabašni oblak dima dizao se pravo u vazduh iza sledećeg zavoja na putu. Protrljala je oči, zureći kroz vetrobran.

– Da zaobiđemo? – upitao je Mateo.

Nensi je ponovo pogledala dim. – Ne, ako je to gazdinstvo Boaje, onda gori već neko vreme, a koštaće nas dva sata i tonu goriva za obilazak. Nastavljamo.

Ugledali su prvo telo pre nego što su zamakli za ugao. Starac, radnik na farmi koji im je prodavao sir iz ambara iza kuće. Nemci su ga obesili za jedno od stabala kestena čije su teške grane bacale senku na put. Nensi je osetila kako joj se usta suše. Mateo je skrenuo iza ugla, usporavajući.

Još dva tela, gazda i njegova žena. Boaje je 1918. godine izgubio ruku, pa je bio pošteđen poziva u vojsku i radio je neumorno kako bi nahranio životinje i napunio skladišta. Par je bio obešen jedno uz drugo od vrata do potkrovlja ambara. Njihova deca pokušavala su da ih skinu.

Devojčica od dvanaestak godina, bila je u potkrovlju, pokušavajući da perorezom preseče užad, dok je njihov sin, nešto mlađi, čekao ispod, podignutih ruku, spreman da uhvati tela. Iza potkrovlja seoska kuća je i dalje tinjala.

– Stani – rekla je Nensi.

– Nensi, ne možemo ništa da uradimo – usprotivio se Mateo.

– Jebote, stani, povedi Žila i pomozi toj deci da skinu roditelje.

Znao je kako ne sme da se svađa kada govori tim glasom. Zaustavio je kamionet, izašao i kroz nekakvu izmaglicu, Nensi ga je čula kako izdaje naređenja momcima koji su se vozili pozadi.

Sada su dva njena momka držala noge muškarca i žene, dok je još jedan par sekao užad s vrha. Tela su popadala poput zrelog voća. To ju je podsetilo na ono vreme kada ju je Anri odveo da vidi žetvu u Bordou, kako su gusti ljubičasti grozdovi padali u pripremljene korpe, prepuni soka, prašnjavoljubičaste boje.

Dečak i devojčica kružili su oko muškaraca, jecajući. Devojka je mazila suknju mrtve majke dok ju je muškarac koji ju je uhvatio nosio preko dvorišta. Nisu imali vremena da stanu i pomognu im da ih sahrane. Mateo im je rekao da ih polože na padinu kod gomile drva. Sklopio im je oči i skinuo užad s vratova, dok je devojčica sedela na zemlji između tela, i dalje bez reči, osvrćući se desno i levo, dodirujući ih, držeći ih za ruke i ispuštajući ih, pa ih ponovo uzimajući.

Nensi je izašla iz kamioneta, izvadila koverat iz kaputa i izbrojala svotu novca. Koliko vredi roditelj? Dva roditelja, dom? Nije imala dovoljno za to. Možda dovoljno za hranu za nekoliko nedelja. Da li da ga dâ dečaku? Gde je dečak?

Prišao joj je brzo, uz urlik mržnje, držeći džepni nožić pred sobom, onaj kojim je njegova sestra pokušavala da preseče užad. Kad li ga se dočepao? Vrištao je. Da je ona kriva. Da će je ubiti. Posmatrala ga je kako dolazi. Nije se micala. Mateo se okrenuo od tela, podigao pištolj, ali Žil je bio brži – skočio je s kapije na kojoj je sedeo i udario dečaka kundakom. Klinac se srušio kao vreća zobi, a nož mu se otkotrljao po suvom blatu dvorišta. Žil se sagnuo, proverio dečaka, a zatim ustao.

– Preživeće.

Nensi se i dalje nije micala. Žil joj je uzeo novac iz ruke, a zatim pritrčao devojčici i dao joj ga. Nije razumela, to je bilo očigledno. Um joj je bio raspršen zbog sveopšteg užasa. Možda će se sabrati. Činilo se da nije ni primetila brata položenog na zemlju kraj kapije. Žil joj je gurnuo novac u džep kecelje i ostavio je.

Nensini ljudi su se vratili u kamionet, ona je opet bila na svom sedištu, a seosko gazdinstvo nestalo je u dolini.

Pošto su se vratili do autobusa, i nakon što im je jednolično saopštila mesto i vreme te večeri, Mateo joj je pružio list hartije.

– Bila je zakačena za mesjeov kaput – rekao je. Zatim je uzeo pušku i, sa ostalim starijim muškarcima izašao iz autobusa, ostavivši je samu s hartijom.

Rasklopila ju je. Njena slika. I to prilično verna. Nagrada za ubicu i čudovišnog engleskog špijuna, Nensi Vejk, poznatu kao madam Fjoka, zvanu Beli Miš. Milion franaka. Onaj dečak je za taj novac mogao da kupi novo gazdinstvo. Znala je da je nije zbog toga napao, ali na trenutak joj je bilo žao što nije uspeo da je izbode i uzme novac. *Jebote. Saberi se, Nensi.* Ako su bili spremni da to učine, obese muža, ženu i starca zbog nje, šta li su uradili Anriju? Setila se kad je prvi put ugledala Gregorija, nakon njegovog boravka u Gestapou, i osetila ukus žuči u grlu.

Vrata autobusa su se s treskom otvorila. Bio je to Denden.

– Nensi! Jesi li pripremila odbor za doček za večeras? Poslaće nam svakojake poslastice.

Nije odgovorila, samo mu je pružila poternicu. Brzo ju je pregledao i podigao obrve.

– Milion franaka! Opa, bato! Pa, nemoj da ti to udari u glavu.

Zgrabila je čašu sa stola i natočila veliku količinu onoga što se nalazilo u prozirnoj staklenoj boci na polici. Neka vrsta brendija. Pekao je kao pakao.

– Nije smešno, Dendene. Ti bolesni gadovi drže mog muža i znaju tačno ko sam. Iskaliće to na *njegovoj koži*.

Podigao je ruke. – Izvini, izvini, bila je to glupa šala.

Natočila je još jedno piće i popila ga. Zatvorila je oči i videla kako se starčevo telo ljulja na kestenu. Ko će ga skinuti?

– Da, za tebe je sve to jedna velika šala, zar ne? – promrmljala je sumorno u čašu. Krajičkom oka primetila je kako se Denden zajapurio.

– Šta si rekla?

– Znaš, Gaspar je u pravu – podigla je bocu i sela naspram njega, otpivši još jedan gutljaj. – Ja sam odgovorna za stotine života, ali ti se šepuriš kao da si na odmoru.

Podigao je ruke. – I evo ga!

– Zabadaš kitu u svaku rupu koju možeš da pronađeš... – Ugao oka mu se trznuo, što je bio siguran znak da je povređen. Znala je to. Sećala se sa obuke. Nije marila.

– Dobro, Nensi! Iskali krivicu na pederu!

– Mi smo tamo napolju, žrtvujemo sve... – Osećala je uže u svojim rukama. Videla je sopstvene ruke kako ga vezuju oko njihovih vratova. Videla je sebe kako ih gura iz potkrovlja, smejući se dok je uže škripalo i rastezalo se.

– Ajde, ajde, samo napred, izbaci sav prezir prema sebi, probuši čir...

– A ti nećeš ni pištolj da uzmeš jer si *jebena kukavica*.

Otpila je još jedan gutljaj, gledajući kako ga reči pogađaju između rebara.

– Izvini se, Nensi – rekao je ustajući, prebledelog lica.

Pogledala ga je i shvatila kako ne želi da se izvini. – Za tebe sam pukovnik.

Čekao je, a kada je ponovo progovorio, glas mu je bio leden.

– Poruka iz Londona, pukovniče. Treba da pokupiš pošiljku bazuka i čoveka koji će da obuči makije da ih koriste. Sutra uveče. Kurse. Mesto sastanka je *Kafe dez ami*. Osoba je plavokosa, šifrovano ime Rene. Pitaj ga koliko je sati, on će ti reći da je prodao sat za brendi.

Proučavala ga je. U ovom trenutku ju je mrzeo, to je bilo jasno. I to joj se činilo ispravnim.

– Voljno.

Otpozdravio je i ostavio je samu s bocom.

I dalje nenaspavana, kad bi napola zadremala sanjala je Bema i njegovo lice na trgu. Treperio je između sećanja na eksplozije bombi i plamen. Zatim, dok mu je osmeh postajao ljubazniji i topliji, zahvatio ju je plamen i probudila se s majčinim šapatom u ušima. Došla je k sebi i shvatila kako sedi na rubu polja blizu Sen Marka. Pobogu, zadremala je usred dostave. Kanisteri su se već spuštali, nebo ih je bilo prepuno.

Skočila je na noge, a Tardiva se okrenuo ka njoj.

– *Mon colonel* – rekao je tiho. – Odmori se ako možeš, momci mogu ovo da skupe. Znaju šta treba da urade.

Odmahnula je glavom. – Ovo je moj posao, Tardi.

– To je posao svakog od nas i odgovornost svakog od nas.

Nensi nije ni čula poslednji deo, već je koračala preko polja.

Jedan od kontejnera je imao crni krst iscrtan sa strane. Bio je to paket nege za nju. Bakmaster je zacelo preneo poruku Dendenu da će stići, i zato je on bio tako razdragan zbog večerašnje isporuke. Setila se kako se, kada ga je prvi put dobila, uključujući Verinu kremu za lice, osetila kao da *jeste* Božić. Ipak, sada je nisu zanimali pokloni tate Bakmastera. Čim je kontejner smešten u zadnji deo kamiona, popela se i pomerila rezu, ne obazirući se na gunđanje muškaraca koji su promrmljali kako to nije po propisima. Krst nije označavao samo to da se u kanisteru nalazio paket za Nensi, već je grubo označavao gde je, pa joj je bilo potrebno svega nekoliko minuta da ga izvuče između pakovanja plastičnog eksploziva. Ponovo je iskočila iz kamiona i naslonila se na kabinu dok je odmotavala zavežljaj. Još kreme za lice i bočica parfema. Parfem je bio pristojan antiseptik, pa ga je zadržala. Kremu će pokloniti prvoj seljanki koju bude srela. Zatim, tu je bilo i pismo.

Jako nam je žao što nemamo novih vesti o našem prijatelju u Marselju, pisalo je. Pismo je bilo otkucano. Mogla je da zamisli Veru za stolom u Bejker stritu kako ga kuca, dok oficiri idu tamo-amo u lepim, čistim uniformama raspravljajući o gubicima među agentima u Francuskoj: ko je mrtav, ko se istrošio, ko je završio u logoru ili podrumu. Zatim beleška Bakmasterovim čvrstim rukopisom. *Imaj hrabrosti, draga moja. Kraj je blizu.*

Ma ko ga jebe. Najbliže što je prišao borbi u ovom ratu bilo je posmatranje agenata kako trče preko staze s preprekama. Jesu li se uopšte potrudili da pribave bilo kakve vesti o Anriju? Naravno da nisu. Samo su se pretvarali, da je još malo ućutkaju. Da joj lepi nos sačuvaju usmeren ka cilju sve dok joj neki nacistički sadista ne razbije lice u paramparčad ili je ne obesi u ambaru. Ali Bem je znao. Znao je gde je Anri.

46.

Dečak je zakoračio na sredinu puta. Nensi je morala da snažno zakoči i okrene volan kako ne bi ubila budalu. Čim je dotrčao do prozora, Mateo je stavio prst na okidač pištolja, ali dečak je već prebrzo govorio da bi ga primetio.

– Madam Nensi!

Prepoznala ga je. Videla ga je kako viri ka njoj s vrata sobe u obližnjoj kući. Njegov otac bio je jedan od muškaraca ubijenih u napadu na prugu koji je Fornije vodio na *Dan D*. Setila se govora koji je održala mladoj udovici, jednom od deset koje je održala te nedelje, govoreći porodici kako su muškarci koje su voleli umrli za Francusku.

– Opusti se, Mateo – šapnula je. – Šta je bilo, sine?

– Milicija je u Kurseu. Zatvorili su mestašce – rekao je dečak, bled na večernjoj svetlosti. – Trebalo bi da ga se klonite.

Milicija. Nensi ih je mrzela gotovo više nego naciste. Francuski fašisti su od Višijeve vlade i njenih nemačkih gospodara dobili oružje i uniforme za lov na borce otpora.

– Jeste li ti i tvoja majka dobro? Jel' vam treba nešto?

Dečak je odmahnuo glavom. – Moj tata bi želeo da vas upozorim – rekao je nepokolebljivo.

Nensi je uspela da mu se nasmeši. Znala je da je u pitanju lažan osmeh, oponašanje osmeha koji bi mogla da mu uputi pre godinu dana, kada nije imala krv u očima, ali bio je dovoljno blizu da bude stvaran.

– Bio bi ponosan na tebe. Hvala na upozorenju.

– Ipak ćete otići? – upita, osvrnuvši se po putu.

– Da, maleni. Moram da posetim neke ljude.

Upalila je motor i ostavila ga na putu.

Mateo je pročistio grlo. – Ali Nensi... možemo ugovoriti i drugi sastanak.

Pritisnula je nogom papučicu gasa, osećajući otkucaje srca, ujednačeno i sporo. – Ali, Mateo, potrebno mi je piće.

* * *

Trg je bio pust, a glavni kafe zatvoren. Međutim, mesto na kojem su im rekli da se sastanu s Reneom nalazilo se u uskoj sporednoj ulici i bilo je osvetljeno iznutra. Gotovo da nikoga nije bilo, samo je jedan starac prolazio ulicom, ramenâ pogrbljenih od večernje hladnoće, postrance ih pogledao dok im je svetlost koja je dopirala kroz zatvorene kapke kafea obasjavala lica. Nensi je otvorila vrata. Večeras je sasvim izvesno mirno. Samo četvorica. Milicija. Vlasnik i konobarica stajali su za šankom. Činilo se da njihova veza još nije stigla.

Nensi je sela za sto u sredini prostorije. Devojka, mršava i premlada da bi radila na ovom mestu, prišla im je, osvrćući se oko sebe.

– Konjak, dušo. Donesi bocu – rekla je Nensi.

– Sranje – reče Mateo, dok je devojka bez reči otišla po piće.

– Šta je?

– Pogledaj iznad šanka.

Nensi je bacila pogled. Njena poternica bila je zakačena na gredu.

Mateo se nagnuo bliže. – Idemo, Nensi. Dok još možemo.

Devojka se vratila i natočila prvu turu.

– Oprosti, Mateo – rekla je Nensi. – Ali stvarno želim ovo piće.

Iskapila je čašu, i devojka joj natoči još jednu.

– Kako se zoveš, dušo?

– En – odgovorila je šapatom. Kosa joj je bila prljava, ali pažljivo začešljana iza ušiju, a rukavi čisti.

Nensi se osmehnu. – Kao *Eni iz Zelenih zabata*! To mi je omiljena knjiga. Jesi li je pročitala?

Mateo se osvrnuo. Sada su ih i drugi posetioci posmatrali.

Devojka je odmahnula glavom.

– Ah, tako sam nevaspitana – reče Nensi i gurnu Matea, pokazujući mu pištolj koji joj je već bio u ruci ispod stola. – Trebalo bi da se predstavim. Ja sam Nensi Vejk. Ono je moja slika iznad šanka.

Devojka se okrenula, trepnula, a zatim opet obratila Nensi. – Nude mnogo novca onome ko vas uhvati, madam.

Nensi je klimnula kao da prvi put razmatra ovo pitanje.

– Da. Znaš li zašto Gestapo nudi velike nagrade za ljude poput mene, Eni? Ne da podstakne Nemce – ne. Oni bi me ubili ili predali bez nagrade. To je za Francuze. Za francuske kukavice. Za muškarce i žene koji bi radije lizali izmet s nacističkih čizama nego ustali i branili se. Za Francuze koji kažu da vole svoju zemlju i tvrde kako su ljudi koje izdaju samo kriminalci, Jevreji i komunisti. Pametno. Ove nagrade čine nas obazrivim prema prijateljima i susedima. Moj muž – njega je izdao jedan od njegovih zaposlenih, najobičniji beskičmenjak. Ali u ovome je suština: oni koji sarađuju s neprijateljem neće stići da potroše nagradu. Ne, mi ćemo ih pronaći – svakog političara iz Višijeve vlade, svakog *milicajca siledžiju* – i obesićemo ih za izdajničke vratiće.

Jedan od gostiju je ustao, posegnuvši za pištoljem. Nensi se okrenula i dvaput pucala iz kuka, baš kako su je naučili. Čovek je pao unazad, a sto i čaše su se porazbijale o pod. Eni nije vrisnula, samo je pobegla iza šanka.

Nensi je ustrelila drugog milicajca dok je još petljao da izvuče pištolj iz futrole.

Treći je poleteo na nju s nožem. Miliciji su se pridružile samo kukavice i nasilnici, a kukavice nisu bile dobre u borbi noževima. Nensi je iskoristila njegov zamah da ga obori na podne daske, izvrnula mu je ruku s nožem i jednim glatkim pokretom zabila mu ga u vrat. Kao ples. A bila je tako dobra plesačica. Oh, te noći kada je plesala sa Anrijem pod zvezdama osutim nebom! Muškarac ispod nje se zakašljao, ispljunuo krv koju je osetila na licu poput letnje kiše i utihnuo.

Jedan, dva, tri. Mateo je ubio poslednjeg dok je trčao prema vratima. Pružio se ispred njih. Od čoveka do mesa za svega tri sekunde. To je bila ratna pouka. Svi smo samo meso. Nensi je posegnula za čašom i dovršila piće. Bilo je baš dobro.

Odbrojavala je novčanice da plati piće, i još malo za nered, kada su se vrata otvorila uz zveket i u sobu je ušao visok mršav plavokos muškarac u crnom sakou. Ugledao je tela na podu, razbijene čaše, Matea sa izvučenim pištoljem i Nensi kako plaća račun, rukama crvenim od krvi i od srca se nasmejao.

– Hej, ovo je bolje od uobičajenog sranja s lozinkama! Ja sam Rene. Ako si se dovoljno zabavila, želiš li da pođeš sa mnom i da pokupimo stvari?

Nensi i Mateo su izašli za njim u tamu.

Heler se zahvalio u telefon, izašao u hodnik i pokucao na vrata Bemove kancelarije, a zatim ušao pre nego što je dobio odgovor. Bem je radio pri svetlosti lampe, probijajući se kroz gomilu izveštaja na stolu. Njihov se broj svakim danom povećavao – pljačke, zasede, antinemački leci, grube karikature Firera naslikane na zidovima.

– Madam Fjoka je viđena u Kurseu – rekao je Heler čim je Bem podigao pogled.

– Kada?

– Upravo. Viđena je kako ulazi u kafe s muškarcem pre ne više od deset minuta. – Bem je ustao, a Heler je zbunjeno posmatrao kako uzima kaput.

– Pozovite nam auto, Helere. Želim da nas nekoliko naših ljudi prati odavde i pošalje tri odreda iz kasarne. Postavićemo kontrolne tačke na svakom kilometru puta koji izlazi iz tog sela u roku od sat vremena.

– Idemo, gospodine? Sada?

Video je Bemovo izobličeno lice, brz i potisnut tračak osujećenosti, ali kada je progovorio, glas mu je bio savršeno uzdržan.

– Kurse je udaljen svega dvadeset minuta brzim autom. Gospođa Fjoka očito tamo ima posla. Idemo odmah. U ovom ratu su ljudi koji se boje da delaju nezavisno i odlučno previše vremena izgubili, Helere. Neću da budem među njima.

47.

Mateo je bio ljut na nju. Nensi je osećala talase njegove ljutnje dok su sedeli u kabini kamioneta.

Nije odobravao ono što se dogodilo u kafeu i sada joj je slao zamišljene, razočarane poglede poput tetke koja te je uhvatila kako ne sediš uspravno na čajanki. Šta je, uopšte, bio povod? Mrzeo je miliciju, a sada ih je bilo četvorica manje na svetu. Pritom, umrli su lako, niko ih nije obesio pred članovima porodice ili mučio do ludila u ćelijama Gestapoa.

Bila je toliko zauzeta besom da je jedva primećivala stazu kojom ih je Rene vozio u zahuktalom kamionu, prema zapadu sela kroz šume bukve i kestena. Stigli su do dvospratnog ambara.

U tišini su izašli iz kamioneta i sledili Renea u ambar. Vazduh je bio hladan i suv, i mirisao je na kožu i svežu slamu. Rene je obesio fenjer na ekser zabijen u jedan od podupirača između pregradaka i protrljao ruke. Posmatrali su kako nogom odbacuje slamu i podiže vrata, čavrljajući kao i uvek. Nije to bilo blebetanje, govor uznemirenog čoveka koji se trudi da se nekome dopadne, već tiho veselo brbljanje. Mateu se možda prizor u baru nije dopao, ali činilo se da je Renea samo prijatno zabavio.

– Sautgejt je dogovorio da se ovo isporuči u februaru, ali rekao mi je da ih pričuvam do *Dana D*. Kad sam primio vest o iskrcavanju, zasvrbeli su me prsti da ti kažem, ali bez Sautgejta nije bilo ni naredbe. Jadni Rene! Sve te lepe igračke i nikog da se s njima poigra.

– Gestapo je uhvatio Sautgejta u Klermontu u martu.

Rene je zastao. – Baš šteta. Bio je fin čovek. Iako mu je nedostajalo vaše vatre, pukovniče Vejk – zakikotao se.

Otkačio je fenjer i spustio ga kako bi video iznutra iskopan prostor ispod ambara. Desetak cevi obmotanih jutom. Nensi nije videla bazuku otkako je trenirala u blatu Hempšira, ali prepoznala je njihovu smrtonosnu težinu, usnulu ispod konja.

– Koliko municije imate?

– Dovoljno da uništim čitav bataljon – primetio je način na koji ga je pogledala i slegnuo ramenima. – Po pedeset punjenja za svaku.

– Hajde onda – reče Mateo osorno, pa su počeli da ih iznose iz skrovišta i slažu pored vrata.

Heler je odabrao izvrsnog vozača i prevalili su šesnaest kilometara do Kursea za nešto manje od dvadeset minuta. Heler se mučio da drži baterijsku lampu mirno dok su jurili niz put, čitajući Bemu obaveštajne podatke o selu i njegovim stanovnicima. Poslednje kapi iz oborene boce brendija još su kapale s ploče stola u lokvu krvi jednog od ubijenih milicajaca kad je Bem ušao u kafe.

Vlasnik bara je, mucajući, ispričao priču o ženi, ubistvima i muškarcu koji je došao da je upozna. Pola sata kasnije Heler mu je doneo vest da su kontrolne tačke postavljene i Bem je napustio poprište Nensinog ludila. Svi ti čudni susreti i slučajnosti. Bilo mu je gotovo žao. Kad bi samo uspeo nekako da se probije do nje i natera je da progleda. Svetla su treperila iza kapaka desetak kuća. Heler ga je pratio na trg i zatekao ga kako zuri u nebo posuto zvezdama.

– Postavite zvučnik – naložio je Bem.

– Malo će potrajati, gospodine – odgovorio je Heler.

Bem je samo klimnuo glavom. Činilo se da je duboko zamišljen, i dalje zagledan u noć.

Bazuke su imale uzbudljivu moć, čak i umotane u vreće od jute, mirišući na slamu i zemlju. Nensi se nasmešila. Jedno punjenje moglo bi da raznese oklopni džip tri metra uvis. Uz malo sreće, mogli bi da onesposobe ili unište tenk. Bila su im potrebna dva čoveka da pravilno upravljaju njom, a momci koji ih koriste morali bi da budu propisno uvežbani kako ne bi razneli jedan drugog, ali inače je izgledalo kao da nosiš top preko ramena.

Vrata su se uz škripu otvorila i Nensi se okrete.

Devojka iz bara. Rene je odmah uperio pištolj iz kuka. Nensi je podigla ruku, a on nije zapucao. Zakoračila je napred. Devojka se tresla.

– Eni, pratila si nas? Mogla si da nastradaš, bleso jedna.

Eni je ispružila ruke. – Molim vas, madam, povedite me sa sobom! Znam da kuvam i čistim. Ne šaljite me nazad majci.

Nensi je uzdahnula. – Ne budi smešna. Vrati se porodici.

– Želim da pomognem u borbi! Članovi moje porodice su u miliciji, mrzim ih. Volela bih da su moj otac i brat bili u baru kad ste ušli.

Nensi je pogledala Renea.

– Ne poznajem je. Ni ovo mesto. Ovaj ambar koristim samo za skladištenje. Ne volim ovo selo. Prepuno je fašista. Čujem da im je bilo jako žao kad su otkrili da nemaju Jevreja kojih bi se mogli odreći, iako su pažljivo pretresli svaki kredenac, tek da se uvere.

– A znam i izlaz iz grada – brzo je dodala Eni. – Put kroz gazdinstvo mog ujaka severno odavde. Nemci su već na trgu, postavljaju blokade.

– Zahvaljujući tvom malom ispadu – zarežao je Mateo gledajući u Nensi, vireći kroz vrata ambara. – Moramo da krenemo. Svetla nailaze iz sela.

– Molim vas, madam! – Devojčica je sklopila ruke i izgledala poput jedne od onih bolećivih viktorijanskih reklama o siromašnom detetu zlatnog srca koje se moli za bolesno štene. – Ne želim da idem kući.

Nensi je taj osećaj bio i te kako poznat. – U redu. Završimo sa utovarom i požurimo.

Od iznenadnog brujanja iz sela ukopali su se u mestu.

– Šta, dovraga... Ajmo – reče Mateo.

Nensi mu je stavila ruku na ruku. – Čekaj.

Glas se začuo s trga. Odmah ga je prepoznala, tečan francuski s blagim naglaskom oficira iz Ulice Paradi, čoveka kojeg je videla kako predvodi pogubljenje na gradskom trgu.

– Madam Fjoka? Nensi? Znam da si tamo. Ovde major Bem – zastao je na trenutak, kao da očekuje njen odgovor, a zatim nastavio. – To je bilo prilično ružno u krčmi, Nensi. Kao da *želiš* da te uhvate. Već sam to video, krivica te izluđuje. Pitam se kako se osećaju tvoji ljudi? Znaju li da ih vodiš u propast, baš kao što si odvela Anrija?

Čula ga je. Osetila je njegov glas u kostima. Pogledala je oko sebe. Devojka se popela u kabinu kamioneta, Rene je zastao kako bi osluškivao, a ruka mu je bila naslonjena na kutiju municije koju je upravo stavio u zadnji deo. Mateo je pogrbio ramena, zureći u tlo. Nije želeo da je pogleda.

– Madam Fjoka, Anri je još živ.

Nensi je osetila kako joj celo telo posrće u tamu, osetila je Mateovu ruku na laktu, kako je smiruje. Naprezala se da čuje.

– Kunem ti se da je živ. Predaj se, Nensi, a ja ću se pobrinuti da ga puste. Jednostavno je. Znaš da sam u Monlisonu. Dođi kod mene.

Koraknula je unapred kada je glas utihnuo, a Mateov stisak je čvr- šće steže za mišicu.

– *Mon colonel!* – prosiktao je i ona se pribrala.

– Ko je Anri? – upitao je Rene sa zanimanjem.

– Moj muž.

– Moramo da krenemo, Nensi. Odmah – reče Mateo.

Gotovo ju je ugurao u kabinu, kao da je zarobljenica, i čim su čuli da se Rene popeo pozadi, otpustio je kočnicu i krenuli su u mrak.

48.

Anri je živ. Od pomisli da bi ga mogla spasti srce joj je procvetalo i slomilo se. Mogla je da ga zamisli kako se vraća u Marselj, videti kako ga dočekuju stari prijatelji, čak i otac i sestra, a radost koju je osetila presekla joj je dah. Nije znala, nikada se nije usuđivala da shvati, koliko je očajnički želela da zameni svoj život za njegov. Mislila je jedino na to da doprinese ubrzanom kraju rata, nadajući se da će preživeti do tada. Ovo je bilo mnogo bolje. Prelazila je put, a da nije ni primećivala. Shvatila je da su se vratili tek kada je kamion pažljivo krenuo uz stazu do logora. Nešto nije bilo u redu. Možda je to bio nedostatak odbora za doček. Njeni ljudi su znali da su otišli po bazuke i obično bi se od izgleda za novom opremom uzvrpoljili poput dece koja čekaju Deda Mraza. Nije bilo ni vatre za kuvanje. Ugledala je Huana kako trči prema njoj preko polja. Njegovo držanje potvrdilo joj je strahove.

Izašla je. – Pričekaj ovde – dobacila je Eni preko ramena. – Ostani u kamionu. Ne govori ništa nikome osim Reneu i Mateu.

Mateo je izašao bratu u susret, a sada su zajedno krenuli prema njoj.

– Šta je bilo?

– *Mon colonel*, Gaspar je uhvatio kapetana Rejka s regrutom. Fornije i Tardiva su u donjem logoru. Gaspar...

– Sranje!

Potrčala je uzbrdo. Većina muškaraca stajala je podalje, ali grupa od možda dvadesetak bila je okupljena oko jedne od jama za smeće, smejali su se i gurkali jedni druge. Nekoliko njih je pobeglo postrance čim su je videli da se približava, a da se nisu ni potrudili da upozore prijatelje. Jedan tip je držao kitu u ruci i pišao u rupu.

Napokon ju je i on čuo kako dolazi i napola se okrenuo, a njegovo masno malo lice još je bilo ružičasto od zabave. Udarila ga je snažno u bradu, i upao je u rupu, upišavši se po pantalonama.

– Gde je Gaspar?

Muškarci su počeli da uzmiču. Prvi put je pogledala u rupu. Denden je ležao sklupčan u uglu jame na hrpi izmeta i životinjskih kostiju. Rukama je prekrivao lice, ali videla mu je tamne modrice na vratu i obrazima. Prvo su ga pretukli. Poriv da nekoga strelja bio je gotovo neodoljiv.

– *Mon colonel* – obratio joj se Gaspar, koji je šetao ispod drvoreda s cigaretom među zdepastim prstima, kao da je samo izašao u tihu šetnju.

– Vadite ga odande.

Gaspar je slegnuo ramenima. – Perverznjak je otkriven dok je kvario regruta.

– Pretpostavljam da je regrut uživao u tome.

Razdraženost je blesnula na Gasparovom licu. – Ovi ljudi ne pristaju dobrovoljno da budu plen odvratnog izopačenika.

Obratila im se tiho i jasno. – Taj *britanski oficir* je razlog što imate oružje, municiju i podatke. Bez tog visokoobučenog *britanskog oficira*, niste ništa drugo nego nasilnici koji seljacima kradu ovce i igraju se žmurke s domaćim izdajnicima. Vadite ga odande.

Gaspar nije skidao pogled s Nensi – jedan, dva, tri – zatim je podigao ruku i nekoliko muškaraca je čučnulo na rubu jame i pružilo ruke da povuku Dendena.

– Ne – rekla je Nensi, i dalje tiho, ali prebacujući *bren* preko grudi. – Ti, majore. Silazi dole i pomozi mu.

Povetarac je šuštao kroz drveće, a prošarane senke mreškale su im se po licima. Nensi je čula Matea kako se neupadljivo nakašljao iza nje.

Gaspar je trepnuo. Seo je na rub jame za smeće, a zatim se odgurnuo sa strane. Čizme su mu zaškripale u izmetu i kostima kada je ustao i načas je pomislila da će pasti licem pravo u trulež, ali uspeo je da ostane uspravan. Napravio je tri nejednaka, nesigurna koraka preko smrdljive, ljigave močvare i ispružio ruku.

Denden ju je prihvatio i uspravio se. Bio je prekriven prljavštinom, a krv mu je curila iz nosa i posekotine iznad oka. Nije progovarao.

Muškarci koji su mu bili najbliži izvan jame ležali su potrbuške na tlu, zgrčenih lica trudeći se da ne udišu smrad i ispružili ruke. Gaspar je podigao Dendena odozdo, a Denden se izvukao iz jame i otkotrljao na travu. Ustao je i na trenutak se zaljuljao. Jedan od boraca uhvatio ga je podruku i čvrsto ga držao, a kada je Denden povratio ravnotežu, potapšao je mladića po ruci i polako otišao ka šumi, ne gledajući ni u koga od njih.

Nensi nije ostala da gleda kako izvlače Gaspara. Otišla je pravo do Dendenovog šatora, izvadila košulju i kratke pantalone iz njegovog ranca, zgrabila peškir i krenula za njim.

Čekao ju je kraj kupališta i kada je video da se približava, počeo je da otkopčava košulju.

– Gaspar će platiti za ovo – rekla je dok je odlagala čistu odeću i pomagala mu da skine natopljenu i smrdljivu košulju s ramena.

– Nije to ništa – rekao je.

– Nečuveno je, jebote.

Okrenuo se kako bi joj dopustio da mu oguli tkaninu s leđa.

– Rekao sam da je *ništa* – progovorio je oštrim, jasnim tonom. Htela je da se suprotstavi, a onda je prvi put ugledala njegova leđa, prekrivena ožiljnim tkivom. Debeli tragovi ožiljaka od biča.

– Dendene...

Sagnuo se da razveže pertle i izuo čizme. – Znala si da mi ovo nije prvi put u Francuskoj, Nensi. Bio sam ovde trideset devete. Bio sam na turneji s cirkuskom trupom i završio u Parizu, prenoseći tamo podatke preko mreže otpora. Trajalo je skoro tri godine. Obučen sam da koristim radio na terenu kada je jedan od operatera ubijen. Bio sam jedan od agenata koje su pokupili kada su razotkrili naše šifre.

– Gestapo?

Skinuo je pantalone i oprezno zakoračio s kamenog prilaza u vodu. Bio je mršav i žilav poput nje. Ruke su mu od lakta do zglobova bile jako preplanule. Sela je prekrštenih nogu na obalu dok se on spustio pod vodu, a zatim izronio, sklonivši kosu s lica.

– A ko drugi? Držali su me šest meseci, pa su me deportovali, ali sam s još dvojicom iskočio iz voza. Stigao sam do obale u Bretanji i pronašao ljubaznog ribara.

– Zašto mi nisi rekao? – upitala je, brade oslonjene na ruke.

Dlanovima je izlio toplu vodu preko kože, ispirajući i kosu.

– Zato što ne bi trebalo da pokazujem ljudima ožiljke kako bih dokazao da nisam pederska kukavica.

Nensi se lecnula. Ona je to rekla. Čoveku koji je preživeo tri godine u okupiranom Parizu. Čoveku za kojeg se pokazalo da je tačno znao šta će mu se dogoditi ako bude uhvaćen. Svom prijatelju.

– Dendene, ono što sam rekla... nisam to mislila...

– Jesi. – Dlanovima je uzeo još vode, polio je po grudima, a zatim još više da očisti krv oko nosa. – Svi misle da su pederi kukavice. Bojao sam se da su u pravu. Mislim da sam zbog toga i počeo da prenosim podatke. – Zabacio je glavu, osećajući sunce na licu, raširenih ruku. Izgledao je kao Isus na krštenju. – Misliš da si savremena devojka, Nensi, ali ti si i dalje kći svoje majke. Sve to turobno biblijsko proseravanje još je negde u tebi, i osuđuje nas sve.

Izašao je iz vode i pružila mu je peškir. Obmotao ga je oko struka i seo pored nje.

– Možda si u pravu. Osuđujem i sebe. To me ponekad čini bednom kučkom.

Zavalio se na hladan kamen i pogledao u nebo.

– Uhvatili su te sa Žilom?

– Nisam od onih što ljube i prepričavaju.

Nensi je udahnula, spremna da mu ispriča o milicajcima, Bemu, o tome šta će učiniti, ali taj šturi odgovor joj je stegao grlo. Doslovce ga je izvukla iz govana i pokušala da se izvini. Više od toga mu ne duguje. Da, duguje mu. Znala je da je tako, ali to nije mogla da mu pruži.

49.

Kasnije se o tom nesrećnom događaju nije govorilo, a ako je neko imao šta da kaže o Eninom dolasku u logor, zadržali su to za sebe. Nensi je provela veći deo dana da pripremi beleške za Dendena i oficira kojeg će UPZ poslati da je zameni kad ju je Tardi pronašao.

Ušao je u autobus i zalupio vrata. Zavukla je beleške ispod satenskog jastuka i mirno čekala navalu.

– Mateo misli da nećeš to učiniti, ali hoćeš, zar ne?

Nikad ga nije videla takvog, zajapurenog lica i povišenog glasa. Činilo se da je usisao sav kiseonik u uskom prostoru autobusa, naginjući se prema njoj. Oslonila je ruku na pištolj.

– Nemac te laže!

– Tardi – rekla je smireno – moram to da učinim. Ako postoji ikakva mogućnost da je Anri živ, moram zameniti svoj život za njegov. Volim ga. On bi učinio isto za mene.

Tardiva je udario dlanom o bočnu stranu autobusa, od čega se čitav svet zaljuljao. – Proseravanje! Nisi u Francuskoj zbog njega, već zbog nas. To si rekla, u to si se zaklela.

Nensi je osetila hladan bes u kostima. – Dosta sam učinila za vas! Bože, Tardi, ne paniči! I dalje će biti dostava i mnogo padobrana. Pronađi drugu devojku kojoj ćeš šiti haljine.

Na sekundu se zaljuljao unazad kao da ga je udarila, a zatim joj je ponovo prišao. – Potrebna si nam. Nijedan muškarac neće popraviti štetu ako te izgubimo.

Brzo je ustala, nateravši ga da se povuče. – Anri vredi deset puta više od mene! Sto puta. Ne znaš, Tardi, ne poznaješ ga. Ne poznaješ nas. Bože, da postoji prilika... Umrla bih za ove ljude, ali hiljadu puta pre za Anrija. – Ljutnja je nestala s njegovog lica dok je govorila, ostavljajući tugu i zbunjenost. – I ti bi učinio isto za svoju ženu, Tardi. Nemoj mi to poricati.

Skinula je ruku s pištolja i on se odmakao korak unazad.

– Možda, *mon colonel*, ali mislio sam da si bolja od mene – rekao je gorko.

S tim rečima je otišao. Nensi se sručila na krevet, s glavom u rukama, i prvi put otkako se vratila u Francusku shvatila je da se trese.

Kada se sledećeg jutra probudila, mesto na podu koje je napravila za Eni bilo je uredno pospremljeno. Osetila je kratak žalac krivice što ostavlja to dete, ali Tardi i Mateo će paziti na nju. Pridigla se na laktove i pogledala kroz prozor. Muk. Juče više nije videla Tardija, a niko drugi nije došao da joj kaže šta bi trebalo ili ne bi trebalo da uradi. To je značilo da Mateo nije rekao ni Fornijeu ni Dendenu za ponudu, a Tardi je odluku zadržao za sebe. Dobro. Ovako će biti lakše.

Razvrstaće muškarce u grupe za obuku s bazukama i zamoliti Renea da upozna starije borce s njihovom taktičkom upotrebom. Zatim, dok budu zauzeti, rekla bi jednom od mlađih oficira koji nije čuo za Bemovu ponudu, možda Žilu, da će potražiti drugo mesto za isporuke bliže Monlisonu i krenuti.

Pitala se u kakvom će raspoloženju biti Mateo. Da li joj je oprostio prolivanje krvi u kafeu? Možda je oprostiti bila pogrešna reč. Da bi joj oprostio, morala bi da prizna kako je pogrešila – a nije. Preboleće to. I Gaspar će je držati na oku, tražeći neki način da joj uzvrati za sukob s Dendenom. Pevaće od sreće kada se vest o njenom odlasku proširi logorom, ali tu nije bilo pomoći. Fornije će sada moći da mu se suprotstavi.

Barem je imala da im baci nešto čime će se zabaviti. Izvesnost velikog zadatka nateraće ih da se usredsrede. Denden je sinoć primio poruku iz Londona. Želeli su da Nensina grupa napadne nemačku vojsku šezdeset pet kilometara južno, da povuče deo vojnika i pomogne Britancima pri iskrcavanju u Marselju. Hvala bogu da su imali bazuke. Vreme je da se malo zamuti voda: posavetovaće se o strategiji, budući da Fornije dobro poznaje taj deo zemlje. Gaspar bi mogao da odabere ljude koje treba trenirati s bazukama. Neka utrljaju to na bolna mesta svog ega.

Brzo se obukla i otišla u šumu da obavi nuždu, a zatim se stazom odšetala do glavnog logora.

* * *

Šta, dovraga...? Tardiva je držao Eni za ruku. Skupila se pred njim, a ruka mu je bila podignuta.

Ugledao je Nensi i pustio devojku, gurnuvši je napred na zemlju.

– *Mon colonel*, ovo glupo derište je zapalilo vatru izvan zaklona! Satima je slala dimne signale u vazduh.

– Prestani da plašiš dete i ugasi vatru – rekla je Nensi.

– Ispekla sam hleb, madam – rekla je Eni, pokazujući na desetak kiflica koje su ležale na salveti raširenoj na travi. – Sinoć sam videla pećnicu i pomislila kako bih mogla da napravim poseban doručak za vas, da se zahvalim.

Glupa devojka. Ne treba se razbacivati da napraviš posebno jelo zahvalnosti za oficire. Šta je sledeće? Rođendanska torta? Ali jadno dete.

Nensi se prisetila prvih dana dok je bila u bekstvu i ljubaznosti neznanaca.

– U redu je, Eni. Samo nemoj to da ponoviš.

Eni je projurila pokraj nje, ubacila kiflice u skute haljine i povukla se prema starom autobusu. Tardiva je ugasio vatru za kuvanje, psujući sočno.

– Jesi li video avione? – upitala je Nensi.

Odmahnuo je glavom. – Ali vedar je dan. Mogli bi biti dovoljno udaljeni i dovoljno visoko da vide dim, a da mi njih ne vidimo.

Nensi je gurnula ruke u džepove. – Reci momcima da budu naročito oprezni, a onda ste mi potrebni ti, Fornije, Mateo i Gaspar u autobusu, što pre. Nove poruke iz Londona.

Oklevao je. – I dalje ideš?

– Da. Bojiš se da ću odati naš položaj? – Nije mogla da obuzda podsmeh u glasu.

Izgledao je povređeno. – Ne, ne bojim se toga. Bojim se da Bem laže, da uzalud kršiš obećanje koje si nam dala.

Okrenula se. Nije bilo mnogo nade da je Mateo preboleo jučerašnji dan ako je čuo za Eninu grešku, a onda će mu, naravno, biti deset puta gore kad sazna da je otišla. Dosta. Završila je sa objašnjavanjem tim muškarcima. Još sat vremena i njen posao mirotvorke, majke, uzdanice i dadilje je gotov. Mogu da se staraju o sebi. Vratila se prema autobusu.

– Madam, jako mi je žao. – Devojka je trčkarala uz nju, poput šteneta.

Nensi ju je pogledala – bila je tako krhka. Koliko li je imala godina? Ne više od osamnaest. Samo godinu dana starija od Nensi kad je pobegla od kuće. Bog sveti zna da je Nensi tada napravila dovoljno pogrešaka, samo što je imala povlasticu da nije bežala tokom rata.

– Ja sam kriva, Eni. Trebalo je da ti sinoć objasnim bezbednosna pravila. Kiflice ipak izgledaju sjajno. – Eni se osmehnula. – Moji oficiri dolaze na sastanak, možda će ti oprostiti kad ih pojedu.

50.

Zamisao im se dopala, to joj je bilo jasno. Gaspar je bio kralj zaseda uz put, a Fornije je sjajno baratao plastičnim eksplozivom kojim je uništio desetak malih mostova i dve ključne fabrike od *Dana D*, ali svima im se dopala pomisao na pravu bitku.

Ipak, bili su ljuti na nju. Zbog Eni, zbog Dendena, i tako su pokušali da suzbiju zadovoljstvo zbog tog nauma. Gospode, bilo je to kao da radiš sa školarcima. Eni je ušla s kiflicama. Uspela je da nabavi malo putera iz prodavnice. Miris je bio božanstven. Navalili su na njih. Mateo nije mogao da dočeka čak ni da namaže puter, samo je zagrizao koru i bacio pogled prema nebu. Da, sada je sve oprošteno. Muškarci.

Nensi je polako razmazivala puter, spremajući se da uživa u jelu. Tardiva je upadljivo zanemarivao tanjir, umesto toga pokazujući na kartu. – Ako ovde pronađemo put, a tamo znam tragača kojem verujem, moći ćemo da pucamo po njima sa uzvišenja. Pretvorićemo taj deo puta u polje smrti.

Bila je to dobra zamisao. Na trenutak je odložila kiflicu. – Koliko bi nam ljudi trebalo?

Mateo je progunđao. Pogledala ga je upitno, pitajući se da li ima neku zamerku. Pritiskao je grlo i sav se zacrveneo.

– Mateo, pobogu, gušiš se? Alavi gade. Tresni ga po leđima, Gaspare, daj mu da popije vode.

Gaspar se nasmejao i pljesnuo ga po leđima. Kašljanje se pojačalo i pena mu je navrla na usta. Počeo je da se grebe po grlu, a zatim se ponovo zakašljao. Krv je prsnula po karti.

– Jebem ti! – uzviknuo je Gaspar i zgrabio šolju s vodom, pokušavajući da mu je ugura između usana, ali Mateo ga je odgurnuo, zateturao se i izašao iz autobusa, a zatim se srušio.

– To je otrov! – reče Fornije i pade na kolena pokraj Matea.

Koraci su trupkali niz stazu, i pojavila se grupica momaka, uključujući Špance, sa oružjem na gotovs, ali ugledali su prijatelja i brata kako se bacaka po travi. Mateo se grčio.

– Okrenite ga na stranu! – viknula je Nensi. Čučnula je do njega, stavivši mu ruku pod glavu.

Zurio je u nju, očiju ispunjenih užasom. Krv iz njegovih usta slivala joj se preko zgloba. Pomilovala ga je po kosi, pokušala da mu susretne pogled, ali oči su mu letele na sve strane. Nije mogla proceniti da li je prepoznaje. Ponavljala je njegovo ime, tiho i jasno.

Telo mu se ponovo zgrčilo, zatim ukočilo, mišići na vratu istegli su se poput užadi i on je, krkljajući, izdahnuo. Oči su mu bile prazne. Nemoguće. Istina.

Nensi je ustala. Iza leđa španskih momaka i ostalih, Eni ih je posmatrala. Nensi je potrčala za njom. Devojka se okrenula i jurnula u šumu, zapadno uz padinu prema rtu. Nensi je jurila bez razmišljanja. Eni je plakala, vrištala dok je trčala, a Nensi joj se nemilosrdno približavala, srce joj je snažno kucalo, ali nije bilo sumnje u ishod. Devojka nije imala kud.

Eni se probila kroz drveće na rtu i uspela da se zaustavi na rubu stene, mahnito mašući rukama. Spotakla se i pala na leđa u oštru travu, a zatim se prevrnula i ugledala Nensi kako joj je preprečila put. Povlačila se unazad na stomaku.

– Neću te povrediti, Eni.

Nensi je koraknula napred, a Eni se još povukla unazad. Bože, užasa na njenom licu. Strah divlje životinje. Nensi je duboko uzdahnula.

– Nisi htela da nas povrediš, zar ne? Neko te je naterao na ovo?

Eni je trepnula, ali Nensi se učinilo da je blago klimnula glavom.

– Razumem. Molim te, odmakni se od ivice. Hajde da porazgovaramo, ti i ja. Neću te povrediti.

Devojčine oči mahnito su zverale levo-desno.

– Eni, neću dopustiti da te iko povredi, dajem ti reč.

Nensi se približila i ispružila ruku. Ovog puta, Eni ju je prihvatila.

Otrovni hleb je goreo u prekrivenoj logorskoj vatri. Muškarci su posmatrali Nensi kako sprovodi Eni između njih i ulazi u autobus. Videla je izraz u Tardivinim očima dok su prolazili. Postavljao joj je pitanje, a ona još nije znala odgovor.

Krvlju poprskana karta i dalje je bila na stolu. Nensi ju je ostavila tamo.

– Reci mi sve.

Devojka se tresla, jako, kao u groznici.

– Ajde, Eni, anđeoski deo moje prirode kaže da sve možemo rešiti razgovorom, zato pričaj.

– Muškarac iz Gestapoa... rekao je da mi je to dužnost. Da sam posebna.

Bem. Naravno da je on.

– Kada? – upitala je Nensi.

Eni se osvrnula oko sebe kao da očekuje kako će dotični oficir da iskoči iza sedišta.

– Kad ti je to rekao? Sinoć?

– Došao je u kafe, nekoliko minuta nakon što ste otišli. Pošto vas je prijatelj odveo u ambar. Svi smo znali da ga je iznajmio od mesjea Butela. Sećam se da sam još plakala. Pokazao je veliko zanimanje kad sam mu rekla ime i razgovarali smo. Bio je ljubazan. Nemci pokušavaju da izgrade bolji svet. Jevreji i stranci pokušavaju da ih u tome spreče. Rekao je da je to zbog ženâ poput vas... Naterali ste Nemce da rade ono što nisu hteli. Da spaljuju gazdinstva. Rekao je da će mir zavladati kad vas i vaših ljudi ne bude. Rekao je mnogo toga. Dao mi je otrov da vam ga stavim u hranu. Poslao me je za vama.

Neko je sigurno uočio Nensi pre nego što je stigla do bara. Pred očima joj je blesnula slika muškarca kako prolazi pored njih na ulici.

– Rekao je da će zaštititi moju porodicu! Da moram biti hrabra zbog njih! Rekao je da će mene zaštititi!

Nensi je osetila kako joj bes kola u venama. Videla je sebe u ovoj devojci.

– Ne može on to. Samo ja mogu to da učinim, Eni. Jesi li mu spomenula šta sam rekla o knjizi? – Eni je zbunjeno odmahnula glavom. Bem je već znao koja je Nensina omiljena knjiga. – I Bem ti je rekao da kažeš kako si pobegla od majke?

Klimnula je glavom.

– Znaš li kako je došao do tog podatka? – upitala je Nensi konačno. – Tako što je mučio mog muža, kučko nacistička.

Uhvatila je Eni za ruku i izvukla je iz autobusa. Devojka je pokušala da se odupre, plakala je i cvilela, hvatajući se za stara sedišta, ivicu vrata, ali bila je slaba, a Nensi je ojačala.

– Rekli ste da me nećete povrediti! – vrisnula je kad ju je Nensi bacila na zemlju pred Tardivine noge.

Podigao ju je i uhvatio za desnu ruku, a Rodrigo za levu.

– Pretpostavljam da smo obe lažljive pizde – ispljunula je Nensi.

Šta li je Bem učinio Anriju da ga natera da se odrekne tih sitnih tajni iz prošlosti? Njena porodica, omiljena knjiga. Osetila je suvu vrelinu starog skrovišta ispod trema u Sidneju, dok je čitala uz svetlo koje je jarko prosijavalo kroz podne daske. I pretnju majčinih koraka iznad nje.

Nensi je izvadila pištolj i ponudila ga Huanu. – Ubila ti je brata.

Odmahnuo je glavom. – Ona je samo devojka.

Eni je klonula između muškaraca koji su je držali. – Pustite me, oprostite, oprostite... Nikada me više nećete videti...

– Tardi?

– Ja ne mogu.

– U redu.

Nensi je podigla pištolj. Eni je hitro podigla glavu i zagledala se u Nensine oči.

– On je mrtav. Vaš muž. Major Bem je rekao kapetanu da je šteta što nije izdržao duže, jer je bio od velike pomoći. – Nensi je pritisnula okidač i devojčino lice se izobličilo u zlobnu grimasu. – *Heil Hit...*

Nensi je dvaput opalila. Devojčino telo se trznulo u Tardijevim rukama i oni su je ispustili. Nensi je vratila pištolj u futrolu i otišla u šumu, ostavljajući muškarce da rasčiste nered.

Otišla je pravo do rta i stigla do ruba pre nego što je pala na kolena. Ruke su joj se ponovo tresle. Trebao joj je trenutak, samo trenutak, ali um joj ga nije dao. Anri je mrtav. Tardi je bio u pravu, Bem je lagao. Čula je krkljanje krvi u Mateovom grlu, osećala je Enin tanani zglob dok ju je vukla, videla poslednji devojčin pogled ubojitog besa.

Više ne može biti mira, ne za nju. Bakmaster i oni poput njega mislili su da je mir samo kraj borbe, nemačka vojska uredno spakovana, Francuzi slobodni i zahvalni. Kraj je blizu, Nensi! Bio je budala. Svi su bili budale. Ovom paklu nema kraja, samo će menjati boje i ukus.

Uže koje je Denden koristio da joj pokaže kako da visi preko litice još je ležalo tamo. Obično uže, poput onog kojim su Nemci pravili omče za jednorukog farmera i njegovu ženu. Nensi je ustala i podigla ga. Jedan kraj je još bio čvrsto pričvršćen za stablo. Sada su počivali u miru. To je mir. Ne u raju, ne u paklu, samo na mestu tišine gde nema razmišljanja ni sećanja.

Napravila je petlju.

Bez ljubavi, bez mržnje. Bez nasilnika, bez propagande, bez očajne dece s gnušanjem za osvetom. Bez besa, bez krivnje. Bez Anrija.

Navukla je uže oko struka.

Mora biti lep prizor. Instinkt je moćna stvar. Uzela je pudrijeru iz džepa, otvorila je i pogledala se, brišući ugao usana kad je uhvatila vlastiti pogled.

Zapljusnuli su je bes i gađenje, i ona ju je bacila, Bakmasterov slatki mali oproštajni dar uz „nadu da nećeš biti mučena i umreti od gladi". Zavrljačila ga je preko ruba litice, a onda je potrčala i bacila se u prazninu.

I ostala da visi.

Stopala su na rubu koji se kruni, ruke napred poput padobranca, uže oko struka zategnuto. Čvor je malo popustio i ona se trznula za centimetar napred. To joj je izmamilo osmeh. Možda će popustiti. *Hajde, bože, ako te ima. Lak sam ti plen.* Možda će ona i sav njen iznenadni dar za smrt nestati u čistom vazduhu Kantala, a njeno meso nahraniti drveće i istrunuti s njenim grehom.

Ali uže je izdržalo i ona je zurila naniže i dalje, u dolinu. Pomislila je na Bema. Taj radoznali nežni osmeh koji joj je govorio kako je zadovoljan svojim svetom. Sada je u Monlisonu, za svojim stolom, potpisuje svoje obrasce. Ovaj zarobljenik da umre, to selo da se spali do temelja, ovi ljudi da budu premlaćeni tako da ih majke ne prepoznaju, a ovi da se strpaju u smrdljiva kola za stoku i odvezu u Nemačku. *On* nije u paklu. Kako je to moguće? Prebacila je težinu i visoko podigla ruke.

Bila je gospodarica praznine. Ona će mu doneti pakao.

51.

Tardivi je, naravno, sama pomisao na to bila mrska. Prvi poriv bio mu je da je uteši, ponudi saosećanje, budući da je shvatio šta je značilo to što joj je Eni bacila Anrijevu smrt u lice. Kada mu je rekla da su joj se promenile namere ali ne i odredište, tiho se udaljio, ali ne pre nego što joj je rekao da je to samoubilački, idiotski potez, razbacivanje sredstava i ljudi.

– Mi ćemo poći, *mon colonel* – rekao je Rodrigo. – Huan i ja. Neću dopustiti da ovo prođe neosvećeno.

– Upravo tako – odvratio je Denden, tresnuvši šakom o sto tako da su prljave šoljice zazveckale. Enina šoljica. – Ovo je samo osveta! Osveta za Matea, osveta za tvog muža.

– A šta u tome ne valja, jebote? – brecnula se Nensi, otvarajući kutiju s granatama i dodajući pojaseve dvojici Španaca.

– Tvoj zadatak ovde trebalo bi da bude za sve nas – odvratio je Denden. – Za one koje su nacisti ubili i za svaki život koji nameravaju da oduzmu. Za to si se obučila.

Rene se počešao po uhu. – Mene baš briga zašto ih ubija, sve dok nacisti završe u sanduku. Ja sam za!

Denden je ponovo pokušao. – Igraš njegovu igru, Nensi.

– Dosta! – Nensi mu je dobacila mračan pogled. – Gospodo, cenim vašu zabrinutost, ne morate s nama, ali neću, *ne mogu* dopustiti da im ovo prođe. – Okrenula se Huanu. – Budi spreman za sat vremena. I ti, Rene.

– Mogu li da ponesem svoje igračke? – Rene je trepnuo prema njoj.

– Naravno.

– To! Hajde, momci. Da skupimo još dobrovoljaca.

Denden je kroz prozor posmatrao kako Rene skakuće putem.

– On je lud. Svesna si toga, Nensi?

Slegnula je ramenima. – Sad smo svi ludi. Imaš najnovija uputstva iz Londona, Dendene. – Pružila mu je beleške koje je napravila prethodnog dana, u onim osetljivim satima dok je mislila da može spasti

Anrija. – Sve što je potrebno borcima i njihovim porodicama. Koordinate za moguće dostave i mesta za skladištenje oružja. Uobičajeni kodovi. Znaš šta da radiš ako se ne vratim.

Stavio je hartiju u zadnji džep i polako ustao. Modrice zadobijene prethodnog dana terale su ga da se kreće poput starca. – Znam. Ali vrati se.

Pošto je otišao, Nensi je uzela crveni satenski jastučić i makazicama za nokte isekla postavu, a zatim napipala nešto. Bilo je možda desetak tableta. U mračnom autobusu, izgledale su poput bisera. Cijanid. Plan je bio da ušije po jednu u šavove svake košulje, kao osiguranje protiv Gestapoa. Naravno, niko iz UPZ-a im nije rekao da se ubiju ako ih uhvate. Tablete su jednostavno predstavljene, vrlo pristojno, kao mogućnost. Ne podnosite mučenje? Želite da prestanu silovanje i premlaćivanje? Ne možete da živite sa sramotom što ste izdali svoj narod? Ne biste se izlagali opasnosti da ga se možda odreknete? Evo patentiranih tableta doktora Bakmastera, i nema brige.

U Bjuliju se šuškalo da ih niko nije uzeo, ali je mogućnost da se muke okončaju nekako donosila olakšanje pred predstojećim užasom. Možda i jeste tako, ali znala je da samoubistvo nikada neće biti njen način, ni uteha, ma šta se desilo. Ponovo je gurnula ruku u torbu i izvukla pola boce parfema. Još jedan poklon iz Bejker strita. Odvrnula je raspršivač i ubacila tablete, a zatim posmatrala kako se smrtonosne tablete otapaju, pretvarajući taj lepi, skupi miris u otrov.

Prilike su se zaista menjale. Madam u Monlisonu je pristala da odvede Nensi u sedište Gestapoa za samo hiljadu franaka i njenu burmu. Razgovarali su u kuhinji njene tihe male kuće u zabačenoj ulici. Nensi je bila iznenađena koliko je lako predala burmu. Sada je bila samo drangulija. Želela je Anrija, a ne taj zlatni kružić.

– I izjavu – dodala je madam.

– Kakvu izjavu, madam Žilijet? – Nensi je zahtevala da dobije haljinu kao deo nagodbe, i sada ju je isprobavala, diveći se sebi u ogledalu u prirodnoj veličini. Haljina je bila vešto skrojena, čitavom dužinom satkana od tamnoplavog pamuka, ali je izgladila Nensine obline. Pravi stepen nagoveštaja, a da ne bude previše upadljiva na ulici.

– Morate ovo da potpišete. Svojim pravim imenom.

Nensi se okrenula od ogledala i videla kako je madam Žilijet zauzeta pisanjem.

– Šta je to?

Madam Žilijet je sedela uspravno u stolici. – Napuštam grad da budem sa sestrom u Klermontu, pošto smo učinili sve što je trebalo. Nemci gube. Kad izgube, narod će reći da sam sarađivala s njima. Ova izjava potvrđuje da sam bila dobar prijatelj Pokreta otpora.

Nensi ju je pogledala. Uglađena i uhranjena. Nije bilo sumnje da su joj mušterije donosile ponešto više od dana kada su Nemci stigli u Monlison. Zanimljivo. Fornijeovi ljudi su joj rekli kako su borci koji su stigli u njihov logor nakon *Dana D* zaudarali na naftalin, a da su seljaci koji su prošle godine odbijali da im pomognu sada hodali satima kako bi im ponudili poslastice sa svojih polja. Čak i uz pritiske, znali su da će Nemci na kraju otići, pa će doći vreme za svođenje računa.

Nensi je uzela olovku i dok je potpisivala, protivno pravilima koja su im utuvili u glavu u Bjuliju, potpisujući se kao *Nensi Fjoka, rođena Vejk*, čula je drhtav uzdah madam Žilijet.

– Odvešću vas do kapije. Nijedna od mojih devojaka nije tu večeras, ali nisam jedina svodnica u gradu, madam. Možda i druge devojke zabavljaju policajce.

– To je njihova zla sreća – odgovorila je Nensi i vratila olovku. Pustila je da se madam Žilijet izvuče, ali to nije značilo da će se prema svakom saradniku u gradu postupati blago. – Imate izjavu. Vodite me.

52.

Žilijet ju je izvela na glavna vrata i skrenula u sporednu ulicu. Sedište Gestapoa, nekadašnji hotel, gledalo je na živahni trg u blizini železničke stanice, a stanovništvo Monlisona je svakoga dana viđalo oficire u SS uniformama, crnim kožnim kaputima, kako dočekuju članove gradskog veća na sastanke i dogovore. Ljudi su ih posmatrali i prolazili što su brže mogli. Pre rata, taksiji i automobili su iskrcavali poslovne ljude i turiste ispred otmenog trema, ali njihov prtljag, kao i hrana i posteljina za hotel, unošeni su otpozadi, iz dvorišta. Sada se preko tog dvorišta odvijao pravi posao Gestapoa – kombiji su pristizali u svako doba dana i noći, stražari precrtavali imena na spiskovima, dok su muškarci, žene i deca, nemi od straha, sprovođeni kao stoka i proterivani kroz stara vrata za poslugu i dole u ćelije.

Tako su pristizala i uživanja kojima su se oficiri odavali – raskošna roba pokradena iz tuđih podruma, dućana i napuštenih vila, pa i žene. Četiri stražara čuvala su ulaz u dvorište: dva na uzdignutim platformama, odakle su imali pogled na dvorište i put koji vodi do njega, a druga dvojica spremna da zabrave kapiju i provere imena na spiskovima. Stražar je pomno zurio u Nensi, a ona je oborila oči, iz straha da se u njima ne primeti blesak mržnje. Osećala je otrovnu tamu u krvi i kostima, i bila je sigurna da bi mogla ubiti ovog čoveka ako bi ga samo dodirnula vrhom prsta.

– To nije uobičajena devojka. Kapetan Hese obično voli malo punije od ovog komada – rekao je stražar.

Nensi je osetila kako mu oči klize po njoj.

– Sofi je bolesna – odvratila je Žilijet. Zvučala je kao da joj dosadno, razdraženo. *Rođena glumica*, pomislila je Nensi, ali valjda su kurve to morale da budu. – Kapetan Hese je rekao da će ova devojka biti u redu. Hoćeš da ga ostaviš da čeka?

Stražar je slegnuo ramenima i napravio zabelešku u dnevniku. *Piletina za kapetanov sto*, napisao je.

Žilijet je otišla, odmah je skliznula u noć. Stražar je ispružio ruku, pucnuo prstima i Nensi mu je pružila svoju torbu. Otvorio ju je. Ruž za usne, parfem i dva prezervativa umotana u foliju. Šmrknuo je i vratio joj torbu, a zatim je poveo od kapije do vrata za poslugu. Nensi nije bila prvi oficir UPZ-a koji je došao ovim putem. Razmišljala je o onome što je čula o Morisu Sautgejtu, čoveku koji je zarobljen neposredno pre nego što je iskočila u Francusku. Pomislila je na dvojicu radio-operatera koji su u isto vreme nestali kroz ova vrata u magli i mraku, pitajući se jesu li još živi u nekom logoru. Pomislila je na Anrija i stisnula šake, zabijajući nokte u dlanove.

Oglasna ploča bila je pričvršćena za zid odmah iza vrata. Nensi je bacila pogled postrance, tek toliko da vidi Fornijeovu i svoju sliku, kao i besmislenu svotu novca koju su sada nudili onome ko ih dovede u ovu zgradu. Stražar na nju nije ni obratio pažnju, samo ju je, lupajući u teškim čizmama, poveo uz uske službene stepenice i u deo zgrade namenjen gostima hotela, a sada i oficirima. Teška lamperija bila je isprekidana ogromnim ogledalima i električnim svetiljkama ispod vitraža. Nensi je prolazila između beskonačnog broja sopstvenih odraza. Stražar se pretvorio u vojsku, a i ona u mnoštvo žena, čije su korake prigušili debeli tepisi.

Gurnuo je vrata i klimnuo joj s podsmehom. Pet muškaraca je podiglo pogled sa stola. Nijedan od njih nije bio Bem. Osećaj joj je bio ispravan. Bem je čisti esesovac i nikad ne bi uprljao telo s francuskom kurvom. Ovi muškarci su je pogledali s pohlepnim iznenađenjem.

Tu se već nalazila druga devojka, plavuša, sedela je u krilu oficira koji nije izgledao kao da ima više od dvadeset godina, crvena do ušiju dok ga je milovala po potiljku i migoljila mu se u krilu, zbog čega su se stariji muškarci smejali.

Kapetan najbliži Nensi je ispružio ruku i obgrlio je oko struka, povlačeći je prema sebi, drugom rukom prelazeći preko njenih grudi i niz stomak, a zatim ju je gurnuo ispod suknje, uvlačeći prst između gornjeg dela čarape i butine. Nije čak ni podigao pogled na njeno lice.

– Slatka neznanko, kako je ljubazno od madam Žilijet da nam pošalje nešto sveže.

Nensi mu je podigla kapu s glave i stavila je, a zatim se nagnula napred kako bi ga poljubila u vrh proćelavog temena.

– Sveža i jaka, gospodine – uzdahnula je, pribijajući se uz njega. Prsti su mu zalutali do pamuka njenih gaćica, a drugi muškarci su se nasmejali. – Još jedno piće?

Pustio ju je da se odmakne do stočića na kojem je stajao bokal crnog vina, okružen s desetak čaša. Jedan od oficira postajao je sve nestrpljiviji zbog mladih devojaka. Pomakao je stolicu i počeo da ljubi devojčin vrat, gnječeći joj grudi debelim prstima dok se ona kikotala, stenjala i migoljila na mladićevom krilu. Bili su zajapureni, znojavi od rastuće želje, nestrpljivi. Nisu mogli da skinu pogled s plavuše.

Nensi je sipala sadržaj bočice s parfemom u vino i promešala ga u bokalu pre nego što je napunila čaše i stavila ih na sto pred svakog policajca, a zatim se vratila na mesto pored prijatelja debelih prstiju i podigla čašu.

– U zdravlje Firera! – izjavila je. Čak i trenutnom stanju, njihova obučenost je proradila. Svi muškarci zgrabili su čaše i podigli ih uvis, ponavljajući zdravicu, čak i ako nisu mogli da skrenu pogled s devojke koja je dahtala na mladićevom krilu.

Nensi je osetila kako joj vino dodiruje usne. Svesna poriva da ga i sama popije, sruči u grlo, ali oduprla se. Bem je bio negde u toj zgradi i čekao ju je.

Svaka čast UPZ-u, od tog trenutka sve se odvijalo munjevitom brzinom. Njen prijatelj s debelim prstima počeo je da dahće, s rukom na grlu. Još jedan oficir je ustao, teturajući se napravio dva koraka do vrata, a zatim se sručio na crveno-plavi tepih položen preko uglačanog parketa i počeo da se trese.

Nensin oficir ju je po prvi put pogledao u oči, a na njegovom mesnatom licu videla se zapanjenost, bes i, konačno, Nensi je s velikim zadovoljstvom primetila da ju je prepoznao. Posegao je za pištoljem, a Nensi nije ni pokušala da ga zaustavi, već mu je samo izvukla nož iz pojasa i prerezala mu vrat.

Devojka je otrčala u ugao sobe, previše prestravljena da bi vrisnula i pokrila lice rukama. Nensi je otkopčala pojas sa oficira koji se sada sručio na sto ispred nje, i privezala ga oko struka. Oklembesio joj se na bokovima poput pojasa revolveraša iz vesterna. Mladić je već bio mrtav. Poslednji oficir je uspeo da podigne pištolj, ali je u isto vreme povraćao, tako da je pao na pod postrance pre nego što je uspeo da opali.

Nensi je prešla preko njegovog tela koje se trzalo, razgrnula zavese na prozoru i, sa svetlom iza sebe, mahnula u tamu. Znak nije bio baš neupadljiv, ali nije ni trebalo da bude.

Tama, praznina, sada je obuzela nju. Ničeu su se beše dopadala ova kretenska sadistička sranja, zar ne? Ona misao: „Ako zuriš u ponor, ponor će ti uzvratiti pogled". Uvek je smatrala da to zvuči pomalo slabićki, kao nešto što pijani novinari govore jedni drugima u pariskim barovima dok se hvale svim opasnim muškarcima s kojima su se sreli. Ali sada je shvatila. Postala je ponor, ispila ga je u trenucima nakon što je upucala Bemovog špijuna, a sada ponor nije samo zurio u ove lude ljude – dolazio je da ih sve proguta.

53.

Niz ulicu se začuo zvuk urlanja motora, a stražari su se užurbano dohvatili mitraljeza, ali presporo. Tišina ulice slutila je na iščekivanje, a ne na mir. Kombi, ukraden iz žandarmerijske stanice, uleteo je u dvorište. Huan je iskočio iz kabine i ustrelio stražara koji ju je ispratio unutra, dok je Rodrigo stajao na stepeniku kombija i kosio sve oko sebe paljbom iz *brena*. Huan je već trčao uz niske stepenice s desne strane, pucajući s kuka. Nensi je gledala, smešeći se, kada je Rene stao i ispalio hitac iz bazuke pravo u zadnja vrata.

Zgrada se zatresla, a preostale čaše zazveckale su po kredencu iza Nensi. Devojka je zacvilela. Još šest muškaraca je utrčalo iza kombija kroz razbijenu kapiju, a četvorica su zauzela položaje na izdignutim stražarskim uporištima. Uporna, redovna paljba iz osvojenih mitraljeza dočekala je napola odevene stražare koji su se teturali kroz raznesena zadnja vrata.

Nensi je zakoračila preko leševa oficira, proverila pištolj i municiju, a zatim izašla u hodnik. Bilo je baš kao na obuci, one šetnje u Invernesu gde su instruktori povlačili poluge, a mete su iskakale ispred nje, iz grmlja, iza vrata. Nensi je pucala s kuka, po dva hica zaredom, uklanjajući dva stražara koja su skrenula iza ugla u hodnik s lamperijom. Kapetan pospanog izgleda doteturao se iz jedne od soba, još nameštajući tanke naočare čeličnih okvira iza ušiju i zbunjeno trepćući. Ukočio se kad ju je ugledao, zatim je podigao ruke i progovorio. Nensi mu je dvaput pucala posred grudi i sila metaka ga je odbacila natrag u sobu. Prešla je hodnik i bacila pogled na njega. Usne su mu se i dalje micale, ali nije čula njegove tajne, kao što nije čula tajne Francuza kojeg je gledala dok je umirao na ulici u Marselju. Oči su mu zatreptale iza naočara. Ustrelila ga je u čelo i otišla. Još jedan nacista kojeg je pojela praznina. Vratila je pištolj u futrolu i izvadila nož.

Nemci su bili usredsređeni na napad sa zadnje strane, pa joj je polovina stražara na koje je naišla bila okrenuta leđima. To ih je učinilo gotovo previše lakim metama. Nož joj je postajao klizav u ruci, pa je dlan i dršku obrisala o haljinu, pevušeći partizansku pesmu. Sišla je velikim stepeništem kao da se nalazi sa suprugom na piću u hotelskom baru. Sitni muškarci u sivozelenom švrljali su unaokolo. Čula je urlik i paljbu iz smera kuhinje. Znači da su i neki od njenih ljudi sada u zgradi. Morala je da se kreće žustro. Prizemlje. Kancelarije.

Šaljući ljude u zadnji deo zgrade, narednik se okrenuo i zatekao je pred sobom. Brzo je delovao, svestan da nema vremena za pištolj ili nož, i snažno je zamahnuo pesnicom.

Zaustavila je udarac levom podlakticom, osetila kako su joj meso i kost zadrhtali, a zatim mu je zabila nož u stomak i rasparala ga naviše. Ovaj nož je bio gotovo jednako dobar kao njen *ferbern-sajks*. London joj je odmah poslao zamenu za onaj koji je skoro odmah izgubila. Hvala, ujka Bak.

Upravnikova kancelarija. Naravno da je tu odabrao za sebe, s trostrukom bravom i visokim prozorima ka dvorišnom vrtu, koji se nalazio između hotelskih zgrada. Vrata su se otvorila dok im je prilazila, a još jedan mladi oficir, s kosom koja je iz plave prelazila gotovo u belu, izašao je s teškim kovčegom punim papira. Govorio je preko ramena nekome u prostoriji. Upucala ga je u lice. Nije bila sigurna da li zato što je mislila da bi kutija u njegovim rukama mogla odbiti metak, ili samo zato što je tako htela.

Prešla je preko njegovog tela i zakoračila u sobu gde je stajao major Bem. Izgledao je tačno onako kao u Marselju kad su se poslednji put sreli, sa sve osmehom pristojnog iznenađenja. Stajao je pored uredno složenih polica za knjige kao da bira neku da čita pre spavanja.

– Gospođo Fjoka! Došli ste da se još jednom raspitate o mužu, pretpostavljam? Bojim se da niste ovde kako biste sklopili dogovor o kojem smo razgovarali u Kurseu, s obzirom na način dolaska. – Lagano je odmahnuo glavom. – Priznajem da sam iznenađen. Bio sam siguran da ćete zameniti život za Anrijev nakon svega što je zbog vas pretrpeo.

Obratio joj se na engleskom, a ona mu je odgovorila na istom jeziku, dok su joj reči bile čudne i nespretne u ustima.

– Eni mi je rekla da si ga ubio.

Bem se odjednom snuždio. – A tako. Ne, ne, madam Fjoka. Zašto bih ubio nekoga tako korisnog?

Anri. Videla ga je pred sobom, kao da je zaista tu, sako prebačen preko ramena. Vratila je revolver u futrolu.

– Toliko mi je pričao o vama.

Nensi se zavrtelo u glavi. Njen strašni, neprekidni bes sada je bio zakočen i zbunjen ljubavlju, nadom. – Jel' ovde?

– Nije. Ali ipak je na sigurnom mestu. Vrlo sigurnom.

Dosta. Izrezaće istinu iz Bemovog crnog srca. Bacila se na njega, podigavši nož da mu iskasapi lice. Njen napad je bio očigledan. Napravio je korak unazad tako da je leđima bio naslonjen na sto i uhvatio je za zglob kad je krenula da ga udari i zadržao je desnom rukom. Levom rukom joj je obuhvatio struk, sprečavajući je da se oslobodi. Oštrica se tresla, a snage su im bile uravnotežene.

– Sada te, naravno, ne bi prepoznao – procedio je Bem kroz zube. – Nisi više Nensi Vejk, zar ne? – Pogurala je oštricu napred i ona je zadrhtala bliže njegovoj koži. – Ili si možda napokon otkrila svoju pravu prirodu. Baš si ono što je majka rekla da jesi. Kazna za one koji te vole. Ružna, prljava, greh i žalosni utrošak kože.

Slika Bema i Anrija kako zajedno sede u sobi poput bliskih prijatelja. Raspravljaju o tome šta joj je majka govorila, o otrovu koji je svaki dan kapala u Nensin krvotok dok devojčica nije pobegla. I nastavila da beži.

– *Mon colonel!* – Rene ju je tražio, dovikujući iz predvorja. – Stiže SS pojačanje. Idemo!

Iz predvorja je odjeknuo još jedan prasak i Bem ju je odgurnuo od sebe. Posrnula je, pala se na kolena i kada je ponovo podigla pogled, držao je revolver u ruci, ciljajući joj u glavu.

– Bolje da te ne vidi onakvu kakva si zaista.

Iskezila mu je zube. Zagroktao je, kao da se zabavlja, s pištoljem uperenim u njenu glavu.

Čula je kako je Rene ponovo doziva.

– Znaš li šta znači ovaj simbol? – upitao je.

Dozvolila je sebi da obori pogled. Tepih na kojem je klečala, poprskan krvlju čoveka kojeg je ubila na vratima, bio je iscrtan svastikama, ali ne crno-crvenim – vihorili su se u redovima zelene i zlatne.

– Tibetanskog je porekla – nastavio je Bem. – Predstavlja sunce. Vrhovnu Muškost. Firer nas na to podseća, pa nastojimo da mu ugodimo. On je naš otac. A koliko si ti imala godina kad ti je otac otišao? Šta bi sad mislio o svojoj devojčici? – Opet taj pristojan osmeh. – Poubijala si svoje ljude, znaš. Pustila si špijuna da vam oda položaj, a zatim izvukla dvadeset najboljih boraca za samoubilački napad ovde? Naredio sam napad na vaš logor u Šodez-Egu čim su stigli izveštaji o Eninom signalu.

Vrata su se naglo otvorila. Rene, s revolverom na gotovs. Bem se okrenuo prema njemu, ali pre nego što je Rene uspeo da opali, Nensi je skočila preko tepiha s nožem u ruci i ošinula Bema po licu.

– Jebem ti! – uzviknuo je Rene, u poslednjem času podigavši cev revolvera naviše tako da je metak, koji je već izleteo, razbio prozor, a nije se zabio u Nensina leđa.

Nensi ga je zakačila preko jagodične kosti, a snaga napada naterala ga je da zatetura u stranu, udari zglobom o ivicu stola, tako da mu se pištolj izvrnuo i ispao iz ruke. Vrisnuo je i uhvatio se za ranu. Krv mu je odmah procurila kroz prste i na okovratnik. Opet je naletela na njega, ali Rene ju je uhvatio oko struka i odvojio je od njega, noseći je iz sobe dok je urlala od besa.

– Idemo, Nensi! – zaurlao je, spustio je u hodnik i gurnuo prema predvorju. – Dosta je igranja!

Dim, tela. Rene je bacao ručne bombe ispred njih kako bi im očistio put, povlačeći je u stranu da bi je zaštitio od eksplozije. Ogledala su praštala u paramparčad, lamperija je pucala, a iza njih su ostajali šištanje, tutnjava zida i maltera, kao i gusti sivi oblaci dima i prašine. Rene ju je ponovo povukao napred i naletela je na ustreljenog vojnika koji se i dalje trzao pod njenim nogama. Predvorje. Rene je zakotrljao još jednu bombu prema dvostrukim vratima prednjeg ulaza i kada je prasnula, nestalo je sluha, a zamenilo ga je uporno pištanje.

Izvukao ju je kroz zapaljena vrata na ulicu, a zatim ju je ponovo podigao i ubacio u zadnji deo kamiona s ravnim prtljažnikom, čiji je hladni metalni pod već bio natopljen krvlju. Frank je ležao uz nju, naslonjen na kabinu, pokušavajući rukama da zadrži creva. Dograbila mu je *bren* iz krila i ispalila nekoliko kratkih rafala na grupicu Nemaca koji su pokušavali da ih slede. Popadali su ili su se razbežali, tražeći zaklon. Tek kada su stigli do predgrađa Monlisona, ponovo je pogledala Franka. Bio je miran, praznim pogledom je zurio u pakao koji su ostavili za sobom.

54.

Francuski radnici su upravo završili zakucavanje šperploče preko razbijenog prozora kad je kapetan Rorbah ušao u Bemovu kancelariju, zbog čega je prostorija poprimila sumoran izgled kasnog poslepodneva, iako još nije bilo ni devet ujutru.

Telo kaplara bilo je uklonjeno, ali krvlju umrljana prostirka još je stajala na mestu. Rorbah je bacio pogled na njega dok je ulazio, posmatrajući ga kako šparta prostorijom.

– Trideset osam mrtvih, gospodine.

Rorbah se dobrovoljno prijavio da služi kao Bemov novi glavni pomoćnik osam sati ranije, i za sada je dobro obavljao posao, prikupljao podatke, razgovarao sa svedocima i ugovarao popravke kako bi zgrada bila osigurana, dok je Bem lečio ranu i zagledao novo lice u ogledalu za brijanje.

Bem je lično pronašao Helerovo telo u hodniku na spratu. Njegov štićenik bio je dvaput pogođen u grudi i jednom u čelo. Pogubila ga je gospođa Fjoka dok je sejala smrt od službene sobe za sastanke do njegove kancelarije. Helerova smrt ga je pogodila i iznenadila, ne samo zato što je Bem cenio sposobnost mlađeg oficira za naporan rad i njegovu pamet već i stoga što je izgubljeno toliko ljudi poput njega, onih na kojima je Rajh planirao da izgradi slavnu budućnost. I sve to zbog tvrdoglavog, besmislenog otpora degenerika poput gospođe Fjoke i njenih neljudskih saveznika na istoku.

Bem je odlučio da zamoli suprugu da poseti Helerovu porodicu kada joj se ukaže prilika. Bilo je prikladno da zajedno s njegovim narodom oplakuju i čoveka i ono što je on predstavljao.

Bem je naložio radnicima da odu – izašli su bez reči – pre nego što je nastavio razgovor s Rorbahom.

– A logor makija? – upitao je. Pitanje je zvučalo neobavezno, ali odgovor je činio razliku između toga može li jučerašnje događaje da predstavi kao uspeh ili ne.

– Njihovo stecište je potpuno uništeno bombardovanjem u ranim večernjim satima – odgovorio je Rorbah. – Odredi za upad koji su ušli pre kopnenih trupa uspeli su brojne borce da uhvate žive, a njihovi podaci su doveli do otkrića nekoliko značajnih zaliha oružja u okolini.

Odredi za upad bili su Bemova zamisao, koju je željno prihvatio komandir Šulc iz divizije Vafen SS, koji je vodio napad. Bio je previše svestan uzaludnih pokušaja jurnjave za padobranom. Bilo je bolje pustiti Pokret otpora da to sredi, a onda im zapleniti zalihe u kamionima kad pomisle da su bezbedni. Odlično.

– A kopneni napad?

Komandir Šulc se takođe saglasio da će napad po mraku SS-u dati taktičku prednost. Na svetlu dana, poznavanje terena je Pokretu otpora davalo neospornu prednost. Mrak ju je smanjivao. Još jedan Bemov predlog.

– Konačni brojevi nisu potvrđeni, ali trenutne procene su oko stotinak mrtvih makija, mnogo više ranjenih, a borci su se razbežali – rekao je Rorbah s tračkom zadovoljstva na licu. – Međutim, komandira Šulca je teško povredio ranjeni borac dok je obilazio ostatke logora. Malo je verovatno da će preživeti.

– To je veliki gubitak – odgovorio je Bem tiho.

Bemova rana bila je očišćena, zašivena i previjena, a sada ga je pekla. Čudo jedno kako je studiranjem u inostranstvu dospeo u odraslu dob bez ožiljaka od dvoboja koji su se smatrali tako važnim za muškost na starijim nemačkim univerzitetima, ali sada je imao jedan. Gospođa Fjoka dala mu je savršen primer, prerezavši mu jagodičnu kost.

– Vaše mišljenje o napadu, Rorbah?

Rorbah je iznenađeno zaustio, ali je pametno iskoristio trenutak da promisli i nedvosmisleno odgovorio.

– Savršen uspeh, gospodine. Vafen SS se ovoga puta i te kako pokazao kao nadmoćan u odnosu na makije. Možda smo imali sreće što je Beli Miš baš danas odabrao da izvede napad, ostavljajući logor bez nekih od najboljih boraca. – Bem je nakratko pomislio na Helera. Rorbah je sada špartao ukorak s njim. – Zapanjujuće je da su neki od službenika ovde zaobilazili osnovne mere bezbednosti kako bi zadovoljili neukusne porive. – Izvadio je list iz fascikle pod rukom. – Predlažem sledeće izmene sigurnosnih pravila.

Bem je pregledao hartiju položenu na sto. Savršeno razumno. Pojedine tačke će uključiti u sopstveni izveštaj. Da, sinoć su ostvarili pobedu, iako je u jednom trenutku posumnjao u to, kada se ta poludela žena bacila preko sobe na njega s nožem u ruci.

55.

Nensina napadačka grupica vratila se na vreme kako bi barem odvratila pažnju i zadržala otvorenim neke od puteva za bekstvo niz dolinu, ali kako su sati odmicali, srazmere gubitka postale su jasne. Nestalo je nekoliko većih zaliha oružja, njihova poljska bolnica i zalihe, Nensin autobus i skladište bili su razoreni, a ljudi izgubljeni.

Nensina oprema bila je u kamionu, i ona se presvukla iz kurvinske odeće u pantalone i čizme čim su se vratili i shvatili da je logor napadnut. Samo što su se odmakli od kamioneta, kad je mitraljeska vatra pogodila rezervoar. Osetila je vrelinu plamena na licu, poput rumenila srama. To je postala Frankova pogrebna lomača, i kada su se ona i Rene vratili neposredno pre svitanja, zakopali su njegove ugljenisane ostatke uz put i obeležili to mesto kamenim krstom.

Dok je svitalo, preživeli iz logora hodali su u raštrkanim grupicama kroz šume sa obe strane reke, izbegavajući puteve i krivudavim vijugavim putanjama se kretali ka rezervnom položaju u blizini Orijaka. Povremeno bi im poneki *henšel* proleteo iznad glava, pucajući nasumično u lišće u nadi da će pogoditi jednu ili drugu grupu, ali promašili su. Kada su Nensi i Rene stigli do rezervnog logora, Tardiva i Fornije su je jedva pogledali. Bilo je drugačije od posledica napada na Gasparov logor. Niko nije slavio, pričao nakićene priče o junaštvu i odvažnosti. Vazduh je odisao porazom, a među borcima se šuškalo o izgubljenom oružju, verovatnim odmazdama nad selima u blizini mesta gde su pronađeni i kako će stanovništvo Monlisona patiti zbog napada na sedište Gestapoa.

Nensi se smestila u ugao polusrušenog ambara, gde su spavali i Fornije i Tardiva, iscrpljeni i razgovarajući međusobno tihim glasom, dok je Nensi zurila u zid i retko progovarala. Pomislila je na Anrija – šta bi mogla učiniti da ga vrati, da sazna je li stvarno živ ili mrtav. Kada Denden stigne do rezervnog logora, mogli su da pošalju zahteve za potrepštine, a možda će se za nekoliko dana vratiti Bemu i ponuditi sebe na izvol'te. Ipak, prvo je morala ovo da ispravi. Ostavila ih je da se sami snalaze svega nekoliko sati nakon što je otkrila špijuna u logoru. Tup bol zbog neznanja šta se događa sa Anrijem, bol koji joj je postao bliski saputnik od dana njegovog hapšenja, postao je sveprisutno očajanje od one noći u Kurseu. To ju je izludelo, a to ludilo je skupo koštalo njene ljude. I oni su to znali.

Prošla su dva dana pre nego što je ponovo videla Dendena. Bio je na začelju odrpane grupe koju je predvodio Gaspar. Kad mu je ugledala lice, uplašila se da je ranjen jer je bio pepeljast od umora i tuge.

– Nema više radija, Nensi – rekao je čim su je pronašli u ambaru. – Uništio sam ga kad sam pomislio da će nas pregaziti.

– Znači, sad nemaš ništa – rekao je Gaspar – smestivši se tegobno nasuprot njoj na zemljanom podu. – Bez bogataša u Londonu, nemaš ništa. Ni hrane, ni oružja, a *ni vojnika.*

Podigla je pogled i posmatrala svoje oficire, sve do jednoga. Izgledali su slomljeno, razočarano.

– Trebalo je da budeš ovde – nastavio je Gaspar, s jasnom namerom da joj to stavi do znanja. – Dozvolila si toj kučkici da oda naš položaj, a onda se zaputila u suludi pohod, odvodeći nam najbolje ljude kad su nam bili najpotrebniji.

Niko se, ni Tardiva, ni Fornije, čak ni Denden, nije suprotstavio.

– Dobro. Ja sam niko i ništa. Najobičnije govno – rekla je, bez uzrujavanja. – Ali i dalje moramo da obavimo posao. Ta vojna četa...

Denden je krenuo da skida čizme, mršteći se. – Taj zadatak je otkazan, Nensi. Vratili smo se na uobičajene misije povremenih napada na Nemce, to jest tako bi bilo da nismo pogubili ljude i oružje.

– Sto mrtvih, dvesta ranjenih... – nastavio je Gaspar.

– Pobogu, Gaspare – viknuo je Denden na njega. – Jebote, shvatila je.

Gaspar se okrenuo prema njemu i Nensi se zapitala hoće li se konačno poubijati ovde i sada, i prištedeti Bemu trud. Gaspar napada Dendena, Nensi se bori protiv Gaspara, Fornije se bori protiv nje. Međutim, iako je zaustio da kaže nešto mrsko Dendenu, Gaspar je zastao. Čak je i on bio previše slomljen da bi se danas sukobljavao. Sve ih je slomila.

Uronila je lice u šake, a onda osetila dodir na ramenu i podigla pogled. Bio je to Tardiva – ponudio joj je bočicu vode. Uzela ju je i zahvalila mu. Nije odgovorio. Mora ovo da popravi, naprosto mora. To je bilo važnije od njene sopstvene povređenosti, važnije, danas, u ovom trenutku i od Anrija. Htela je da stane, sklupča se i umre kad je odjednom shvatila. Nema lakog izlaza. Za nju sada nije bilo mogućnosti da šmugne i ode kao mučenica u Bemovu kancelariju. Ovo je njen posao, ovo treba da učini.

– Imaš li još šifarnik, Dendene? – Klimnuo je glavom, ne gledajući je.

– Onda ću otići i nabaviti nam radio. Spomenuo si nešto o rezervnom u Sen Amandu? Nekada je pripadao devojci koju su pokupili u martu?

– Nećeš uspeti – rekao je Gaspar i ustao. – Idem da se pobrinem za svoje ljude.

Denden je pričekao dok Gaspar nije izašao iz ambara pre nego što je odgovorio. – Da. Tamo sam popio piće s prijateljem motociklistom. Bruno iz kafea na trgu gde smo bili rekao nam je da ima skriven rezervni predajnik. Ali nemamo prevoz, Nensi. Kamioni su uništeni.

– Onda biciklom – rekla je odlučno.

– Ali Sen Amand je udaljen više od stotinu kilometara.

– Nešto manje preko brda. – Nisu joj bile potrebne izgubljene karte da joj to kažu. Poznavala je ovdašnje puteve i staze gotovo jednako dobro kao i Gaspar. Denden, Fornije i Tardiva razmenili su oprezne poglede.

– Mogu da ti nabavim bicikl – konačno je rekao Fornije.

– Ali zašto moraš da ideš ti, Nensi? – upitao je Denden. – Zar ne možeš da pošalješ jednog od momaka? Treba da saznaš koja su nam skladišta oružja još bezbedna, pa da snabdemo ljude odande što bolje možemo.

– Imaš li još moju beležnicu, Dendene?

Posegnuo je u zadnji džep i pokazao joj je.

– Onda možeš izaći na kraj s tim. Ti, Fornije i Tardiva. Ali ja mogu da prođem kroz kontrolne tačke. Niko drugi ovde to ne može.

Gurnuo je beležnicu nazad u džep i uhvatio je za ruke. – Nensi, tvoje lice je svuda.

– Ne vide mi lice kad prolazim kroz kontrolne tačke! Vide domaćicu. Slušaj, znam da sam ispala prokleta budala i sve sam upropastila. Moram to da popravim.

Zavukla je ruke u torbu i izvukla haljinu koju je nosila u napadu na Gestapo. Bila je kruta od sasušene krvi. – Tardi, možeš li od ovoga da napraviš nešto pristojno? Da me predstaviš kao ratnu udovicu? Bože, šta bih dala za tkaninu one spavaćice.

Tardiva je zapalio cigaretu. – Još imam padobran u torbi.

– Možeš li da to uradiš, Tardi?

Trgnuo se kada mu je izgovorila ime.

– Da. Mogu, *mon colonel*. Biće gotova do jutra. Ti treba da se na-spavaš i opereš. Izgledaš kao veštica iz bajki, a ne domaćica.

Uzeo joj je krvavu krpu od haljine i izašao iz ambara. Gledala ga je kako odlazi, misleći na tu spavaćicu. On ju je sašio u znak divljenja, zajedništva i prijateljstva, a ona je sve to izgubila. Izgubila je i ljude. Morala je to da povrati.

Fornije je takođe ustao i dotakao Dendena po ramenu. – Trebalo bi odmah da počnemo, Denise.

Denden je klimnuo glavom. – Samo trenutak – rekao je, a zatim pričekao dok se Fornije nije pogrbljen udaljio iz ambara. – Jesi li ubila Bema? – upitao je. – Znam šta ti je ponudio u Kurseu i šta je Eni rekla.

To joj je nekako olakšalo sve. – Ne. I rekao mi je da je Anri još živ, ali znam da ovo moram da popravim sad, Dendene. Ne mogu ga tra-žiti dok ne završimo.

Ustao je i dotakao joj rame. – Žao mi je, Nensi.

– Jel' Žil preživeo? Nisam ga videla.

Skrenuo je pogled s nje. – Jeste, ali ne usuđuje se da razgovara sa mnom nakon što je Gaspar... Samo odspavaj malo.

Onda se i on udaljio.

Sledećeg jutra probudila se u bolovima od hladnog tla i modrica koje je zadobila u napadu. Haljina je ležala pored nje. Otišla je da se okupa u jednoj od ledenih pritoka koje su se spuštale s planina u reku u dolini ispod nje. Neko joj je rekao kako je potrebno stotine godina da kiša prođe kroz tlo, a zatim ponovo izroni, pročišćena i obogaćena ovim izvorima. Isprala je krv iz noktiju i trljala kožu dok se nije za-rumenela, a zatim je obukla haljinu koju je Tardiva oprao i popravio, i koju je sačuvanom padobranskom svilom učinio pristojnijom i jed-nostavnijom. Bila joj je malo velika, ali Tardi joj je sašio pojas, sličan onima koje je viđala kod žena u Šodez-Egu – veoma francuski pokušaj da se gladovanje učini modno prihvatljivim. Zagladila je kosu iza uši-ju i obula cipele. Ne svoje vojne čizme, ne štikle, već slabašne cipele s niskom petom napravljene od kartona, koje je nosila kad je trebalo da prođe kroz obične kontrolne tačke.

Muškarci, raštrkani po čistini uz jutarnju vatru za kuvanje, izne-nađeno su je pogledali. Navikli su da je vide u pantalonama i vojnom kaputu, a njeno neočekivano pojavljivanje u ulozi obične Francuskinje zapanjilo ih je.

Denden i Tardi čekali su je pored ambara, a između njih je stajao bicikl s gvozdenim okvirom.

– Fornije ti je ovo dostavio – rekao je Denden dok je prilazila, pokušavajući da zvuči raspoloženo. *Ali Fornije nije ostao da me isprati,* pomisli Nensi. – A ja sam pronašao ove. – Pružio joj je naočare za čitanje. – Pokupio sam ih za slučaj da se moje razbiju, a pokušavao sam da se setim imena trga s kafeom i Brunom... ali ne mogu da se prisetim, pa da mi život od toga zavisi.

Počeo je da opisuje trg, način na koji je svetlost obasjavala pročelja u popodnevnim satima i kvalitete gostoprimstva u kojem je onde uživao, sve dok Nensi nije stavila ruku preko njegove i on se zaustavio.

– Naći ću ga, Dendene.

Shvatila je da se boji za nju, i to skriva brbljanjem. Tardi se odmakao od zida i izvukao nešto iz džepa. Raspeće na lančiću. Pokazao joj ga je i, ne govoreći ništa, stavio joj ga oko vrata. Na tren je pomislila da joj peče kožu, ali ne, samo je metal bio hladan.

– Jesi li hrišćanin, Tardi?

Nije je gledao u oči, ali glas mu nije zvučao ljutito. – Pokušao sam da budem. Nije mi uvek polazilo za rukom. Ali ako želiš da izgledaš kao ratna udovica... Ona bi zatražila božju pomoć.

56.

Usredsredi se, Nensi. U Sen Amandu je bio pijačni dan i gužva je mogla malo da je zakloni, ali to je takođe značilo da je na ulici mnogo očiju koje bi mogle da je prepoznaju. Proklete poternice. Stavila je naočare koje joj je dao Denden. Malo su krivile pogled na svet, ali nisu je oslepele. S njima, uz prilično lošu haljinu, i ne baš pomodan šešir, većina muških očiju samo će da pređe preko nje.

Gužva je bila proređena, a na svakom uglu glavnog trga stajali su nemački vojnici naslonjeni na sive zidove. Ponovo je u mislima prošla kroz Dendenov opis prijateljskog kafea. Mali trg, rekao je. Blizu reke, sa stablom kestena u sredini. Onda nije ovaj, s crkvom na jednoj strani i gradskom skupštinom na drugoj, i visoko na brdu.

Zaustavila se kraj tezge kako bi napunila torbu s nekoliko krompira sa sivog tržišta i kupusom neprijatnog izgleda. Sada je bila tek žena na povratku kući s pijace. Gurala je bicikl pored vojnika na južnom delu trga. Ne gledajući ih, ali i *ne* skrenuvši pogled. Za njih je bila nevidljiva.

Put se strmo spuštao prema reci, uski trotoari bili su prazni, a kuće zabravljene i hladne. Pogledala je desno-levo, tražeći neki nagoveštaj trga. Da li je Denden išta rekao o pogledu što bi joj pomoglo da zna na koju stranu da skrene kad stigne do reke? Morala je da nagađa. Onda levo, pa ako ne bude mogla da ga pronađe, napraviće malu glupu predstavu tapšući se po džepovima i vrpoljeći se. Nalik običnom kupcu koji je zaboravio neku obavezu i mora da se vrati.

Reka beše nabujala od letnje kiše i kovitlala se ispod drevnih kamenih lukova mosta. Osmehnula se. Bio je preuzak da ga pređe džip pun vojnika, tako da ga Pokret otpora neće dizati u vazduh. Možda će preživeti još petsto godina. Zastala je kao da želi da se divi pogledu. S druge strane reke nalazila se staza i šumica, a s desne i na ovoj strani staza je stešnjena između vode i dela drevnih gradskih zidina.

Onda je svakako levo. Gospode, bilo joj je drago što ne mora da deluje u gradu. Gotovo je istrunula u vlažnoj šumi sve dok joj momci nisu pronašli autobus, ali bar nije morala da živi dan za danom s po-luzatvorenim očima ovih zgrada, gde bi morala da nagađa kakva se govorkanja, dogovori i saradnja odvijaju iza zatvorenih vrata.

Prošla je pokraj dva naizgled urušena skladišta i osvrnula se nazad prema crkvi. Pogled joj je privukla zelena boja među drvenim proče-ljima kuća na starom trgu. Sišla je sa staze i obrela se na Dendenovom trgu.

Bio je baš onakav kako ga je opisao, poput crteža francuskog gra-dića, s visokim, zbijenim zgradama, a jednu stranu je natkriljavao zid stare bogoslovije. Drvo u središtu trga takođe je izgledalo prastaro, kvrgavo i debelo, ali još je pupilo na letnjem vazduhu. Lišće je podrh-tavalo i šaputalo na povetarcu, i pomislila je na hiljade vojnika koji su se slivali u severnu Francusku, na pojedince iz desantnih snaga, svež talas nade.

Naslonila je bicikl na zid u jednoj od uskih uličica koje su vodile do trga i prebacila torbu preko ramena. Kafe je bio otvoren, ali nije znala ni lozinke, ni šifre, a dopadljivi mladić o kojem je Denden govorio, Bruno, verovatno je bio otpremljen na rad u Nemačku ili je nestao u brdima. Ušla je.

Bilo je to prilično zlokobno mestašce: šest stolova i pocinkovani šank; tri gosta, sve starci, i šanker. Krupan momak, snažnih ruku i crvenog lica. Da li je delovao preuhranjeno? Pomislila je na muškarce s crnog tržišta u Marselju. Bilo ko od njih mogao je da ti za sto fra-naka prereže vrat, ali bili su previše tvrdoglavi, previše nezavisni da bi se baktali s nacistima. Morala je da potraži muškarce u odelima sa aktovkama i uglačanim cipelama.

Zatražila je brendi, platila, ispila čašu i stavila je na šank.

– Jel' Bruno još ovde? Njegov stari prijatelj me je zamolio da mu prenesem poruku.

Šanker je glancao čašu prljavim peškirom. – Kažite meni, pa ću mu preneti sledeći put kad ga vidim. Ako ga vidim.

Pogledala je pravo u njega. – Možda ću pričekati, za slučaj da se pojavi.

Slegnuo je ramenima, a zatim rekao pomalo previše opušteno: – Ako je reč o biciklu koji prodaje, napolju je. Mogu da vam ga pokažem ako želite.

Poslednje što je Nensi želela da vidi bio je još jedan prokleti bicikl – jedva se kretala i bila je sigurna da joj gležanj krvari.

– To je to! – rekla je vedro.

*   *   *

U dvorištu iza šanka zaista je stajao stari bicikl, nad koji su se nagnuli dok su razgovarali u slučaju da ih neko posmatra iz susednih zgrada. Nensi je petljala po sedištu i namrštila se.

– Gestapo je pokupio Bruna pre dve nedelje – rekao je šanker. – Ne mogu se zakleti da jedan od onih starkelja unutra nije na njihovom platnom spisku. Obojicu ih poznajem dvadeset godina, ali ko se može zakleti ovih dana?

Nensi je prekrstila ruke, i dalje zureći u bicikl. – Čula sam da Bruno ima rezervni radio. Mi smo naš izgubili.

Šanker se odmaknuo, podigao ruke i odmahnuo glavom tako da su mu se obrazi zatresli, kao da odbija nerazumnu cenu. – Nikako, madam. Ne ovde. Ali znam da imaju rezervni u gradiću Šatoru, bar je to bio slučaj pre nedelju dana.

– To je osamdeset kilometara dalje!

– Najbliži za koji znam. – Crna mačka je izašla iz gomile drva i umiljavala mu se oko nogu. Sagnuo se i počešao je po ušima. – Jedan od njihovih operatera pokušao je da pobegne s kontrolne tačke, i pogođen je u leđa. Tražite Imanuela, ili ga barem tako zovu. Britanac je.

Nensi niko nije spomenuo operativca po imenu Imanuel koji deluje u blizini Šatorua. Doduše, London nije s njima razgovarao o agentima u susednim mrežama, osim ako je bilo neophodno.

– Možete li da mi date adresu?

Učinio je to i, oteravši mačku s vrata, vratio se s Nensi unutra kroz šank. Ona je veselo obećala da će razgovarati s prijateljem o Brunovom biciklu i izašla u usku uličicu gde je ostavila svoj.

Osamdeset kilometara dalje, i jedva je mogla da korakne koliko je bila umorna. Zagledala je gležanj: da, sigurno krvari. Osamdeset prokletih kilometara, sa adresom i imenom, ali bez isprava za tu oblast i rojem agenata Gestapoa koji bi više nego rado pucali. Onda, nekako, vožnja nazad kroz planine.

– Mora se, i ti to moraš.

Pobogu, gubila je razum. Rekla je to naglas. Barem nije rekla na engleskom. S mukom se popela na bicikl i odgurnula se.

57.

Nensi su nedostajale planine, krivudavi sporedni putići okruženi dobrim zaklonom gde Nemci više nisu bili voljni da istražuju zahvaljujući radu njenih ljudi. Između Sen Amanda i Šatorua, Švabe su se nalazile svuda i uopšte nisu delovali nervozno. Uspela je da zaobiđe dve kontrolne tačke, uočivši ih na vreme i skrenula je s putanje bez privlačenja pažnje, ali treća se našla na oštrom zavoju na sporednom putu između Marona i Diorsa. Naletela je pravo na njih, i naravno, pošto su bili van glavnog puta, bilo im je dosadno, a ona je, ljuljajući se na biciklu nakon dvanaest sati vožnje, bila dobrodošla zanimacija.

– Vaše isprave, madam! Kuda idete?

Zurila je u njega, ne govoreći ništa, razrogačenih očiju. Ovoga bi verovatno mogla ubiti udarcem u grlo, baš onim koji je upotrebila na stražaru, ali imao je dva prijatelja, jednog već s rukom na revolveru. Bila je nenaoružana. Ubiti kaplara pištoljem prvog stražara, nadati se da će se treći uspaničiti i da ima vremena da puca i na njega, ili se baciti na njega i ciljati mu oči? Možda dvadeset posto verovatnoće.

Zato je briznula u plač.

– Gospodine, molim vas, gospodine, morate me pustiti da prođem. Nemam isprave. Majka mi čuva sina u gradu dok radim, a javili su mi da je bolestan!

Stražar je odmahnuo glavom. Izgledao je prestaro za čin. Dovoljno star da ima decu i ženu koja se brine za njih.

– Molim vas, gospodine! Ima samo pet godina, zove se Žak i tako je dobar dečak, ali majka je poslala po mene jer mu je jako loše i traži mamu. – Možda zbog iscrpljenosti, tek Nensi je jasno videla bolesno dete, uplašenu baku, maleni stan na promaji u kojem su živeli. Jecala je i to ozbiljno. Pokazala je na bedno povrće u torbi.

– Draga madam Karel, supruga mog šefa, dala mi je ovo da mu napravim čorbu, a mesje šef mi je rekao: „Draga Polet, morate da odete do malog Žaka, možemo bez vas jedan dan ako moramo, ali vaše dete bi moglo da umre bez majčine ljubavi!"

Jauknula je od bola, a kaplar je preko ramena pogledao u drugu dvojicu muškaraca. Delovali su zbunjeno. Nensi je nekoliko puta između jecaja pomenula ime izmišljenog sina, iščekujući priliku da vojniku zgnječi Adamovu jabučicu ako ne uspe.

Pročistio je grlo i potapšao je po ramenu.

– Dobro, draga moja. Siguran sam da će mali Žak biti dobro. Idite sad.

Nensi je ponovo nagazila pedale, dok ga je obasipala jednako burnim zahvalama. Počela je i da štuca.

– Moliću se za vas, mesje! – uspela je da kaže, a zatim se udaljila.

Grad je bio nizak i prostran, a centar prošaran krivudavim uličicama oko otvorenog središnjeg trga. Morala je dvaput da stane i pita za pravac, i oba puta uočila je sumnju i strah na licima ljudi s kojima je razgovarala. Nijedna od patrola koje je videla nije je zaustavila, ali popodne je odmicalo i za nekoliko sati broj ljudi na ulicama će se smanjiti i ona će postati uočljivija.

U Bjuliju su polaznicima uvek govorili da ako primete kako ih francuska ili nemačka patrola gleda, najbolje što mogu da učine je da im priđu, zatraže šibicu ili pitaju koliko ima sati. To ih je odmah činilo manje sumnjivim. Međutim, Nensi se nije usudila da im priđe tako blizu. U daljini je još delovala kao obična Francuskinja, ali izbliza bi osetili miris krvi i znoja, primetili iscrpljenost na njenom licu. Toplo popodnevno sunce bacalo je duge senke između zgrada, pa ih se držala koliko je mogla, trudeći se da bude neprimetna.

Napokon je pronašla ulicu, u jednom od ofucanih delova grada. Odvezla je bicikl pozadi, ostavivši ga na kraju uličice i prišla kroz dvorište, kao prijateljica. Pokucala je, a zatim se malo odmakla od vrata, kako bi mogao da je vidi svako ko razmakne čipkaste zavese ili proviri kroz kapke. Bila je to samo kućica. Jedna soba na drugoj, zapravo.

Osećala je da je neko posmatra, bila je sigurna u to, i mogla je samo da se nada kako je to taj Imanuel, a ne neki gestapovski nasilnik s revolverom u ruci. Sekunde su prolazile. Možda nema nikoga kod kuće. Svaki pristojan agent u gradu ove veličine imao bi dve ili tri sigurne kuće. Možda bi mogla da se sklupča iza gomile smeća i zaspi, pa ko je prvi pronađe, prijatelj ili neprijatelj. Zvučalo je dobro.

– Mora da me zajebavaš – začula je poznat glas. Vrata su se otvorila nekoliko centimetara, i Nensi se našla licem u lice s pegavom njuškom riđokosog Maršala iz Invernesa. Poslednji put kad ga je videla bio je vezan za barjak ispred zgrade glavne kasarne s pantalonama oko gležnjeva, usta zapušenih zavojima koje je Nensi koristila da podveže grudi tokom trčanja.

Gotovo se okrenula i otišla. Ovaj čovek joj neće pomoći, ne nakon što ga je dvaput ponizila. Možda ipak postoji bog i ovo mu je poslednja šala, to što joj je naneo ovog čoveka i njihov istorijat na put u trenutku kada su joj nada i snaga bile na najnižem stepenu.

Međutim, nije imala snage ni da se pomakne.

Jedan. Dva. Tri. Nije imala šta da kaže, niti kuda da ode.

Nakon čitave večnosti, otvorio je vrata i odmakao se. Bez razmišljanja je ušla za njim u nisku prljavu kuhinju i zatvorila vrata za sobom.

– Maršale – rekla je tiho. – Potreban mi je radio za moje makije u Kantalu. Nedavno smo napadnuti, i sad nam je potrebno snabdevanje. Rečeno mi je da imaš rezervni.

Sručio se na drvenu stolicu pored kuhinjskog stola i zagledao se u nju. Osećala je njegov bes, mržnju u vazduhu poput statičkog elektriciteta pre oluje.

– Zla kučkice. Misliš da možeš jednostavno da se pojaviš ovde nakon svega što si učinila i postavljaš zahteve? Lično ću te predati Gestapou.

Sela je naspram njega. Ionako više nije verovala nogama da će je održati. – Radi šta hoćeš. Samo pošalji poruku u London za moje ljude. Šifra mesta za isporuku *Ciklama* trebalo bi da još važi. Ako tamo mogu da izbace zalihe, postoji šansa da će moji ljudi stići do njih pre Nemaca.

Oslonila je glavu na ruke i čekala. Nije se pomerao, nije otišao, nije govorio. Mislila je na Tardivu, na Fornijea, na Žan-Klera i Franka. Bili su vredni poslednjeg truda. Naravno da jesu. *Ajde, Nensi.*

– Ovde se ne radi o tebi i meni, Maršale, već o ratu. Naša čarka može da priček da dok ne bude gotovo s nacistima.

Ako joj je ikada bio potreban dokaz da nema boga, bio je tu pred njom. Nakon svega što je učinila, nakon cene koju su njeni ljudi platili zbog lične i vrlo krvave osvete Bemu, svako bi je valjano božanstvo zgromilo na licu mesta zbog licemerja tog kratkog govora. Evo... i... ništa. Nema groma. Nije bilo bleštavog svetla, niti demona da je odvuku u pakao. Samo Maršal, koji je i dalje zurio u nju.

– Ukrala si mi mesec dana onom egzibicijom. U Francusku sam stigao tek nedelju dana pre *Dana D.*

Kako je moguće da ljudsko biće bude tako umorno kao ona, a da još priča i kreće se?

– Oh, isplači se! Nakon sranja koje si mi priređivao, jeftino si prošao. Trebalo je da ti nabijem tu ružu u guzicu, a ne da ti je zataknem iza uha. – Toliko o diplomatiji. *Diši, Nensi.* – Treba li da se izvinim, Maršale? Dobro. Izvini. Čak iako oboje znamo da si to zaslužio. Sad mi pomozi.

Pomerila se na stolici, u pokušaju da pronađe udobniji položaj, ali nije uspela. Munjevit bol joj je sevnuo kroz noge. Osećala je kako joj se koža dere na unutrašnjoj strani butina, a leđa su joj se grčila. Zatvorila je oči dok nije prošao, a kada ih je ponovo otvorila, Maršal ju je i dalje posmatrao.

– Odakle si došla?

– Ponovo smo se sastali u blizini Orijaka. Prešla sam preko planine da stignem do Sen Amanda, ali tamo nisu mogli da mi pomognu i poslali su me ovamo.

– Vozila si kamionet duž tih puteva, a da te nisu upucali? – podigao je obrve.

– U napadu smo izgubili sva motorna vozila. Došla sam biciklom.

Iznenada je ustao, i Nensi je pomislila kako će je možda udariti, ali nije. Umesto toga, otvorio je vrata rasklimatanog kredenca i izvadio bocu i par prašnjavih čaša. Crno vino. Lek protiv svake bolesti poznate ljudskom rodu. Napunio je čaše i ispiše ih. Jak alkohol joj je udario u želudac kao lagan prasak topline u stomaku.

– Radio je ovde i možeš ga dobiti – rekao je naposletku. – Ja ću večeras obavljati prenos, tako da mogu da pošaljem tvoju poruku u Bejker strit. Koju lozinku želiš da koriste?

Razmišljala je. Denden je sigurno negde pronašao običan radio kako bi mogli da slušaju *Ovde London*, čak i ako bez odašiljača nije mogao da im odgovori.

– Reci im da kažu: „Elen je popila čaj s prijateljima“. Denden će prepoznati njeno šifrovano ime, i ako ga čuju, to će ih bar naterati da potraže isporuku.

Progunđao je, napunio im čaše i pogledao na sat. – Ovde je sigurnije putovati noću, čak i kada je policijski čas. Gore je krevet. Možeš se odmoriti nekoliko sati.

Znači, primirje. Odlično.

– Hvala ti.

Klimnuo je glavom i pokazao ka spratu. Ispraznila je čašu i započela polagano, bolno penjanje kratkim stepeništem do drugog sprata. Nije se osećala ovako prebijenom još od prvog dana padobranske obuke. Maršal ju je tada gurnuo s platforme u jezero i izgledala je kao potpuni idiot.

Otvorila je vrata na vrhu stepenica i sela na ivicu kreveta, osećajući kako je olakšanje i iscrpljenost preplavljuju poput mekih talasa preko šljunka mediteranske obale. Zagledala se u svoja stopala. *Izuj cipele, Nensi*, odlučno je rekao glas u njenoj glavi. Razmišljala je. Ne, ne skidaj cipele. Od škriputanja krvi kada bi pomicala nožne prste znala je da su joj se pete pretvorile u froncle, a nije želela da potroši dragoceno vreme odmora u previjanju. Cipele su ostale na nogama. Ipak, u džepu je još imala svilenu maramicu, od ostatka padobrana. Izvukla ju je, a zatim je iscepala na dva dela pre nego što je povukla suknju do struka i pogledala krvavi nered na butinama. Podvezala je polovine maramice oko obe noge, pomičući se napred-nazad na krevetu. Tkanina je bila hladna i, iako nije bila baš poput zavoja, barem bi sprečila da se rane trljaju jedna o drugu dok spava.

Samo što je krenula da se izvali, već sklopljenih očiju, začula je kako se zadnja vrata otvaraju i glasove, tihe i užurbane, a zatim trčeće korake uza stepenice. *Ne, ne. Odlazi.*

Maršal je upao u sobu. – Promena plana, Vejkova.

– Molim te, ubij me – odvratila je.

– Nemoj misliti da nisam u iskušenju – rekao je, izvlačeći stari ormarić iz niše s druge strane sobe. – Diži guzicu i pomozi mi sa ovim ako želiš radio.

Divota. Ustala je, zateturala se, zgrabila drugi kraj i gurala.

– Šta se događa, Maršale?

– Upravo je svratio jedan od ljubaznih žandara. Izgleda da je neki manijak uništio sedište Gestapoa u Monlisonu. Naši dragi momci su to saznali i pritiskaju koliko mogu da mi ne učinimo isto njima. Neko će im na kraju odati ovu adresu.

Ugurao se u otvor iza ormara i opipao zid, a zatim je izvukao nož iz pojasa i posekao deo tapeta. Nensi je gledala kako padaju unazad, a onda je posegnuo u rupu između greda i izvukao radio. Pa, nadala se da je radio – čvrsta smeđa kožna torbica, poput prevelike aktovke. – Moraš da kreneš.

– Kaiševi? – upitala je.

Otvorio je donji deo ormana i bacio nekoliko smotuljaka kopčaste trake na krevet. Nensi ih je pričvrstila u omče na kućištu dok je vraćao orman na mesto. Napolju se dvaput oglasila sirena.

– Dolaze. Jesi li naoružana?

– Ne.

Iznenadni pucnji, a zatim povici na nemačkom.

Nensi je otišla do prednjeg prozora. – Četiri gestapovca, trojica milicajaca s njima. Još dvojica kreću ka tvom skloništu.

– Odlazi, Vejkova. – Rasparao je dušek i izvukao pojas s ručnim bombama poput mađioničara koji vadi maramice iz stisnute šake.

– Ne, daj mi revolver. Znaš da dobro gađam. Možemo da ih se rešimo i oboje pobegnemo. – Ispružila je ruku.

Popravio je pojas oko struka.

– Ne bi bilo nade. Idi pre nego što opkole kuću. – Video je kako okleva i nagnuo se napred, oslonivši čelo na dušek. – Nensi, bio sam uplašen. U Invernesu. Kad sam shvatio ko si, mislio sam da ćeš im reći kako sam bio kukavica koja je pobegla iz Francuske. Ali sad se ne bojim. – Opet je ustao. – Eto. A sad beži, molim te.

Na ulaznim vratima začulo se lupanje.

Nensi je podigla radio i poput ruksaka ga pričvrstila preko ramena. Gotovo se srušila pod njegovom težinom. Maršal je podigao prednji prozor, izvukao udarnu iglu ručne bombe i ispustio je na ulicu.

– Pazi!

Začuo se gromoglasni prasak. Kuća se zatresla i na ulici je neko vrištao kao zec u zamci. Meci su počeli da pljušte po okviru prozora, rascepljujući drvo.

Maršal je zateturao unatrag, ali nije pao.

– Maršale?

– Nije to ništa. Kreni!!

Čizme u prizemlju. Još povika. Maršal izvlači iglu na drugoj bombi.

Osetila je ruke na okviru zadnjeg prozora. Povukla ga je i popela se, zatim se okrenula, izašla i pustila u dvorište. Zadnja vrata se otvoriše dok je jurila prema kapiji.

– Stani! Stani ili ću pucati!

Nije stala. Metak joj je zazviždao pored uha i ona skrenu u uličicu. Još nikoga nije bilo. Čula je iza sebe treću bombu, pa još jedan rafal. Nije bilo smisla vraćati se. Nije vredelo čekati. Maršal je bio pacov u zamci, i morala je da pobegne odatle pre nego što Gestapo ili milicija pozovu još pojačanja. Bicikl joj je bio upravo tamo gde ga je ostavila. Popela se na njega i od bola ostala bez daha. Zatim je okrenula pedale.

58.

Sumrak se približavao i Nensi je uspela da pređe jedva tri kilometara – stvarno jadno – kada je pomislila da su je uhvatili. Svetla su blesnula na putu, možda nekih petsto metara ispred nje. Dakle, postavili su blokade čak i na ovim sporednim putevima. Prva pomisao joj je bila da sakrije bicikl, pronađe sklonište daleko od puta i čeka. Onda je začula lavež iza sebe, prestala da okreće pedale, okrenula se i pogledala. Baterijske lampe poskakivale su po poljima poput varljive svetlosti u močvarama, a koliko je uspela da vidi sa obe strane puta – imali su i pse.

Bila joj je potrebna pomoć, a više nije imala prijatelja. Zatim je ugledala seosku kuću, možda stotinjak metara od puta. U sumraku je uspela da razabere jedino osvetljeni prozor. Vreme je za sklapanje novih prijateljstava.

Žena ju je pogledala i pokušala da zatvori vrata, ali Nensi se čitavom težinom naslonila na njih, gurnula nogu unutra i zatim zastenjala od muke jer se uklještila između okvira i vrata.

– Oh, tako mi je žao! – izvinila se žena.

Nensi je trepnula i odmerila je. Zapravo se radilo o devojci u ranim dvadesetim. Kosa joj je bila čista i uredno vezana u punđu, a pamučna kućna haljina, iako izbledela, bila je ispeglana. Slika i prilika zgodne žene francuskog seljaka.

– Molim vas, pustite me unutra. Za Francusku, pusti me unutra.

Tada je spazila raspeće na njenom vratu i dotakla krstić koji joj je dao Tardi.

– Hrišćanka hrišćanki.

Kakvu je čistu kožu imala, bez imalo šminke. Nensi je ugledala strah i sumnju, a zatim lagani stisak uske vilice kada je donela odluku.

– Možete se sakriti u podrumu. – Vrata su bila otvorena.

Nensi je ušla unutra, kuhinja, stepenište. Žena joj je otvorila vrata ispod stepenica i Nensi se spustila niz kratke lestvice u potpuni mrak. Osetila je utabanu zemlju pod nogama. Mirisalo je na jabuke i slamu.

Tračak svetla dopirao je kroz pukotine na vratima iznad njene glave. *Tik* iznad njene glave. Bio je to nizak podrum, nedovoljno mesta da se uspravi. Zavukla se u ugao ispod lestvica, otkopčala remen oko struka i osetila kako pritisak popušta i pečenje kada su joj se ramena oslobodila težine radija. Trupnuo je o zemljani pod, a zatim je poput jeke začula udarac na ulaznim vratima seoske kućice. Privukla je kolena i obavila ih rukama. Svetlo je zatreperilo iznad kad je mlada žena ponovo otišla da otvori vrata. Nensi je čekala, pokušavajući da ne diše.

– Dobro veče.

– Dobro veče, madam. Tražimo ženu. Veoma opasnu ženu. – Bio je to nemački glas. Oficir Gestapoa. – Jedan od mojih ljudi primetio je ženu kako se približava vašoj kući pre nekoliko trenutaka.

Žena je progovorila sasvim mirnim glasom. – Ah, video je mene. Izašla sam da proverim jesu li sve kokoške na broju. Ima lisica, znate.

Malo se poigravala naglaskom, primetila je Nensi.

– Uprkos tome, madam... Nadam se da vam neće smetati ako obavimo kratak pretres...

– Nemam šta da krijem. – Glas joj je sadržavao sasvim odgovarajući prizvuk suzdržanog nezadovoljstva.

Čizme su ušle u kuhinju, a nakon njih se začulo kloparanje ženskih klompi.

– Šta je dole?

– Hrana. Kad je imamo.

Nalazio se tačno iznad nje.

– Ako biste mogli da otvorite, madam?

Nensi je prestala da diše. Vrata su se podigla i izdajnička svetlost obasjala je kvadrat zemlje na dnu lestvica.

– Samo ću baciti pogled. Molim vas, stanite tamo.

Upalio se snop baterijske lampe i počeo da istražuje uglove daleko od Nensi, nekoliko sanduka, neke poluprazne vreće.

Stepenice na gornjem spratu su zaškripale i snopa nestade iz podruma.

– Ko je to? – upita Nemac uznemireno. Nensi je čula pucketanje kože dok je vadio pištolj iz futrole.

– Mama? – začuo se glas deteta, devojčice. – Šta se događa? Ko je taj čovek?

Majka je odgovorila umirujućim glasom. – U redu je, dušo, vrati se u krevet. – Zatim se okrenula ka oficiru, dok joj je glas podrhtavao od ogorčenosti. – Mislim da bi trebalo da odete, uplašili ste mi ćerku.

Muškarac nije ništa rekao.

– Osim ako ne mislite da je moje četvorogodišnje dete ta opasna žena?

Zakašljao se, a zatim se začuo zvuk vraćanja pištolja u futrolu.

– Ne, madam. Međutim, pozovite nas ako vidite ili čujete nešto sumnjivo.

– Naravno.

Koraci su se udaljili, a kako su se ulazna vrata otvorila i ponovo zatvorila, Nensi je polako i duboko uzdahnula. U mislima joj je lebdela misao. *Srodne duše nisu tako retke kako nekad mišljah.* Osmehnula se. Setila se uzbuđenja zbog nade koju je osetila čitajući te reči ispod majčinog trema, između onih drugih uskih snopova svetlosti.

Žena je govorila gore, jasno, razgovorno.

– Nadam se da niste umrli od straha tamo dole. Možda bi trebalo da pričekate malo pre nego što se popnete, u slučaju da se vrate. Spremiću večeru. Inače, zovem se Selest.

Lepo ime, pomislila je Nensi, a onda nakratko zadremala.

Nensi nije ni shvatila da je spavala sve dok je nije probudila škripa otvaranja vrata. Uzela je radio – prokleta stvar je i dalje bila teška tonu – i popela se u kuhinju, drhtavim i zgrčenim nogama.

Sto je bio postavljen za dvoje. Nensi je sela, vrlo pažljivo, i posmatrala kako Selest sipa gulaš u bele porculanske zdele, a zatim, pošto je sela, seče svežu veknu hleba. Nensi je krenula voda na usta.

– Počnite, madam.

Nensi nije trebalo dvaput reći. Hrana je bila ukusna, piletina i sos, šargarepa i mladi luk, a hleb lagan i prozračan. Blaženstvo. Pravo blaženstvo.

– Znači, vi ste vrlo opasna žena? – rekla je Selest, krenuvši i sama da jede, mnogo sporijim tempom. – Nije važno, bolje je da ne znam. Samo se nadam da i nudite onoliko koliko za vas traže.

Nensi je klimnula glavom, i dalje žvaćući, a zatim srećno progutala. – Gde vam je suprug?

– Ja sam udovica – odgovorila je Selest. – Moj muž Gi je poginuo tokom napada.

– Žao mi je.

Selest nije odmah odgovorila, a kuckanje njihovih kašika o porculanske tanjire bio je jedini zvuk u prostoriji.

– Snalazim se. Ipak, vrlo je teško održati gazdinstvo. Čovek radi šta mora. Dece radi.

Daska na stepenicama je zaškripala, a Nensi se okrenula, zapitavši se da li je sve ovo, ljubazna dobrodošlica, hrana, samo okrutna šala jer je Gestapo još u kući. Bila je to devojčica koja je poremetila pretres. Bila je mršava, duge crne kose skoro do struka. Nosila je bledoplavu spavaćicu i plišanog medvedića, ljuljuškajući ga za šapu jedne ruke.

– Mama?

– Vrati se odmah u krevet, Marija!

Devojčica je napućila donju usnu. – Ali gladna sam i ne spava mi se.

Selest je podigla ruku. – Večerala si. U krevet iz ovih stopa.

Marija je bacila plišanog medvedića tako da je odskočio do dna stepenica, a zatim se ljutito uspela nazad.

Iznad njih su se zalupila vrata.

Selest je otišla i podigla medvedića, obrisala ga i stavila u stolicu za ljuljanje pored kamina. Nensi je mogla da zamisli devojčicu kako se sa osećanjem krivice iskrada kako bi ga u zoru pronašla, i njeno olakšanje kad shvati da mu nije bilo previše neugodno tokom noći.

– Vrlo opasna žena – rekla je sa osmehom.

Selest se vratila na stolicu i ponovo uzela kašiku. – Nadam se. Nadam se da će ostati žestoka. Tako je teško odgajati dete kao samohrana majka. Ona misli da sam tiranin, ali ja se samo trudim da preživimo.

Nensi je pred očima imala sliku majke, poznato sećanje, kako se okreće od ormarića s hranom u kuhinji dok se Nensi vraćala iz škole, treska vratima, spušta kaput na pod i počinje da viče na nju. Međutim, prvi put je primetila kako je prazan taj ormarić s hranom, kako izlizana i izbledela majčina odeća.

Osetila je kako joj se grlo steže. – Ti si dobra majka.

Selest je klimnula glavom, prihvatajući pohvalu kao da joj pripada. – Jeste li gotovi? Dajte mi haljinu i ja ću je oprati dok se vi operete i pobrinete za rane. Dok se osuši, možete malo odspavati, a onda na put.

59.

Novi zavoji na njenim butinama potrajali su oko dvadeset pet ki-
lometara, ali kada je put krenuo da se uspinje, uvrnuli su se i spali,
ponovo ogolivši meso. Oni oko njenih gležnjeva izdržali su još osam
kilometara. Jedan. Dva. Jedan. Dva. Gurala je najpre jednom nogom,
pa drugom, napredujući grubom seoskom stazom, u dubokoj senci
hrastova. Vazduh je bio prohladan, ali šuma se činila neobično tihom,
bez ptičjeg poja, i nije bilo povetarca da lišće zašušti i šapuće. Nensi je
mogla da čuje jedino sopstveni dah.

Suviše strma kosina. Da je put bio ravan, mogla bi da uhvati ritam
i tada bi bol možda otupeo redovnim ponavljanjem, ali grub uspon je
to onemogućio. Svaki okret točkova bio je nova muka. Kaiševi radija
urezivali su joj se u ramena, a koža na leđima gde se futrola radija osla-
njala ivicom polako se trljala. A tek joj je predstojalo bogzna koliko
kilometara, gotovo sve uzbrdo.

Misli su joj nailazile u kratkim petljama i bleskovima. Anri čita
novine za doručkom pre nego što je izbio rat i spušta šolju s kafom
na sto. Trenutak na zaklonjenoj mesečini kada je Antoan prosuo sebi
mozak. Sekretarica u sedištu Slobodnih francuskih snaga. Bem kako
drži ruku na okrvavljenom licu. Jedan. Dva. Jedan... dva... Znala je da
se približava raskršće, kada se ova staza pridružuje putu s metalnom
ogradom. Biće patrola. Moći će ponovo da se isključi nakon otprilike
kilometar, ali dok je na njemu, biće ranjiva.

Vazduh je postajao topliji, čak i pod senkom drveća. Skrenula je
na glavni put i nagib se malo povećao. Krv s butina joj je tekla poput
potočića znoja niz unutrašnju stranu noge. Podigla je pogled. Sunce
je već prošlo zenit, a ona je napustila gazdinstvo pre zore, pa šta bi to
značilo – već sedam sati vožnje? Činilo se kao pet minuta i čitava ve-
čnost u isto vreme.

Iza sebe je začula bruj benzinskog motora. Prokletstvo. To su si-
gurno Nemci.

Obrisala je znoj sa očiju i pogledala desno i levo. Kosine su se strmo uzdizale sa obe strane, a jarak uz drum bio je plitak i obrastao žbunjem. Mogla je samo da nastavi dalje i nada se kako onaj ko joj prilazi otpozadi ne traži ženu s torbom na leđima. Međutim, morala je da izgleda obično, kao žena koja je prešla samo nekoliko kilometara, a sada je na putu do sledećeg sela. *Podigni glavu, Nensi. Ispravi ramena. Smeškaj se. Izgledaj kao da se zabavljaš.* Zadrhtala je od bola. Brujanje motora se pojačalo i oni su bili iza nje, pored nje, blesak tamnozelene boje, platna, ogromni točkovi, nizak oblak prašine koji su podigle gume. Nastavila je da gleda napred, uzdignute glave.

Jedan. Dva. Tri kamiona. Nisu ni usporili, samo su se malo pomerili da je ne bi oborili s puta. Poslednji je bio pun nemačkih vojnika, sa sivim šlemovima i zelenkastim uniformama, zbijenih na klupama jedni naspram drugih. Redov s desne strane, dečak u poznim tinejdžerskim godinama, nasmešio joj se i podigao ruku, tek da joj mahne. Uzvratila je osmeh i nastavila da se smeška sve dok nisu zamakli na sledećoj krivini.

Staza kojom je ponovo sišla s glavnog puta bila je gruba, na nekim mestima samo zemlja, na nekim šljunak, s neočekivanim lokvama blata. Uspon, pa pad, uspon i pad. Bicikl se njihao i poskakivao po rupama izrovanim letnjom kišom i tragovima konjske zaprege. Dnevno svetlo počelo je da bledi, a onda je bilo samo pitanje vremena. Zavoj staze između polja, strmiji nagib nego inače prema širokom i plitkom potoku, i debela grana koja se prelomila u jednom od iznenadnih letnjih pljuskova, još netaknuta.

Prednji točak joj je zapeo i poletela je unapred preko volana. Na trenutak je letela kroz vazduh, postrance, a nije mogla da učini bilo šta da se spase. Tresnula je na levi bok i to joj je izbilo vazduh.

Na sekund ili dva, možda, izgubila je svest. Bilo je teško reći s obzirom na to da joj je um satima bio neka vrsta mrtvog belog ništavila. Ovde je bilo tako mirno, dok je ležala na zemlji. Jedino je čula potok stotinak metara niz brdo, a kako se zemlja hladila, vazduh je konačno vrlo nežno milovao lišće, poput ruke koja prolazi kroz vodu.

– Nensi.

Eto ga. Jel' bio odsutan? Tako joj je drago što je kod kuće.

– Nensi.

Naravno, juče se vratio kasno poslepodne, ranije nego šta je očekivala, i nasmejao se zbog toga kako mu se bacila u zagrljaj i omotala mu noge oko struka. Nisu ni stigli na sprat, vodili su ljubav na otmenoj sofi u dnevnoj sobi, skoro da se nisu ni skinuli, požuda je bila trenutna i neumoljiva.

– Nensi, draga moja.

Kuda su onda otišli? Hotel *Luvr e Pe*, naravno, uz luku, gde su mogli da večeraju na terasi i posmatraju kako brodovi dolaze i odlaze dok gasne poslednje svetlo, a ribari nose korpe s jastozima pravo u kuhinju gde je kuvar čekao da pripremi večeru za njih. Da li su plesali? Ah da, *Metropol*! Tamošnji šanker je zaista shvatao kako je mešanje koktela umetnost. Nensi nije mogla da se suzdrži od smeha, da ga vidi tako ozbiljnog, ali čoveče, kakva je pića taj umeo da napravi, i uvek su imali najbolje muzičare. Nensi je tamo jednom videla Ritu Hejvort, a dvaput Morisa Ševalijea.

– Slušaj me, Nensi.

Ponovo kod kuće, Anrijev omiljeni sportski auto prede uzbrdo, a ruka mu je postojana na volanu bez obzira na to koliko je popio. Obožavala je da gleda kako muškarci voze. Zatim ponovo vode ljubav. Ovoga puta u postelji, utonula je u san u njegovom naručju pod hladnim belim čaršavima.

– Nensi, moraš da ustaneš.

Napola je otvorila oči. Stajao je između nje i francuskih vrata koja vode na balkon. Čipkaste zavese kovitlale su se iza njega u talasima. Čudno, Nensi nije osećala povetarac. Kako je bio zgodan, njen Anri. Kako nežan prema njoj.

– Ne želim, Anri dragi, ne teraj me.

Nastavio je da je gleda. Zašto je bio tužan? Kako je mogao da bude tužan na tako lep dan?

– Otvori oči, Nensi.

– Ja...

Pogled mu je i dalje bio mio, ali glas je postao čvrst. – Ozbiljan sam, Nensi. Otvori oči.

Učinila je to. Nestalo je Marselja. Nestalo je Anrija. Ležala je u mraku na stazi u Overnji, s radiom privezanim za leđa, krv joj se sušila među nogama, mišići su se grčili, rebara pošteno nagnječenih i umirala je od žeđi. A sada je neko plakao, silovitim jecajima. Bio je to užasan, srceparajući zvuk. Slušala je, začuđena, čitav minut pre nego što je shvatila da to ona plače.

Anri, uprskala sam. Sve sam upropastila. Toliko mi je žao. Bila sam tako glupa. Samo sam... nisam znala. Drveće, zemlja i tamni vazduh nisu progovarali. *Šta sam sve videla, Anri! Šta sam sve uradila. Ubijala sam ljude, zbog mene su ubijali druge. Ta devojka, Isuse, šta sam ja? Jebote, Nemci su ubijali decu zbog onoga što sam uradila.*

Na kraju je jecanje utihnulo. Ništa se nije promenilo. I dalje je bila ovde, u okupiranoj Francuskoj. Mrtvi su još bili mrtvi, a živi su je čekali.

Odgurnula se na kolena, a zatim se, teturajući pod težinom radija, pridigla i podigla bicikl.

Fornijeu se oteo čitav niz prestravljenih psovki kad ju je ugledao. Izviđači stotinak metara niz stazu pokušali su da joj pomognu i rečeno im je da odjebu, pa su se zadovoljili time da hodaju sa obe strane dok nije stigla do kuhinje i barake koju su podigli na pustom gazdinstvu, skoro kilometar od ambara u kojem ih je ostavila, vodeći je putem i pazeći da ne zakači nijednu od zamki koje su postavili uz stazu.

Na trenutak je izgledalo kao da će nastaviti pravo kroz logor, kao da je zaboravila kako da stane, ali Tardiva je zgrabio volan bicikla i držao ga. Pogledala ga je mutnim i zbunjenim pogledom.

– Za ime sveta, neka joj neko pomogne! – viknuo je.

Fornije je dojurio i pokušao da je podigne sa sedišta, ali odgurnula ga je. Bio je to slabašan potez ruke, ali on je ustuknuo unazad, raširivši ruke, dok je ona polako silazila. Haljina joj je bila poderana i prljava, umrljana krvlju.

Denden joj je pažljivo skinuo radio s ramena, oslobodivši joj ruke. U tom času se srušila. Fornije ju je uhvatio i odneo, nežno kao nevestu, do seoske kuće, dozivajući lekara preko ramena.

60.

– Nensi, probudi se!

To nije bio Anrijev glas. Tako je znala da nije mrtva. To i bol.

– Dendene?

– Da, ljubavi jedina, to sam ja. Kako si? Možeš li da se pomeriš?

Otvorila je oči i oprezno se pridigla na laktove. Bol je bio drugačiji. Tupo dobovanje, više se nije previjala u mukama. Shvatila je da nosi tanku pamučnu košulju, prilično čistu. Butine i gležnjevi bili su joj zavijeni i ležala je na debelom sloju ćebadi u drvenom krevetu u maloj četvrtastoj sobi. Drveni podovi, bez stakla na prozorima. Jarko sunce i Denden koji sedi na tronošcu pored njene glave.

– Dobro je. Živa si – rekao je Denden s dubokim uzdahom olakšanja. – Mislio sam da ćeš jednostavno zapasti u vrlo slikovitu komu, i da ćemo morati ovde da te sahranimo. Već sam počeo da radim i na vrlo dirljivom posmrtnom govoru.

Nasmešila se. – Koliko dugo sam bila u nesvesti?

– Malo više od dva dana, ako zanemarimo povremeni polurazumni trenutak kada si se budila da nešto popiješ i pitaš je li Anri već stigao.

Nensi je primetila knjigu u mekom povezu na podu pokraj njega i bokal s vodom.

– Jesi li ti to glumio bolničarku, Dendene?

Prekrstio je noge. – Osim kad sam sumanuto kuckao po sjajnom novom radiju. London je već dvaput poslao isporuke na našim novim mestima otkako si se vratila, dušo, prepune svakojakih poslastica. Uključujući prilično otmene antiseptičke kreme koje smo doktor i ja utrljali po ostacima tvoje ljupke kože. Kakav je osećaj?

Razmislila je. – Kao hladna voda po vrelom danu. Otkad mi to imamo lekara?

– Zove se Tanant. Došao je da nam se pridruži u službi s punim radnim vremenom.

Nensi je klimnula glavom. Tanant je bio jedan od brižnih lekara koje je Gaspar oteo na *Dan D* kako bi pomogao ranjenicima, sed muškarac u poznim srednjim godinama, koji se smireno i brzo kretao među ovim užasima. Bio je vrlo dobrodošao.

Nensi je ispružila ruku, a Denden ju je prihvatio kako je prebacila noge preko ivice kreveta i uspravila se. Povremeni vreli talasi prolazili su joj kroz mišiće i kad je stavila ruku na vrat, otkrila je još jedan zavoj na ramenu.

– A rat?

– Oh, to! – rekao je Denden, pruživši joj čašu u koju je sipao mešavinu vode i vina. – Hoćeš prvo dobre ili loše vesti?

– Samo mi reci. – Progutala je knedlu.

– U redu. Nemci su u begu, a Saveznici su se iskrcali na jugu. – Ispružio je ruku i stavio joj je na koleno. – Marselj je oslobođen, ali pre nego što me išta pitaš, ne, nemamo vesti ni o kome koga je Gestapo još tamo držao. – Popila je još jedno piće. – Dakle, *Das Reich* očajnički pokušava da se vrati u Nemačku pre nego što im Ruje pregaze domovinu i osvete se za sranja koja su nacisti napravili kada su izvršili invaziju. Neće biti lepo.

Zastao je i protrljao potiljak, gledajući je iskosa.

– Dendene...

– Pa, ako baš moraš da znaš, London bi voleo... zapravo, prilično su uporni u tome da zaustavimo bataljon SS-a i sprečimo njihov povratak u Nemačku. Predlažu da ih prisilimo na „trajni zastoj" u Kon Aljeu. Misle da imamo tri dana.

Bataljon? Isuse.

– E da, imaju i jedan ili dva *pancer* tenka sa sobom.

– Pretpostavljam da nisu objasnili šta podrazumevaju pod „trajnim zastojem", zar ne?

Denden je ponovo napunio čašu. – Čitajući između redova, što je teško uraditi u šiframa i sa signalom uz smetnje, savršeno dobro znaju da ne možemo držati zarobljenike, tako da je nagoveštaj da čak i ako moramo sve da ih pobijemo i nakon što se predaju, oni neće previše vremena provesti u potrazi za masovnom grobnicom. Ili, ako želimo, možemo ih zadržati dok Amerikanci ne dođu i zvanično ne počiste.

Nensi mu je vratila svoju čašu i pokušala da ustane. Nov talas bola zapljusnuo joj je čitav nervni sistem, ali nije pala. Tek tada je primetila svoj kombinezon, pantalone i uniformu kako vise sa zadnje strane vrata. Jesu li u međuvremenu uz lekara zaposlili i spremačicu?

Zateturala se i uputila Dendenu pogled koji je, prilično jasno, govorio: *Ne treba mi pomoć da se obučem, hvala lepo*, a onda je upitala: – A šta ljudi kažu na taj uzbudljivi predlog iz Londona?

Denden je šmrcnuo. – Jedino je Rene zaista srećan, jer je umirao od želje da bazukama puca na *pancere*. Ostali su... uglavnom mrzovoljni. Skoro je gotovo. Žele da idu kući. Zašto da stavljaju život na kocku da više ne vide porodicu kada su Nemci poraženi? Zapravo, mislim da Tardivu više nije briga. Fornije bi mogao da zauzme bilo koju stranu. Jesi li znala da njegov otac ima automehaničarsku radionicu u Klermontu? Želi da se vrati tamo. A Gaspar je očito završio s primanjem naredbi iz Londona otkako je obnovio zalihe. Oh, i ponovo je unapredio sebe. Sad je general.

Nensi je slegnula ramenima, zaglédajući uniformu, i u džepu pronašla čist par čarapa.

– Pukovniče Vejk! Zašto obuvaš čizme?

– Vreme je da se okupi vojska. A ako je Gaspar sebi dodelio unapređenje, mislim da ću i ja, tako da sam odsad feldmaršal Vejk.

Gaspar nije odobravao njen novi čin, ali nije mu dala mnogo vremena da o tome razmišlja. U trenutku kad je izašla iz seoske kuće u čistoj uniformi kao Hristos vaskrsla iz mrtvih, pridobila ih je.

Fornije ju je jednom pogledao, a zatim prešao dvorište i stao uz nju. Tardiva je krenuo za njim, i dok je prolazio ispred nje, namignuo joj je. Ipak, Gaspar, nije nameravao tek tako da popusti.

– Gotovi smo! Francuska je slobodna! – vikao je kada je objavila nov čin i izdala naređenja. – Nemci odlaze! Zašto bismo im stajali na putu? Zar se nismo za to borili?

Muškarci iza njega nervozno su žamorili. Poriv za odlaskom kući i želja za osvetom, pogotovo sada kad su ponovo imali novo oružje u rukama, sukobile su se u njima. Pretpostavljala je da je poriv za borbom jači.

– Pod njihovim uslovima? – obratila se Gasparu, ali dovoljno glasno da je svi čuju. – Je li to ono što želiš? Došli su ovamo, uzeli vam zemlju, ubijali vaš narod, a vi ćete samo sedeti i pustiti da ih se Amerikanci i Britanci reše umesto vas? Neka se povuku s tenkovima i trupama kao na vojnoj paradi? Pustite ih da prođu kako bi se borili protiv Rusa, nakon svega što su *oni* prošli? Kakvi ste vi to muškarci?

Odbacila je pretvaranje da razgovara samo s njim i ispružila ruke.

– Gaspar je u pravu, ne mogu vas naterati da ostanete. Ipak, znajte ovo: ako sad odustanete, Francuska će možda na neko vreme postići mir, ali nikada nećete imati mira u sebi. Bezbedno ćete stići kući, ali možete li da pogledate supruge i kćeri u lice znajući da ste pustili Nemce da vam vršljaju po zemlji, a da im niste zadali udarac? Dok se Amerikanci i Britanci bore da oslobode vašu zemlju, hoćete li kukati majkama govoreći kako želite da idete kući? Ili ćete ih učiniti ponosnim na njihove muškarce? Hoćete li dati taj poklon ženama Francuske koje su patile i borile se uz vas? Vratite im veru. Donesite im oslobođenje!

Zaklicali su.

61.

U sledeća dvadeset četiri časa, Tardiva ju je vozio između raštrkanih logora i ona je održala isti govor, ili nešto slično, desetak puta. Do časa kada su krenuli da se okupljaju u dvorcu na brdu nedaleko od Kon Aljea, bili su već u punom broju i snazi.

Denden im je preneo najnovije obaveštajne podatke iz Londona dok su jeli obroke iz konzerve oko vatre u Velikoj dvorani. Dan ranije napustili su seosko gazdinstvo i odredili ovaj dvorac, divnu zgradu iz sedamnaestog veka, još obloženu tapiserijama, da im bude sedište i mesto okupljanja.

Nemci koji su opljačkali mesto obavili su polovičan posao, skinuli su neke od slika i polomili poneku stolicu, ali veliki trpezarijski sto od hrastovine bio je pretežak za pomicanje.

Denden je zastao na ulasku, zagledajući lepršave senke na tavanici s visokim gredama i raskošne rezbarije oko kamina. – Moram priznati da je ovo mnogo lepše od one tvoje straćare na visoravni, Fornije.

Fornije se nasmešio i odmahnuo glavom.

– Šta imaš, Dendene? – upitala je Nensi, a on joj je prišao i pružio joj papire.

Kratko ih je pregledala, a zatim ih stavila na sto kako bi i ostali – Huan, Gaspar, Fornije i Tardiva – mogli da ih vide.

Gaspar je šmrcnuo. – Onda sutra.

Nensi je klimnula glavom. – Obavestite svoje momke, gospodo. I naterajte ih da se malo odmore.

Denden ju je pronašao u njenoj sobi u tri ujutro. Stajala je kraj olovnih prozora i gledala niz brdo prema Kon Aljeru.

– Moja damo!

– Nije loše, zar ne? – odgovorila je, okrenuvši se od pogleda obasjanog mesečinom. – Ne mogu da zaspim. Krevet mi je suviše mekan.

Denden je seo na njega i poskakivao gore-dole, pa su opruge za-škripale. – Hoćeš piće? Priča se da Nemci nisu uspeli da uđu u vinski podrum, a ti i ja smo prilično dobri s bravama. Siguran sam da vlasnik ne bi imao ništa protiv.

– Ne večeras, Dendene. Mada, ako želiš da pronađeš nekog slatkog mladića za zabavu, nemoj da te ja zadržavam.

Uzdahnuo je, a zatim se izvrnuo na krevet.

– Pomisao da ujutru slede borbena dejstva čini strašne stvari mom libidu. Ne mogu baš da uživam u znatiželjnim mladićima ako stalno razmišljam o tome kako će ih sutra upucati. – Podmetnuo je ruke iza glave. – Hoće li ovaj tvoj plan uspeti?

Naslonila se na prozor i prekrstila ruke. – Ne znam, Dendene. To je dosta zahtevan pokušaj. Nadam se da nisi zaboravio svoju ulogu.

– Ne, dušo. Spreman sam da budem prava junačina, pa ako iko od nas preživi, razvaliću podrum i pronaći novog zgodnog prijatelja da zalijemo pobedu.

Nije bila sigurna da mu veruje. Primetila je kako i dalje posmatra Žila kad je mislio da ga niko ne vidi. Legla je na krevet do njega, a on joj je stavio ruku oko ramena i privio je na grudi.

– Nensi?

Gladio ju je po kosi.

– Da?

– Primili smo još jedan podatak, nešto što sam zadržao za sebe – rekao je, a zatim oklevao.

Ugrizla se za usnu.

– Major Bem – šapnula je.

– Da, dušo. Izgleda da se ovaj bataljon sastoji od ostataka brojnih jedinica, a iz Londona su javili kako se svi Gestapoovi oficiri s njima vraćaju u Nemačku. – Udahnuo je da kaže još nešto, ali položila mu je ruku na grudi i prekinula ga.

– U redu je, Dendene. Neću pobeći. Ne dok se ovo ne završi. Onda ću da ga pronađem.

Poljubio ju je u vrh glave. – Dobro. Potrebna si nam.

Više nisu govorili i na kraju je po njegovom disanju zaključila da je zadremao. Nije mogla da spava i posmatrala je meke senke na me-sečini kako se jure po sobi, sve dok nije došlo vreme za ustajanje. Za početak.

62.

A zapravo je podbacio nemački narod. Nisu imali potrebnu volju, niti su zaslužili vođu kojeg su dobili. Bema su ugurali na zadnje sedište *kibelvagen* kamioneta, da se klacka nazad ka svojoj nezahvalnoj zemlji, okružen upravo onakvom vrstom generala beskičmenjaka i drugih viših oficira koji su izdali Firera. Bilo je okrutno to što su pristojni vojnici poput komandira Šulca stradali, dok su ljudi mekog stomaka i uma poput ovih preživeli. Medalje su im zveckale dok su se polako truckali po putu.

Smešno je da putuje na ovaj način. Mogao je biti od neke pomoći u Berlinu, ali zaglavio je s preživelima dva desetkovana bataljona i bili su prisiljeni da mile ukorak s vojnicima i šest *pancer* tenkova. Kako to da su Saveznici pobedili? Kako Britanci i Amerikanci ne vide da se njihovi i nemački interesi poklapaju? Bilo je očigledno da su se morali udružiti kako bi porazili jevrejsko-marksističke zaverenike koji su zauzeli Rusiju, a umesto toga, ti su se narodi, s pristojnim rasnim staležom, udružili s gomilom čovekolikih Slovena. To je bilo odvratno, razočaravajuće, nečuveno. Kako su uopšte uspeli da prežive i bore se, kada su morali da traže oružje među poginulima? Ništa što je naučio studirajući psihologiju s najbistrijim umovima među vršnjacima na Kembridžu nije ga pripremilo za njihovu sposobnost patnje. Sveukupno znanje govorilo mu je kako je trebalo da se slome još pre nekoliko meseci. Francuzi, prema kojima su se odnosili strpljivo koliko god je to bilo moguće, trebalo je da ih prihvate i slave, a Englezi, s poštovanjem dobrog odgoja i naprednih razmišljanja o eugenici i rasnoj čistoti, trebalo je da im se pridruže od samog početka. Ipak, nisu.

Zamišljao je šta bi učinio da ikada sretne nekog od nemačkih generala koji je komandovao na istoku: pljunuo bi mu u lice, otkinuo epolete, prosuo jadni i nedostojni mozak po putu.

Zurio je u pukovnika na klupi spram sebe, zamišljajući tu sliku uz prijatne trnce – bes ga je barem odvratio od rane na obrazu koju mu je Vejkova zadala, a koja nikako da zaceli – kada se čovek iznenada zakašljao i krv je počela da mu teče sa ugla usana. Delovao je iznenađeno, zatim povređeno, kao da je žrtva neke sitne uvrede u društvu, a onda se skljokao napred i Bem je ugledao rupu od metka na platnu.

Kamionet se potpuno zaustavio i Bem je začuo zvižduk metaka u vazduhu. Napolju su pljuštale naredbe. Ne obraćajući pažnju na saputnike, progurao se do zadnjeg dela vozila i iskočio na put.

– U zaklon, ljudi! – doviknuo je zbunjenoj pešadiji, shvativši tek sada u izmaglici iscrpljenosti da neko puca na njih. Razbežali su se s puta, ali padine su bile strme, a jarak plitak sa obe strane.

– Koristite vozila za zaklon! Pazi odakle pucaju pre nego što uzvratiš vatru.

Samo metar od njega, narednik koji je poveo odred na sigurno dobio je metak u grlo i zateturao se pored Bema, pokušavajući rukom da pritisne ranu. Bem se udaljio kako bi izbegao šikljanje krvi iz arterije.

Stotinak metara iza sebe začuo je paljbu iz lakog mitraljeza i ugledao trojicu muškaraca kako se trzaju u jarku. Dotrčao je do prednjeg dela kolone gde su se svađali komandir tenkovske jedinice i pukovnik koji je navodno bio zadužen za tu usranu predstavu od operacije, urlajući jedan na drugoga pred očima vojnika.

– Šta to, dovraga, radiš? – uzviknuo je Bem oštro. – Zašto smo stali?

Komandir mu je salutirao. – Pukovnik insistira da uzvratimo paljbu, gospodine, i da pomognemo ranjenicima.

Bem se okomio na pukovnika. Slaba brada, tamna kosa. Nedovoljno razvijen. Nikada ga ne bi primili u SS.

– Ovo je zaseda, pukovniče. Ne dopustite neprijatelju da izabere tlo na kojem će se boriti. Treba smesta da prodremo u grad. Savezničke snage su dan iza nas; moramo preći most pre nego što ga makiji dignu u vazduh, ako gajimo bilo kakvu nadu da ćemo učestvovati u odbrani domovine.

Pukovnik se zajapurio. – Neću da bežim od gomile seljaka koji su se dočepali nekoliko komada lakog oružja!

Neposredno iza njih začuo su iznenadni prasak i zvižduk ispaljene rakete. Osvrnuli su se oko sebe, štiteći oči, dok su borna kola u središtu kolone završila u plamenu.

– Izgleda da seljaci imaju i bazuke, pukovniče – odbrusio je Bem.

Pukovnik se okrenuo od njega. – Napred! Iz ovih stopa! U grad!

Komandir se vratio u *pancer* i Bem ga je čuo kako uzvikuje istu naredbu u radio. Kolona se hitno pokrenula. Jedan od tenkova u sredini kolone iza njih gurao je borna kola s puta dok su se ljudi, čija su odeća i kosa još gorele, pokušavali da izađu iz njih. Dok su se druga kola kretala napred, pešadija je trčala uz njih.

Bem je sledio pukovnika u njegov stožerni automobil. Pukovnik ga je mrko pogledao, ali je pričekao dok Bem ne zalupi vrata pre nego šta je naredio svom čoveku da vozi dalje.

Denden je bio u zvoniku od pre zore, posmatrajući naniže tihi trg ispod sebe. Bilo je to prilično lepo mesto: put iz Monlisona vijugao je do njega kroz šumovite doline na jugu, spuštajući se na pijacu okruženu postojanim trospratnicama od mešanog kamena i drvne građe. U prizemlju su bile prodavnice sa izlozima malog grada, bakalnica i mesara, gvožđara i barovi. Danas je sve zatvoreno. Skromno, klasično pročelje gradske kuće bdelo je na severnom delu trga, sa stepeništem koje su čitavi naraštaji izlizali penjući se da bi zaveli rođenja, venčanja, smrti, preuzeli isprave i bonove za hranu. Vrata su danas bila zaključana.

Iza trga, majstori i tekstilci imali su radionice i domove, a onda su se kuće proređivale, pretvarajući se u mala gazdinstva. Grad je bio okružen voćnjacima. Crkva od bledog kamena, koju je stotinak godina ranije obnovio domaći svinjar koji je postao železnički preduzetnik, zauzimala je severoistočni ugao trga. Verska vlast grada bdela je nad stanovništvom u saradnji sa svetovnom gradskom kućom, rame uz rame, dok je glavna ulica prolazila između njih i onda preko mosta.

Kada je Denden okrenuo dvogled prema severu, ugledao je Gaspara i Rodriga kako proveravaju eksplozive duž lepog kamenog mosta koji je prelazio reku. Bio je širi od većine rečnih prelaza u regiji. Svinjar je i to sagradio, kao poklon, da zameni drevni uski prelaz koji je služio gradiću trista godina. Bio je to jedini most u krugu od trideset kilometara kojim je mogao da pređe tenk. Svinjar je, u dalekosežnoj velikodušnosti, naslikao metu na tom mestu.

Nensi je poslala ljude u grad da evakuišu civile čim je dobila konačnu potvrdu iz Londona. Ipak, nisu svi otišli. Gradonačelnik, koji je dve godine okretao glavu na delovanje makija na tom području, zahtevao je da dobije pušku i stražarsko mesto, a sa sobom je doveo još šest žandara. Bio je pod Tardivinim zapovedništvom iza niza vreća s peskom na uglu gradske kuće. Pojedini stanovnici ostali su da brane imovinu, a brojne mlade žene dobrovoljno su se prijavile da zbrinjavaju ranjenike u dvorcu ili u gradskoj kući. Ostali su, međutim, pokupili decu, uzeli hrane i vode koliko su mogli da ponesu i zaputili se u brda, ne znajući šta će od njihovih života ostati kad se dan završi.

Denden je kolonu najpre ugledao kao odsjaj svetla na vetrobranu daleko niz dolinu. Postupno se pojavila i velika debela zmija. Brojao je tenkove i gutao knedle. Pet gadosti. Prokletstvo. Činilo se i da pešaci poletno marširaju. Nadao se da će izgledati snuždenije. Gospode, bilo ih je mnogo.

Izvadio je čuturicu i potegao.

– Žil, prenesi feldmaršalu Vejk sledeće podatke, molim te. – Izrecitovao je procenu broja vojnika, bornih kola i tenkova. – Vreme je da zauzmeš mesto.

Ličilo je na Nensi da dodeli Žilu ulogu glasnika. Nisu mnogo razgovarali dok su čekali da se konvoj pojavi u dolini, samo bi rekli pokoju nelagodnu glupost. Međutim, Denden je osetio kako je Žil počeo da mekša, i čuo mu je žaljenje u glasu. Pomoglo je, iako je i bolelo, a Denden je na tome bio zahvalan i njemu i Nensi.

Žil je ustao. – Srećno, Denise – rekao je. Dosad ga je zvao kapetan Rejk.

– I tebi, Žile. Budi mi dobro. – Žil je jurnuo niz zavojite stepenice sa zvonika ne progovorivši više ni reč, a Denden je morao nekoliko puta da trepne kako bi razbistrio vid.

Taman da vidi kako je kolona zadrhtala i zaustavila se, oko kilometar izvan grada.

– Ne, ne... – rekao je tiho. – Požurite mami i tati, srca mala.

Iznenadni blesak plamena. Rene je uspeo da stigne na prvi položaj sa igračkama. Dobro.

– Hajde, lepo, u grad – prošaptao je. – Nije baš lepo napolju, zar ne, dragi moji? Hajdete ovamo.

Prošao je minut, a onda se kolona trznula napred, ovog puta brže. Denden je skinuo naočare i uzeo zastavu – zapravo, otrcane ostatke Nensinog crvenog satenskog jastuka izvađenog iz autobusa i privezanog za štap – i istakao je na prozor s kapcima.

Nensi je već sat vremena zurila u prokleti zvonik, čak i pre nego što su se začule eksplozije i udaljeno puškaranje. Zatim crvena zastava.

– Vreme je za predstavu, momci – uzviknula je.

Izlaz s trga između crkve i gradske kuće bio je preprečen zidom od vreća s peskom – na zapadu ih je čuvala Tardivina jedinica, a na istoku Nensini ljudi. Oslonila je *li enfild* pušku na vreću i ovlažila usne, uživajući u nežnom ukusu *V for Victory* od Elizabet Arden.

Nisu ni oni bili glupi. Tenk je prvi dotutnjao na trg, režanje motora bilo je zaglušujuće, a njegove razmere na pijaci ogromne. U njegovoj senci nagrnula je poplava pešadije. Jedan od Reneovih štićenika ustao je sa zapadne strane mosta i bazukom gađao gusenice, dok su ostali polegali i pucali, obarajući pešake i terajući ih u zaklon.

Granata je eksplodirala, odbacivši dva pešaka u vazduh, ali tenk je nastavio napred.

– Sranje! Huan je neprekidno pucao i punio mitraljez pored nje. – Kako se i dalje kreće?

Drugi tenk je dotutnjao na trg i stao uz prvi. Na trenutak su dva čudovišta stajala na sredini trga oko trideset metara ispred njih. Iza njih je jurio roj pešaka. Opet su ih potiskivali napred. Nensi se uzdala u to da neće granatirati njihove položaje i time put i most učiniti neprohodnim. Ipak, to nije značilo da ih neće jednostavno pregaziti.

Reneov štićenik je ponovo ustao.

– Srećno – šapnula je Nensi. *Napuni, odaberi metu, pucaj. Napuni, odaberi metu, pucaj.* Oborila je jednog podoficira, koji je mahanjem davao znak ljudima da krenu napred tik ispred tenka. Pao je i tenk ga je pregazio.

Silovit nalet vazduha i eksplozija iz bazuke. Gledala je kako se eksploziv odbija ispod tenka i eksplodira, zaslepevši je. Kada je ponovo progledala, bio je zaustavljen, iz kupole je kuljao crni dim, a dvojica članova posade s mukom su izašla kroz otvor, gušeći se. Ustrelila je jednog. Prvi tenk je i dalje išao pravo na njih, a trg se još punio pešadijom. Pucali su na njih iza tenkova i krsta na trgu. Ma koliko ih oborili, još više ih je jurišalo ka njima, a glavnina njih, predvođena prvim tenkom, neumoljivo im se obrušila na položaje. Pojavljivale su se rupe u njihovim redovima.

– Povlačenje! – uzviknula je Nensi, zamenivši pušku *brenom*, ispaljujući kratke, odmerene rafale. Nemci već sigurno šalju bočne grupice zabačenim ulicama i zaobilaze ih, a ona je imala svega nekoliko slobodnih strelaca skrivenih u kućama izvan trga da ih zadrže.

Huan se spotaknuo i pao, pogođen u rame.

Nensi je pogledala ka zapadu. Povlačio se i Tardiva. Nemci su se rojili nad njegovim odbrambenim zidom od vreća s peskom, a makiji su se borili prsa u prsa, tvrdoglavi gadovi. Nensi je zgrabila Huana za okovratnik, povlačeći ga unazad, i dalje pucajući iz kuka, i koseći muškarce ispred sebe. Sada je sve bilo prepušteno obuci. Zvuci i svetlost, oslanjala se na nagon, a svesni um joj beše zaglušen bukom. Tenk je gotovo stigao do njih, a treći je tutnjao prema trgu.

Huan je povikao na nju. – BEŽI!

Pustila mu je kragnu i potrčala prema uglu crkve, ne osvrćući se. Prokletstvo, *zaista* su dolazili sporednim ulicama. Povukla je vrata zvonika. Narednik, lica prošaranog ožiljcima, iznenada se pojavio gde ga nije očekivala, a mitraljez joj se zaglavio. Nasrnuo je na nju. Dopustila je *brenu* da joj se zavitla na remenu, izvukla nož i zakoračila u stranu, puštajući ga da natrči na oštricu koju je zakrenula preko njegovog grla.

Zatim kroz vrata i uz uske vijugave stepenice. Okliznula se, čizme su joj bile mokre od Huanove krvi, a ruke od Nemca, pa se ponovo bacila napred. Buka je bila zaglušujuća. Tenk je iskašljao granatu koja je prasnula među vrećama peska, podigavši oblake zemlje u nebo i potresajući temelje tornja.

Provukla se kroz vrata i uletela u zvonik, pluća su joj urlala od bola, a mišići goreli. Denden ju je čekao s dvogledom u ruci. Okrenuo se.

– Dole!

Nije razmišljala, samo se spljoštila uz prašnjave daske koje su štrčale. Denden je izvukao pištolj i opalio, jedanput, dvaput. Čula je dahtanje i okrenula se taman da vidi vojnika kako stoji iznad nje, a prednji deo njegove uniforme se rascvetava u tamnu, vlažnu mrlju. Srce joj je zalupalo i šutnula ga je u potkolenicu i poslala niz stepenice, a zatim zalupila vrata. Kako ga nije čula?

– Zapečati ih! – viknuo je Denden.

Pokret, Nensi. Zgrabila je vreću s peskom koju su Žil i Denden u zoru dovukli u toranj i njom zaglavila vrata.

– Napokon sami – rekao je Denden sa iskrivljenim osmehom.

Uzela mu je dvogled. – Hvala ti!

Nije odgovorio. Samo je klimnuo glavom i ponovo se zagledao u trg. Podigla je dvogled, trudeći se da sve to prihvati. Ispod je videla tela makija presavijena preko vreća peska.

– Ajde, Gaspare, kurvin sine – promrmljala je, stiskajući dvogled dok joj prsti nisu pobeleli. Ljudi su mu bili raspoređeni sa obe strane bliskog prilaza mostu na gradskoj strani. Poslednja linija odbrane.

– Uradi to već jednom. Raznesi ga.

* * *

Bem i pukovnik su napustili automobil i zauzeli položaj na visokoj padini zapadno od grada. Mlađi oficiri jurili su uz obale prema njima, ili dalje prema pukovnikovim zapovestima.

Pukovnik je bio sve raspoloženiji. – Prilično bedan pokušaj zadržavanja mosta. Srećan pogodak bazukom i hrabri ljudi, naravno, ali slabo opremljeni i nedovoljno boraca. Mislim da za to moramo zahvaliti vama, Beme, zar ne?

Bem nije odgovorio, nastavljajući da posmatra sukob kroz dvogled.

– Koliko čujem – nastavio je pukovnik kao da ga Bem jednostavno nije shvatio – vi ste postavili temelje za vrlo uspešan napad u blizini Šodez-Ega. Sjajan potez! Raspršio ih je na sve četiri strane. Čujem da su bili toliko očajni za opremom da je jedna žena otišla u Šatoru po novi radio!

Bem je spustio dvogled i pogledao ga. – Je li ga dobila?

Pukovnik je slegnuo ramenima. – Mislim da jeste, ali meštani su bili sasvim sigurni kako nije uspela da napusti grad. Zar niste čuli?

– Veze su bile delimično poremećene otkako su Saveznici napali jug – odgovorio je. Da li bi to mogla biti ona? Bila je prilično uzdrmana kada ju je video u Monlisonu. Previše sluđena da bi uspela zavođenjem da se probije kroz unutrašnjost s radiom na leđima. Nemoguće da je ona.

– Razneće most – rekao je Bem.

Pukovnik se pristojno nasmejao. – Ne, ne. Da su imali dovoljno eksploziva, razneli bi ga pre nego što smo stigli! Ova slabašna odbrana je dokaz kako ne mogu da ga sruše – rekao je, nakrivivši glavu na jednu stranu. – Mada, i da jesu, uspeli bismo da izgradimo odgovarajući prelaz za pola dana. Imamo sasvim dovoljno ljudi i drva, a reka je ovde relativno plitka.

Misli su se rojile u Bemovoj glavi. Ako je ona donela radio...

– Kad je ta žena dobila radio?

– Izveštaj je stigao pre nedelju dana. Ha!

– Šta? – Bem je promenio ugao.

– Taj bedni *puf* na mostu, upravo ga čiste. Jadnici su imali dovoljno eksploziva da otvore koverat. Most je netaknut, a oni beže da spasu žive glave.

Bem je posmatrao grupicu muškaraca kako trče preko mosta, a nemačke snage jure za njima. Jedan Francuz je pao na putu.

Pukovnik je povisio ton. – Pokrenite čitavu kolonu, želim da za pola sata pređemo preko tog mosta. Nastavite dalje. Proverite je li oštećeni tenk moguće popraviti i javite mi. – Bem je u venama osetio nelagodu. Pregledao je trg, slabašno branjene položaje vreća s peskom i jadni eksploziv na mostu. Nisu uspeli ni da ga postave na mesto gde bi mogao da napravi pravu štetu. Kao da se nisu ni trudili. Napad na logor Vejkove bio je veliki uspeh, ali u tim brdima nesumnjivo ima bar hiljadu ljudi, a pronašli su manje od stotinu tela.

I ne trude se...

Nešto mu je zapalo za oko, zastava istaknuta kroz kapke na zvoniku.

– To je zamka!

Pukovnikovo lice se iskrivilo u izraz sumnje. Nemci su nagrnuli u centar grada, ne pucajući više, sa oružjem po strani. Na mostu su se nalazila dva tenka, a ostala tri su čekala svoj red na trgu. Jedinica inženjera već je pregledala oštećeni tenk. Bem oseti kako mu se želudac grči. Tenkovi su mogli da pucaju u dometu od 180 stepeni, ali ako je bilo ljudi na gornjim spratovima onih zgrada s još bazuka, bili su ranjivi.

– Izvucite ljude! Povucite se – vrisnuo je pukovniku u lice.

Već je bilo prekasno.

Nensi je posmatrala kako Gaspar pokreće lažni eksploziv i beži. Čovek do njega je pao. Dovraga. Dovraga. Dovraga.

– Nensi! Uspeva im!

Denden ju je povukao za ruku i ponovo je usmerila dvogled natrag na trg. Bio je krcat trupama. Dva tenka su izlazila na most, a pešadija je jurila oko njih.

– Čekaj – uzviknula je.

– Ali, Nensi...

– Čekaj, Dendene.

Drugi tenk je zastao iznad vode, dok su peti i poslednji *pancer* ulazili na trg. Borna kola su ih sledila, zatvarajući put.

– Sad!

Denden se bacio na uže za zvono i duboka zvonjava prolomila se gradom.

A onda je nastupio pakao.

Prozori na trećem spratu su se pootvarali po čitavom trgu, a makiji koji su čekali unutra otvorili su vatru na gomilu nemačkih vojnika ispod njih. U istom trenutku most je odleteo u vazduh, lanac eksplozija je potresao toranj, zasuvši ih prašinom. Denden je povikao od radosti. Čitav vrtlog zemlje i kamena uzdigao se prema nebu, a onda se spustio na trg u vidu oblaka koji je gušio.

Pošto se prašina razišla nad rekom, Nensi je videla da mosta više nema. U koritu reke ležala su dva tenka na boku u brzoj vodi, okružena ljudima koji su se koprcali. Sa utvrđenja na drugoj strani obale, Gaspar je pucao na Nemce u vodi. Nekolicina koja je uspela da pređe već je pobacala oružje i stajala na obali s rukama u vazduhu, previše uplašena da bi pomogla saborcima koji su se davili.

Denden je ponovo ciknuo. Rakete iz bazuke eksplorirale su oko tri *pancera*. Topovska kupola jednog se okrenula i zapucala u prizemlje mesare. Prasak, prevrtanje, lomljava kamena koji se krunio i kuća se srušila na trg, obrušivši se na nemačke trupe nagurane ispod. Počeli su da vrište na komandira tenkovske jedinice. A kad su još dve bazuke sa suprotne strane trga pogodile tenk, ustuknuli su od njega poput talasa. Dim je kuljao kroz proreze na oklopu. Znači, Rene je stigao do drugog položaja.

Vriska je postajala sve glasnija. Pešaci su se pribijali uza zidove, bacajući puške kao da su opekli ruke. Drugi su se bacali na zemlju. Nensi je pogledala prema jugu. Fornije je navalio na zadnji deo kolone, okomivši se na zaostale i borna kola koja još nisu stigli u grad. Prepoznala ga je po hodu. *Bren* mu je labavo visio na grudima, imao je pušku na leđima i čavrljao s čovekom pored sebe. Zaostali su držali ruke u vazduhu, a oružje im je bilo razbacano po putu.

– To je to – prošaptala je, trepnula i odmahnula glavom. – Dendene, dosta je. Gotovi su.

Potegao je uže i zvonjava je prestala. Pucnjava se iz oluje pretvorila u povremeno puškaranje. Zatim, povremeni pucanj i onda tišinu. Odmakli su vreću peska s vrata i Nensi se polako, nespretno spustila vijugavim stepeništem. Ponovo je prokrvarila iz gležnjeva, i tek je sada bol pronašao način da se probije kroz izmaglicu u njenoj glavi. Na trgu nije primetila nijednog muškarca kojeg bi prepoznala kao gestapovca. Možda su bili u bornim kolima? Ili je možda dojava bila pogrešna. Bože, ovo pakleno smenjivanje sumnje i nade.

Denden je išao za njom. Zaobišli su telo na stepenicama i ono kraj vrata i izašli na trg, leđima okrenuti reci. Tardiva je već odvajao oficire, dok su njegovi momci skupljali oružje Nemaca. Makiji su izjurili iz kuća, oružja uperenog u prestravljene vojnike. Tardiva je došetao do njih.

– Čestitam, feldmaršale Vejk.

Nensine oči preletele su tela – nekoliko makija, mnogo, mnogo više nemačke pešadije zatečene na tom polju smrti. Još nije primetila nijednog gestapovca. Koliko je to uopšte trajalo? Tri minuta? Pet?

– Kada ih razoružate, obavite sahrane. Jel' se gradonačelnik izvukao?

Tardi je klimnuo glavom.

– Dobro. Razgovarajte s njim o tome gde bi ih trebalo sahraniti. Potrpajte oficire u policijske ćelije ili ih odvedite u dvorac...

– Nensi! Iza tebe! – začuo se Fornijeov glas.

Okrenula se. Neki major. Uzdigao se iz reke poput ružnog duha, podignute ruke, tri metra od nje. *Dakle, ovde ću umreti*, pomislila je Nensi. *Hvala bogu da sam bar videla kako smo pregazili ove gadove.*

Jedan hitac. Nensi se lecnula, ali nije osetila bol. Jel' idiot uspeo da promaši sa ove udaljenosti? Ne. Desno oko mu je nestalo. Pao je napred, mrtav i pre nego što je udario o tlo. Nensi je čula zvuk podizanja stotine pušaka i repetiranje. Makiji su uperili oružje u uzdrhtale zatvorenike, a ona je potrčala napred, podignutih ruku.

– Ne! Momci, dobro sam! Pogledajte me. Uspeli smo!

Bilo je gusto. Krv im je bila uzavrela, a među njima nije bilo čoveka koji nije video zapaljeno gazdinstvo prijatelja ili imao nestalog rođaka. Znali su priče o ubijenim ženama i deci, divljačkoj surovosti Gestapoa ovih poslednjih meseci. Ali ne. Ne sada. Nisu mogli da pobede Nemce i pretvore se u njih.

Popela se na vrh tenka, gde su svi mogli da je vide. *Hajde, Nensi. Samo još jednom. Pronađi reči.* Raširila je ruke.

– Makiji! Slušajte me. Ovi ljudi su vaši zarobljenici. Pobedili ste, izborili ste se za slobodu. Francuska je slobodna. Vojske koje su vam zauzele zemlju su pred vašim nogama i mole za milost. Budite ljudi! – *Molim vas, poslušajte me. Molim vas, molim vas, radi svega što je sveto, molim vas, slušajte.* Ovaj dan mora da bude dan pobede, dan za proslavu, a ne krvoproliće nad zarobljenicima, sramota koja će ih pratiti u godinama koje dolaze. – Slušajte me. Budite bolji od običnih ljudi! Budite makiji.

Jedan. Dvojica. Polako su, jedan po jedan, spuštali oružje. Desno od nje, nemački redov, momak od najviše sedamnaest godina, rasplakao se, a stariji muškarac koji je zurio u cev pištolja stavio mu je ruku oko ramena. Cev se spustila.

Pogledala je oko sebe, na drugu stranu reke, odakle je došao hitac koji joj je spasao život. Tamo je stajao Gaspar s puškom uz nogu. Podigao je ruku u znak pozdrava.

63.

Većina zarobljenika smeštena je u gradu i dvorcu, razoružana i u malim grupama, a svaku kuću čuvali su makiji za koje je Nensi verovala da se neće napiti i krvavo osvetiti pre nego što stignu Saveznici. I dalje ni traga od gestapovaca, iako su se možda skrivali među običnim vojnicima. Uskoro će saznati. Zagledaće se svakome od njih u oči pre nego što Amerikanci stignu. Prvo je morala da se pobrine da mir opstane, a dan pobede ne postane pokolj u mraku.

Nensi i Fornije su se vratili u Veliku dvoranu dvorca i, s bocom brendija na stolu pred sobom, dogovarali šta i kako u predstojećim nedeljama. Već su imali izaslanike iz nekih gradova i sela na tom području koji su tražili od predstavnika grupe da učestvuju u svečanostima zahvalnosti za njihovo oslobođenje. Denden je bio u nekom zabijenom ćošku tornja, slao i primao poruke u sveopštem Morzeovom ludilu.

– Prvo ćemo u sela koja su bila žrtve odmazde – rekla je Nensi. – Onda u rodne gradove postradalih.

Izvukla je beležnicu iz džepa uniforme.

– Šta je to? – upitao je Fornije. – Mislio sam da si beleške dala kapetanu Rejku.

– Moja knjiga mrtvih – odgovorila je Nensi, pružila mu je i zatim ponovo napunila čašu. – Imena, adrese. To sam ponela sa sobom.

Fornije ju je uzeo kao sveti predmet i stavio u džep, a zatim ispio čašu. – Idem u obilazak grada da proverim jel' sve u redu. Laku noć, feldmaršale.

– Laku noć.

Ali Nensi nije otišla u krevet. Morala je da izradi plan i prikupi oružje i eksplozive koje je mogla, isprazni preostale zalihe pre nego što ih neki klinac pronađe, i da smisli neki sistem za preraspodelu preostale gotovine koju je imala iz Londona za porodice onih koji nisu preživeli. Tek tada će moći da krene u potragu.

Užurban korak u hodniku naterao ju je da podigne glavu. Žil.

– Madam Nensi, pokupili smo pukovnika koji je predvodio kolonu. Tardiva ga je zatvorio u ostavu.

– To je u redu, Žil. I?

– Pukovnik je sa sobom imao gestapovca. Denis mi je rekao... da ako saznam za bilo kakvog gestapovca, treba da vam kažem, samo vama. Ali mislim da su neki od ljudi saznali. On je u konjušnici.

Ustala je na noge i izašla i pre nego što je završio, s rukom na pištolju.

Tu je bilo šest Makija i svađali su se s dvojicom stražara, koji su odstupili kada im se približila.

– Momci – rekla je mirno – idite na spavanje. I proverite imate li rana. Redovno ih čistite. Bilo bi stvarno tragično da sada poumirete od trovanja krvi, zar ne? Prepustite ovo meni.

Uspelo je. Grupica se razišla, a čuvari joj uputili zahvalne poglede. Upalila je fenjer koji je visio u dvorištu. Možda bi ovaj čovek mogao da zna šta se dogodilo Anriju? Bojala se da će na prazan pogled odgovoriti metkom. Može li se iko od njih setiti koliko je ljudi ubio? Otvorila je vrata i zatvorila ih za sobom pre nego što je podigla fenjer. Konjušnica je mirisala na sveže seno i kožu. Gestapovac je sedeo naslonjen na vrata pregratka, vezanih ruku i nogu, i s vrećom za hranu preko glave. Nensi se prisetila tog osećaja. Obesila je fenjer na kuku sa strane.

Kako se samo zapanjila kada mu je svukla vreću s glave i ugledala Bema kako trepće – to je bilo surovo. Još jedna od božjih smicalica. On je znao. Htela je da dobije odgovor i odjednom se uplašila, prvi put u životu. Kao da se zemlja ispod nje otvorila i napela je svu snagu da ostane na nogama.

Izvukla je pištolj i pritisnula mu cev na slepoočnicu i pre nego što ga je njen svesni um uopšte prepoznao.

– Da li je Anri živ? – upitala je. Zamišljala je kako se metak kao na usporenom snimku zavrti u cevi, a zatim mu probija lobanju, meku tvar mozga, dugi mlaz krvi i koštane tvari i preko slame pokraj njega.

Posmatrao ju je. Zatim, shvativši da čeka odgovor, posegnuo je zavezanim rukama u bočni džep uniforme.

– Reći ću vam. Ali učinite mi ovo. – Vrhovima prstiju izvukao je pismo. – Odnesite ga mojoj kćeri. Dajte mi reč.

– U redu.

Podigao je ruke, a ona je uzela koverat i gurnula ga u džep pantalona, i dalje mu prislanjajući revolver uz glavu.

– Sad mi reci. Je li Anri živ?

– Odgovor vam je u džepu. To je oproštajno pismo mom detetu jer znam da ćete me pogubiti, baš kao što sam i ja vašeg muža pre mnogo nedelja. Ubijen je, nedugo nakon posete oca i sestre. Život je okrutno simetričan.

Slika Bemovog mozga koji prska po slami bila je toliko jasna da se iznenadila kada je shvatila kako nije povukla okidač.

Bem je zurio u nju i prvi put otkako ga je upoznala izgledao je... zbunjeno.

– Učinite to, madam Fjoka. Ubio sam vam muža. Ja sam naredio njegovo mučenje. Mučio sam ga nedeljama. Užasno je patio, znate. Onda sam mučio vas, navodnom prilikom da ga spasete. Znam šta vam je to učinilo, madam Fjoka. Video sam to. Već ste jednom pokušali da me ubijete. Zašto sad oklevate?

Čula je očaj u njegovom glasu. Zakočila je revolver i vratila ga u futrolu.

– Ne, Beme. Biće ti suđeno. Jako bih volela da te ubijem, ali to bi bilo sebično od mene, zar ne? Mnogo je drugih udovica, majki, očeva i muževa kojima su potrebni odgovori. Predaću te Amerikancima.

Ukrstio je prste, ali Nensi je primetila da drhte. Uzela je fenjer i ostavila ga samog u noći.

64.

Draga frojlajn Bem,

Zovem se Nensi Vejk i agent sam koji radi s makijima u ju-
žnoj Francuskoj. Upravo smo zarobili vašeg oca i predaćemo ga
američkim vlastima. Zamolio me je da vam pošaljem ovo pismo.
Ne znam šta je napisao, ali pretpostavljam nešto o tome kako je
žrtvovao život za san o Velikoj Nemačkoj i kako je bio spreman
da učini teške stvari kako bi zaštitio vas i vašu budućnost.

Vaš otac je čudovište. Zakržljao čovek i, uza svu učenost, ne
zna ništa o ljudskom životu, niti o ljubavi. Videla sam režim ko-
jem je služio pre rata, i nisam opazila ništa osim okrutnosti i su-
rovosti koja se pretvarala da je snaga. To nije snaga, već slabost
koja pokušava da se sakrije, napadajući kako bi prikrila strah
koji je razdire. Pretpostavljam da će vam reći kako je rodoljub,
ali ja znam da je kukavica.

Mučio je i ubio mog muža. Ubijao je moje prijatelje. On nije
junak kojeg treba dočekati u slavi. On i ljudi nalik njemu pro-
uzrokovali su neizmernu patnju milionima žena poput mene,
milionima devojčica poput vas, i mislim da tek saznajemo prave
razmere užasa onoga šta su učinili krijući se iza maske nauke i
rodoljublja.

Vi ste mladi. Ne snosite odgovornost za ovu patnju, ali u sle-
dećih nekoliko godina imaćete izbor da celog života budete ljuti i
uplašeni, i zatvarate oči pred istinom. Ili da budete jaki, suočite
se s tim i postanete deo izgradnje drugačije budućnosti.

Vaša,
Nensi Vejk

65.

Amerikanci su stigli kasno sledećeg jutra i drage volje pokupili zarobljenike. Ostavili su i sanduke zaliha, uglavnom hranu, ali i dobru količinu goriva, za povratnike iz Kon Aljea i nekoliko građevinskih inženjera koji su imali zadatak da obnove most koji je Gaspar upravo digao u vazduh. Vest o tome da je Pariz oslobođen stigla im je sredinom poslepodneva.

Nakon što su zatvorenici otišli, uključujući Bema, napetosti u gradu je nestalo i do ranog poslepodneva gradonačelnik je odlučio da priredi zabavu. Svaki član makija vodio je devojku podruku i imao cvet na reveru, a stigao je i vlasnik dvorca, ne da ih izbaci na ulicu, već da otvori vinski podrum i razdeli sadržaj.

Pošto se rukovala sa Amerikancima i pregledala najnovija uputstva iz Londona, Nensi se povukla u svoju sobu i pokušala da zaspi. Znala je da je Anri mrtav. Znala je to već mesecima, a nakon vožnje biciklom bila je sigurna, ali nije se suočila s tim, samo je zurila u tu činjenicu, sve dok joj Bem nije to rekao prethodne večeri. To ju je ostavilo praznom. Rekla je zbogom, počela da tuguje, a da toga nije ni bila svesna.

– Nema tugovanja, feldmaršale! – Denden je uleteo u sobu kad se približio sumrak, ružičastog lica i požudnog, zadovoljnog osmeha.

Podigla se na laktove.

– Opet si se pomirio sa Žilom, Dendene?

Osmeh mu je posustao. – U izvesnoj meri. Opet smo prijatelji, ali ne usuđuje se da...

– Nije trebalo da pitam, izvini.

Odmahnuo je glavom. – Ne izvinjavaj se. To je njegov izbor. A sad budi dobra devojka i počešljaj se. Imam malo iznenađenje za tebe.

S mukom je ustala iz kreveta i pronašla četku za kosu i karmin. Šteta za pudrijeru koju je zavrljačila u prazninu. Možda bi joj Bakmaster dao još jednu ako ga lepo zamoli. Ogledala se u pegavom ogledalu iznad toaletnog stočića, pitajući se koliko je često gospodarica kuće gledala u njega, nameštajući dijamante oko vrata. Odraz koji je videla iznenađujuće je ličio na Nensi Vejk.

– Dendene, jel' to bila sreća?

– Sreća, dušo?

– Onaj hitac u zvoniku kad si upucao čoveka koji je hteo da me ubije. Uvek si dobijao tako strašne ocene iz gađanja, ali videla sam te kako pucaš kao po udžbeniku. Da ne spominjem zadivljujuću brzinu delanja.

Slegnuo je ramenima. – Znaš da mrzim oružje. Morao sam to jasno da saopštim instruktorima. To ne znači da ne umem da pucam u datim okolnostima.

– Hvala ti!

Posmatrao ju je kako spušta četku, a zatim ju je uhvatio za ruku i poveo iz sobe niz veliko stepenište, povlačeći je za ruku tako snažno da je morala da se pobuni, a zatim ju je izgurao na prednje stepenice, držeći je za ramena dok je lagano stajao iza nje.

– Već si mi zahvalila. Hajde sada.

Na stepeništu su je čekali Fornije, Huan, Rene, Tardiva i Gaspar. Huan je imao ruku u povezu, a Gaspar je obukao odelo. Čak i s povezom na oku, izgledao je kao uspešan sredovečan poslovni čovek, onaj koji bi otvorio vrata dami na ulasku u pristojan restoran u Monlisonu i ostavio dobru napojnicu, što je, shvatila je Nensi, verovatno upravo ono što on i jeste. Prisetila se glasina o prodavnici elektronske robe koju je navodno vodio. Nosio je veliki buket, sveže cveće iz vrtova Kon Aljea. Predao ih je Nensi, pomalo nespretno joj ih gurnuvši u ruke s naklonom.

– *Alors*, madam Nensi...

Uzela je cveće i rukovala se s njim. Gaspar je pocrveneo, a zatim je pružio ruku Dendenu.

Denden ju je kratko stegao. – A sad, da započnemo ovu zabavu?

Gaspar je pročistio grlo i povikao. – Feldmaršale Vejk, mi te pozdravljamo!

Tako je počelo.

Grupe makija, neke s francuskim zastavama, neke sa zastavama sela i gradova, umarširale su sa zadnje strane dvorca i postrojile se ispred nje. Učinili su to prilično dobro, uprkos gurkanju i smejuljenju, i nastavili su da dolaze. Desetine, a zatim i stotine muškaraca koji su se ređali ispred stepenica dok se dvorište nije napunilo. Zastave su se vijorile na povetarcu.

Denden se nagnuo napred i šapnuo joj na uho. – A nakon ovoga, piće!

Gaspar je istupio napred. – Triput ura za feldmaršala!

Gromoglasje ju je gotovo oborilo s nogu.

Velika dvorana bila je krcata. Okačili su zastave oko greda, uspeli da pomaknu ogroman hrastov sto i unese nove, a onda su satima makiji i njihovi gosti jeli, pili i pevali državne himne Saveznika u sopstvenom izvođenju. Pijuckali su vino i crveneli kada su ih gradske matrone vukle za uši i korile zbog ponašanja za stolom, zatim postajali sentimentalni i ponovo počinjali pesmu. Za glavnim stolom, momci oko Nensi su razgovarali o planovima za budućnost. Tardiva i Fornije hteli su ponovo da se pridruže redovnoj vojsci, Gaspar je razmišljao o odlasku u politiku, a Denden je kiselo izjavio da će krenuti u Pariz da vidi koliko su zapravo slobodnih shvatanja. Rene ih je sve zaprepastio izjavom da i on ide u Pariz kako bi ispunio svoj san o pisanju knjiga za decu, i nakon što su se on i Denden dogovorili da će deliti stan na Monmartru, do najsitnijih pojedinosti je opisivao radnju prvog remek-dela o malom belom australijskom mišu koji je došao u Pariz radi niza uzbudljivih pustolovina. Dok je odbijao neke od Dendenovih sve skaradnijih predloga, Nensi je prepoznala lik u zadnjem delu hodnika.

– Garou!

Ostavila je ostale i gotovo mu potrčala u zagrljaj. Čvrsto ju je držao na trenutak, a zatim ju je odmakao da je bolje vidi. Bio je odeven kao civil i ličio je na engleskog turistu na turneji automobilom. Sav u tvidu i u otmenim cipelama.

– Kad si stigao? – pitala je.

– Ne tako davno, kapetane Vejk. I ne, neću vam se obraćati kao feldmaršalu.

Nensi je napućila usne i on se nasmejao.

– Došao sam da ti prenesem poruku iz Londona. Prokleto dobra predstava, da navedem Bakmasterove reči.

– Hvala ti – odgovorila je iskreno.

Garou se uozbiljio. – Vidi, Nensi, možeš li da zbrišeš na nekoliko dana? Koliko vidim, ovde je sve u redu, a ja imam auto. Mislio sam kako bi mogla da se vratiš u Marselj sa mnom. Možemo krenuti ujutro.

Nensi je pogledala po prostoriji – muškarci zajapureni od pobede, ti ljudi koje je vodila, brinula se o njima, borila se s njima, koji su se borili uz nju. Krenulo je još jedno izvođenje „Marseljeze", a svi su skočili na noge i pevali je tako glasno da su se zidovi tresli.

Boljeg trenutka neće biti.

– A da krenemo sad?

Potapšao ju je po ramenu.

– Idem po auto.

Kada ga je ponovo pronašla napolju, Denden je bio na zadnjem sedištu, s rancem pored sebe. – Pariz može da pričeka, dušo. Idem i ja.

66.

Dobro su napredovali, čak i ako je put vijugao, zahtevajući od njih da se neprekidno vraćaju unazad kako bi zaobišli uništene mostove i olupine na putevima, a onda čekaju prolazak kolona američkih i britanskih vojnika. To im je dalo vremena da se ispričaju. Filipa su pronašli živog, ali jedva, u logoru severno od Pariza. I Maršal je nekako preživeo, izvukao se iz kuće s tri rane od metka, puzeći kroz tavan suseda. Garou nije želeo da govori o gubicima.

Napokon su se obreli na obodu grada, zatim u predgrađu, i pre nego što je bila spremna za to, u Nensinoj ulici. Garou je zaustavio auto nasuprot njenoj kući. Pustio je nju i Dendena da izađu, rekao im kako mora da završi papirologiju i da će se vratiti za sat vremena, pa se odvezao. Nakon što se kratko pozdravila s prodavcem riba, njegovom suprugom i još nekoliko znatiželjnih suseda, Nensi je prišla starom domu. Vrt je bio obrastao, a vrata zaključana.

– Da obijem bravu? – upitao je Denden, posmatrajući je.

Odmahnula je glavom i zarila prste u suvu zemlju lonca s bledim lovorom na vrhu stepenica. Ugurala ga je u bravu, okrenula, gurnula vrata i ušla. Denden je išao za njom.

Vazduh je ustajalo mirisao.

Denden je uzdahnuo. – Žao mi je, Nensi.

Bila je to samo školjka. Ko god da je u kući živeo nakon nje, pokupio je sve na odlasku: slike i knjige koje je Anri odabrao s tolikom pažnjom, čak i Nensin otmeni stočić. Mogla je da ga zamisli, vezanog za krov nekog nemačkog oficirskog automobila, napuštenog na drumu negde na putu ka švajcarskoj granici. Ono što nisu mogli da uzmu uništili su. Smeće i otpad bili su nagomilani po ćoškovima, a trula hrana smrdela je u kuhinji. Gore su zatekli jedino prazne sobe i strgnute zavese, a neko je pokušao da zapali vatru na vrhu stepenica.

– Kopilad – rekao je Denden.

Nensi nije osećala ništa. Pošto je Anri mrtav, bili su to samo zidovi.

Neko je pokucao na ulazna vrata i zajedno su sišli. Možda je Garou shvatio kako ne bi želela da tako dugo sedi na ovoj olupini od mesta gde je nekada bila tako srećna. Otvorila je vrata. To nije bio Garou.

– Klodet!

– Madam! – Bila je rumena i zadihana. – Komšije su mi rekle da ste se vratili kući.

Čim je Denden shvatio da je to neko koga poznaje, otišao je i seo na stepenice, tmurnog i mirnog izraza lica, kakvo na njemu nikada nije videla.

Nensina sobarica je ostarila deset godina za manje od osamnaest meseci. S dubokim bolom, Nensi je primetila maramu oko Klodetine glave. Neko ju je sigurno optužio da je imala aferu s Nemcem, da je sarađivala, pa su je kaznili za to. Videla je da se to događa u jednom od gradova kroz koje su prošli na putu ovamo, žene bi na trgu svukli do donjeg rublja, i obrijali im glave dok se gomila rugala. U drugom gradu videla je milicajce kako vise sa uličnih svetiljki, s kartonskim natpisima IZDAJNIK oko vrata, i pitala se koliko je bilo muškaraca i žena koji su tuda prolazili koji su i sami pomalo sarađivali. Dosta više. Nemci su otišli, a u ratu se svašta događa.

– Uđi, Klodet. – Sluškinja je oklevala na stepeništu. – Klodet, znam da je Anri mrtav, pa ako si zabrinuta kako da mi to kažeš, nema potrebe.

Klodet je malo obesila ramena. – Nisam znala da li ste čuli... ja... Ne želim da uđem, madam, ali moram nešto da vam kažem pre nego što to učini neko drugi. Neki čovek iz Gestapoa došao je u kuću moje majke, dva-tri dana nakon što ste otišli.

Nensi se naslonila na dovratak i prekrstila ruke. – Visok muškarac? Srednjih četrdesetih, plave kose? Voli da priča o školovanju u Engleskoj?

Klodet je klimnula glavom.

– Zove se Bem, poznajem ga. Šta se dogodilo?

Klodet nije mogla da je pogleda. Zurila je u iznošene cipele i brzo govorila. – Hteo je da zna više o vama, madam. Hteo je da sazna sve. Nisam mogla ništa da mu kažem o vašim prijateljima koji su dolazili u kuću, ali činilo se da ga to i ne zanima. Želeo je da zna sve o vama, pa sam ja... Rekla sam mu sve čega sam se setila, sve što sam čula. O tome kako vam je otac otišao i kako niste voleli majku, kako ste pobegli, i o vašim omiljenim knjigama, barovima i svemu ostalom čega sam se mogla prisetiti. – Šmrcala je i obrisala suze nadlanicom. – Toliko sam se plašila, naročito za majku i mlađeg brata.

Nensi je dugo i polako udahnula. Dakle, sve je to saznao od njene pametne male sluškinje. Ništa od Anrija.

– Tako mi je žao, madam.

Nensi je osetila kako joj oči gore. Ta slika koja ju je toliko povredila, kako Anri odaje Bemu njene tajne bila je laž. Anri je izdržao i nije ništa rekao. Bem je dobio sve što je znao time što je preplašio ovu devojku. Osetila je dubok, žestok ponos na svog muža.

– Razumem, Klodet.

Više nije mogla ništa da kaže i krenula je da zatvori vrata, ali Klodet je položila ruku na stakleni vitraž i zaustavila je.

– Imam nešto za vas.

Nensi je nestrpljivo čekala dok je Klodet kopala po torbici.

– Mesje Fjoka je poslao na adresu moje majke u Sen Žilijenu. Čuvali smo ga u nadi da ćete se sigurno vratiti kući.

Koverat, naslovljen na *Nensi Fjoka* Anrijevim rukopisom. Nensi je zurila u pismo, koje je podrhtavalo među Klodetinim prstima. Uspela je da ga uzme i šapatom se zahvali, a onda je konačno zatvorila vrata. Otišla je i sela pored Dendena na stepenicama, a pošto nije uspela da otvori koverat, on ga je uzeo od nje, razbio pečat, izvadio i predao jedan jedini list papira u tišini.

> *Draga Nensi,*
> *Dozvolili su mi da ti napišem pismo, nadam se da će te naći živu i zdravu. Nemam mnogo vremena pre nego što me odvedu, pa moram biti kratak. Kako sažeti naš zajednički život? Mogao bih ti reći da te volim. Volim te. Mogao bih ti reći da je svaki trenutak s tobom vredeo hiljadu godina na ovom mestu. I jeste tako. Ali ti si oduvek bila žena koja dela, pa ću ti samo reći šta sam učinio. Nen, ponudili su mi poslednji obrok, a ja sam zatražio samo jedno – čašu kruga iz 1928. Bem mi ga je lično upravo doneo. Njime nazdravljam tvom zdravlju, draga moja devojko.*
> *Ne bojim se. Tvoja sreća je ono što želim najviše na ovom svetu, tvoje ime će biti poslednja reč koju ću izgovoriti.*
> *Uza svu moju ljubav, zauvek,*
> *Anri*

Po drugi put otkako je došla u Francusku plakala je, jecala dok je nisu zabolela rebra, ali ovoga puta Denden ju je uhvatio za ruku i čvrsto je držao dok najgore nije prošlo.

Kada se Garou vratio, još su sedeli zajedno na stepenicama, poput dece koja čekaju da se roditelji vrate kući. Nensi je ustala, pažljivo stavila pismo u džep i otvorila mu vrata.

Garou je pogledao unutra i napravio grimasu. – Prokletstvo. Žao mi je što je nisi zatekla u boljem stanju, curo.

Iza nje je ustao i Denden i pokupio njihove stvari iz hodnika.

– To je samo kuća, Garou – odvratila je Nensi. – Prodaću je. Vratiću se u Pariz. Neko vreme ću obilaziti barove s Dendenom i Reneom. Ionako mislim da se više ne bih mogla suočiti sa životom ovde.

– Zabavljaćemo te – rekao je Denden, prolazeći pored nje na stepenicama.

Garou je gurnuo ruke u džepove i pogrbio ramena. – Nije baš lepo, Nensi, ali želiš li možda da razgledaš grad? Kad već imam auto? Onda vas ujutro mogu oboje odvesti vašim momcima. Znate da će vam svako selo u Overnji rado prirediti zabavu. Biće važno da te vide.

Pogledala je Dendena, i on klimnu glavom.

Nensi im se pridružila na stepeništu, zatvorivši vrata za sobom. Može to da uradi. Oprostiti se natenane, videti kako se njeni ljudi vraćaju u svakodnevni život.

– A nakon toga verovatno ću vam oboma pronaći posao u Parizu, ako to želite – nastavio je Garou. – Nešto dosadno u ambasadi, da se bakćete hartijama? Biće mnogo posla da se reši ovaj nered.

– To bi bila lepa promena u odnosu na cirkus – rekao je Denden suvo. – Računaj na mene, Garou, ako je plata dovoljna da mi održava zalihe brendija.

Vratili su se do auta. Denden je skliznuo na zadnje sedište, a Garou je Nensi otvorio vrata, kao iznenadni povratak nekakvoj predratnoj otmenosti, i započeli su lagano putovanje kroz grad prepun ožiljaka.

Katedrala je izgleda najbolje prošla, i dalje je bdela visoko iznad razrušene luke, ispunjena molitvama ribara i njihovih žena. Na vodi su jedan ili dva čamčića utirala put kroz olupine većih plovila, skupljajući mreže, dok je dnevna svetlost zamirala na velikom nebeskom prostranstvu.

Biće potrebno čitavo jedno pokolenje da se ovaj nered sredi, pomislila je Nensi, naginjući se kroz prozor, dok je Garou mirno vozio dalje, zamišljen. Sada je trebalo raditi na sporoj, bolnoj obnovi, stvarati čvrste temelje sećanja i zaborava. Pakleni posao pisanja zakona iz početka, uspostavljanja pravila, izgradnje dobre volje, poštovanja i dobročinstava koji podupiru mir. Biće to posao dosadan i pun ustupaka, ni nalik užasima i uzbuđenjima njenog života u Overnji.

Garou je promenio brzinu i automobil je preo pošto je skrenuo na put po ivici Stare četvrti. Na jednoj od gomila ruševina, starica i devojčica skupljale su cigle koje nisu bile razbijene u zarđala kolica, kako bi mogle da ih iskoriste za obnovu. Na dnu gomile stajale su uredno poslagane cigle koje su već spasle.

– Garou, zaustavi auto, molim te?

Stao je, a ona je izašla.

– Šta radimo, Nensi?

Zaklonila je oči od večernjeg sunca i pokazala na dve izmučene prilike.

– Hoću da im pomognem.

Počela je da se uspinje po hrpi ruševina.

Garou se okrenuo ka Dendenu na zadnjem sedištu. – I šta ćemo sad?

Denden ju je posmatrao kako se ocrtava na zamagljenom plavom nebu dok se pozdravljala sa staricom i detetom, a onda se sagnula da skuplja cigle.

Denden je sa uzdahom izašao iz auta, a Garou je ugasio motor i učinio isto. Denden je začkiljio prema suncu i iz gornjeg džepa izvadio naočare za sunce. Stavio ih je, pa odgovorio. – Znaš šta ćemo. Sledićemo je, naravno.

Krenuli su uzbrdo da joj se pridruže.

Istorijska beleška

Radi priče smo promenili datume, vremensku liniju događaja, izmislili neke epizode, izostavili pojedince, a od drugih stvorili složene likove. Međutim, iz poštovanja prema Nensi, ljudima s kojima se borila i njihovim porodicama, želimo čitaocima da damo pregled nekih promena koje smo napravili i preporučiti šta da čitaju ukoliko bi želeli da saznaju nešto više o njoj.

Nensi je rođena u Velingtonu na Novom Zelandu 1912. godine. Roditelji su joj se rastali nakon što se porodica preselila u Australiju. Zahvaljujući poklonu majčine sestre, otputovala je prvo u Ameriku, zatim u London, i na kraju u Pariz gde je radila kao novinarka za *Herst novinsku grupu*. Bila je zgrožena antisemitskim nasiljem koje je videla na zadatku u Beču i Berlinu, i zaklela se da će se boriti protiv nacizma kad god joj se ukaže prilika.

Upoznala je bogatog industrijalca Anrija Fjoku na odmoru na jugu Francuske 1936. godine. Bila je u Engleskoj kada je objavljen rat, ali odmah se vratila u Francusku, a ona i Anri su se venčali 30. novembra 1939. godine, a ne u januaru 1943, kada je Stara luka Marselja uništena, što je ona posmatrala iz daljine. Od početka rata delovala je kao kurir i premeštala izbeglice i odbegle zarobljenike duž putanja za bekstvo Pata O'Lirija i Ijana Garoua, a Nemci su joj nadenuli nadimak *Beli Miš* zbog sposobnosti da se provuče kroz kontrolne tačke. Takođe je upriličila i novčano pomogla bekstvo Ijana Garoua iz zatvora nakon što je zarobljen. Kada su je optužili za mito, zaista je podnela zvaničnu pritužbu pošti i tvrdila da je njime platila račun u baru.

Pošto je saznala da je Gestapo prati i prisluškuje joj telefon, pobegla je iz Marselja i nedeljama ostala zarobljena u Francuskoj, pokušavajući da pobegne preko Pirineja. Zaista je iskočila iz voza u pokretu pri rafalnoj vatri, i izgubila novac, drago kamenje i isprave. Anrija Fjoku je Gestapo uhapsio neko vreme nakon što je Nensi napustila Marselj. Mučili su ga da oda podatke o Nensi, što je odbio uprkos molbama porodice, a Gestapo ga je ubio 16. oktobra 1943. Nensi je za njegovu smrt saznala tek nakon oslobođenja.

Nakon što je konačno stigla u Englesku i kada su je Slobodni Francuzi odbili, Nensi je primljena u UPZ uz Garouovu pomoć. Upoznala je Denisa Rejka tokom obuke, a ona i Vajolet Sabo stvarno su skinule pantalone instruktoru i okačile ih na jarbol za zastavu. Zaista je provalila u kancelariju jedne baze za obuku da pročita svoj izveštaj (s još jednim prijateljem, ne Denisom), ali pošto je bio dobar, nije ga menjala. Padobranom je iskočila u Francusku u proleće 1944. godine. S njom je tada, i tokom celog rata, bio Džon Hajnd Farmer, šifrovanog imena *Hjubert*, koji je takođe blisko sarađivao s makijima do oslobođenja. Dočekao ih je Anri Tardiva, koji joj je postao doživotni prijatelj. U biografiji priča o tome kako je načula Gaspara (Emil Kuladon) i njegove ljude kako planiraju da je ubiju, i kako su, nakon što su se sukobili s njim i njegovim ljudima, ona i Hjubert otišli da rade sa Anrijem Fornijeom, sastali se s Denisom i njegovim radiom nekoliko dana kasnije. Nensi i Gaspar su kasnije tokom rata razvili dobar poslovni odnos. Proglašen je za viteza Legije časti, kao i Tardiva, Denis i Nensi. Takođe je blisko sarađivala sa Antoanom Ljorkom (Loren) i Reneom Disakom (Bazuka) i mnogim drugima.

Na *Dan D*, Nensi je pokupila Renea Disaka iz sigurne kuće u Monlisonu. Digla je razne mostove u vazduh tokom boravka u Francuskoj, ali ne i vijadukt Garabi, koji će čitaoci koji poznaju tu oblast prepoznati iz opisa u romanu. Promenjen je i vremenski raspored događaja – kada je Nensi dobila autobus, napad na Gasparov logor i tako dalje. Nensi jeste ubijala golim rukama, za dlaku je izbegla atentat, vodila je ljude u borbu i naredila da se ubije žena špijun. Njeni ljudi su poslušali naredbu da pogube ženu tek kada je Nensi jasno dala do znanja kako je spremna da to lično učini. Učestvovala je u napadu na sedište Gestapoa pod vođstvom Anrija Tardive, ali nije ušla u zgradu prva ni otrovala oficire. Čuvenu vožnju biciklom (oko petsto kilometara za sedamdeset dva sata) smatrala je jednim od najvećih ratnih dostignuća, jer je uspela da pošalje životno važnu poruku za London preko operatera Slobodne Francuske da su im potrebni nov radio-aparat i šifre. Makiji su joj priredili počasni marš na njen rođendan 30. avgusta 1944. godine, pet dana nakon oslobođenja Pariza. Nensi je takođe vodila brojne napade na Nemce, zarobila nemačke trupe u begu i postarala se da budu bezbedno predate američkim snagama. Te bitke smo prikazali i dramatizovali u bici kod Kon Aljea, iako smo tu bitku izmislili.

* * *

Nakon šta je mučio i ubio njenog muža u Marselju, Gestapo je žustro lovio Nensi tokom njenog boravka u Francuskoj. Lepili su njene slike po Overnji, nudili sve veće nagrade za hvatanje i redovno slali špijune da pokušaju da se priključe makijima. Bem je dramatizovano otelotvorenje tih nastojanja. Iako je on izmišljen, zločini koje su nacisti počinili nad pojedincima i čitavim selima u okupiranoj Francuskoj nisu.

Ma šta da smo izmislili ili izmenili, hteli bismo da primetimo kako neverovatna hrabrost, vođstvo i karakter Nensi Vejk bez sumnje nadilaze svaki roman.

Nensi Vejk je četrdeset godina bila u braku sa svojim drugim mužem, Džonom Farmerom, i najveći deo tog vremena provela je s njim u Australiji. Nakon njegove smrti vratila se u Evropu, a umrla je 2011. godine u Londonu. Pepeo joj je, po sopstvenoj želji, rasut u blizini sela Verne, osam kilometara od Monlisona.

Nensi je napisala sopstvenu biografiju, *Beli Miš*, a to je učinio i Denis Rejk – *Rejkov napredak*. Moris Bakmaster takođe je napisao izvanrednu knjigu o UPZ-u – *Borili su se sami*, koja još može da se pronađe u knjižarama. Nensina biografija koju je napisao Rasel Bradon, pod nazivom *Nensi Vejk*, bestseler je od prvog izdanja. *Potraga za makijima: Seoski otpor u južnoj Francuskoj* izuzetna je naučna studija na engleskom, iz pera H. R. Edvarda, o tome šta se dešavalo u oblasti gde je Nensi boravila, a delo *Iza linija: Usmena povest posebnih operacija u Drugom svetskom ratu* Rasela Milera neverovatna je zbirka svedočanstava mnogih drugih hrabrih agenata koji su delovali iza neprijateljskih linija.

Darbi Kili i Imodžen Robertson
Los Anđeles i London, 2019. godine

Beleška o autoru

Imodžen Kili je pseudonim Darbija Kilija i Imodžen Robertson.

Darbi Kili je pisac i producent, živi u Los Anđelesu. Zaslužan je za čuvenu Amazonovu seriju *Patriota*, kao i veliki broj filmskih i televizijskih projekata trenutno u pripremi. Njegov scenario *Oslobođenje* nominovan je za holivudsku Crnu listu neobjavljenih komada 2017. godine. Magistrirao je scenaristiku na Kalifornijskom univerzitetu u Los Anđelesu i diplomirao političke nauke u Santa Kruzu.

Imodžen Robertson piše istorijsku prozu. Rođena je u Darlingtonu, u Engleskoj, a studirala je ruski i nemački jezik na Kembridžu. Pre nego šta je postala spisateljica bavila se režijom na televiziji, u pozorištu i na radiju. Napisala je nekoliko romana, uključujući serijale *Krauder* i *Vesterman*. Tri puta je bila u užem izboru za nagradu „Istorijski bodež“, koju dodeljuje britansko Udruženje pisaca kriminalističkih romana (2011, 2013. i 2014. godine), kao i za njihovu najprestižniju nagradu „Bodež u biblioteci“. Napisala je i roman *Kralj kraljeva*, u saradnji s legendarnim piscem Vilburom Smitom.
Trenutno živi u Londonu.

www.ingramcontent.com/pod-product-compliance
Lightning Source LLC
Chambersburg PA
CBHW030410030726
47497CB00002B/551